btb
Aus Freude am Lesen

Gabriela Jaskulla · Glückstadt

Gabriela Jaskulla

# Glückstadt

btb

*Umwelthinweis:*
Dieses Buch und der Schutzumschlag wurden auf chlorfrei gebleichtem Papier gedruckt.
Die Einschrumpffolie (zum Schutz vor Verschmutzung) ist aus umweltschonender und recyclingfähiger PE-Folie.

Der btb-Verlag ist ein Unternehmen der Verlagsgruppe Random House.

1. Auflage

Satz: Uhl + Massopust, Aalen
Druck und Bindung: GGP Media GmbH, Pößneck
Printed in Germany
ISBN 3-442-75131-4
www.btb-verlag.de

Für meine Freundinnen: Ulrike, Gaby, Barbara

Ausgangspunkt für diesen Roman waren ein Hollywood-Film über einen unheilbar kranken Jungen und seine allzu heldenhaften Eltern sowie eine Reportage über einen Toten im Müll. Der Rest ist Fiktion. Die Biographien der Figuren, ihre Charaktere, ihre Handlungen, Gedanken und Träume – alles frei erfunden. Die Welt, so wie sie ist, macht eine solche Geschichte möglich, die Informationen, die mir etliche Fachleute gegeben haben, machen sie wahrscheinlich. Ein Dank an diese vielen findet sich am Ende des Buches.

*Ein Fenster nach dem andern mauert er zu. Bald hat er sich eingemauert. Dann, wenn er nichts mehr sieht, weil er nicht mehr einatmen kann, ist er überzeugend: weil er tot ist. Mir kommt es vor, als stände ich im Schatten eines mir nahen Gedankengangs, des seinen: seines Selbstmords.*

*Thomas Bernhard, Frost*

# 1. Sabine Harms

Sie fanden den Toten im Container. Sie sind nicht gekommen, um es mir zu sagen. Niemand ist gekommen bisher. Sie fanden Johannes im Müll. Auf dem Foto, einem von dreien, haben die Helfer dicke Jacken an, wattierte Jacken. Und sie tragen mit Mühe einen grünen Plastikcontainer zwischen sich. Warum tragen sie ihn? Warum rollen sie ihn nicht? Warum ist er so schwer? Sicher hatte man den Toten längst entfernt, bevor der Fotograf kam. Aber ich sollte nicht entfernt sagen. Geborgen. Nein, geborgen auch nicht. Herausgeholt, weggetragen, gesäubert, geöffnet, untersucht, aufgebahrt schließlich, verwahrt. Und bestimmt hatte man danach den Container geleert, die Apfelgehäuse, Fischreste, Milchtüten, Coladosen, die Blumenkohlstrünke, Kartoffelschalen, Kaffeefilter, die nicht sauber ausgekratzten Joghurtbecher beiseite geräumt, sie ebenfalls untersucht, aufgereiht, gezählt, Schlüsse gezogen, fotografiert. Die schmutzigen Windeln, die vollgesogenen Papiertücher. Sie fanden Johannes im Müll. Es ist leichter, sich die Gegenstände vorzustellen. Ein zerbrochener Plastiklöffel, Erdbeerjoghurt vom Aldi, das war das letzte für ihn auf der Welt. Welcher war sein Becher gewesen?

»Tod eines Krüppels« titelt das Magazin. Nach dem Foto zu urteilen, muß es kalt gewesen sein, aber ich stelle mir den Tag warm vor, warm wie einen Nachmittag im August, geradezu heiß. Wie sonst sollte es möglich sein, daß nur kurze Zeit nach dem berechneten Todeszeitpunkt, nach höchstens zwölf oder vierzehn Stunden, sein Gesicht schon übersät gewesen sein soll mit Maden? Mit Taufliegen, mit Wurmartigem, mit Geißeltierchen, mit den ungenierten Nutznießern des Todes? Wie, wenn nicht in großer Wärme, sollten diese Spezialisten der Verwesung all die Apfelgehäuse, Fischreste, Milchtüten, die Coladosen, Blumenkohlstrünke, Kartoffelschalen, die Kaffeefilter und die nicht sauber ausgekratzten Joghurtbecher links liegengelassen haben für ein bißchen Restmensch? Johannes, zwischen vollgeschissenen Windeln, Johannes, geborgen in seinem Brutkasten. Sabine, du phantasierst.

Johannes Grundig war 21, als er starb. Das ist leicht auszurechnen für mich. Johannes Grundig, ein Meter sechzig groß, noch fünfunddreißig Kilo schwer. Das lese ich nun. Bewegen konnte er den Kopf, den kleinen Finger der linken Hand. Nicht viel, wenn man sich aus einem Müllcontainer befreien will, nicht genug, um sich bemerkbar zu machen. Johannes Grundig, 21, auf Apfelgehäusen, Fischresten und Joghurtbechern zur letzten Ruhe gebettet, litt an Muskeldystrophie, Typ Duchenne, kurz DMD, im letzten Stadium. Johannes, hebräisch Jochanan, siehe dort, hatte im Lexikon gestanden, und bei Jochanan hieß es: Der Herr ist gütig. Der, dem der Herr gnädig ist. Kann nicht schaden fürs erste Kind, dachten wir, und Ulrich war die Bedeutung noch wichtiger als mir. Ich dachte an die paar Gemälde, die ich in Venedig gesehen hatte von Johannes, dem Lieblingsjünger Jesu. Johannes war immer der Schönste auf den Bildern, bei den Festessen mit Jesus hatte er den besten Platz, und die meisten Maler gaben sich viel Mühe mit seinen blonden Locken. Johannes, der Liebling der Geschichte, das gefiel mir. Ulrich hatte noch Theo vorgeschlagen oder vielleicht auch John, nach seinem Tennisidol, John McEnroe. Ich werde ihn einfach Johnny rufen, sagte Ulrich. Ulrich hat Johannes nie Johnny genannt. Ich glaube, so hat er es dann später zuerst begriffen: Johannes war ein Kind, das nie

Johnny sein würde. Johannes Nicht-Johnny würde nie mitkommen in den Tennisclub. Johannes war ein Kind, das Blicke auf sich ziehen würde, sein Anblick war imstande, allen den Tag zu verderben, und allen würde es die Sprache verschlagen, so wie es uns die Sprache verschlagen hatte. Oder sie zum Versiegen gebracht. Das ist nicht mein Sohn, sagte Uli nur. Johannes liegt da, eingewickelt in seine Plastiktüten, in seine Bandagen, ein wenig verkrümmt, eine blau schimmernde Larve, den Insekten, die sogleich begannen, darauf herumzukrabbeln, nicht unähnlich. Wie ein Mensch sieht er nicht mehr aus auf dem Foto. Wie ein Überbleibsel. Wie etwas vor dem Menschen. Oder wie etwas nach dem Menschen. Wie etwas, das Menschen aus Menschen machen. Wieso aber blaue Mülltüten? Es gibt andere, schwarze, die stabiler sind und auch größer. Warum also die blauen Säcke?

Es gibt auf zu viele Fragen keine Antworten. Ich glaubte, ich hätte mich damit abgefunden. Seit Jahren bin ich es gewöhnt, keine Fragen zu stellen. Und wenn ich sie doch stelle, keine Antworten zu erwarten. Ich stelle nur Wörter in einer Reihe auf, tue so als ob. Es muß unangenehm gewesen sein, ihn zu verschnüren. Hat er sich gewehrt? Hat er es zugelassen? War er gleichgültig, war er so benommen von der ständigen Atemnot, daß er ohnehin kaum etwas spürte? Wie faßt man solch einen Kranken an, ohne ihm weh zu tun? An seinem Körper, so steht es im Artikel, fanden sich keine Spuren von Gewaltanwendung. Wie lange hat es gedauert? Ich nehme an, daß man es vor allem schnell hinter sich bringen muß. Erst der Entschluß und dann nicht lange fackeln. Wie wenn man ein Kind bestraft. Augen zu und durch. Mir tut es mehr weh als dir. Ich meine es doch nur gut mit dir. Wer hat Johannes Grundig bestraft und wofür? Dafür, daß er immer noch am Leben war, gegen alle ärztlichen Prognosen? Ich sehe mich noch bei der Übergabe an die Pflegeeltern. Ich, die abgebende Mutter. An den Begriff habe ich mich nie gewöhnt. Bin ich denn nur eine Mutter, die abgibt? Bin ich nicht auch eine, die geboren hat? Eine, die ausgetragen hat? Vor bald zwanzig Jahren war ich eine Mutter, die keine Mutter sein will. Das stimmt schon. Eine Mutter, die abgibt, ist eine, die aufgibt.

Anfassen, aufknöpfen, herunter mit den Klamotten. Sie fanden den Toten nackt. Zieht man einen Erwachsenen aus, wie man ein Kind auszieht? Gibt es Regeln? Was wird er angehabt haben an diesem Tag? Endlich betrachte ich Johannes' Bild in dem Magazin, ein Porträt: Ich sehe den Halsabschluß eines T-Shirts, eines Sweatshirts, eines Pullovers vielleicht, alles viel zu weit, also kein Problem, es dem Kranken über den unnatürlich großen Kopf zu ziehen. Diesen Embryokopf, Kaulquappenkopf. Als wäre er nie ganz aus der Brutmaschine herausgekommen. Und nun diese letzte Station. Diese letzte Aufbewahrung zu Lebzeiten. Der Kaulquappenmann endet in einer grünen Tonne.

Das Kind ist zurück im Brutkasten.

Johannes ist tot.

## 2. Johannes Grundig

### C:\Eigene Dateien\Das Dreamteam\I

Komm her und setz dich.

Ja, setz dich. Nein, ich will nicht, daß du stehst.

Du wirst gleich sehen, was das soll.

Deine Formulierung.

Es soll gar nichts. Es ist lediglich ein Vorschlag. Es kann also, oder bescheidener: Es könnte. Es könnte eine neue Art der Kommunikation werden. Jedenfalls für uns beide.

Klar könnte ich mit dir reden. Noch könnte ich das. Aber nicht mehr lange, mein Bester. Die Luft wird ein bißchen knapp, ganz gegen meine Gewohnheit werde ich lernen müssen zu haushalten. Und du wirst mir dabei assistieren.

Dafür wirst du schließlich bezahlt.

Ich weiß, daß dein Gehalt lausig ist. Krankenpflegehelfer. Der Helfer vom Helfer sozusagen. Was willst du – daß ich darüber in Tränen ausbreche?

Setz dich endlich!

Es könnte auf jeden Fall ganz unterhaltsam werden. Für dich. Für mich hat es eine andere Bedeutung. Oder dieselbe. Aber du bist noch in der Lage, Unterhaltung gering zu schätzen, weil du gar nicht weißt, was Unterhaltung ist.

Gut. Es geht doch. Du setzt dich einfach neben mich an den PC, und wir benutzen dieselbe Tastatur. Das ist zwar ein bißchen, als würden wir mit demselben Besteck essen, aber wir müssen eben improvisieren. Ich werde eine zweite Tastatur beantragen. Schließlich werden wir in Zukunft schriftlich miteinander umgehen – ich schätze, daß du kleines, verklemmtes Christenmännchen diesen Begriff dem »miteinander verkehren« vorziehst, stimmt's?

Nun schau nicht so unglücklich!

Klar ginge das auch so: Ich schreibe, und du antwortest mir wie gehabt: Du redest also. Nur: Gleiches Recht für alle, Männlein. Erstens. Und zweitens will ich, daß du nachdenkst, wenn du mit mir redest. Vielleicht kannst du einmal in deinem Leben nachdenken?! Ich würde diesen minimalen Aufwand als Geste der Höflichkeit schätzen – und dir kann es nur guttun. Es ist zudem weniger aufwendig, als du denkst, denn man spart sich sämtliche überflüssigen »Ne's« und »Also's«, all die Pflaster, die die Sprache zukleistern. Damit man nicht sieht, wie angekratzt sie ist.

Nun stell dich nicht so an, und setz dich zu deinem Pflegefall.

Übrigens würdest du damit auch einen ersten, zivilisatorischen Akt nachvollziehen, eine meiner Thesen besagt, daß der Mensch überhaupt erst zum Menschen wurde, indem er sich hinsetzte. Ganz bewußt. Australopithecus anamensis kletterte vom Baum und wurde Homo erectus und wurde Homo sapiens und setzte sich. Vielleicht nicht gleich, vielleicht ging er erst noch auf die Jagd, und als er zurückkehrte, das Wildbret über der Schulter, wartete auch kein Arne Jacobsen auf ihn.

Arne Jacobsen? Das ist ein skandinavischer Möbeldesigner, kein Wunder, daß du den nicht kennst, wir sind hier meilenweit weg von so etwas. Aber selbst wenn dir die Nummer 3107 nichts sagt – gesessen hast du bestimmt schon mal auf einem seiner Stühle. Sie sind sozusagen der Inbegriff des Sitzens geworden, und es brauchte Tausende von Jahren, um etwas so Einfaches wiederzuerfinden. Ameise, Ei – warum heißen die Sessel wohl so?! Und schon wieder schaust du unzufrieden, Christenmännlein, dabei könnte dir ein bißchen Bildung nichts schaden, wer weiß, vielleicht steht 3107 ja bei euren Bibelarbeiten im Gemeindesaal herum?! Aber da achtest du selbstverständlich nur auf die Heilige Schrift, stimmt's? Ein Fehler, Männlein! Man sollte immer schauen, worauf man seinen Arsch setzt.

Ja, ich mache mich lustig. Gibt es überhaupt einen anderen Weg, die Religion zu ertragen? Übrigens steht es dir frei, das gleiche zu tun. Mach dich lustig, Christenmännlein, kritisiere, belange, attackiere und verführe mich! Aber du bist wohl viel zu besorgt, das Richtige zu tun, nicht wahr?

*Ich bemühe mich.*

Wow, er spricht!

*Du wolltest was übers Sitzen sagen, Johannes.*

Wollte ich das? Gut. Unser Homo primitivus wurde von keinem Designerstuhl erwartet, aber vielleicht gab es einen größeren Stein oder so etwas. Etwas, das zum aufrechten Sitzen bringt. Aufrechtes Sitzen ist von äußerster Wichtigkeit. Deshalb bestehe ich darauf: Alle zwei Stunden aufrichten, Christenmännlein. Ich weiß natürlich, daß meine Rumpfmuskulatur ein Witz ist, aber das ist noch lange kein Grund, sich hängen zu lassen. Es geht beileibe nicht nur um die korrekte Atmung, es geht vielmehr um das Gefühl, aufrecht zu sitzen, gerade, bewußt. Alle zwei Stunden bestehe ich darauf, vorübergehend zu einem vollständigen Menschen zu werden, also zu einem, der denkt. Denn nur der sitzende Mensch denkt. Alle, die etwas anderes behaupten, reden Blödsinn. Dichten am Stehpult – nur Pose für die Nachwelt. Meditieren beim Wandern – Notlösung für nomadische Völker oder für Mönche auf der Flucht oder für Großstädter, die ihren Hämorrhoiden davonlaufen. Du wirst mir wahrscheinlich erzählen, daß du auf Knien am besten reden kannst, jedenfalls mit deiner höheren Macht.

Stimmt, vom Beten verstehe ich nichts. Ich verstehe nur etwas von Dingen, die sich verstehen lassen.

Bist du jetzt beleidigt? Das wäre schade, aber achte nur darauf. Dieses kleine, scharfe Gefühl der Irritation könnte uns nutzen, wenn wir miteinander reden. Ja, es ist Reden – das heißt, es wäre Reden, wenn du dich jetzt endlich…

*Okay, Johannes. Ich mache mit. Aber nur dieses eine Mal. Es ist ein Versuch. Und ich kann heute auch nicht sehr lange. Ich muß noch Tobias und de Vries waschen.*

Bravo, bravo! Der Heilige Stephanus ist kein Spielverderber.

*Ich bin bestimmt kein Heiliger. Und ich begreife nicht, warum du mich damit immer aufziehst. Aber ich will man nicht so sein. Also: Worüber reden wir jetzt?*

Wir fangen ganz von vorne an. Du sagst mir, wer du bist, und ich sage dir, wer ich bin.

## 3. Sabine Harms

Ich habe mit der Polizei gerechnet, mit ihren unangenehmen Fragen. Wann haben Sie Johannes Grundig zum letzten Mal gesehen? Vor etwa neunzehn Jahren. Was soll das heißen? Ich sage es Ihnen doch: Vor neunzehn Jahren. Geht es etwas genauer, Frau Harms? Genauer? Vor neunzehn Jahren, im August 1984. Als Sie ihn weggegeben haben? Als ich ihn zu seinen Pflegeeltern brachte. Warum haben Sie ihn eigentlich weggegeben? Ich glaube nicht, daß das hier eine Rolle spielt. Es war der siebte August 1984.

Ich bin die Mutter, sagte ich mir. Ich bin die Mutter. Sie müssen solche Fragen stellen, die beiden Beamten. Sie sagten mir, es tue ihnen leid, daß sie es seien, die mir jetzt Bescheid sagten. Offiziell, so nannten sie es. Ich sagte, ich habe es schon in der Zeitung gelesen. Sie zuckten mit den Schultern. Bei einem so spektakulären Fall kann man das kaum verhindern, Frau Harms, daß die Presse davon erfährt. Ich weiß, ich bin selbst die Presse. Ich arbeite beim Glückstädter Boten. Ich weiß, sagte darauf der jüngere Beamte. Ich bemerkte einige kleine Schweißtropfen auf seiner Nase, die sich langsam rötete. Sein Atem roch nach Salbeibonbons. Man liest gelegentlich was von Ihnen.

Jedenfalls, sagte der andere Beamte, Sie können natürlich jederzeit ins Heim. Viel ist dort nicht, aber es stehen noch ein paar Sachen Ihres Sohnes herum, vielleicht möchten Sie die haben? Als Andenken oder so? Und außerdem: Die Heimleitung wäre ganz froh, wenn sie das Zimmer bald wieder zur Verfügung hätte.

Sie können natürlich jederzeit ins Heim. Der Polizist hat keine Ahnung: Was ist natürlich? Ich meine: in diesem Fall?

Zwei Stunden. Zwei Stunden von Glückstadt aus. Die Elbe dazwischen. Wenn Wasser dazwischen ist, wird die Entfernung unendlich. Das hat nichts mit realen Kilometern zu tun. Es gibt eine Fähre zwischen Glückstadt und Wischhafen, die kennt jeder zwischen Brunsbüttel und Lauenburg, obwohl der Anleger in Glückstadt außerhalb der Stadt ist und im Alltag keine Rolle mehr spielt. Auf der Glückstädter Fähre riecht es nach Diesel und fauligem Flußwasser und nach aufgeplatzten Bockwürstchen mit Senf; die Schiffskneipe hat keine funktionierende Abluft. Morgens mischt sich der Geruch von Rasierwasser dazu, wenn Männer mit Aktentaschen am Bug stehen, ausgestiegen aus ihren Limousinen, als könnten sie damit die kurze Fahrt beschleunigen. Abends sitzen dann dieselben Männer still geworden in ihren Wagen, die Jacketts an Haken neben den Rücksitzen gehängt, sie haben es hinter sich für heute. Normalerweise nehme ich lieber diese Fähre, Fährenart ist Fortkommen, verbindet selbst über die unendliche Entfernung des Wassers hinweg. Heute aber darf es nichts Verbindendes sein, nichts Fortkommendes. Also wähle ich den anderen Weg. Den Weg über Hamburg und durch den Tunnel, den Weg über die vielen Gleise entlang der Ausfallstraßen, Ausfallstraßen, längst mürbe geworden. Die Schlaglöcher und Risse schütteln mich durch. Wenn ich mich dem Tunnel nähere, stelle ich immer das Autoradio aus. Ulrich meinte, das sei die Nervosität der ungeübten Fahrerin. Schleswig-Holstein und Hamburg, Hamburg und Niedersachsen, und dazwischen die Elbe. Ganz sicher macht mich der Fluß nervös, obwohl ich ihn täglich vor Augen habe in Glückstadt. Aber hier muß ich hinüber. Hier muß man die Elbe überqueren oder durch den Tunnel unterqueren. Ich ducke mich unter dem Fluß hindurch, wie fast alle anderen. Wir fressen uns wie Ratten durch Röhren, ein Auto hinter dem anderen, die Scheinwerfer panisch aufgeblendet, dicht an dicht. Die ganze Stadt würgt sich hindurch. Nur nicht innehalten. Nur nicht an das Wasser denken über dir. Das bleierne Gewicht dieses Flusses. Und doch, trotz des Unbehagens, stürze ich mich immer wieder hinein in diese Tunnelröhren, ich stürze unter der Elbe hindurch, als käme ich auf der anderen Seite als eine andere heraus. Die Elbe, ein Fluß der Entscheidungen. Wie oft habe ich da Entschlüsse gefaßt: Los, wenn du auf der anderen Seite bist, weißt du's. Und wenn du's nicht weißt, handelst du so als ob. Auch diesmal: Erst als ich drüben war, erst auf der niedersächsischen Elbseite wußte ich: Ich fahre hin.

Hätte ja noch runterfahren können von der A1. Rade, Hollenstedt, Sittensen. Noch lange nach dem Tunnel gibt es Möglichkeiten. Wäre nicht weiter aufgefallen, wenn ich zum Drive In abgebogen wäre, um mir einen Cheeseburger zu holen oder besser noch ein ganzes Menü: Cola, Pommes, Cheeseburger. Und noch einen Vanilla-Dream, bitte. Seit Ulrich fort ist, hätte sich auch keiner mehr aufgeregt über den Fettgeruch im Wagen. Niemand hätte in aller Eile Duftbäumchen an den Rückspiegel gehängt, mit dieser Mischung aus Fürsorge und Vorwurf, die die Essenz einer Beziehung ist: Mango, Stechapfel, Wintertraum, Kokos. Jedes Duftbäumchen ein Jahr. Und dann wieder Mango: Fünf Jahre Beziehung mit Ulrich. Eine Liebe, eine Umschulung, ein Kind, doch keines. Stechapfel, Wintertraum und Kokos. Ich bog nicht ab zum Drive In. Ich fuhr weiter.

»Komm her und setz dich.« Damit habe ich nicht gerechnet. Auch wenn der Text, den ich in Johannes' PC gefunden habe, natürlich nicht mich meint. Nicht mich meinen kann. Johannes hatte seit seiner Adoption nichts mehr von mir gehört. Komm her und setz dich!

Das Heim, ein roter Backsteinbau, flach, langgestreckt wie ein Tier, das abwartet. Innen Halbdunkel, als schliefe es noch. Ich hatte das Haus rasch betreten, mit mir fremden, harten Schritten, hatte gezögert, den Lichtschalter zu drücken, als würde ich damit das ganze, große Heimtier wecken. Die Gummibäume im Foyer zuckten hysterisch, als sich die Leuchtstoffröhren entzündeten. Ein leises Zischeln, bis sie auf Temperatur waren. Schritte auf dem Laminat, die sich näherten: Sandalenschritte, Pflegerinnenschritte.

»Guten Tag. Frau Harms, nehme ich an.«

Sie gab mir nicht die Hand, wozu auch. Sie führte mich in Johannes' Zimmer. Ihr weißer Kittel hatte im Rücken einen angedeuteten Gürtel mit einer Metallschließe in der Mitte. Sie ging öfter jemandem voraus, das merkte man. Ich versuchte, mir den Weg einzuprägen. Ein, zwei Flure entlang. Um eine Ecke. C1 las ich auf einer Leuchttafel. Und dann waren wir da. Eine graue Tür. Mit Schleifspuren auf Hüfthöhe. Über dem Türsturz ein Pappschild mit einer lateinischen Aufschrift. Rechts neben der Tür ein Namensschild, eine Klingel, improvisiert angebracht. Die Heimleiterin schloß auf.

War das eine Abstellkammer? Der Raum war rechteckig und vollgestellt mit rätselhaften Apparaturen. Ein Bett stand mitten im Zimmer, mit Gerätschaften darauf und darüber. Ein Greifarm wie der eines Baggers, an einem Stativ befestigt, übermannshoch, drohte jederzeit zu kippen. Ein weiterer Ständer, leer und nutzlos, lehnte daneben. Ein Monitor, eine Art Stehpult und mehrere Metallschienen mit Aufhängevorrichtungen machten sich den Raum streitig, sie griffen wie große Gabeln nach Kabeln und Leitungen… Es gelang mir nicht, ein System zu erkennen. Langsam, Sabine, langsam! Hier wohnte ein Kranker. Hier gab es ein Bett. Ein ganz normales Bett, freilich mit einer Fernbedienung auf dem Nachttisch daneben. Ein Nachttisch, das kannte ich, mein Puls beruhigte sich etwas, ein ganz normaler Nachttisch, auf dem sich Schläuche chaotisch schlängelten. Na und? Die Fernbedienung war wohl dazu da, das Krankenbett zu heben und zu senken, das war nicht weiter schwierig. Die Matratze kam mir unnatürlich dick vor. Etwas aus Plastik wölbte sich ungleichmäßig darunter, wie eine Wolke, der die Luft ausgegangen war. Auf dem Boden fanden sich paarweise verlaufende Spuren sehr schmaler Reifen. Schwarze Schlieren vom Eingang, in dem ich immer noch stand, zum Bett. Vom Bett zum Schreibtisch. Spuren mühsamen Sichfortbewegens. Spuren großer Stetigkeit. Die Regelmäßigkeit ließ an ein Muster denken. Wie ein Schnittbogen, den ich nicht verstand. Ich trat langsam ein, wandte mich zum Fenster. Ein Schreibtisch voller Papiere, ein PC. Zwei Tastaturen vor dem Monitor. Die eine sah merkwürdig aus, die Zeichen waren in einem Bogen angeordnet, von links unten nach rechts oben. In mehreren Reihen verliefen die Tasten parallel – wobei es nicht wirklich Tasten waren, es waren Mulden. Als hätten die Zeichen Kerben hinterlassen. »Minitast-PC« stand auf der Tastatur, sie wirkte abgenutzt, unsauber.

Ich sah mehrere Luftpumpen, wie man sie auf dem Campingplatz benutzt für Luftmatratzen. Noch eine Matratze, schwer beschädigt, das Füllmaterial quoll gelb aus ihr heraus. Noch mehr Kabel, Stecker, Verlängerungsschnüre, die sich durch das Zimmer wanden, auf mich zu. Das Zimmer, eine außer Rand und Band geratene Schaltzentrale. Eine Kommandobrücke. Wer hatte hier das Sagen gehabt? Wer traf die Entscheidungen und teilte sie mit? Ein Schrank, ein Regal, auf dem Bücher kreuz und quer durcheinander lagen. Auch ein kleiner Guckkasten aus Pappe stand darauf, der eine Art Tempel zeigte. Ein Tablett voller Medikamentenschachteln, Scheren, Schläuche, Gazelagen. Eine Stereoanlage, offensichtlich schon älter, auch die Boxen als Ablagen benutzt – und CDs, säuberlich gestapelt, und Platten. Auf dem Boden eine PC-Tastatur, weitere Bücher, ein ziemlich großer Sack mit der Aufschrift »Zoo Meier«. An den Wänden jede Menge Poster: Füllige Menschen in theatralischen Posen und grellbunten Kostümen. Die Opernposter waren ramponiert, waren wohl mehrfach abgenommen und wieder aufgehängt worden. Es sah aus, als hätten hier drei Menschen gelebt: ein Opernfan, ein moribunder Krüppel, ein verrückter Erfinder dazu. Und einer der drei brauchte Sand von Zoo Meier. Ich sah mich um. Mir wurde schwindelig. Nie, nie würde ich etwas begreifen. Warum hatte ich nur geglaubt, aus den Hinterlassenschaften von Johannes Grundig irgend etwas lesen zu können? Er war nicht mehr da, es war zu spät. Die Heimleiterin ging an mir vorbei zum Fenster und stieß es auf.

»Sie entschuldigen – der Gestank. In der Aufregung haben wir natürlich nicht an die Spinne gedacht.«

Die Spinne? Sie wies auf einen großen Glaskasten auf einem Bord neben dem Fenster. Der Schweiß auf meiner Stirn fühlte sich kalt an.

»Da. Das ist sie. Das heißt, das war sie. Ich fürchte, es hat niemand daran gedacht, sie zu füttern oder ihr Wasser zu geben. Ist ja auch nicht das, was man sich unter einem netten Haustier vorstellt. Aber Grundig hatte ohnehin etwas – wie soll ich sagen – seltsame Vorlieben. Sie sehen ja selbst.«

Was sollte ich sehen? Die große Oper? Den Gerätepark eines Schwerbehinderten? Die Heimleiterin versuchte ein Lächeln. Ein Birkenstocklächeln, etwas Korkiges darin, etwas Bröckelndes, Trockenes. Sie blickte an mir vorbei.

»Ja, wenn Sie sich dann umsehen wollen. Ich werde mal nach den anderen schauen…«

Im Hinausgehen wandte sie sich nur halb von mir ab, war sich nicht sicher, ob sie mich hier allein lassen konnte. Aber immerhin: Grundig, also Herr Grundig, also der Johannes, habe das so gewollt. Wenn es nötig sei, habe er gesagt, werde seine Mutter schon kommen. Warten Sie's nur ab, Frau Friedrichsen! habe er gesagt. Und schließlich, die Sachen müßten weg. Wenn ich Hilfe bräuchte, sie sei in der B1 – »Entschuldigung, im Zimmer eins des Bürotraktes, Treppe rauf, dann rechts. Fragen Sie nur, wenn Sie nicht zurechtkommen!«

Dann war sie fort. Wo anfangen? Wahrscheinlich rührte ich mich eine ganze Weile nicht, als sie aus der Tür war. Dann schloß ich das Fenster. Wenn es hier muffig roch, dann roch es eben muffig. Ich wollte wissen, wie es gerochen hatte. Wartete, daß der Geruch zurückkehrte, diese Mischung aus starken Desinfektionsmitteln und dem strengen Staub, der aus dem Glaskasten drang und etwas, das ich noch nicht kannte. Oder nicht mehr kannte, das ich vor bald zwanzig Jahren verloren hatte.

Das Spinnengefängnis sah aus wie ein Aquarium ohne Wasser. Es maß etwa anderthalb Meter in der Breite, etwas mehr als einen halben Meter in der Tiefe und war gut und gern einen Meter hoch. Gaze deckte das Terrarium ab. Eine Wärmelampe darüber. Eine Blumenspritze daneben. Und ein einfaches Einmachglas, in dem es vor Insekten wimmelte: Essigfliegen und Maden. Ein Stück Käse gammelte am Boden, schwarz von kleinen Tierchen. An der Vorderseite des Käfigs entdeckte ich einen Zettel: »Hoch oben dieser Riesenkopf, tief unten ununterbrochen diese schwachen, zerbrechlichen Beine. Frost.« Ich schaute durch das Glas. Nichts zu sehen. Nur Erde mit kleinen Vertiefungen, die wie ein pedantisches, undurchschaubares Lochmuster aussahen. Graue, matte Baumrinde, ein Stück hohlen Bambusrohres. Künstlich aufgetürmte Äste, eine verkümmerte Pflanze. Die Heimleiterin hatte recht: Wenn es hier eine Spinne gab, dann war sie wahrscheinlich tot. Ich hob die Gaze an einer Ecke an, vorsichtig, mit zwei Fingern. Ich habe keine Angst vor Spinnen, warum auch, es sind nützliche

Tiere, die Mücken und andere Schädlinge fressen – aber nun, allein in diesem Zimmer und vor allem, ohne sie zu sehen, war es schon seltsam. Als hockte man vor einer Höhle und versuchte, ein Tier hervorzulocken. Schließlich riß ich mich zusammen und nahm die Gaze ab. Und dann entdeckte ich die Spinne doch noch, oder das, was von ihr übriggeblieben war. Sie lag hinter dem Bambusrohr, ein Häuflein Materie, aus dem nur sinnlos ein paar Arme und die Fühler hervorstaken. Eine Art Dach in der Mitte, eine Erhebung, bronzefarben mit einer Marmorierung in Weiß und Schwarz. Die Spinne war in sich zusammengefallen wie ein Haus nach einem Sturm. Eingestürzt, zusammengebrochen, vertrocknet. Noch ein paar Wochen, dann würde nichts mehr von ihr übrig sein. Und jetzt drang mir auch der Geruch in die Nase, eine Mischung aus Sand und Verwesung und ungelüftetem Tierkäfig. In einer Ecke des Terrariums entdeckte ich ein paar Knöchelchen. Diese Skelette kannte ich aus meiner Kindheit: Vogelknochen. Und plötzlich war mir, als schrumpfte ich, als würde ich ganz klein, grundschulkinderklein und noch kleiner, als befände ich mich plötzlich selbst mitten in diesem absurden Käfig, und der Sand reichte mir bis über die Knöchel, und unüberwindlich schienen die auf einmal gewaltig anwachsenden Stämme. Ein Haufen grober, kränklich weißer Knochen vor mir, eine Ödnis voller Zerfall mit einem haushohen Wall aus Glas drum herum. Ich sah nichts, aber alle konnten mich sehen. Ich war gefangen. Die Stille spannte. Ich räusperte mich. Es klang überlaut.

Hinter mir öffnete sich die Tür. Ich fuhr herum. Ich sprang aus dem Käfig. Ich richtete mich auf.

»Oh, guten Tag…«

Ein Mann, blaß und abgearbeitet. Die blonden Haare wirkten unpassend, wie ein vergessener Rest Jugend. Sein Alter war schwer zu schätzen. Er war untersetzt, matte Augen schauten an mir vorbei aus einem seltsam undefinierten Gesicht, das ich sofort wieder vergessen würde. Er machte Anstalten zu gehen.

»Augenblick, bitte. Bleiben Sie...«

Er wartete ab. Er behielt die Türklinke in der Hand. Er schaute erst mich an, dann das Terrarium. Er war auf dem Sprung, das sah ich, er war jederzeit bereit zu fliehen. Ich weiß nicht, warum ich wollte, daß er bliebe. Ich bat ihn herein.

»Setzen Sie sich...« Was redete ich da? Setzen Sie sich! Wohin? Das Bett war abgezogen worden, Laken, Decke und Kissen lagen zusammengerollt darauf. Eine Art Küchenstuhl aus einfachem Holz war bedeckt mit allerlei Krempel. Und rechts neben dem Fenster stand ein großes Gerät, mit einer Plastikfolie abgedeckt, unter der zwei kleine und zwei große Räder hervorschauten: Das mußte der Rollstuhl sein.

»Ich wollte nur...« Er wies auf das Terrarium. »Ich wollte nur Esmeralda holen.«

»Esmeralda?«

»Ja.« Etwas ruckte in dem Gesicht. Das Lächeln mißlang. »Esmeralda ist die Spinne.«

»Esmeralda ist tot«, sagte ich mit einer Stimme, die mir selbst zu laut vorkam.

»Ach so?« Er war sichtlich verwirrt. Wußte nicht, wohin mit sich und mit dieser Situation, die ihn offensichtlich genauso überraschte wie mich. Wir hatten etwas miteinander zu tun, aber wir wußten noch nicht, was. Er machte Anstalten, an mir vorbei zum Terrarium zu gehen, die feinen Falten auf seiner Stirn waren rot unterlaufen, wie mit einem Messer gezogen. Ich fragte ihn, was er vorhabe. Na, entsorgen, sagte er, und wir zuckten beide zusammen bei diesem Wort. Nein, nein, nicht – entsorgen, sagte ich rasch. Jedenfalls nicht Sie. Das mache ich. Seine fragenden Augen. Er wollte wissen, wer ich war. Wer war ich denn? Ich reichte ihm die Hand, denn irgend etwas mußten wir schließlich tun, in diesem zähen Schweigen vor der Spinnenleiche und mit dem Vogelskelett, in diesem Raum, in dem sich die Blicke verliefen, so vollgerümpelt war er, so zusammengeworfen war die Existenz, die hier einmal gelebt hatte. Eindringlinge waren wir beide.

»Sabine Harms«, sagte ich. Er gab mir eine laue Hand, sagte aber nichts. Sagte lange nichts. Da habe ich ihn dann wohl zum ersten Mal wieder laut gesagt, diesen Satz, zum ersten Mal seit vielen Jahren: »Ich bin die Mutter.«

Sein Gesicht zog sich zusammen, die roten Linien bildeten absurde Muster. Er rang sichtlich nach Luft, stammelte etwas wie nein, nein, das ist doch nicht möglich, und fragte mich schließlich, ob das denn auch ganz bestimmt richtig sei und ob ich wirklich die Mutter sei und: Sie leben gar nicht in Italien, stimmt's? Den Sinn seiner Frage begriff ich nicht.

»Helfen Sie mir mit dem Computer«, sagte ich, und: »Die Spinne fassen Sie nicht an.«

## 4. Johannes Grundig

C: \ Eigene Dateien \ Das Dreamteam \ II

Bette mich. Wie man sich bettet, so liegt man. Zieh mich aus. Zieh mich so aus, wie ich's mag. Nicht die Vorhänge zu, damit warte bis zuletzt. Zuerst trag mich aufs Bett. Setz mich auf den Rand, sei vorsichtig. Laß mich das Gleichgewicht finden, noch finde ich es. Das Unterhemd wandert zur Schmutzwäsche. Nicht das T-Shirt gleich überstreifen, warte noch, Freund, zieh mich ganz aus. Die Abendkälte ertrage ich gern. Die Schuhe also, die Socken, tut mir leid, wenn ich stinke, aber weißt du, ich rieche mich gern. Nur weniges von mir kommt mit eigenen Düften an gegen die viel stärkeren von euch: Sagrotan, Alkohol, Latschenkiefer und Menthol. Ich warte jetzt auf das Gel, es bringt einen frischen Hauch, als bliese *sie* mir sanft über den Rücken, ja, das tut gut. Kampfer und Zitrone, ich träume mich fort. Die Hose! Nun wird gezerrt und gezappelt, da hilft alles nichts, und am besten, wir lachen und bringen es hinter uns. Siehst du die Narbe am Oberschenkel? Nur eine von vielen. Mein zusammengenähtes, nachgiebiges Ich. Kontrakturlösende Operationen hinterlassen ihre Spuren. Damit ich mich nicht krümme, mein Freund. Die Achillessehne zuerst, gegen den Spitzfuß. Dann die Kniekehlen, die Leisten. Der Oberschenkel zusammengetackert von bald vierzig Klammern. Schau sie dir an, diese Narbe, denn sie ist launisch und entzündet sich gern. Nun weiter! Die Unterhose hat bessere Tage gesehen, die Nähte lösen sich auf. Ein paar Monate noch, dann hat sich auch das erledigt: Bald wirst du mich windeln müssen, bald werde ich wieder zum Kind: Die Darmmuskeln wollen nicht mehr. Nun bin ich nackt, nackt und vergnügt. Nur zweimal am Tag die Luft auf der Haut. Sei so gut, trag mich, mein Freund, trag mich zum offenen Fenster. Da einmal noch stehen, nackt und aufrecht und gänsehäutig allein, das wäre jetzt was! Aber keine Bange, ich weiß ja: die Zugluft! Also her mit dem Pyjama und ab ins Bett, wie du sagst, und Licht aus und gute Nacht noch vor zehn! Und die Vorhänge zu. Eines noch: Nicht irgendwie hinlegen, nicht zudecken, als wär ich schon tot. Dreh mich schön ein, die linke Seite ist gut. Den rechten Arm entschlossen anwinkeln, die Ellenbeuge ans Kinn. So habe ich mich, mit der Nase, die ganze Nacht. Zumindest, wenn ihr mich nicht dreht. Und mit diesem Geruch, mit diesem bißchen einzigen Ich, laßt mich bis morgen allein.

*Was soll das, Johannes? Warum hast du das geschrieben?*

Das ist eine Bettanweisung. Das speichern wir jetzt auf einer Diskette, du druckst es im Büro aus, und dann bringst du es an meinem Bett an, in die Planette.

*In die Planette? Das geht überhaupt nicht. Da kommen nur die Patientenkurven der Ärzte rein und Infos des Pflegedienstes, das weißt du doch.*

Also gut – dann daneben. Häng es daneben!

*Das ist viel zu lang, das liest doch kein Mensch.*

Zumindest ist es dann da.

*Was, Johannes?*

Was ich will. Wenn ich es nicht aufschreibe, vergesse ich's am Ende noch selbst. Nein, ich vergesse es nicht – es löst sich auf, es verschwindet. So wie ich.

## 5. Sabine Harms

Es war eine Last. Mehr noch als eine Überraschung. Obwohl Uli, als ich ihm von dem Kind erzählte, als erstes zu mir sagte: Hey, wir haben es geschafft, du bist die Beste, Bine! Und er nahm mich dazu in den Arm, wie es sich gehört, und küßte mich, wie es sich gehört, und am Wochenende gab er im Tennisclub einen aus, obwohl ich versuchte, ihn zurückzuhalten, denn schließlich konnte noch alles Mögliche passieren mit dieser Schwangerschaft. Diese Schwangerschaft, so dachte ich immer. Ich versuchte zu denken: mein Kind. Es hatte ja noch keine Form, vielleicht lag es daran, daß ich es mir nicht vorstellen konnte, das Ultraschallbild zeigte einen verworrenen Haufen, der aussah wie ein verbranntes Spiegelei. In der Woche darauf tat Uli sehr geheimnisvoll, und seine Eltern gratulierten mir, ich überlegte, wann ich es meiner Mutter gestehen sollte, und dann lud Uli mich in den »Vossbau« ein, das beste Lokal weit und breit, drüben, in Schleswig-Holstein, und um dorthin zu kommen, nahmen wir die Fähre Wischhafen – Glückstadt, und zum ersten Mal nahm ich Glückstadt bewußt wahr, ohne zu ahnen, daß ich einmal dort landen würde, und wunderte mich über die vielen LKWs, die alle nach Tornesch oder Uetersen oder noch weiter nach Norden wollten und die langsame Fahrt mit dem Schiff dem Umweg über die Autobahn und den Elbtunnel vorzogen. Ich wäre damals immer lieber selbst gefahren statt gefahren zu werden, kein Mensch durchschaut, was in so einem Schiffsbauch vor sich geht. Uli lachte über meine Bedenken, und ich lachte mit, denn wir machten schließlich eine Vergnügungsfahrt. Und endlich waren wir drüben, in Schleswig-Holstein, wo eine Imbißbude direkt am Anleger mit einer Lichtreklame warb, als sei das Las Vegas und nicht die Hauptstadt der Heringsfischer, und auf dem Schild stand: »Happy Town Beachclub«, und Uli tippte sich an die Stirn und sagte, die seien wohl mehr gaga als happy, und dann ging es weiter über viele kleine Seitenstraßen und durch die abgelegensten Ecken der Elbmarschen, mir wurde schlecht von den vielen Kurven, und Uli tätschelte besorgt mein Knie und sagte, daß wir ja nun bald sowieso ein größeres Auto bräuchten, am besten einen Van, dann wären wir die Sorgen ein für allemal los. Ich hatte keine Sorgen gehabt, bis dahin, bis zu dieser Schwangerschaft, aber nun fühlte ich mich wie vergiftet, als ätzte irgend etwas tief drinnen, zerfräße meinen Bauch. Das ist normal, du hast Sodbrennen, sagte Uli, und dann aßen wir trotzdem Salzwiesenlamm bei Kerzenschein, und Uli verbot mir, Wein zu trinken, und schenkte mir dafür einen Ring, einen sehr modischen Bicolorring aus einem schmalen Gold- und einem Silberreif, so daß man ihn jederzeit tragen konnte, und einen Schmuckstein hatte er auch, einen kleinen Brillanten. Immerhin einer, sagte Uli dazu, beim nächsten Kind kommt dann der nächste Brilli. Und ich küßte ihn und war dankbar und spürte wieder dieses Brennen im Bauch, das mich die nächsten Monate nicht verlassen sollte, und dann redeten wir wieder über den Van. Alles in allem hatte ich das, was man eine gute Schwangerschaft nennt, alles in allem, wenn man von diesem Bitterkeitsgefühl und von den Gleichgewichtsstörungen absah; ich stolperte häufig und drohte hinzufallen, obwohl es nicht am Gewicht des Embryos liegen konnte: Ich war ja erst im dritten oder vierten Monat. Aber mit diesen kleineren Belästigungen ließ es sich klarkommen, auch im Verlag war es kein Problem, weil sie ohnehin vorübergehend Verstärkung in der Anzeigenabteilung brauchten. Der Schichtdienst war vorbei und mit dem Schichtdienst natürlich auch der nächtliche Klönschnack mit Denecke, wenn wir beide Bier tranken und Denecke eine rauchte. Die Zigarette hielt er dabei mit der Ahle, wie jeder Setzer es tut, um keine Bleivergiftung zu kriegen, aber Denecke machte das so elegant, nachts um drei sah der graue Denecke manchmal aus wie ein Lebemann. Auf die Maschine gestützt mit einem Ellenbogen, das Bier neben sich und still rauchend. Und dann sagte er: Was meinst du dazu, Binchen? und zeigte mir einen Leitartikel, mit dem wir hofften, eine Diskussion in der Stadt anzufachen, oder er zeigte mir eine Familienanzeige, die er für besonders mißlungen hielt. Aber das war nun vorbei, vorbei auch das stundenlange Schrubben der Hände, die grauen Finger, die Gesichter, die früh gegen fünf genau so bleiern waren wie die Lettern, wenn sie von der Bertold und den anderen Satzmaschinen hochschauten: Mensch, schon wieder eine Schicht vorbei. Meine Perforatormaschine stand endlich still. Und vor den Fenstern bevölkerten alte Krähen eine heruntergekommene Kastanie und schüttelten ihr regennasses Gefieder, Bleivögel auch sie. Weißt du, sagte Denecke dann, ich könnte nirgendwo sonst wohnen, und hätte ihm irgend jemand gesagt, daß wir in einem Nest mit Namen Glückstadt landen würden, nur ein Zehntel so groß wie Bremen und mit einer Imbißbude am Anleger, die aussehen wollte wie eine Glücksspielhalle in Las Vegas, und hätte ihm jemand gesagt, wir würden da hingehen und hoffen, daß sie dort etwas länger Beschäftigung hätten für gelernte Setzermeister und Gesellen – er hätte laut gelacht. So einverstanden waren wir mit Bremen, mit unserem Leben. Jetzt ist das Chaos vorbei, sagte Uli zufrieden, endlich Ruhe, und wenn er konnte, fuhr er mich jeden Morgen zur Arbeit, und so klemmte ich dann an einem Schreibtisch und gab fürs erste Anzeigen ein, an einem Bildschirm, über den wir uns heute amüsieren würden, und mir war schwindelig bisweilen, und ich wurde mir fremd. Etwas wuchs. Etwas wuchs, über das ich nicht die geringste Kontrolle hatte, mein Gewicht nahm stetig zu, und selbst als ich mal ein paar Tage nichts gegessen hatte, einfach nichts, um zu sehen, was passierte, zeigte die Waage immer ein kleines bißchen höhere Werte an. Dieses Ding da drinnen ließ sich nicht irritieren, es hatte sich eingenistet und würde bleiben, es würde ausharren, ziemlich gleichgültig, wie ich mich dazu verhielt. Ich dachte an die Fähre, die von Wischhafen nach Glückstadt fuhr, und stellte mir vor, wie es wäre, wenn sie einen gänzlich unkundigen Kapitän hätte. So war ich. Ich trug meinen wachsenden Bauch hierhin und dorthin und verstand nicht, was vor sich ging. Warum ich? Warum hat es sich mich ausgesucht? dachte ich. Es. Es da drinnen. Ich weiß doch gar nicht, was damit anzufangen ist. Und ich wunderte mich über die anderen, die alle offenbar Bescheid wußten und mir freundschaftliche Ratschläge gaben und die fragten, ob meine Mutter nicht stolz auf mich sei, und ich nahm mir täglich vor, es ihr zu sagen. Als ich es dann endlich schaffte, war ich schon im sechsten Monat und es war gar nicht weiter schlimm. Paß nur gut auf dich auf, Kind! sagte sie, und für einen Augenblick war ich stolz, unendlich stolz, und sie fügte hinzu: Einmal mußte es ja so weit kommen!, und das war eben ihre Art, ihre Zustimmung zu zeigen, nehme ich an. Sie hat mir oft erzählt, wie schwierig die Schwangerschaft mit mir und wie gefährlich die Geburt war, deshalb konnte ich verstehen, daß sie sich gleich wieder Sorgen machte. Aber ich bin nicht du, Mama! sagte ich und: Es sind andere Zeiten heute. Nachts plagte mich dann ein Alptraum, ich erzähle ihn nicht, ich sage nur, daß ich mich schämte, weil ich das Neugeborene umbrachte im Traum, und zwar auf schreckliche und unnötig grausame Art, und beim Aufwachen weinte ich, und Uli sagte, das sei normal. Alle schwangeren Frauen flippten irgendwann aus. Ich war ihm böse, weil er nichts verstand und nahm mir vor, ihn bei der Geburt zuschauen zu lassen: Sollte er doch sehen, was er davon hatte. Und dann kam die Geschichte mit dem Wigwam. Es war während der Fußballweltmeisterschaft, und alle waren völlig hysterisch, und nach den Spielen waren die Straßenbahnen und die Busse voll, und ich hatte nicht daran gedacht an diesem heißen Augustnachmittag, und dann wurde geschoben und gedrängelt, und dieses Brennen stieg mir in der Kehle hoch und trieb mir Tränen in die Augen. Ich stieg lange vor Schwachhausen aus, am Ostertor schon flüchtete ich aus der vollen Bahn und rettete mich an den Wall. Das Grün der Anlagen tat meinen Augen gut, und nun waren es nur noch wenige Schritte bis zur Mozartstraße, zur Wohnung der Schwiegereltern. Ich klingelte, Elisabeth öffnete die Tür und hatte eine Hahnenmaske auf, und der Flur war voller Luftschlangen und bunter Ballons, aber es war ganz still. Sie sind alle gerade im Park, sagte Elisabeth, und dann fiel es mir ein: Rieke, die Tochter von Ulrichs Schwester, hatte Geburtstag, und sie feierten ihn bei den Großeltern. Elisabeth bat mich herein und verschwand in der Küche, um Kaffee aufzubrühen, und ich schleppte mich ins Wohnzimmer. Da hatten sie über ein paar Stühle eine große Decke gebreitet und die Mitte der Decke zu einer Spitze zusammengerafft: ein Wigwam, mitten im Wohnzimmer. Ich trat näher. Ich bückte mich. Die warme, dunkle Höhle zog mich magisch an. Erst hockte ich mich nur in den improvisierten Eingang, schob ein paar Kindersöckchen beiseite, einen feuchten, kleinen rosa Hasen – aber dann kroch ich in das Zelt hinein, rollte mich zusammen und war auf der Stelle eingeschlafen. Das war vielleicht der glücklichste Moment meiner Schwangerschaft. Elisabeth ließ mich gewähren, erst viel später weckten mich die heimkehrenden Kinder und Walter, der sie beaufsichtigt hatte. Nie haben wir über diese kleine Episode gesprochen, aber es war klar, daß ich von nun an öfter bei den beiden zu Besuch sein würde. Und dann hörten sie sich geduldig meine Schwangerschafts-Geschichten an, Geschichten, von denen ich heute selbst denke, daß sie etwas wirr erscheinen mußten. Ich habe Walter und Elisabeth sogar von diesem Traum erzählt, in dem ich kein Kind, sondern ein kleines Ungeheuer gebar, ein Wesen wie ein vierbeiniger Wurm, der aufrecht gehen konnte wie ein Mensch. Der Wurm hatte eine kränklich-gelbe Farbe, einen überlangen Hals und starrte mich aus riesigen Augen an. Du fürchtest dich halt, sagte Elisabeth nur dazu. Es ist immer schwierig mit dem ersten Kind. Das gibt sich schon!, und ich schämte mich, nicht nur wegen meiner Angst, auch weil ich für mein Kind nicht einmal im Traum eine eigene Gestalt gefunden hatte, mein Traumbild kam aus einem Film, den ich mir drei- oder viermal angesehen hatte, aus E.T., *dem* Film dieses Sommers. Mit meiner Freundin Hilke hatte ich ihn gesehen, mit der man damals solche Filme noch anschauen konnte, und hinterher redeten wir sofort über andere Themen, und Hilke wollte wissen, was ich über den Kappus-Prozeß dachte. Da hatte eine Frau in Lübeck den Mörder ihrer kleinen Tochter umgebracht – im Gerichtssaal.

»Mit sieben Schüssen. Von hinten«, sagte Hilke nicht ohne Bewunderung. »Sie hat achtmal gefeuert und siebenmal getroffen. Nicht schlecht!«

Wir diskutierten viel über die Geschichte, denn so eine richtige Bilderbuchmutter war diese attraktive Kappus nicht, sie hatte, wie sich bald herausstellte, außer dem getöteten Kind noch zwei weitere gehabt, aber die hatte sie früh zu Pflegeeltern gegeben, weil sie, wie sie sagte, ihr Leben leben wollte, und auch Nina, der Siebenjährigen, hatte das gleiche Schicksal bevorgestanden. Dann war dieser Verbrecher gekommen, hatte Nina mißbraucht und getötet, und Regina Kappus hatte ihre Tochter im Gerichtssaal gerächt. Ich habe später noch oft an diesen Fall gedacht, später, nach der Geschichte mit Johannes, hinterher. Der Mörder meines Kindes soll nicht leben, das war das mütterliche Urteil. So weit, so gut. Nur: Wen hätte ich dann umbringen sollen? Gott? Die Forscher, die nicht genug forschten? Die christlichen Bedenkenträger, die eine vernünftige Genforschung in Deutschland bislang verhinderten? Mich? Ganz sicher mich. Aber nicht einmal das habe ich fertiggebracht. Obwohl ich während der Schwangerschaft öfter daran dachte. Zwei auf einen Streich. Und selbst wenn ich nicht ans Töten dachte, dachte ich oft ans Sterben. Fraß es mich nicht ohnehin langsam auf, von innen? Bohrte sich dieser gelbe Wurm nicht täglich weiter in mein Fleisch? Nahm meine Haut nicht allmählich seine Farbe an, glänzte sie nicht neuerdings feucht? Ich nahm einen fremden Geruch wahr, wenn ich mißtrauisch an mir schnüffelte, benutzte stärker riechende Seifen, aber es half nichts. Es fraß weiter, es nährte sich von mir, es höhlte mich aus. Von mir selbst würden nur die Außenwände stehen bleiben. Wie sollte ich unter diesen Umständen eine Geburt überstehen? Wußte ich, was da alles passieren konnte? In meiner Familie erzählte man sich ausschließlich von schlimmen, von sich endlos hinziehenden und äußerst schmerzhaften Geburten. Uli schob solche Gedanken auf hormonelle Veränderungen und auf den Streß und sagte, wir sollten uns lieber mit etwas Heiterem beschäftigen, ins Kino gehen, E.T. gucken, und war verständnislos, als ich ihn anschrie. Und dann kam das Kind, mein Kind, Johannes, und Uli war bei der Geburt dabei und brauchte ein ganzes Jahr, bis er mich wieder anfassen konnte, und manchmal blieb er nach dem Tennisspielen ein bißchen länger weg und richtete mir schöne Grüße von Hilke aus, aber ich hatte es nun zweifellos geschafft: Ich war Mutter. Ich war Ulis Frau und die Mutter seines Kindes. Im Frühjahr wurde Regina Kappus verurteilt, die Schöne aus dem Gerichtssaal, und wir spielten eine Zeitlang Normalität. Vater, Mutter, Kind. Uli, Sabine und Johannes.

Daß da ein kleiner Fehler war, ein winziger Defekt auf einem Chromosom, das hätten wir uns nicht träumen lassen, und als wir es erfuhren, maßen wir ihm nicht gleich die Bedeutung bei, die es zweifellos hatte.

Ich arbeitete wieder, war froh, wieder einsteigen zu können, denn Gerüchte machten die Runde, daß sich vieles verändern würde, die Gewerkschaften veranstalteten Informationsabende, und wenn ich keinen Babysitter bekommen hatte, rief Denecke mich am nächsten Tag an, um zu berichten, was passiert war. Nichts Geringeres stand auf dem Spiel als unsere Berufe. In zehn, zwölf Jahren, so meinten die Leute von der Gewerkschaft, würde es womöglich keine Setzer mehr geben, jedenfalls nicht in der bisherigen Form, aber das war sicher übertrieben, meinte Denecke, Setzer brauchte es immer, selbst wenn der Bleisatz allmählich von Licht- und Fotosatz abgelöst wurde, und wenn man Setzer braucht, braucht man auch Tastatorinnen, Frauen, die die Texte der Artikel und der Anzeigen in Windeseile eingeben. Man darf keine Angst haben vor dem Fortschritt, sagte Denecke. Wir müssen uns nur informieren. Dranbleiben, Binchen, dranbleiben – am besten, du kommst jetzt öfter. Ich ging öfter hin und war froh, daß es die Gewerkschaft gab und sagte keinem, daß ich – ganz unzeitgemäß – einen Traum hatte. Ich träumte davon, Setzerin zu werden, ich, die Tastatorin. Ich wollte an die Maschinen, ich wollte Verantwortung und wollte gestalten wie Denecke und wollte mitarbeiten am Gesicht der Zeitung. Uli konnte ich davon nichts sagen, der hätte getobt, weil für ihn der ganze Druckbereich nur etwas mit Dreck und Nachtschichten und Ausbeutung zu tun hatte, und wenn er nun morgens mit seiner schweinsledernen Aktentasche in die Schule fuhr, dachte ich manchmal, daß er mir fremder wurde. Und erkundigte mich bei der Gewerkschaft und im Frauenbüro, das eben im Rathaus eingerichtet wurde. Und hörte nicht genau hin, als Elisabeth, meine Schwiegermutter, davon sprach, daß sich unser Johannes, auf den sie oft aufpaßte, komisch bewege. Johannes begann nicht zu laufen wie andere Kinder – er zog sich sozusagen an sich selber hoch. Er drehte sich auf den Bauch, dann schob er Arme und Ellenbogen nach hinten, richtete die Knie auf, um schließlich schnaufend, aber triumphierend zu stehen. Warum nicht, sagte Uli, der Bengel hat eben sein eigenes System! Ein bißchen verzögert in der Entwicklung war Johannes schon, aber das schob Uli auf seine Mutter, weil die ihn zu sehr verzärtle, und er bat mich, etwas weniger auszugehen und das Kind mehr zu fördern. Rennen wollte Johannes gar nicht, als er dann sicher laufen konnte, aber Uli fand das nicht schlimm und entblößte vor Besuchern stolz Johannes' Waden: Richtige Fußballerwaden, was?! fragte er in die Runde und setzte Johannes wieder ab, der sofort anfing zu heulen. Und dann kam der Arztbesuch. Dann kam die Diagnose. Es war im Winter, im Februar, längst hatte alles seinen Glanz verloren. Etwas ruckte, etwas kam zum Stehen, und dann folgte das große Erschrecken. Bei uns, der Normalfamilie und drum herum. Du fällst, und alles fällt mit. Oder es beginnt irgendwo, und du kannst dich nicht halten. Ich erinnere mich genau. Nicht nur bei uns war es das Jahr der Abstürze. Erst sagte einer, alles sei nicht so ernst gemeint gewesen. Das war ein Sektenführer, Bhagwan Shree Rajneesh, und ich fragte mich, wie es für seine Millionen Anhänger sein mochte, Nebendarsteller in einem globalen Scherz gewesen zu sein. Einer wurde Minister in Turnschuhen, zweifellos auch eine Form des Unernstes, und die Flugzeuge stürzten ab: fünfzehn in einem Jahr. Eines prallte in Japan gegen einen Berg, eines war nicht mehr zu steuern. Triebwerke explodierten, Maschinen fielen nach Explosionen vom Himmel. Es war das Jahr mit den meisten Unfällen in der Geschichte der zivilen Luftfahrt. Ich verfolgte es im Fernsehen und fürchtete mich, obwohl wir nie flogen.

Ich arbeitete nun wieder ganztags als Tastatorin, und aus Hamburg hörte man von großen Streiks. Die Druckgewerkschaft legte es auf Auseinandersetzungen an, damit man uns endlich die Wahrheit sagte, und es sickerte durch, daß in Bremen ein völlig neuer Satz- und Druckbereich bei der Zeitung entstehen sollte, mit Computersatz, alles vom Schreibtisch aus zu erledigen, Recherche, Text schreiben, Satz und Layout, und das war das Ende für achtzig Setzer und Drucker. Auch die Werft in Bremen wurde geschlossen, der ferne, kleine Arbeitsminister in Bonn ritt beim Kölner Karneval auf einem Elefanten, und dann begann unser persönlicher Absturz, in Zeitlupe, so wie es auch im Flugzeug sein muß: Man sitzt darin, und man schaut gleichzeitig darauf, und man sieht alles ganz genau und kann doch nichts tun. Heute weiß ich, daß dies ein letzter Moment der Eindeutigkeit war; die Exaktheit der Diagnose, so grausam sie auch ist, hat verglichen mit der Ungewißheit der Therapie geradezu etwas Absurdes. Ich dachte: Das ist wirklich ein schlechter Witz, ein Scherz, nicht wahr, Herr Doktor, Sie sprechen nicht im Ernst, als Doktor Schmidt uns im Februar die Wahrheit sagte: Ihr Sohn ist krank. Todkrank. Er leidet an einer Muskeldystrophie, sie heißt Duchenne, kurz DMD. Es ist ein vererbbarer Gendefekt, von der Mutter übertragen, er betrifft nur Jungen. Ich kann Ihnen das leider nicht ersparen. Was wird mit Johannes passieren? fragte Uli. Johannes wird, wenn die Medizin nicht dramatische Fortschritte macht, nicht älter als zwanzig werden. Besser, Sie finden sich beizeiten damit ab. Der Arzt blätterte in Papieren, als könnte er dort bereits das genaue Todesdatum finden, und sprach von neuen Verfahren der Diagnostik, von erhöhten Enzymaktivitäten, von der Elektromyographie und von einem Verfahren, das vollkommen schmerzlos war, sprach von Computertomographen. Uli war aufgestanden, ging unruhig hin und her, das sollte mich verfolgen im nächsten Jahr, diese Unruhe, dieses Auf und Ab, immer ging Uli hin und her, und wenn ich dachte: Hier ist er! – dann war er schon wieder dort, und wenn ich ihn dort vermutete, war er woanders. Ich konnte Uli nicht mehr finden seit jenem Februartag. Schweigend fuhren wir nach

Hause. Wir holten Johannes bei den Schwiegereltern ab und brachten ihn zu Bett. Und Uli fuhr in den Tennisclub, und ich zog mich aus und stellte mich vor den Spiegel am Schlafzimmerschrank. Das bist du. Man sieht dir nichts an. Wo sitzt es? Wo ist die Stelle, die die tödliche Information weitergibt? Ich drehte mich. Ich hob das rechte Bein, das linke: Nichts. Ich strich mir über den Bauch, ich betrachtete mich von oben bis unten. Ich drehte mich um, sah mir über die Schulter. Man sah mir nichts an. Und trotzdem brachte ich den Tod. Es konnte nicht sein!

Als ich dann später auszog mit Sack und Pack, um in Glückstadt neu anzufangen, um endlich meine Setzerlehre zu machen, ließ ich Uli den Schrank, das Bett, das komplette Schlafzimmer. Er protestierte, aber ich bestand darauf. Johannes blieb zu Hause beziehungsweise bei den Großeltern, wenn Uli in der Schule war, und ich würde an jedem Wochenende kommen, häufig sogar schon donnerstags, weil ich Überstunden ausgleichen konnte. Auch wenn Elisabeth das alles nicht natürlich fand und Walter brummte – eine Weile ging es so, mit diesem Hin und Her über den Fluß, mit der Ausbildung und dem kleinen Zimmer hier, und Häuschen und Mann und Kind dort. Aber Johannes war krank, schwerkrank, allmählich nahm die Krankheit Kontur an, wie ein Feind, der sich bisher im Dunkeln verborgen hatte und der sich nun sehen ließ. Johannes' Wangen wurden pausbäckig und schwer, obwohl er sonst dünn und groß für sein Alter war. Wir wußten jetzt, daß seine Art sich aufzurichten einen Namen hatte, das Gower-Manöver, und wir beobachteten seinen Gang: Der bekam etwas Watschelndes, und Treppen bewältigte er nur, indem er sich mühevoll hochzog. Uli machte das wahnsinnig: Es ist auch eine Frage des Willens! behauptete er. Man muß auch gehen wollen! Und stundenlang trainierte er mit Johannes, der irgendwann nur noch zusammenzuckte, wenn Uli aus der Schule kam, so erzählte es mir zumindest Elisabeth, als wir einmal alleine waren. Und am Wochenende fand ich Johannes mehr als einmal unter seinem Bett, die Augen weit aufgerissen, das T-Shirt naßgeschwitzt. Es hat nichts mit Ihnen zu tun, sagte Doktor Schmidt. Und es hat nichts mit dem Willen zu tun. Die Muskelfasern werden abgebaut, in einem ersten Schub im Beckenbereich, so daß Johannes ein Hohlkreuz machte und einen kugelrunden vorstehenden Bauch bekam, und Doktor Schmidt erklärte, das werde nun so weitergehen, feste Muskelfasern würden in Fett- und Bindegewebe umgebaut, bis unser Sohn nicht mehr wiederzuerkennen sei. Ein schlaffer, muskelloser Sack, der nach Atem ringen würde und dessen unzureichend versorgtes Herz der Agonie irgendwann ein Ende bereiten würde. Es hat keinen Zweck, wenn ich Ihnen etwas vormache, sagte der Arzt. In spätestens fünfzehn, zwanzig Jahren ist Schluß. Haben Sie mich verstanden, Herr Harms? Uli kniff die Augen zusammen und sah an Doktor Schmidt vorbei und sagte: Das kann nicht sein, das ist nicht mein Sohn. So ist mein Sohn nicht.

Neue Untersuchungen bestätigten das alte Ergebnis. Johannes hatte DMD, und ich war die Überträgerin. Die letzte Unklarheit wurde beseitigt, als sie mein Blut untersuchten: Der Gendefekt hatte sich nicht spontan eingestellt, wie es manchmal der Fall war, auch ich trug ihn in mir. Ich, eine Konduktorin, eine Carrierin. Erkranken würde ich nicht, bei Frauen gleicht das zweite X-Chromosom die Schädigung auf dem ersten aus. Jungen haben ein X- und ein Y-Chromosom, sie können sich nicht helfen. Sie stachen Johannes mit Nadelelektroden in entspannte Muskeln und achteten auf Spontanaktivitäten oder Reizerscheinungen. Johannes schrie. Sie maßen die Muskelaktionspotentiale und charakterisierten das Schädigungsmuster. Johannes schrie. Jeden Monat erfuhren wir etwas Neues über das Endgültige, jede Woche trugen wir ein schwitzendes, angstvolles Kind in ein Krankenhaus, und jede Woche trugen wir es wieder heraus. Und Johannes schrie. Johannes würde sterben. Eine Therapie gab es nicht. Alles wird gut. Alles eine Frage der Zeit. Die Zeit heilt alle Wunden. Die alten Mantras halfen nicht. Uli sagte nicht mehr: Wir schaffen das schon. Uli arbeitete. Wir stürzten. Uli blieb immer öfter weg, aber er organisierte seine Abwesenheiten, auch nachmittags, wenn er eigentlich bei Johannes sein sollte. Frauen kamen und halfen. Sie zogen Johannes an und aus. Sie wickelten, sie fütterten, sie gingen spazieren. Und die meisten hielten es nicht lange aus. Uli bezahlte sie. Die Nachbarn guckten. Bei euch ist was schiefgegangen?

Ich lernte es abzuwinken, ich lernte es, mich wieder auf meine Arbeit zu konzentrieren. Was blieb mir, als mich zu konzentrieren? In Bremen machen sie die Schotten dicht, sagte Denecke bitter, rette sich, wer kann! Dort gab es über kurz oder lang gar nichts mehr zu tun. Auch darum hatte ich den Sprung riskiert, als sie mir auf meine alten Tage eine Setzerlehre verschafft hatten, eine Setzerlehre in Glückstadt. Was willst du da? hatte Uli gefragt. Es ist doch nur über den Fluß, sagte ich. Ich hörte mich um: Die kleine Stadt hatte Tradition in dem Gewerbe. Schon im 16. Jahrhundert hatte es hier eine Druckerei gegeben. Das fand ich tröstend, ich fand jede Form von Dauer trostversprechend und stellte mir einen Bierhumpen mit dem städtischen Wappen, der Fortuna, ins Regal. Meine erste Anschaffung für mich allein. For-tuna, sprach Johannes nach, der kleine Bengel interessierte sich für Wörter, und dann weinte er wieder. Er weinte eigentlich andauernd, nicht nur, wenn ich kam oder ging, und die Nachbarn schauten mich mißtrauisch an, was soll man von einer Mutter denken, die immerzu unterwegs ist, deren Kind immerzu weint, da ist doch was faul, und sie fingen an, Uli zu bemitleiden.

Ich sah weg, ich sah nach Glückstadt. Dort hatte ich zunächst ein Zimmer zur Untermiete, in einer Straße mit Namen Am Jungfernstieg, die aber nichts mit der Hamburger Prachtstraße gleichen Namens gemein hat, sondern aus niedrigen, weggeduckten Stadthäusern einerseits und ein paar größeren Mietshäusern andererseits besteht. In so ein Mietshaus aus Backstein zog ich und freute mich über den Zipfel von einem wie gedrechselt aussehenden Turm, den ich, ein wenig vorgebeugt, vom Küchenfenster aus sehen konnte. In meinem Haus hatten nur die Erdgeschoßwohnungen Balkon, was ich verwunderlich fand, und später, als ich das Zimmer mit einer kleinen Wohnung im selben Haus getauscht hatte, entdeckte ich ein Schild an der Hausecke, daß hier einmal die städtischen Korrektionsanstalten gewesen seien, aber das störte mich nicht weiter. Nach zwei Wochen kannte ich alle Wege und wußte, daß der Turm, der mir so gut gefiel, Wiebeke-Kruse-Turm hieß, nach der Geliebten des Königs. Der hatte sie dort untergebracht und regelmäßig besucht, und einmal habe er, so las ich im Stadtführer, derart eilig aufbrechen müssen, daß er seinen Stiefel vergaß – der schmückte jetzt die Turmhaube. Auch dafür liebten sie ihn hier, den Dänenkönig Christian mit den hochfliegenden Plänen, der Religions- und Gewerbefreiheit gebracht hatte und auf den sich Gott und die Welt berief, wenn es darum ging, Leute, die aus dem Rahmen fielen, zu tolerieren. Darin war sie groß, die kleine Stadt Glückstadt, und ihre Bewohner kamen, wie es schien, mühelos aus mit den vielen Ausländern und einer ungewöhnlich hohen Zahl von geistig Behinderten, die in kirchlichen Werkstätten arbeiteten. »Ein Zuchthaus und ein Tollhaus hat der Christian gebaut«, sagte einer, »nun – das Tollhaus ist eben geblieben.« Mich ließen sie in Ruhe, ich war ein leichter Fall für Glückstadt. Hier wunderte sich keiner darüber, daß ich Sonntag abends von zu Hause ankam, um am Donnerstagabend, spätestens aber Freitag sehr hektisch wieder dorthin zurückzufahren. Und wenn es sie wunderte, fragten sie nicht, und ich lernte rasch, daß die Leute in Schleswig-Holstein überhaupt nicht fragen, sie klatschen und tratschen nicht, aber sie denken sich ihr Teil und sorgen dafür, daß man es ihnen ansieht. Wenn sie mit einem einverstanden sind, nicken sie kurz oder brummen höchstens zustimmend und rücken am Tresen ein Stück zur Seite, und nach diesem Zur-Seite-Rücken begann ich mich zu sehnen, nach ein bißchen Dazugehören. Aber ich hatte nicht oft Zeit, mit den neuen Kollegen in die »Alte Schlachterei« zu gehen, denn zu Hause warteten Johannes und immer seltener Uli und immer eine andere Zugehfrau, und keine konnten wir länger als zwei, drei Wochen halten. Bald war ich am Ende, mitten in der Ausbildung, und Uli fand, daß es Zeit war, eine Lösung zu finden. Seine Lösung hieß Hilke, die gerade Bezirksmeisterin im Tennis geworden war, und die Lösung für Johannes bestand in einer Familie, die Doktor Schmidt für uns gefunden hatte. Eine Pflegefamilie. Sie nahmen Johannes auf, zu ihren eigenen Kindern dazu. Es ist ja nur für eine gewisse Zeit, sagte Uli, und ich wußte, diese gewisse Zeit hieße: für immer. Ich spürte nichts, ich spürte nur diese Leere in mir, die der Wurm hinterlassen hatte, nichts war übriggeblieben als dünne, kalte Wände. Du sagst ja gar nichts, sagte Uli, und ich klappte den Mund auf und zu, aber die Wörter fanden nicht heraus. Sie prallten an die Innenseite meines Kopfes, sie zerschellten, sie zersplitterten im Hohlraum meines Mundes. Hart bist du manchmal, sagte Uli. Die Carrierin erwiderte kein Wort. Die Carrierin blieb jede Erklärung schuldig – ich hatte ja kein Recht.

Bei den Adoptionsformalitäten ein paar Jahre später erwiesen sich Uli und Hilke als genau so hilfsbereit wie stets, schließlich wollten alle nur das Beste, und so machte ich keine Schwierigkeiten bei der Scheidung. Und dann verlor ich sie alle aus den Augen. Ich wurde Setzerin und blieb, und nur die Weihnachtsgrüße von Walter und Elisabeth erinnerten an eine andere Zeit. Irgendwann hörten sie auf, nach Johannes zu fragen, Hilke und Uli würden neue Kinder in die Familie bringen, und auch Ulis Schwester war wieder schwanger. Ich war Mutter und war es wieder nicht, und dann zogen Walter und Elisabeth nach Kiel und nahmen allmählich den Kontakt zu mir wieder auf, aber so, als hätten wir uns gerade erst kennengelernt. Wir sprachen nicht über das alte Leben. Man muß nach vorne schauen. Manchmal machten wir Spiele: Von Walter lernte ich, wie man ordentlich Halma spielt. Über Jahre erhielten wir das aufrecht, über anderthalb Jahrzehnte. Und dann passierte der Mord. Oder der Totschlag. Oder die Tötung auf Verlangen. Es passierte das Ende der Geschichte. Die aber damit nicht zu Ende ging, sondern, im Gegenteil, neu begann. Und dann fand ich mich an einem fremden Ort, in einem fremden Turm und las die Dateien eines Fremden. Johannes, mein Sohn, der hatte geschrieben, als ginge es um sein Leben.

## 6. Johannes Grundig

C:\Eigene Dateien\Das Dreamteam\III

Oh, guten Morgen! Setz dich.

Geht die Ziererei schon wieder los. Hör auf, ich habe keine Zeit zu verlieren mit solchen Spielereien. Setz dich also her und laß uns ein bißchen reden.

*Ich soll dich waschen.*

Das ist eine gute Idee, aber ich warte lieber bis zur Mittelschicht.

*Warum?*

Dann kommt Maika. Nun guck nicht so verzweifelt. Ich werde sie schon nicht vergewaltigen.

*Es ist halt nicht okay. Die Pfleger sollen die Männer waschen und die Schwestern die Frauen.*

Sie gönnen uns nicht den kleinsten Spaß!

*Es geht nur darum, sauber zu werden.*

Ach ja?

*Ja.*

Dir geht es nur darum. Oder vielleicht auch den meisten anderen Pflegern. Wahrscheinlich geht es dir auch nur darum, sauber zu werden, wenn du selber unter der Dusche stehst, oder?

*Klar, um was denn sonst?*

Und du beeilst dich sicher auch?

*Natürlich!*

Und schaust dich gar nicht an dabei?

*Nein, da gibt's auch nichts zu schauen.*

Du bist ein braver Junge – und ein solcher Idiot! Weißt du, was das für ein Genuß sein kann? Duschen, waschen, sich baden? Und hast du einen Schimmer von deinem Körper? Nein, ich glaube nicht. Wenn ich dich so anschaue, wie du dich pflegst und kleidest oder besser: nicht pflegst und nicht kleidest, denke ich mir, du bist auch so einer, der's nur so hinter sich bringen will, stimmt's? So ein richtiger Mann, ja?

*Ich weiß zwar nicht genau, was du damit meinst, aber bitte: Ja, ein ganz normaler Mann.*

Von Normalität, mein Bester, wollen wir hier mal lieber nicht reden, aber gut, einigen wir uns darauf: ein richtiger Mann! Ein richtiger deutscher Mann!

*Und was ist daran so schlimm?*

Es ist nicht schlimm – es ist schlimmer: Es ist ein Jammer! Was meinst du denn, warum die wirklich imposanten Fotos großer Männer diese so oft in der Badewanne zeigen? Die Badewanne ist ein modernes Insignium männlicher Macht; der Ersatz des Throns in der republikanischen Demokratie. Der Mann in der Badewanne, das ist der Inbegriff von Virilität, Entspanntheit, Machtbewußtheit, die sich aber nicht dauernd ausleben muß... Das glaubst du nicht? Hast du schon mal was von Leonard Bernstein gehört? Ach, schau an! Genau. Hat auch mal das Schleswig-Holstein-Musikfestival geleitet, das ist richtig. Die Königskobra unter Blindschleichen! Hol doch mal eben das Album. Ja, unter B, du Genie. Ein grünes Album. A Quiet Place. Das ist eine seiner Opern. Der Mann ist ein genialer Künstler gewesen. Die Oper hat sie oft gespielt, als ich noch ganz klein war, und sie hat mitgesungen, auch die anderen Partien. Wer? Meine Mutter natürlich. Warum sollte ich bisher von ihr erzählen! Die Platte ist in einem schlechten Zustand, also leg sie lieber nicht auf. Meine Mutter hat gelegentlich unter Bernstein gesungen, sie schwärmt noch heute davon.

Ja, meine Mutter ist Opernsängerin. In Italien, rate mal, warum ich hier überwintere, aber das ist eine andere Geschichte, so gut kennen wir uns noch nicht.

Bernstein jedenfalls war natürlich genau so eitel wie seine Kollegen, und er liebte es, sich fotografieren zu lassen. Mit einem Unterschied: Er war ganz er selbst. Und deswegen gibt es Fotos, die ihn in der Badewanne zeigen. Übrigens mit dem beinahe vollständigen Inventar des Genusses und der Männlichkeit: mit einer Zigarre und einem Glas Whiskey und einem Enkelkind am Rande, wenn ich mich nicht täusche. Meinst du, Bernstein ist in die Wanne gestiegen, um sich die Zehen zu waschen? Das mit der Männlichkeit ist übrigens ganz wichtig.

*Geht das jetzt wieder los? Weißt du, das ist ein Thema, das mir gar nicht so wichtig ist. Und außerdem müssen wir jetzt langsam wirklich mit dem normalen Waschen anfangen, du weißt, daß ich das nicht Maika überlassen darf. Ich stell mal eben den Boiler an und hole die Schüssel.*

Bleib. Das ist jetzt wichtig. Hör mir zu: Es gibt kaum was Schöneres, als allmählich aus dem sich auflösenden Schaum den eigenen Schwanz auftauchen zu sehen, das heißt: er taucht ja nicht auf, er bleibt da ganz entspannt, klein und schrumpelig ruhen wie eine ganz und gar zutrauliche und einstweilen ungefährliche Wasserschlange. Solche Situationen sind für uns Männer selten, wir sollten sie nicht durch hygienische Mißhandlungen oder Eile zerstören.

*Ich will nur, daß du Maika in Ruhe läßt!*

Olala, Monsieur, wie's wieder siedet, wieder glüht... Das ist Faust I, du Ignorant, nun lach doch mal.

*Ich find's nicht zum Lachen.*

Meinst du, unsere Heimschöne guckt dich eher an als mich? Nein, nein, mein Bester, was Maika betrifft, sind wir beide Verlierer. Machen wir uns nichts vor! Da hilft kein Charme und keine Belesenheit. Und nicht mal die Badewanne. Maika ist uns über. Okay, genug Einführung in die Menschenpflege. Nun zu uns. Ich möchte gern, daß du dich vorstellst.

*Ich? Du kennst mich doch.*

Was für ein Blödsinn! Natürlich kenne ich dich nicht, Christenmännlein. Und genauso wenig kennst du mich. Es ist allerdings möglich, daß du gar kein Interesse daran hast, mich kennenzulernen, das könnte ich sogar verstehen, aber schau, im Grunde wird uns ohnehin nichts Besseres einfallen, um uns die Zeit zu vertreiben. Ich verschwinde langsam, baue mich selbst unaufhaltsam ab, und das Schlimmste daran ist die konstante und zunehmende Langeweile. Die Eintönigkeit des Prozesses ist beinahe noch unerträglicher als seine Unumkehrbarkeit. Und du mußt dich ohnehin irgendwie mit mir beschäftigen. Keine Bange, niemand wird dich vermissen, die anderen sind eher erleichtert, wenn du für eine Weile aus dem Weg bist. Geh mir aus dem Weg! – sagen sie das nicht? Kanowski? Die Kollegen? Außerdem: Wie du vielleicht schon gemerkt hast, halte ich viel von Formen. Man könnte auch sagen, daß es die Formen sind, die mich überhaupt noch zusammenhalten. Und ein bißchen Förmlichkeit könnte dir nicht schaden, Christenmännlein. Ach ja, richtig – in deiner Kirche müßte es doch auch mit vielen Ritualen zugehen, oder?

*Ich möchte mit dir nicht über meinen Glauben reden. Du machst dich nur lustig darüber.*

Böse, böse, Christenmännlein! Ist deine Religion nicht so gestrickt, daß du mit mir geradezu reden *mußt*? Ich meine, du kannst doch diese arme Seele nicht verlorengehen lassen! Und wer weiß, wie viel Zeit uns noch bleibt!

*Wer Ohren hat zu hören, der höre.*

Wow! Der Punkt geht an dich, Christenmännlein. Du meinst, an mich sei jedes Christenwort verschwendet, ja? Dann erzähl mir doch du etwas. Erzähl, wer du bist. Oder wer du zu sein glaubst. Oder zu sein vorgibst. Ja, hier und jetzt und schriftlich. So viel Mühe solltest du dir schon geben für dein kleines Leben, etwa nicht?

*Ich finde nicht, daß ich so wichtig bin.*

Quatsch – aber finde, was du willst! Ich finde, daß jemand, der Tag für Tag, Stunde um Stunde mit mir verbringt, eine gewisse Bedeutung hat. Haben muß, sonst werde ich verrückt. Also?

*Geboren wurde ich... das interessiert doch niemanden.*

Warum nicht?

*Selbst meine Eltern haben meinen Geburtstag regelmäßig vergessen. Es ging eben zu schnell, zwischen meinem ältesten Bruder und mir liegen man gerade elf Monate. Na ja, und weil das eh nicht weit auseinander ist, feiern wir meinen Geburtstag einfach an seinem mit. Meine Mutter würde wahrscheinlich auch den immer noch vergessen, wenn ich es nicht wäre, der am Tag vorher einen Kuchen backt, immer Bienenstich – ist doch ganz lustig.*

Du lachst aber gar nicht. Nun sag schon, warum bist du Krankenpfleger geworden?

*Krankenpflegehelfer. Das ist nicht weiter interessant. Du stocherst und stocherst bei mir und wirst doch nichts finden.*

Man findet beinahe nirgendwo etwas, das nicht letztlich nichts wäre. Also nichtig, also bedeutungslos. Aber so weit willst du es gar nicht treiben, stimmt's?

*Nein, ich meine nur, daß es irgendwie ganz normal gelaufen ist, daß ich Krankenpflegehelfer geworden bin. Nichts Besonderes. Mein Bruder würde den Schrottplatz übernehmen, das war klar. Mein Vater hätte gern gehabt, daß ich was lerne, um ihm später zur Hand zu gehen – Schweißer oder Automechaniker oder so. Meine Mutter fand eine kaufmännische Lehre gut. Aber dann hätte ich noch auf eine andere Schule gehen müssen, außerdem war ich im Rechnen nie besonders toll. Meine kleine Schwester ist ganz gut darin, sie hat mir öfters geholfen. Und dann kam eben das mit dem Glauben.*

Was?

*Johannes, du quälst mich, ich habe dir das alles schon erzählt: mit Sister Mary und so.*

Und? Haben die zu dir gesagt: Jetzt wirst du Krankenpfleger? Zum Pfarrer bist du zu blöde, also werde hauptberuflicher Samariter?

*Natürlich nicht. Aber wir hatten so Einsätze.*

Einsätze?

*Ja, an Wochenenden und so. Da haben wir Suppenküchen veranstaltet und armen Leuten was angeboten. Und das hat mir Spaß gemacht...*

Stephan, ich verstehe dich richtig: Es hat dir Spaß gemacht, so schön viele Arme auf einmal zu sehen?

*Nein, natürlich nicht.*

Was waren denn das für Leute?

*Na, Penner hauptsächlich. Und Fixer. Und ein paar Straßenjungs. Es war Mitte der siebziger Jahre, weißt du, da kamen auch viele Hippies von ihren Reisen zurück, manche ganz schön fertig.*

Aha, und du hattest also Spaß daran, dich Wochenende für Wochenende mit stinkenden Pennern, ausgehungerten Junkies und orientierungslosen Strichjungen zu umgeben?

*Nein, nicht so.*

Sondern? Ich will es wirklich genau wissen.

*Es war gut zu helfen. Ich war plötzlich nützlich.*

Du warst wer?

*Nein, nicht so. Ich konnte helfen. Ich wußte plötzlich, wozu ich da sein könnte.*

Das interessierte dich?

*Ja natürlich – dich nicht? Ich meine, jeder sucht doch nach einem Sinn im Leben.*

Ich nicht.

*Warum nicht, Johannes?*

Ich bin doch nicht wahnsinnig. Ich suche auch nicht in der Wüste nach einem Swimmingpool oder verlange von Carmencita, daß sie anfängt zu sprechen. Alles, was wir sehen und erleben, das, was Generationen vor uns gesehen und erlebt haben, bestätigt mich darin, daß es keinen Sinn geben kann – sondern nur einen lachhaften, armseligen Zufall, durch den wir in eine überflüssige und sinnlose Welt geworfen wurden. Alles, was wir tun können, ist, mit einer möglichst guten Haltung diese Kalamität zu bewältigen und am Ende diskret von der Amateurbühne abzutreten. Selbst das, was ich gerade sage, ist im übrigen vollkommen lächerlich, es ähnelt dem Gekrächze eines Statisten, der den Heldentenor gibt, denn nichts ist erbärmlicher als die menschlichen Versuche, die kosmische Sinnlosigkeit zu verstehen. Darüber zu sprechen ist nicht minder erbärmlich; wenn ich nicht so inkonsequent wäre, ließe ich es, denn darüber zu reden ist selbstverständlich ein erster Versuch zu verstehen. Es ist lachhaft, Christenmännlein, lachhaft! Was sind das für *kluge Thiere*, die das Erkennen erfanden? Sie lebten auf einem einsamen und kalten Stern und hielten ihre Entdeckung für bedeutend. Das war, wie der Philosoph zu Recht meint, *die hochmüthigste und verlogenste Minute der Weltgeschichte – aber eben doch nur eine Minute. Nach wenigen Athemzügen der Natur erstarrte das Gestirn und die klugen Thiere mußten sterben.* Und manche sterben schneller.

Schön, nicht wahr, dieses »Athemzüge« mit th?

*Sieht alt aus. Dein Philosoph ist wohl schon tot?*

Nietzsche.

*Der ist schon tot, ja?*

Schon lange, Christenmännlein.

*Also deine Geschichte, Johannes, die ist ja ganz schön, aber ich glaube nicht, daß sie wahr ist.*

Ach nein? Du glaubst, daß das hier alles sinnvoll ist?

*Ich glaube, daß es einen gütigen Gott gibt, der die Welt erschaffen hat und der jeden Menschen liebt.*

Amen! Aber weißt du was: Ich glaube dir nicht.

*Warum nicht? Und was nicht?*

Ich glaube dir nicht, daß du glaubst. Oder von mir aus glaubst du, aber du nimmst deinen Gott nicht besonders ernst.

*Johannes, wie kommst du denn darauf?*

Weil du überhaupt nicht wütend auf ihn bist. Das hat mich schon immer gestört: Dieses friedfertige Einverstandensein der Christen mit ihrem Herrn. Kaum ist die Rede vom lieben Gott, verwandeln sich selbst sonst ganz zurechnungsfähige Menschen in Schafsnaturen. Ist sicher kein Zufall, daß Christus gern die lieben kleinen Wolltiere zum Gleichnis genommen hat! Nein, ich behaupte: Wenn du deinen Gott wirklich ernst nehmen würdest, wärst du wütend auf ihn – weil du ihn nicht verstehst, zum Beispiel. Sieh nur, wie groß dein Zorn auf mich ist, nur weil du meinen Gedankengängen nicht folgen kannst. Da bist du viel intoleranter als ich. Um wie vieles größer müßte dein Ärger über diesen Gott sein! Der Marquis de Sade, das war ein Vorbildlicher in Sachen Zorn, der hat gewütet und getobt...

*Ich dachte, der hätte so pornographische Bücher geschrieben.*

So kannst du es nennen, wenn du willst, und dieser Teil seiner Geschichten ist auch nicht der übelste. Aber ein anderer Teil ist eine leidenschaftliche Tirade gegen Gott. Auf vielen Seiten weist er ihm seine Fehler, seine Versäumnisse – ja, die Unmöglichkeit seiner schieren Existenz nach, und so groß ist seine Verzweiflung darüber, daß er nur im totalen Exzeß vorübergehend Linderung finden kann. Der Exzeß wird nicht aus Fröhlichkeit geboren, sondern aus Trauer. Diesen de Sade, den lob ich mir in seinem rasenden Haß, in seiner Finsternis. Der Philosoph hat Gott lieber gleich für tot erklärt – für leider verstorben. Auch ein interessanter und eleganter Kunstgriff, um ihn sich vom Halse zu schaffen. Aber er hat es nicht ganz geschafft, wie man gegen Ende seines Werks merkt: Er hatte mit dem alten Christengott doch noch eine Rechnung offen. Dagegen ist Thomas Bernhard eine milde Seele, und was haben seine Ausfälle gegen die Kirche für Skandale verursacht! Da hast du sie beisammen, meine Hausheiligen, meine kleine, fröhliche Tafelrunde von Giftmischern! Mir scheint, im Lauf der Jahrhunderte ist Gott immer gleichgültiger und seine Klientel dafür immer empfindlicher geworden.

*Ich kann Gott nicht hassen oder gar auf ihn wütend sein, weil ich glaube, daß er gut ist. Nicht Gott hat Krankheit und Kriege in die Welt gebracht – wir Menschen waren es.*

Und in seiner großen Güte hat er dafür gesorgt, daß meine Mutter und mit ihr Hunderttausende anderer Frauen einen Gendefekt in sich tragen, von dem sie nichts wissen können, bis sie einmal einen männlichen Nachkommen gebären und dieser eine tückische Erbkrankheit mit auf den Weg in sein gottgeschenktes Leben nimmt: Muskeldystrophie Typ Duchenne. Führt zwangsläufig zu Mißbildungen und Muskelabbau. Tod nach etwa zwanzig Jahren. Entweder deinem lieben Gott ist da ein kleiner Fehler unterlaufen – vielleicht hat er's nicht so mit der Genetik – oder es ist Absicht, dann allerdings ist dein lieber Gott ein ziemlich grausamer Gott, wofür im übrigen noch einiges andere spricht. Würde dein Weltengründer zu seiner abgründigen Seite stehen, fände ich ihn womöglich interessanter!

*Ich verstehe, daß du wütend bist. Aber ich glaube nicht, daß Gott einen Fehler macht, wir verstehen ihn bloß nicht immer.*

Natürlich verstehst du Gott nicht. Denn das fehlte noch, daß dieser Gott einer wäre, den du verstehen könntest! Aber Spaß beiseite: Wann gedenkst du denn, ihn zu verstehen? Glaubst du überhaupt, daß das im Prinzip möglich ist? Erzähl mir nicht, daß du dich darum bemühst, denn jede noch so kleine Erkenntnis muß doch dein Weltbild ins Wanken bringen, weil sie den Hauch von Freiheit atmet. Verständnis ist riskant! Da sind wir lieber gut und beten für die armen verirrten Sünderlein, die sich die Mühe des Lesens und Denkens machen. Und die Mühe des Fühlens und Verzweifelns eben auch. Weil man ja weiß, wie beschränkt die Mittel sind.

Daß unser Denkvermögen eigentlich ein Witz ist – wie alles. Was für eine gloriose Selbstüberschätzung des Menschen, diesen Gott, so er existierte, begreifen zu können! *Wenn* er existierte – als Prinzip, als Geist, als Idee, als Urgrund, und ich lasse mich als reine Spekulation einmal darauf ein –, dann müßte er so weit weg von all dem hier sein, von deinen und meinen Gedanken, von dieser Hemisphäre, vom System der Milchstraße, vom Universum, von Geschichtlichkeit und überhaupt einem Sein, das in unseren Kategorien beschreibbar ist, daß als Sphäre des Göttlichen eigentlich nur eines bleibt: die totale Gleichgültigkeit. Das ist göttlich. Und damit allerdings auch bedeutungslos. Insofern käme ich diesem göttlichen Ich sogar am nächsten, indem ich ihm vollkommen gleichmütig gegenüberstehe. Wie dem Leben. Wie dem Tod. Der Philosoph sah das übrigens ähnlich, er amüsierte sich darüber, wie wichtig der Mensch seinen Intellekt nimmt, mit welcher Leidenschaft: *Könnten wir uns aber mit der Mücke verständigen, so würden wir vernehmen, daß auch sie mit diesem Pathos durch die Luft schwimmt und in sich das fliegende Centrum dieser Welt fühlt.* Die Buddhisten haben eine Ahnung davon, wenn mir ihre Buddha-Statuen auch wiederum nur als Karikaturen dieser Idee der heiteren Gleichgültigkeit erscheinen. Aber so ist es immer: Denken wir über Gott nach, gelingen uns nichts als Witze.

*Ich verstehe nicht, wie du ohne Glauben dein Leben erträgst.*

Ich ertrage es gar nicht, Stephan. Ich finde es vollkommen unerträglich, und das hat nicht nur etwas mit der Muskeldystrophie zu tun. Ich finde das Dasein auf diesem Planeten grundsätzlich unerträglich – schon aus dem eben beschriebenen Grund. Du mußt dich kleiden, nähren, entleeren, deine Triebe einigermaßen befriedigen, mit allerlei Menschen verständigen und auseinandersetzen, die nur der Zufall in deine Nähe geführt hat – kurz: Du bist verurteilt, dich entsetzlich wichtig zu nehmen, und weißt doch gleichzeitig, daß das alles vollkommen sinnlos ist. Du bist verdammt dazu, in einer Komödie mitzuspielen, in der es nicht einmal ein Publikum gibt, das applaudiert – jedenfalls hoffe ich, daß nicht irgendwo im Weltraum, unwahrnehmbar für uns, eine intelligentere Spezies als wir die menschliche Komödie als Soap genießt. Sie hätten allerdings wenig Freude daran, denn die Gags wiederholen sich seit Jahrhunderten.

*Ich hielte eine solche Weltsicht nicht aus. Mich macht das ganz traurig.*

Es ist ja auch traurig. Und saukomisch zugleich. Wie jede Komödie. Wie hältst du denn dein eigenes Leben aus?

*Johannes, ich bin ein viel schlichterer Mensch. Ich glaube, ich lebe hier, weil Gott mich hier gewollt hat. Und meine Aufgabe ist es, meinen Platz in der Welt zu finden.*

Und den hast du gefunden, indem du mir und dem alten de Vries den Arsch abwischst und hoffst, mir gelegentlich aus der Bibel vorlesen zu können.

*Wenn du so willst. Ich habe irgendwann gelernt, daß ich nicht besonders geschickt mit technischen Dingen bin, aber daß ich Menschen helfen kann. Weißt du, ich habe dir von unserem Schrottplatz erzählt, aber das ist alles schon lange her. Inzwischen hat mein Bruder die Firma übernommen mit seiner Frau, und meine Mutter hatte wohl gehofft, daß sie nach dem Tod meines Vaters da würde bleiben können, aber das ging nicht gut. Und dann wurde sie auch krank, Altersdiabetes und so, und sie hat das mit dem Spritzen nie so richtig gelernt. Ja, und so bin ich da allmählich reingerutscht.*

Und jetzt lebt deine Mutter bei dir?

*Ja, wir haben uns eine nette kleine Wohnung genommen. Nichts Besonderes, aber jeder hat sein kleines Reich. Und keiner ist allein. Und sie hat eben jemanden, der da ist. Mir macht das nichts aus. Sie ist schließlich meine Mutter. Es ist schön, wenn ich nach Hause komme und da wartet jemand. Wenn ich eine Frau hätte, wäre das natürlich was anderes.*

Das ist dein Leben? Mit deiner Mutter zusammenleben und Menschen helfen und am Vortag deines Geburtstags, der eigentlich der deines Bruders ist, einen Bienenstich backen?

*Ja, ich glaube schon.*

Und du meinst, daß sie dich dafür lieben?

*Nicht unbedingt. Aber ich kann helfen, ein bißchen Güte und Wärme in die Welt zu bringen. Ich bin kein großer Redner oder Denker so wie du. Aber ich habe meinen Frieden.*

Das heißt, wenn du morgens aufstehst und hierher kommst, dann kommst du mit dem Willen hierher zu helfen?

*Ja, sicher. Was ist daran so schwer zu verstehen?*

Ich finde es nicht schwer zu verstehen. Ich finde es entsetzlich! Geradezu bedrohlich. Thoreau hat gesagt: Wenn ich wüßte, daß jemand in mein Haus käme mit der festen Absicht, mir Gutes zu tun, würde ich um mein Leben laufen. Christenmännlein, du bist nicht fair, denn ich kann nicht weglaufen! Und die Akkus vom Rolli reichen gerade für drei, vier Stunden Flucht!

*Ich kenne diesen Thoreau nicht. Was ist so schlimm daran, sich helfen zu lassen?*

Nichts, Stephan. Es ist nur schlimm, in die Hände der vorsätzlich Barmherzigen zu fallen. Teil ihres Programms zu werden. Denn sie etablieren ein System. Und dieses System heißt Macht. Du bist bedürftig, und sie helfen. Du bist klein, und sie sind groß. Du bist ohnmächtig, und sie wenden sich in ihrer Güte dir zu. Darauf scheiße ich. Nein, danke, kein Interesse.

*Warum bist du so wütend?*

Weil ich gegen dein Machtsystem protestiere. Ich mache da nicht mit. Ich will dein Mitgefühl und deine Barmherzigkeit nicht, weil mich das erst hilflos macht. Ich will statt dessen einen Deal. Du machst deinen Job, und ich bezahle dich dafür. Ich – also an meiner Statt die Krankenkasse, das Sozialamt, der Staat. Nur so kann es gehen.

*Warum redest du dann mit mir?*

Du hast recht, das ist letztlich ein Widerspruch. Aber ich habe die aberwitzige Hoffnung, auf diese Weise vom Objekt zum Subjekt zu werden. Ich habe die Hoffnung, wahrgenommen zu werden – ich, Johannes.

*Gibt es eigentlich irgendwas, was du nicht weißt? Worauf du keine Antwort hast?*

Ja, den Tod. Und das macht mich verrückt.

# 7. Sabine Harms

Ich schreibe. Ich schreibe mit fliegenden Fingern. Ich werde Fehler machen, gewiß. Mein früherer Chef hat das immer kritisiert:

»Nicht so schnell, Bine, Sie werden hier nicht für Geschwindigkeit bezahlt, immer schön ruhig und korrekt! Wer ist denn hinter Ihnen her, Bine?« Als Perforatortasterin war ich unschlagbar. Auch auf den alten Lochstreifen, die wir zu benutzen hatten; alle Texte und Anzeigen auf Lochstreifen, eine unvorstellbare Maloche nach heutigen Maßstäben. Wir waren vierzehn junge Frauen, vierzehn Ungelernte, die Geld verdienen wollten, die noch etwas vorhatten, die um die Wette schrieben im Akkord und den Setzern, die vorbeischlenderten, schöne Augen machten. »Cleopatra« nannten sie mich wegen des Lidstrichs. Und sahen, daß Cleopatra flinke Finger hatte und daß sie die Maschinen mochte. Und so wurde Cleopatra weggeholt von den anderen, weggeholt von den Lochstreifen und wurde Setzerin. »Ich wußte immer, daß du einen Ehrgeiz hast!« sagte der Chef, aber da wußte er mehr als ich. Es geschah einfach. Es hatte nichts mit mir zu tun. Ich spürte es nur, wenn ich arbeitete, wenn die Muskeln sich verhärteten vor Anstrengung. Wenn ich einen metallischen Geschmack auf der Zunge schmeckte wie Blut.

Ich sitze und schreibe, als wäre jemand hinter mir her. Ich trage den alten schwarzen Jogginganzug und habe Erde unter den Fingernägeln. Nein, keine Friedhofserde. Die Blutpflaume auf dem Balkon bekommt eine letzte Chance. Ich habe sie umgetopft heute früh und keinen einzigen Schädling entdecken können. Sie hat nichts. Sie kann nichts haben. Sie kümmert trotzdem. Nie finde ich das rechte Maß an Fürsorge. Früher hätte ich mich unter keinen Umständen an die Maschine gesetzt, ohne gewaschen und korrekt gekleidet zu sein. Ich meine, jeder Maurer zieht zunächst seinen Overall oder seine Latzhose und die Sicherheitsschuhe an, bevor er aufs Gerüst steigt. Ich stürze jetzt vor den alten Sicherheiten davon.

Ich bin wieder in die Redaktion gegangen, nach drei Tagen des Krankseins. Das Gefühl an diesem Morgen ist nicht neu, es ist nur schärfer, ich spüre die Konturen, fast hätte ich das benennen können, was jahrelang nur Dumpfheit war und Müdigkeit bei einer gleichzeitigen inneren Angespanntheit. Wenn man immerzu auf der Hut ist, macht das immerzu müde. Wissen sie etwas? Wissen die anderen etwas?

Die Kollegen wie immer, gleichmütig, freundlich, wie Halma-Mannschaften auf einem Spielbrett, geordnet und harmlos. Jeder an seinem Platz. Dieser Platz ist beliebig, er könnte ein anderer sein und war es vor Jahren womöglich auch. Das kümmert uns hier längst nicht mehr. Die Halma-Figuren werden gezogen, überholen einander gelegentlich, aber ohne Bösartigkeit, ohne wirklichen Ehrgeiz. Wir schlagen uns nicht, wir wurschteln uns durch. Wir ziehen in ein anderes Haus. Rot nach Rot, Blau nach Blau, Gelb nach Gelb. Sabine raus, Hilke rein. So war das, als die kleine Zeitung vor Jahren aus der Innenstadt auf die große Wiese zog, so ist es jetzt. Guten Morgen, guten Weg, wer sich aufregt, fällt auf, aufregen darf sich nur der Chef. Man erkennt ihn geradezu daran. Der Pförtner hingegen ist der Gleichmut selbst. Der Pförtner legt die Hand an die Mütze, die er seit Jahren nicht mehr tragen soll: Guten Morgen, Sabinchen. Die Mütze ist schlecht für die Corporate Identity. Wir sind ein auf die Wiese gezogener moderner Verlag mit einer modernen Zeitung. Diese Parole hat Schmidt ausgegeben, der neue Verleger. Mit der Devise »Je moderner die Zeitung, desto weiter weg ist sie von der Stadt« ist er trotzdem nicht einverstanden. Weil Glückstadt eigentlich keine Stadt sei. Keine richtige jedenfalls, sondern nur eine aus den Fugen geratene Festung, sagt Schmidt und seufzt sein süddeutsches Seufzen. Glückstadt, ein Soldatentraum. Gegründet als dänische Antwort auf Hamburg. Doch selbst in der Gründungsphase waren die Bürgerhäuser hier bescheidener geblieben als im konkurrierenden Friedrichstadt, das weiter nördlich liegt, selbst die Walfangflotte und die Seifensiedereien hatten Glückstadt nicht dauerhaft wohlhabend gemacht. Ein paar falsche Bündnisse hier, ein paar Belagerungen dort – und wenn die Glückstädter heute über den Deich klettern, sehen sie nichts als eine Sandbank. Und dahinter ziehen die Schiffe weiterhin ungerührt nach Hamburg... Diese Geschichte erzählt Schmidt jedem Besucher, was er jedoch nicht erzählt: Nach Hamburg zieht es auch ihn, aber das gilt es von langer Hand einzufädeln und bis dahin hier möglichst gute Arbeit zu leisten. Den neuen Chefredakteur hatte Schmidt aus Konstanz gleich mitgebracht. Uhlen hatte natürlich keine Ahnung von einem Ort wie Glückstadt, aber er hat die Nummer mit der CI gefressen. Und nimmt dem Pförtner, der Sabinchen sagt, immer die Mütze weg.

Der Pförtner soll also seine Mütze nicht mehr tragen. Aber er darf weiterhin Sabinchen zu mir sagen. Wir standen vorher an einer Maschine. Vergiß das nicht, sagt der Pförtner gelegentlich. Vergiß nicht, daß ich dabei war, als du noch ein kleines Lehrmädchen warst. Ich war dabei, als sie dich gegautscht haben. Und dann haben wir Unmengen von Aquavit zusammen getrunken, Gott, was haben wir für Unmengen von Aquavit getrunken, was, Sabinchen?! Und jetzt stehe ich hier und winke Schmidt und Uhlen durch.

Ich denke oft ans Gautschen, wenn ich Helms, den Pförtner, sehe. Keiner ist tiefer gefallen als er, denke ich manchmal, tiefer noch als die, die sie in den Vorruhestand geschickt haben. Dafür war Helms zu jung. Aber zum Umschulen war er zu alt. Das fand er jedenfalls selbst, und heimlich fanden es die anderen wahrscheinlich auch.

Helms war früher ein stattlicher Mann. Einer, vor dem man unwillkürlich Respekt hatte, noch bevor man ahnte, wie viel der Setzer wußte. Ich habe viel von Helms gelernt, vielleicht alles, aber immer, wenn ich an Helms denke, denke ich ans Gautschen: Der Lehrling, der ausgelernt hat, wird von den Kollegen unter viel Geschrei und Gelächter an Armen und Beinen gepackt und in eine Wanne mit eiskaltem Wasser gesteckt, natürlich nicht, wie Helms damals lachend sagte, ohne ihn vorher anständig örtlich zu betäuben. Sind ja keine Unmenschen! Also aufgesperrt den Schnabel! Und rein mit dem Schnaps, Mädchen. Und weil ich das Mädchen war, die einzige Frau bei den Setzern, mußte ich noch mehr trinken, und es wurde noch mehr gelacht, und dann saßen wir alle triefend zusammen und gaben uns den Rest, und der Chef überreichte mir feierlich mein Gautschdiplom und sagte: Sabine, jetzt gehörst du dazu.

Daran denke ich, wenn ich Helms sehe. Der Schnaps ist geblieben, die Setzerei ist weg. Ganz weg natürlich nicht, aber was früher eine beeindruckende Halle war, mit etlichen Gassen voller Maschinen und Menschen, das Herz des Verlags, das pulsierte und pochte und das kein Arbeiter aus einer anderen Abteilung, nicht einmal ein Drucker, ohne eine leichte Nervosität betrat, weil wir, die Setzer, eine ganz eigenwillige Gemeinschaft waren und eben anerkanntermaßen die wichtigste – was früher also das Zentrum war, die Schaltstelle, das ist jetzt ein ziemlich leerer, nüchterner Raum im Dienstleistungssektor, in dem noch ein paar verlorene Gestalten Anzeigen setzen, die ihnen die Geschäftskunden meist schon mit fertigem Layout per Email schicken. So ein Altgedienter wie Beeken verzieht dann schon mal das Gesicht wegen des Sammelsuriums von Schriften und Stilen, die ein Bäckermeister locker in einer Anzeige unterbringt, aber was soll man machen? Der Kunde ist König, und kein Mensch hat mehr Zeit, anzurufen und zu sagen: Hören Sie mal, die Schrift ist nicht gut, nehmen Sie lieber die und die. Und kommen Sie doch mal rum, das sagt erst recht keiner mehr. Die Halma-Männlein werden weniger, immer weniger Häuser auf dem Spielfeld sind besetzt. Und daß die Arbeit keine Arbeit mehr ist, jedenfalls keine richtige, wie Helms sagen würde, keine, die hungrig und die müde macht, das ist das Schlimmste. Immer, wenn ich Helms sehe, denke ich ans Gautschen, vielleicht, weil das ein Beginn sein sollte, der Beginn meines Berufslebens als Setzerin, aber es war, was keiner von uns gedacht hätte, eher das Ende, ein fröhlicher, ein würdiger Abschluß, sicher, aber nicht der Auftakt zu einem erfolgreichen Berufsleben. Immer, wenn ich gerade so weit war, etwas genießen zu können, wenn ich über Fertigkeiten und Mittel dazu verfügte, ist es verschwunden. Ich wurde gegautscht, und ein Jahr später begannen die großen Streiks, und noch ein paar Jahre später saß ich in der Anzeigenabteilung und jetzt in der Redaktion. Ich grüße also Helms ganz kurz und denke zum ersten Mal, daß er nichts weiß, nichts Konkretes jedenfalls, und dann fährt es mir plötzlich in den Bauch, daß er vielleicht doch was weiß, schließlich stand der Mord an Johannes Grundig in der Zeitung, auch in unserer Zeitung, und Helms lernt die Zeitung immer noch quasi auswendig, so haben wir früher gewitzelt, keiner liest das Blatt genauer als ein Setzer, selbst wenn der Setzer jetzt Pförtner ist. Ich habe mich noch einmal umgesehen, aber Helms ist längst in seinem Glashäuschen verschwunden, das ihm die neue Verlagsleitung hat bauen lassen, keine Pförtnerunterkunft mehr, sondern ein gedrungener Pavillon, auf dem Eingang steht und Info.

In der Redaktion ist alles ruhig. Sie sitzen und schreiben. Sie sind sicher ausgeschwärmt wie jeden Morgen und haben Informationen eingeholt, Statements, Interviews. Nun sind die ersten zurückgekommen mit ihrer Beute und füttern den großen, hungrigen Vogel, die Zeitung. Noch ein paar Stunden bis Redaktionsschluß. Wir sind eine kleine Zeitung, aber auch dieser Vogel will gefüttert sein. Auf die große Weltlage können wir uns nicht verlassen – sicher, das wollen die Leute hier ebenso lesen wie in Hamburg: Nahostkonflikt, Ozonloch und ein von allen guten Geistern verlassener Verteidigungsminister, der mit der Liebsten im Pool planscht –, aber im Zweifel kriegen sie das doch besser abends vorm Fernseher, das wissen die Leute, also die Leser. Was sie aber von uns erwarten können, ist, daß wir ihnen alles hier aus der Gegend berichten, was irgendwie berichtenswert erscheint.

Ilse schwitzt. Sie stellt diese Woche »die Sieben« zusammen, die Seite mit den bunten Meldungen aus dem Lokalteil. Ilse entscheidet, ob das Firmenjubiläum von Betten-Hintze erscheint, obwohl nicht einmal ein drittklassiger Schlagersänger aufgetreten ist – aber die Anzeigen, Ilse, die Anzeigen! – oder ob der Wettbewerb der Pudelzüchter doch die besseren Chancen hat, denn da gibt es Fotos. Fotos von lavendelfarbigen Hunden mit unterwürfigen Blicken und ihren ihnen wie aus dem Gesicht geschnittenen Halterinnen. Gebongt! Die Hunde sind gekauft. Ilse schwitzt. Sie haßt den Job. Der aber im Zweifel wichtiger ist als der hart umkämpfte Kommentar auf der Eins. Polizei erlegt wild gewordene Rinder. Auszeichnung für die türkische Gemeinde in Kiel. Eine Anfrage zur Aufsicht in Pflegeheimen. Die schaffen es schließlich auch noch auf Ilses Seite sieben. Nebenan brüllt Uhlen, wahrscheinlich wieder einmal mit der Volontärin. Uhlen muß einmal am Tag brüllen, er brüllt, als ob er sich das schuldig wäre oder seiner Rolle. Als könne er sonst selbst nicht glauben, daß er hier der Chef ist. Von Natur aus ist Uhlen eigentlich ein wortkarger

Schwabe, der findet, daß Zahlen und Fakten ausreichen müssen, um seine Mitarbeiter zu überzeugen. Das Brüllen hat er sich hier angewöhnt, wie er selber sagt. Er verschafft sich so Luft, sagt er. Aber kein Gehör, sagt Thies. Vielleicht hört ihn ja mal jemand südlich der Mainlinie, sagt Thies bisweilen boshaft. Das ist wahrscheinlich mehr so ein Bewerbungsurschrei: Holt mich hier raus. Aber da gibt's wohl nicht viel Hoffnung, sagt Thies. Und keine Hoffnung heißt: auch keine Hoffnung für Thies. Denn Thies ist der zweite Mann in der Redaktion, und er haßt Uhlen.

Gerade biegt Boje um die Ecke, unser Praktikant, mit einem bewußt müden Lächeln, das ihm offensichtlich äußerste Anstrengung abverlangt. »Klasse Stimmung hier, was?« Jetzt grinst er doch.

Ich gehe zu meinem Schreibtisch. In einem Fenster links oben auf dem Bildschirm sind die Aufmacherthemen der vergangenen Tage mit ihren Überschriften aufgelistet: Giftalarm in der Elbe – Illegale Einleitungen. Sportlicher Liberaler – der Politiker will in Uetersen per Fallschirm ankommen. Und: Tod im Müll. Der rätselhafte Fall eines Behinderten. Ilse blickt auf, sieht mich an. Ich kann in ihrem Gesicht nicht lesen, nicht mehr. Und dabei ist Ilse die mir vertrauteste Kollegin. Ich kenne mich nicht mehr aus. Ilse nestelt an ihrem Anhänger: ein Herz an einem Fellband wie ein nach außen gestülptes Tier.

»Hast du Thies gesehen?«

Ilse schüttelt den Kopf, unbefangen, wie mir scheint. Keine Frage, Ilse weiß nichts. Uhlen weiß nichts, die Volontärin schon gar nicht, und beide können mir gestohlen bleiben. Boje hat nicht auf den Bildschirm geschaut, er hat einen Taschenspiegel aus der Cargohose gezogen und richtet ein aufwendiges Chaos in seinen Haaren an. Immer sind diese Jungen mit ihren Haaren beschäftigt, lauter männliche Rapunzel. Und Thies? Im Waschraum lasse ich mir kaltes Wasser über die

Handgelenke rinnen. Kalt, sehr kalt. Im Spiegel entdecke ich ein beherrschtes, mir fremdes Gesicht. Die Augen weichen mir aus. Ich kehre in die Redaktion zurück. Mein Platz gegenüber Ilse. Ich wische die Schreibtischplatte ab. Der Kunststoffreiniger beißt in den Augen. Kein Staub. Ilse arbeitet.

»Da ist ja meine Hübsche!«

Küßchen, eine Umarmung: Thies, der immer seine Extravaganzen pflegt, in allem: in seinen Artikeln, in denen er sich am liebsten mit Architektur und Städtebau befaßt, aber auch in solch alltäglichen Dingen wie Begrüßungen. Thies, der Prince Charles als seinen Geistesverwandten empfindet, denn wie der englische Thronfolger kann sich auch Thies aufregen über jeden Neubau, der die Silhouette der Altstadt um ein Stockwerk überragt. Thies, der sich als Puristen sieht, als einen Ästheten der alten Schule, der Einstecktücher mit Paisleymuster trägt und Schiebermützen aus Tweed, was ihn aber nicht daran hindert, eine halbe Stunde in die Vorstadt zu fahren, um den unscheinbarsten Landwein bei Aldi oder Lidl noch einen Euro billiger zu bekommen. Thies, der Gebildete, der Filme von Chabrol und Tarkowski liebt und mit einer Fleischwarenfachverkäuferin zusammenlebt, die er schätzt, weil sie so anspruchslos sei. Wahrscheinlich bringt sie ihm die Schweinekoteletts zum Einkaufspreis, lästert Ilse gelegentlich. Ilse ist Vegetarierin, aber beim Halmaspielen mit Thies und Astrid macht sie eine Ausnahme. Wollen mal nicht so sein, sagt sie dann und kratzt behutsam die Remouladensauce vom Fleisch.

»Hallo, meine Hübsche«, sagt Thies also, Küßchen rechts, Küßchen links, dann ist auch das überstanden, und ich kann ihn fragen.

»Hilfst du mir, Thies?«

Ich erzähle, daß ich einen Computer erstanden habe, gebraucht, billig, aber ich muß ihn abholen und selber installieren, und…

»Schon gut«, sagt Thies »Freitag? Ich rufe dich heute abend noch mal an, mal sehen, was Sweety vorhat.«

Sweety ist Astrid, die anspruchslose Fleischfachverkäuferin. Es ist einundzwanzig Uhr, als Thies sich meldet.

»Freitag hab ich Frühdienst, und du hast frei. Dann können wir den Kram holen. Nein, wirklich, kein Problem. Schönen Gruß von Astrid auch.«

Daß Astrid mich grüßen läßt, ist fast ein bißchen peinlich. Sie ist eine gute Seele, und wie mit allen guten Seelen kann man auch mit ihr nichts anfangen. Das hat Ilse gemeint, als wir wieder einmal bei den beiden zum Halmaspielen eingeladen waren. Das Halmaspiel hat Thies zum Fünfzigsten bekommen; es ist kein normales Brettspiel aus gepreßter Pappe oder billigem Kiefernholz – nein, Uhlen hat das Tableau mit der Silhouette von Glückstadt in einer Werkstatt der örtlichen Behindertenhilfe entdeckt, die Figuren sind stilisierte Bürger des 18. Jahrhunderts, und in der Mitte prangt Fortuna, die Glücksgöttin. Und Thies, der anspruchsvolle Thies, war sichtlich beeindruckt.

»Da kann man fast vergessen, was für ein blödes Spiel dieses Halma eigentlich ist!« sagte er, bemüht, seine Rührung zu verbergen, als Uhlen ihm das Geschenk in der Redaktion überreichte.

In den sechs Häusern des Spiels sind die Wahrzeichen der Stadt verewigt, das Provianthaus der ehemaligen Festung, die der Dänenkönig Christian zu Beginn des 17. Jahrhunderts bauen ließ, das Brokdorffpalais, in dem heute das Stadtarchiv untergebracht ist, der Leuchtturm von der Nordermole des Hafens, wo sich bei den Matjestagen im Juni die Touristen drängeln, das Rathaus, eine Elbfähre, die gerade am Rethövel vorbeifährt, dem städtischen Gefängnis, und der schmiedeeiserne Kandelaber, der den Marktplatz schmückt. Von diesem kleinen, eher bescheidenen Marktplatz aus sollten schnurgerade Straßen abgehen und exakt zweihundertfünfzig Meter weiter auf Bastionen treffen, die ihrerseits durch Wallstraßen miteinander verbunden werden sollten. Schnurgerade, militärisch ordentlich und übersichtlich, aber gleichzeitig sicher und modern sollte die Garnisonsstadt Glückstadt werden, eine geometrische Zauberei, ein ganz und gar regelmäßiges Sechseck, eine perfekte Radialanlage – vorbildlich in ihrer Wehrhaftigkeit und bewunderungswürdig in ihrer Schönheit … Der Plan wurde nur zu Teilen umgesetzt, allein die östliche Stadt wurde Wirklichkeit.

Und so haben wir mit Halma angefangen, obwohl Thies eigentlich lieber Backgammon oder Schach spielte, aber irgendwann hatten wir das schöne Spiel, und jetzt blieb es dabei. Und meistens trafen wir uns bei Thies und Astrid, die nach sechs oder sieben Jahren mit Thies immer noch diesen stolzen Blick hatte, wenn Ilse und ich klingelten: Wir haben Besuch! Und dann saßen wir um den Kirschholztisch, den Thies von Glückstadts einzigem Antiquitätenhändler gekauft hatte, tranken Tee und manchmal Bier und schauten uns vielsagend an, wenn Astrid wieder ihre überbackenen Toasts servierte oder in Kochschinken eingewickelte Spargelstangen, denen man ihre Dosenreise aus Taiwan deutlich anschmeckte.

»Du«, sagt Thies, »wie geht es dir?«

»Danke, alles bestens«, sage ich. »Kleine Magenverstimmung.«

»Das meine ich nicht«, sagt Thies.

Sagt aber auch nicht, was er meint.

»Dann wollen wir mal los.«

Dieselbe Reise wie ein paar Tage zuvor. Thies mag keine Fähren, also wieder auf die Autobahn und dann nach Hamburg. Und dort am Bahnhof noch in einem der neuen Hypermercados blitzflink ein Sonderangebot mitgenommen, und diesmal dann *über* die Elbe, die Elbbrücken auf eisenfester Trasse, schnell, schnell, und dann die A1. Rade, Hollenstedt,

Sittensen, und Thies fragt, wie es wäre mit einem Vanilla-Dream im Drive In? Er spricht das möglichst so aus, wie es seiner Meinung nach wohl Prince Charles tun würde, aber ich glaube nicht, daß Prince Charles an so einer Junkfood-Bude einkehren würde. Wer weiß, sagt Thies, als wüßte er's, und wir debattieren eine wohltuende Weile über Ökolebensmittel und sind im Nu bei genmanipulierten Tomaten und dem Dreck aus Holland und haben von all dem so angenehm wenig Ahnung, daß wir uns rechtschaffen ereifern können, ohne uns in die Haare zu kriegen oder irgendwelche Konsequenzen fürchten zu müssen, und sei es auch nur gesprächsweise.

Das Heim. Es kommt mir armseliger vor als beim letzten Mal.

»Wenn die Sonne scheint, sieht es hier ganz hübsch aus«, sage ich.

»Ich will hier eigentlich nicht einziehen«, meint Thies und zieht seine Schiebermütze zurecht. »Wo ist es, von wem holen wir den Kram?«

Offensichtlich hält er das Ganze für eine Form von Rabattaktion.

»Es ist... es ist eine Art Nachlaß«, sage ich, und da kommt schon die Heimleiterin auf uns zu und begrüßt uns. Sofort geht sie davon aus, daß Thies mein Mann oder Freund ist und führt uns ins Haus. Da ist der Gang, da ist der nächste, C 1, da, das Zimmer... Thies zieht hörbar die Luft ein. Du meine Güte! Die Heimleiterin wischt sich die Hände an ihrem makellos weißen Kittel ab.

»Tja, dann lasse ich Sie mal allein. Haben Glück, daß die Spurensicherung schon durch ist. Wenn die gewußt hätten, daß ich Sie schon mal reingelassen habe...«

Thies zieht eine Augenbraue hoch, sagt aber nichts. Wartet, die Hände in den Hosentaschen.

»Also dann...«

Endlich ist sie weg. Thies bewegt sich langsam durch den

Raum, fast auf Zehenspitzen, als fürchte er, irgendwo anzustoßen und dann das ganze kranke Kartenhaus einzureißen. Ich sehe ihm die Fragen an, die er nicht stellt. Endlich, weil irgend etwas passieren muß, gehe ich zum PC, ziehe einen Stecker aus der Wand, beginne, ein Kabel aufzurollen. Thies starrt auf meine Hände, dann macht er mit. Wir arbeiten rasch, beinahe wortlos, als könne uns noch jemand aufhalten, als seien wir widerrechtlich hier.

»Verdammt noch mal!«

Thies hat sich sichtlich erschrocken, springt zurück, fährt sich durchs Gesicht, die Mütze rutscht ihm dabei vom Hinterkopf, er bückt sich hastig, um sie aufzuheben, klopft sie eilig ab, als sei sie in widerwärtigen Dreck gefallen.

»Thies…?«

»Da war was, irgendwas war da…«

Er fährt mit den Fingern durch die Luft. Ich ahne, was es ist: Thies hat in der Nähe des Terrariums Kabel sortiert, und da sind sie, die Reste eines Spinnennetzes. Eines umfangreichen, eines geradezu gewaltigen Spinnennetzes.

»Schau nur…«

Wir schalten die Lampe am Schreibtisch an und drehen sie zum Terrarium. Thies ist mitten in das Kunstwerk hineingelaufen, aber so viel ist immerhin noch zu erkennen: Ein sicher halbmetergroßes Radnetz hat hier gehangen, nur wenige Staubflocken hatten sich darin verfangen, so daß es im Halbdunkel kaum zu erkennen war.

»Bäh…«

Thies, der Stadtbewohner, gruselt sich.

»Mit Sauberkeit hatten sie es hier nicht so, was?! Was für ein Tier die hier wohl gehalten haben?« Er wirft einen Blick in das Terrarium: »Für einen Hamster ein bißchen aufwendig, das Ganze…«

»Es war eine Spinne«, sage ich. »Der Junge hat eine Spinne gehalten.«

»Sachen gibt's!« sagt Thies. Er schüttelt den Kopf. »Aber warum ist das Netz dann außerhalb von diesem komischen Käfig? Groß genug wäre er doch allemal?«

Ich habe auch keine Erklärung. Außer der Mutmaßung, daß die Spinne aus dem Terrarium geflohen sein muß, aber eben nicht sehr weit. Gerade weit genug, um außerhalb der Behausung, die ihr die Menschen zugedacht hatten, ein ausladendes Netz zu bauen – und dann zu sterben. Wieder zurück im gläsernen Käfig. Ergibt das einen Sinn? Aber sicher hatte niemand die bereits tote Spinne zurückgelegt, das Zimmer hier machte nicht den Eindruck, als habe sich irgend jemand Mühe mit dem Aufräumen gegeben. Nein, die Spinne war wahrscheinlich ausgebrochen, um ein Netz zu bauen...

Thies wird allmählich ungeduldig. »Ich will dich ja nicht bei deinen zoologischen Betrachtungen stören, aber wir sind doch nicht wegen einer Spinne hier, oder? Ich fang dann schon mal an...« Er fragt nicht nach dem Jungen. Er ist mit Machbarkeiten beschäftigt.

Es klopft. Diesmal klopft er immerhin. Der Pfleger mit dem Teiggesicht steht in der Tür und fragt, ob er helfen kann. Dabei wirkt er eigentlich selbst so, als habe er Hilfe nötig: Seit meinem ersten Besuch hier ist er noch weiter aufgeschwemmt, das Gesicht ist fast vollkommen konturlos und so bleich, daß es sich kaum abhebt von der hellen Zimmertür, die er eilig wieder hinter sich geschlossen hat. Die Haut hat die Falten, die mir beim letzten Mal auffielen, aufgefressen. Sie sind untergegangen in der Gesichtsmasse. Tiefe Ringe unter den Augen. Er hat sicher nicht viel geschlafen.

»Ich wollte mit Ihnen reden...«, sagt er nun lahm und sieht zu Thies herüber. Das paßt mir gar nicht.

»Nicht jetzt«, sage ich eilig, während Thies zu uns schaut, dann aber beschließt, daß ihn das alles nichts angeht und sich weiter am Computer zu schaffen macht. Nicht jetzt, sage ich also und bin, ohne es zu bemerken, zu diesem nichtssagenden, aber irgendwie alarmierenden Mann gegangen und sehe, daß er zittert.

»Ihr kennt euch, ja?« fragt Thies. »Dann will ich euch einen Vorschlag machen: Ihr faßt mal eben mit an, und dann drehe ich 'ne kleine Runde, und ihr könnt hier so lange reden, wie es euch gefällt! Nein, nein, schon gut, ich habe nichts weiter vor…«

Wir fassen mit an. Tragen den Monitor und den PC, die Kabel und Stecker, die Verlängerungsschnüre und den Drucker ins Auto. Wickeln ein paar Decken drum herum, Thies knallt den Kofferraum zu: geschafft. Niemand hat uns aufgehalten, alles scheint seine Richtigkeit zu haben fürs erste.

Und dann sitze ich neben diesem seltsam alterslosen Mann auf dem Bett.

Und er schaut mich mit seinen wässrigen Pflegejungenaugen an und sagt: »Ich bin so froh, daß Sie da sind.« Und: »Ich war's nicht.«

Und schlagartig spüre ich, daß mindestens einer der beiden Sätze gelogen ist. Wieder klopft es, und ich ärgere mich über Thies und sein Taktgefühl, das nichts nützt, aber es ist nicht Thies, der jetzt die Tür öffnet, sondern eine schöne junge Frau in einem weißen Kittel. Der Mund der jungen Frau vibriert, und sie nimmt ihre häßliche Brille ab und sagt:

»Stephan… Es tut mir leid… Die Polizei ist hier, und sie fragt nach dir…«

Und dann stehen die beiden Uniformierten auch schon hinter ihr.

# 8. Johannes Grundig

## C:\Eigene Dateien\Das Dreamteam\VII

Stephan, was ist nun mit deinem älteren Bruder?

*Nichts! Was soll mit ihm sein?*

Du hast gesagt, daß ihr nur elf Monate auseinander seid und daß deine Eltern deswegen eure beiden Geburtstage immer zusammen gefeiert haben.

*Stimmt. Und mehr ist dazu nicht zu sagen.*

Stephan Christenmännlein, du beginnst, mich zu langweilen. Darf ich dich daran erinnern, daß wir eine Abmachung haben, die besagt, daß wir uns unterhalten? Und waren wir nicht dabei stehengeblieben, daß wir uns erst mal ein bißchen genauer vorstellen? Ich will wissen, wer mir täglich den Hintern wäscht!

*Du bist manchmal so grob!*

Stimmt, Christenmännlein. Aber du kannst noch von Glück sagen: Andere Patienten verlieben sich in ihre Pfleger, und das ist dann überhaupt nicht mehr spaßig, weder für den Pflegenden noch für den Patienten.

*Ich dachte, du stehst ohnehin mehr auf Frauen.*

Ein Kranker steht auf den, der ihm hilft. Ganz egoistisch, ganz naheliegend, ganz einfach. Und ist das bei Normalos wirklich anders? Was unterscheidet uns überhaupt – ich meine außer ein paar banalen Fähigkeiten, die zur Not Maschinen oder menschliche Helfer ersetzen? Bist du im Vorteil, weil du dir den Kopf kratzen kannst, wenn du magst? Und was ist das für ein Vorteil, bringt er dich wirklich weiter? Kannst du dich guten Gewissens als gesund bezeichnen? Bin ich überhaupt krank? Oder bin ich mit bestimmten, teils einschränkenden, teils die Tätigkeit meiner grauen Zellen immens fördernden Eigenschaften geboren? Bin ich also krank oder bin ich – diese Formulierung der Selbsthilfegruppen gefällt mir – bin ich vielmehr nichts weiter als ein imperfekter Mensch? Der würde dann im übrigen nicht allein durch seine Defekte definiert, so viel Fairneß muß sein, Christenmännlein. Und diesem imperfekten Menschen würde man – im Gegensatz zum Kranken – zugestehen, daß er einen Helfer ablehnt, ohne daß man gleich auf eine Verschlechterung seines psychischen Zustands schließt. Und dieser imperfekte Mensch könnte das Essen verweigern, ohne daß man sofort auf Gegenmaßnahmen sinnt. Und dieser imperfekte Mensch hätte das Recht, sich zu verlieben, ohne umgehend die komplette Heimleitung in eine Krise zu stürzen. Aber keine Bange… Außerdem: Bravo, Kleiner, gerade hättest du mich beinahe abgelenkt! Aber jetzt gilt's. Ich werde meinen Stuhl ein bißchen zurücklehnen, gib mir noch einen Schluck von diesem köstlichen Heimtee und dann erzähl.

*Soll ich dich ein bißchen am Kopf kratzen?*

Sehr aufmerksam, junger Mann, gut zugehört! Du suchst dir immer das Passende raus. Es stimmt, der Schädel juckt fürchterlich, das neue Shampoo besteht den Krüppeltest nicht. Aber nein danke, lieber ein Schluck Tee, und dann bist du dran, Scheherazade!

*Das ist kein Tee.*

Stimmt. Das ist Whiskey. Hab dich nicht so. Schlimm genug, daß ich ihn mit einem Strohhalm trinken muß. Nein, nicht die aus Plastik! Da hinten in der Schublade sind die Bambushalme. Das ist besser. Fünfzehn Jahre alter Oban. Nimm dir ruhig auch einen.

*Ich trinke keinen Alkohol.*

Noch so eine Dummheit von dir! Was ist der Mensch ohne Rausch?! Und mit Strohhalm geht's noch schneller. Aber nun erzähl endlich!

*Ich bin auf dem Land aufgewachsen, in der Nähe von Adamshof. In einer Ecke, wo alle katholisch sind. Meine Eltern auch. Sie haben den Schrotthandel von meinem Großvater geerbt, aber das war alles ganz schön runtergewirtschaftet. Und bei uns Kindern haben sie wohl gedacht, daß sie dann Hilfe haben würden, so, wie sie selbst ihren Eltern geholfen hatten.*

Und?

*Bei meinem Bruder hat das auch geklappt. Jens kann alles. Auto fahren und die LKWs reparieren... Also, das konnte er als Kind natürlich noch nicht, aber er stellte sich geschickt an. Fing schon früh an mit dem Schraubendrehen und so, hat mit vierzehn den Kleinlaster gefahren – nur auf dem Grundstück natürlich. Und hat alle im Griff gehabt. Ein richtiger kleiner Chef eben.*

Und du?

*Ich habe zu Hause auf meine jüngeren Geschwister aufgepaßt. Da konnte ich nicht viel kaputtmachen. Ich war ziemlich ungeschickt, weißt du. Stark schon – aber ungeschickt. Ich hab mal den Palettenkipper ruiniert. Der war auch noch ganz neu. Konnte bis zu hundertfünfzig Tonnen Schrott laden. So viel war nicht drauf, aber es reichte. Ich sollte den bei einem Kunden nur ein bißchen rangieren, aber ich hatte das Wasser hinter mir übersehen. Da ist das Ding rückwärts in den Weiher gerollt.*

Und?

*Totalschaden. Und zwei Feuerwehren mußten anrücken, um Ölsperren im Weiher zu errichten. Wegen der Fische. War nämlich ein Fischteich. Wer ahnt denn so was?! Das war's dann mit den Gerätschaften. An die Krane und die Transporter haben sie mich jedenfalls nicht mehr rangelassen. Na gut – im Haus war immer eine Menge zu tun, von da an ging ich meiner Mutter zur Hand. Die hat den ganzen Haushalt geschmissen und sich immer noch ein bißchen Geld dazu verdient, genäht und so was. Meine Schwester hat viel über den Büchern gesessen. Alle waren eigentlich immerzu beschäftigt, ich kann mich nicht erinnern, daß viel geredet wurde. Gab auch nicht viel zu reden, es war ja alles klar zwischen uns. Zu den anderen im Dorf hatten wir nicht viel Kontakt, die waren irgendwie weiter als wir. Die konnten auch mal Urlaub machen oder so. Das war bei uns nicht drin. Und ein Schrotthändler, das ist ja auch nichts Tolles, da stehst du immer irgendwie am Rand. Heutzutage ist das anders, da nennen die sich Recyclinghöfe oder so, aber damals*

Und? Weiter?

*Einen einzigen guten Freund hatte ich, obwohl ich nie kapiert habe, wieso der sich mit mir abgegeben hat: Das war Marc, der Sohn des Bürgermeisters. Ein heller Kopf. Marc war einer, der hat sich nichts gefallen lassen. Ich bin nicht so ein Schafsgesicht wie du, hat er immer zu mir gesagt. Du mußt schon sehen, wo du bleibst! Wenn dem einer blöd kam in der Schule, hat er ihn gleich verdroschen. Der hätte auch nie einen Wagen kaputtgefahren. Ja, was soll ich noch sagen.*

Warst du gut in der Schule?

*Ist das dein Ernst?*

Nein, natürlich nicht. Aber ich will wissen, was dir wichtig ist.

*Mann, Johannes, du kannst Fragen stellen. Nein, die Schule war nicht wichtig. Man mußte sie eben hinter sich bringen, ohne groß aufzufallen. Und das habe ich irgendwie geschafft.*

Ohne groß aufzufallen, sagst du?

*Genau.*

Was für eine verpaßte Chance, Christenmännlein! Ich denke, das war deine erste richtig vermurkste Chance.

*Wie kommst du darauf?*

Die Schule ist doch so etwas wie ein Entwurf. Da fängst du an, dich selber zu gestalten. So will ich sein und so wie dieser Lehrer auf keinen Fall. Fühle ich mich wirklich wohl, wenn die mich sechs Stunden lang übersehen, oder sinkt mein Selbstvertrauen dann nicht auf das Niveau eines Planktons? Die Schule ist ein überaus nützlicher Ort der Selbstbeobachtung, Stephan. Und außerdem weitgehend risikofrei.

*Du bist bestimmt aufgefallen.*

Worauf du deinen Arsch verwetten kannst! Und du – gab es nichts, woran du dich erinnerst, nichts, das dir etwas bedeutet hätte?

*Du fragst wie ein Mädchen. Warte, ja, doch, da gab's was. Mädchen kam gerade gut. Also es war eigentlich kein Mädchen, es war eine Frau, beziehungsweise nicht mal das. Es war eine Nonne, Schwester Benedikta. Die unterrichtete Religion.*

Natürlich!

*Ja, aber nicht deswegen. Die mochte ich, weil die so eine Art hatte, einen anzusehen, so als ob sie alle Zeit der Welt hätte. Ich bin ja nun nicht der Schnellste, und einmal hat sie was gefragt und ausgerechnet mich dran genommen. Ich hatte aber gerade nicht aufgepaßt, weil sie wieder ihr Bettelarmband um hatte. Ein Bettelarmband ist aus Leder, und es hängen lauter billige kleine Medaillons dran, von Heiligen oder so. Immer, wenn der Träger des Armbands einem Armen etwas schenkt, macht der Arme zum Dank eine kleine Plakette dran, aus Blech oder so. Also in Brasilien soll das so sein, Schwester Benedikta war früher mal Missionsschwester gewesen. Ich hätte ihr Hunderte solcher Plaketten machen können! Jedenfalls hatte ich nicht aufgepaßt und hatte geträumt, und als sie mich ansprach, war ich total von der Rolle, und auch, als sie die Frage wiederholte, wußte ich nicht weiter, weil das zu kompliziert für mich war. Und sie, sie hat einfach lange gewartet, sehr lange, und die anderen, die schon mit den Fingern schnippten, mit einer Handbewegung zum Schweigen gebracht, eine Handbewegung wie von einer Königin. Und als sie merkte, daß da nichts kommen würde, hat sie nichts notiert, nicht einmal enttäuscht geguckt, sondern ganz ernsthaft gesagt: Danke, Stephan, daß du uns einen Moment der Stille gebracht hat. Auch Stille ist eine Antwort auf schwierige Fragen. Die anderen haben sich natürlich kaputtgelacht. Aber das war mir egal. Der Satz ist bei mir geblieben bis heute.*

Was war die Frage?

*Welche Frage?*

Du bist ein Simpel, Stephan! Ich will wissen, welche Frage deine Schwester Benedikta gestellt hatte.

*Keine Ahnung, hab ich vergessen.*

Du kannst doch nicht dein Leben damit verbringen, die wichtigsten Sachen zu vergessen!

*Woher willst du denn wissen, daß das eine wichtige Frage war?*

Es gibt überhaupt nichts Wichtigeres als Fragen, deren Antworten man nicht weiß. Also: Dann bist du weg von zu Hause?

*Ja klar, um Zivildienst zu machen.*

Warum bist du nicht zum Bund gegangen?

*Aus Glaubensgründen.*

Wow! Geht's ein bißchen genauer?

*»Zu Pflügen schmieden sie die Schwerter, zu Winzermessern ihre Lanzen. Kein Volk zückt gegen ein anderes das Schwert; das Kriegshandwerk hat keine Schüler mehr.«*

Bist du denen mit Jesaja gekommen?

*Du kennst ja die Bibel.*

Nur das Nötigste. Wie bei Shakespeare, Nietzsche, Montaigne. Alles Handwerk. Oder Schwäche: Man gibt dem eigenen Ichbautrieb nach.

*Dem Ichbautrieb? Ich kenne nur den Nestbautrieb bei Vögeln.*

Genau so etwas ist das auch. Ein Ast, ein Grashalm hier, ein Aphorismus, ein unvergeßlicher Vers dort. Das Ziel ist: Du schaffst dir ein Zuhause, das hat nichts mit transzendentem Brimborium zu tun. Oh weh, nun schaust du wieder so gekränkt! Christenmännlein – noch einen Schluck und dann sagst du mir, was ich jetzt wieder falsch gemacht habe.

*Weißt du, ohne den Glauben wäre ich vielleicht nicht mehr hier.*

Raus damit.

*Wenn du lachst, rede ich kein Wort mehr mit dir.*

Ich lache nicht. Stephan, sei keine Memme, erzähl.

*Ich wollte mich mal umbringen. Ja, Mann, das würdest du mir wohl gar nicht zutrauen! War noch ziemlich jung. Aber doch alt genug, um zu wissen, daß es reicht, von der Werkstatt zu springen. Genau auf den Vorplatz wäre ich geknallt, mitten auf den Asphalt, den ich am Samstag immer kehren mußte. Links die halben Tannenstämme mit den roten Geranien darin, rechts die Reihe von Regenwassertonnen, die ich immer auszuspülen hatte und wieder richtig aufstellen mußte. Dahin wäre ich gesprungen, genau dazwischen, plaff, mitten auf den Vorplatz, und alle hätten es gesehen. Wenn ich nur einfach so weggewesen wäre, hätte es wahrscheinlich keiner gemerkt.*

*Ich bin dann wieder runtergeklettert vom Dach.*

Warum?

*Ich weiß nicht. Vielleicht, weil meine kleine Schwester gerade vorbeikam und sich vor der Werkstatt rumdrückte, oder*

Nicht mal das hast du geschafft?! Du bist aus Rücksicht nicht gesprungen?!?

*Wenn du so willst.*

Und dann kam Jesus.

*Lach du nur. Aber ich weiß jetzt, wohin ich gehöre, und mein Leben hat einen Sinn. Das wollte ich dir erzählen. Du kannst noch so viel daran herumdeuteln, ich habe es erlebt.*

Ach ja?

*Ja, und ich kann Gutes tun. Auch ich kann Gutes tun. Ich habe schon darüber nachgedacht, über das, was du gesagt hast, mit dieser absichtlichen Barmherzigkeit.*

Vorsätzlichen Barmherzigkeit.

*Ja, genau. Und da ist vielleicht was dran. Weil die Beziehungen immer nur so von oben nach unten sind. So, wie die meisten Patienten für die Ärzte nur Fälle sind. Aber bei uns beiden, da ist es doch anders. Wir kennen uns schon ein bißchen, ganz schön gut sogar, du weißt Dinge über mich, die sonst keiner weiß. Obwohl wenn ich hier weg wäre, würde es wahrscheinlich auch keiner merken. Käme halt ein neuer Pfleger. So viel habe ich verstanden.*

Reich mir doch eben noch mal die Tasse. Du verstehst gar nichts – es ging mir um Macht. Aber das macht nichts. Ich habe keine Lust zu streiten. Ich würde es übrigens schon merken, Stephan, wenn du weg wärst – wer sonst kümmerte sich derart rührend um mein Seelenheil!

*Immer mußt du lästern.*

Das stimmt, aber weißt du was: Ich bin stolz darauf. Ohne meine Lästerei wäre ich vielleicht nicht mehr hier. Oder anders gesagt: Wenn ich einen Glauben hätte, so wie du, hielte mich hier nichts mehr. Soll doch ganz schön sein bei deinem lieben Gott! Vielleicht hättest du damals recht daran getan zu springen. Aber womöglich warst du nicht ganz sicher, in der richtigen Abteilung zu landen? Mein Himmel ist leer. Oder besser: Mein Himmel ist mein Leben. Ja, da staunst du, mein armseliges kleines Krüppelleben. Denn das kann ich selbst gestalten. Ich habe es in der Hand. Daß ich es beenden könnte, gibt mir die vollkommene Freiheit. Also behalte ich es. Noch eine Weile. Und gehe dabei mit meinem Ichbautrieb äußerst bewußt um. Ja keine Verschwendung! Es ist alles eine Frage der Konzentration, eine Frage der freundlichen Strenge – sich selbst und dem Leben gegenüber. Du weißt nie, wieviel du davon hast. Das Leben ist ein Vogel in deinen Händen. Du schließt die Hände darum, du wärmst und schützt es, aber wenn du die Hände wieder öffnest, weißt du nicht, was passiert: Fliegt der Vogel davon, bleibt er und schaut dich mit erschrockenen Augen an – oder ist er womöglich in der Höhle deiner Hand erstickt, gestorben vor Schreck? Du hast es in der Hand, so oder so. Aber du mußt hinschauen. Deswegen übrigens die Spinne. Aber das verstehst du nicht. Und deswegen unsere kleine Unterhaltung. Konzentration. Beschränkung. Ich würde jetzt gern ein bißchen Mozart hören. Die Hände ein wenig öffnen. Leg doch mal auf, DJ! Die Krönungsmesse. Da hinten. Die rote.

*Du hörst Kirchenmusik?*

Ach, Stephan, mein Stephan – schon wieder so ein Mißverständnis! Unsere Kommunikation scheint fürs erste nur aus Mißverständnissen zu bestehen. Wir werden noch viel arbeiten müssen.

*Aber das weiß ich doch, verdammt, daß die Krönungsmesse von Mozart Kirchenmusik ist. Du kannst mich nicht immer nur für dumm verkaufen. Ich habe schließlich selbst mal mitgespielt. Die Trompete beim Gloria, das war gar nicht so einfach, ziemlich schnell das Ganze.*

Jetzt redest du übers Handwerk. Strukturdebatten zur Vermeidung inhaltlicher Auseinandersetzungen – rhetorisch bist du doch nicht die Katastrophe, für die ich dich anfänglich gehalten habe. Jetzt aber die Krönungsmesse, Köchelverzeichnis 317. Das Amsterdam Baroque Orchestra mit Ton Koopmann. Wunderbar. Das wäre ich übrigens wirklich gern geworden: Dirigent.

*Das paßt auch zu dir. Warum hörst du denn nun Kirchenmusik?*

Blödsinn. Ich höre Mozart.

*Aber das ist doch schließlich ein Gottesdienst, diese Krönungsmesse, mit Gloria und Credo.*

Quatsch. Es ist die reine Musik. Mozart ist Musik. Sonst nichts. Mal die Zauberflöte gehört? Die berühmte Arie der Königin der Nacht? Der reine Haß und die reine Musik. Deswegen liebe ich Mozart. Weil alle Argumente verschwinden, alle Inhalte, weil sich alle Angst auflöst in den Klang. Was die Leute da singen – ob ein liebeskranker Vogelhändler herumtirilliert oder zwei durchgeknallte adlige Damen von einer Entführung träumen – geschenkt. Man versteht im Zweifel sowieso nichts. Meinst du, Mozart wäre so blöd gewesen, da

Ponte auch nur ein Wort zu glauben? Warum hat er sich den kommerziellsten Librettisten der Epoche geholt? Weil er wußte, daß dieser eitle Geck irgendwas weitgehend Bedeutungsloses dichten würde, irgendwas, damit sich die Luft bewegt, mehr nicht. Damit die Ratio ein bißchen beschäftigt ist. Der Rest ist Musik. Niemand hat das Primat der Musik listiger und nonchalanter durchgesetzt als Mozart.

*Du hast eben von einer Oper gesprochen. Die Krönungsmesse, das sind aber ganz alte Texte, aus dem kirchlichen Glaubensbekenntnis etwa.*

Ja, und aus diesem ekstatischen Gloria- und Sanctus-Gestammel! Ist dir nie aufgefallen, daß zum Beispiel das Credo gegenüber den anderen Kompositionen enorm abfällt? Das liegt daran, daß sehr viel Text untergebracht werden mußte – und was für einer: Credo in unum deum/patrem omnipotentem… Da verfällt selbst unser Mozart fast in so eine Art fundamentalistischen Marschtritt! Warum? Das ist doch allzu naheliegend. Weil dieses Glaubensbekenntnis selbst etwas Ideologisches hat: Vorwärts, christliche Soldaten, könnte man auch darauf singen. Und völlige Gewißheiten, das Fraglose, das verbindet sich eben ungern mit richtiger Musik. Also hat sich Mozart mit diesem Credo schwergetan, es klingt sperriger, behäbiger, bei allem aufgesetzten Schwung. Es ist, als hätten ihm die kirchlichen Dogmen den Atem genommen… Der Rest jedoch ist wundervoll, ist schwebend. Weil es in Wahrheit um nichts geht, um nichts als die Musik. Laß mal das Sanctus hören. Track vier. Ja. Nimm's mir nicht krumm, ich meine das nicht abwertend, im Gegenteil, aber ich behaupte, daß der Chor statt Sanctus dominus deus sabaoth/Pleni sunt caeli et terra gloria tua auch lalala, mum-sum keius singen könnte. Und es würde trotzdem wirken. So wie es wirken muß. Weil es Musik ist. Weil es Mozart ist.

*Ist er dein Lieblingskomponist?*

Jeder, der ein Herz in der Brust hat, liebt Mozart. Jeder, oder er ist ein Kretin. Außerdem erinnert es mich sehr an meine Mutter.

*Mochte die Mozart auch so?*

Sie hat ihn gesungen. Obwohl das eigentlich gar nicht ihr Fach ist. Dramatischer Sopran. Die Stimme ein bißchen zu groß für Mozart. Also nicht Pamina, sondern Königin. Aber die Messe hat sie mehrmals gesungen. Die Messe ist nicht passend für mich, also muß ich passend zur Messe sein, hat sie gesagt. Nein, nein, bei der Aufnahme ist sie nicht dabei. Sie macht überhaupt keine Aufnahmen, sie lehnt das ab. Musik ist im Augenblick, sagt sie.

*Ich wußte früher gar nicht, daß deine Mutter Sängerin ist. Du hast es erst neulich erwähnt. Ich habe mich nur gewundert, daß sie dich nie besucht.*

# 9. Sabine Harms

Was für eine Mutter? Was hat sich der Junge da ausgedacht? Die Pflegemutter kann es nicht sein, und an mich erinnert er sich wohl ebenso wenig. Warum auch? Ich bin keine Mutter. Ich war keine Mutter. Ich war die, die ihn zur Welt gebracht hat. Die ihm den Tod gebracht hat – und dann weiterlebte. Damals, in der Zeit, die die anderen die ereignislosen Jahre nennen. Die Achtziger, die langweiligen Jahre, nichts los gewesen, nichts passiert.

Das stimmt und das stimmt auch wieder nicht. Ich erinnere mich an Jahre des Stillstands, der Lähmung. Als der Junge weg war, blieb alles stehen. Da traf es sich, daß auch das Land stehenblieb. Ein Ruckeln beim Regierungswechsel, dann nichts mehr. Rasch hatte sich die Aufbruchsstimmung, die die Konservativen verbreiteten, in etwas Zwanghaftes, Schrilles verwandelt, aus der Zuversicht wurden Durchhalteparolen. Wie hatten wir uns berauscht an den neuen Leitsätzen, an der geistig-moralischen Wende, die der Kanzler versprochen hatte. Zwei Jahre später war die Zuversicht verbraucht, begannen die schönen Sätze, ihren Glanz zu verlieren. Durch häufige Wiederholung nutzten sie sich ab. Wir sahen das erst allmählich, oder wir waren immun geworden, oder wir hatten uns doch nur ablenken lassen von dem, was wirklich geschah: Der Wirtschaftsminister war in einen Skandal verwickelt, weil er einem Konzern riesige Steuernachlässe gewährt hatte – als Gegenleistung hatte der Konzern seine liberale Partei unterstützt. Die Regierungspartei, die sich als christlich bezeichnete, entschied, amerikanische Mittelstrekkenraketen im Land zu stationieren, und schaute mit Unverständnis auf die vielen Hunderttausende, die die Furcht vor einem neuen Wettrüsten auf die Straße trieb. War das die Zeit, in der sich die Kluft zwischen Regierenden und Regierten öffnete? Der Anfang der Verdrossenheit? War das der Beginn von »die-da-oben« und »wir-da-unten«?

Aber dieses neue »wir« war nur eine Illusion, auch unter den Demonstranten fühlte ich mich nicht wohl. Was war das für eine Gruppe, die nichts verband als eine klamme Furcht? Es war eine Gesellschaft der Beklommenheit, in der wir lebten. Es kam zu ersten Entlassungen in der Stahlindustrie, die Krise auf dem Weltmarkt zeigte, wie abhängig das mittlere Land in der Mitte Europas war und wie verwundbar. Heinrich Böll starb, und Indira Gandhi wurde ermordet. Waren es wirklich ereignislose, langweilige Jahre? Rückblickend scheint mir eher das Gegenteil der Fall zu sein – wenn man ein Ereignis als etwas versteht, das Menschen zustößt, nicht etwas, das sie tun. Und die Menschen schienen tatsächlich immer weniger zu tun zu haben. Das Wort »Vollbeschäftigung« wurde zum Witz, andere Wörter wurden erfunden: »Lohnpause« und »Freizeitgesellschaft«, noch zwei Wörter für Stillstand.

Es war die Zeit, in der wir mit dem Halmaspielen begannen, Thies und Astrid, Ilse und ich, Patrick und immer irgendeine Praktikantin. Ich kann mich gut erinnern. Ich war noch nicht lange in Glückstadt, ich war noch im Satz, half gelegentlich in der Anzeige aus, und man war vorsichtig mit »denen-da« aus der Redaktion. Es war die Zeit, in der uns die Geschichte von Petra Sattler umtrieb. Warum eigentlich? Warum interessierten wir uns für eine Mutter, die log und betrog, die wahrscheinlich ihren Mann in die Krankheit getrieben und mutmaßlich ihre Kinder umgebracht hatte? War ein Mensch nur noch im Monströsen erkennbar? Petra Sattler kam mir vor wie die Negativkopie einer guten Mutter. Für mich verkörperte sie all das, was in Deutschland geachtet und hoch angesehen war – jedoch ins Böse, ins Abstoßende verkehrt.

»Du spinnst!« sagte Patrick, der als Leiter des Ressorts »Mensch & Meinung« einen natürlichen Zugang zum sogenannten gesunden Menschenverstand für sich beanspruchte. »Es ist ja schön, daß ihr aus der Anzeige und aus dem Satz euch auch mal für das interessiert, was wir hier schreiben, aber bei allem Respekt, Sabine: du spinnst!«

`Courier new`, dachte ich, die richtige Schrift für Patrick wäre `Courier new`. Damals fing das an mit der Schrift, damals fing das an, daß ich die Menschen um mich herum zu Schrift werden ließ. `Courier new` also für Patrick, klamm und dünnbärtig, die Buchstaben weit auseinandergezogen. Nur Kälte, kein Zusammenhang.

»Die Sattler steht für gar nichts«, fuhr Patrick fort. »Das ist einfach eine ganz üble Hexe.«

Vielleicht doch Bookman Old Style? dachte ich. Nein, zu viel Verbundenheit. Die Werte, die Patrick hochhält, hat er irgendwo aufgelesen, im Vorübergehen, im Vorüberleben. Ich konnte mir Patrick nicht anders als flüchtig vorstellen. `Courier new` ist schon das richtige. Schneidende Schärfe und Schnelligkeit. Die Schrift der eiligen Aktuellen. Patrick redete sich warm, ich übersetzte seine Worte für mich in Schrift. Das machte es zudem leichter, ihm nicht protestierend ins Wort zu fallen – immerhin: Er war der Redakteur, ich die Satzmaus. Und das vergaß man nur bei Betriebsfeiern und auch dort nur für zwei, drei Stunden. Patrick `Courier new` redete sich warm:

»Erst läßt sie sich's gutgehen mit ihrem amerikanischen Liebhaber und schaut seelenruhig zu, wie der Mann daran kaputtgeht, und als sie keinen Bock mehr auf die Kinder hat, weil die sie vermutlich in ihrem Liebesglück stören, bringt sie sie um. Nee, wirklich nicht, für so eine Person ist lebenslänglich noch viel zu menschenfreundlich, glaub mir, Sabine, da ist dein Mitleid fehl am Platz.«

Erwürgt und erstickt. So hatte man die beiden kleinen Mädchen gefunden. Hübsch angezogen mit Schleifchen im Haar. Macht eine Mutter die Kinder fein, bevor sie mit ihnen in den Wald fährt, um sie umzubringen? Petra Sattler hatte der Polizei eine seltsame Geschichte erzählt: Ihr Mann habe die Kinder ermordet, nachts, es ihr dann gestanden, und er habe ihr unendlich leid getan in seinem Jammer. Sie habe erst einmal nachdenken wollen, deshalb habe man die Nacht gemeinsam im Ehebett verbracht. Die Mutter und der Mörder. Die Ehebrecherin und der Mörder, denn Petra Sattler war erst nachts um drei von ihrem Liebhaber nach Hause zurückgekehrt. Ein Amerikaner, ein GI. Vieles an dieser Geschichte aus einem Dorf in Nordhessen kam mir vor wie eine verspätete Nachkriegsgeschichte: Die vernachlässigte Ehefrau im Dorf, die ihrem trägen Mann in so vielem überlegen sein könnte, diese Überlegenheit aber keinesfalls zeigen darf. Der Mann, der spürt, daß er nicht gebraucht wird. Die weiblichen Verwandten im Haus, die alles überwachen. Die beengten Wohnverhältnisse, die Kontrolle, die kleinen Töchter. Niedlich waren die, sagten die Nachbarn. Und dann der Fremde, ein Amerikaner, ein GI, der immer noch, vierzig Jahre nach Ende des Krieges, die Wohlhabenheit der Besatzungsmacht und den Traum vom Ausbrechen verkörpert. Welchen Platz haben die Kinder? Und wofür stehen sie? In der nordhessischen Wirklichkeit – und in den Träumen von Petra Sattler? Sie wird verurteilt, einmal, zweimal. Lebenslänglich, Freispruch. Das erste Mal wird sie nach neun Jahren freikommen, dann wird der Prozeß wiederaufgerollt, dann folgt der Freispruch, dann die erneute Revision. Dreizehn Jahre nach der Tat wird sie erneut zu lebenslanger Freiheitsstrafe verurteilt, ein Jahr darauf wird ihre Revision verworfen. Die Geschichte der mörderischen Mutter nimmt Deutschland mit ins nächste Jahrtausend. Für mich war das damals eine, die handelt. Mörderisch handelt. Wir anderen sahen zu. Bei allem. Ich auch. Bis zu der Geschichte mit Petra Sattler eben.

»Wenn dich das so beschäftigt«, sagte Patrick beim ersten Prozeß, »und wenn du meinst, daß ich was Wichtiges nicht merke, dann schreib doch mal was. Wenn es was taugt, dann drucken wir's auch. Versprochen!« Er schob seine letzte Halmafigur ins Haus. »Gewonnen! Ihr lahmen Enten!«

Die Aufregung. Die helle Aufregung, sagt man ja, und tatsächlich: Es wurde ganz hell in mir, als Patrick das sagte. Ich sah alles plötzlich klar vor mir. Natürlich würde ich schreiben. Natürlich würde ich in die Redaktion wechseln. Ich war verrückt, sagte ich mir gleichzeitig. Vollkommen verrückt. War ich nicht gerade erst aufgestiegen von der Tastatorin in den Satz? Was wollte ich noch? Es waren seltsame Zeiten; sie erlaubten einen Wechsel hierhin und dorthin. »Quereinsteiger« war eines der neuen Zauberwörter, und ich wußte, was sich dahinter verbarg: Wer quer einstieg, war irgendwo quer ausgestiegen. Man sattelte um, weil man sich rettete. Und schon damals ahnte ich, daß es mit dem Satz irgendwann nicht weitergehen würde. Ich würde mich retten, indem ich über jemanden schrieb, der verloren war. Petra Sattler. Warum beschäftigt uns der Fall Petra Sattler? schrieb ich dann ziemlich unbeholfen und schrieb darüber, daß Mütter in der öffentlichen Wahrnehmung keine Rolle mehr spielten außer in ihren Extremen. Mutter Theresa oder Mörderin – Sind Mütter nur noch als Monster kenntlich? So überschrieb ich meinen Artikel, der natürlich nicht gedruckt wurde.

»Entschuldige«, sagte Patrick. »Das war ein bißchen radikal für den Anfang. Aber ganz interessant! Und schreiben kannst du gar nicht schlecht. Ich werde mal mit dem Chef reden, wenn du willst. Da unten hast du auf Dauer ohnehin keine Perspektive!«

Da unten war der Satz und war die Anzeigenaufnahme, und Patrick hatte recht und hielt Wort und redete mit dem Chef, und kurze Zeit später bekam ich erste Aufträge, kleine Sachen, die ich nebenbei erledigen konnte und die mir der Verlag mit 50 % honorierte. Später war es soweit: Ich saß in der Lokalredaktion, und alle waren stolz auf mich, und Patrick zwinkerte mir vertraulich zu, aber das gab sich mit der Zeit, als die peinliche Erinnerung verblaßte: Öfter als vier-, fünfmal hatte ich nicht mit ihm ins Bett gehen müssen, dann war Patrick zufrieden. Zum Halma allerdings kam er nicht mehr. Und dann begriff ich, daß ich mich tatsächlich gerettet hatte, denn beim Glückstädter Boten wurde alles anders: Schmidt und Uhlen kamen und mit ihnen ein neues System, und bald hatten auch wir die Streiks und die Informationsveranstaltungen, und Helms, der gute, alte, störrische Helms, der beste Setzer, den ich je kennengelernt hatte, mein Meister, der endete als Pförtner.

»Sabinchen«, sagte Helms, wenn ich mit schlechtem Gewissen bei ihm saß, »Sabinchen, mach dir nichts draus! Pförtner sein ist nichts Ehrenrühriges, das muß schließlich auch einer machen. Und du bist da oben gut aufgehoben.«

Da oben, in der Redaktion. Da war ich nun angekommen. Petra Sattler hatte mich dahin gebracht. Sie hat ein Faible für Frauengeschichten, sagte Uhlen, und obwohl ich diesem Faible meinen Job zu verdanken hatte, war das in einer Redaktion wie der des Glückstädter Boten kein Kompliment. Aber ich paßte auf. Ich paßte höllisch auf. Ich ließ mich nicht festlegen, sondern sagte immer, wenn Thies oder Ilse mich fragten: Na klar schaff ich das, gib her. Es begann mit kleinen Meldungen: Über die Seehundstaupe auf der Helgoländer Düne. Über prämierte Holsteiner Hengste. Dann die ersten Berichte: »Schaufenster-Wettbewerb anläßlich des Musikfestivals: Spanien im Herzen.« »Kringelmarkt in Elmshorn: Anisgebäck als heiße Ware.« »Bissiger Skorpion in Paket aus Peking gefunden: Stichhaltige Post.« Es folgten die Glückstädter Themen – nicht die wirklich wichtigen wie die Bürgermeisterwahl und die neue Anlage für Biodiesel in Brunsbüttel, das war Chefsache oder zumindest Thies' Sache – aber immerhin schickten sie jetzt öfter den Fotografen mit zu meinen Terminen: Fischsterben in der Honigflether Wettern, Fischsterben auch im Rhin. Keine große Sache, aber Fotos von Kindern, die nach Hechten und Karpfen fischten, beförderten meinen Artikel auf die Drei. Dann: »Strampeln mit der CDU: Eine Fahrradrallye durch die Marsch«. Ich schrieb über die Elbfähre, freute mich mit den anderen, wenn der Fluß Hochwasser führte, die richtige Menge Hochwasser, denn dann ergaben sich gute Reportagen, aber noch keine nächtlichen Notdienste, und als ich auch die einmal, zweimal, dreimal hinter mir hatte, konnte ich glauben, dazu zu gehören. Patrick und die anderen Jungs mochten mich, weil ich nicht an den wichtigen Themen hing, bei denen sie selbst Lorbeeren sammeln konnten: Bestechungsskandale, drohende und tatsächliche Pleiten, den scheinbaren Boom in der Computerbranche und den echten bei den Entsorgungsfirmen. Ich schrieb derweil über den alljährlichen Chorwettbewerb »Schleswig-Holstein singt«, über vertrauliche Patientendaten, die im Altpapiercontainer eines Pflegeheims gefunden worden waren und über den Selbstmordversuch eines Schwerbehinderten, der mit seinem elektrischen Rollstuhl einfach ins Glückstädter Hafenbecken gefahren und in letzter Minute gerettet worden war. Ausführliche Meldung und Foto vom Retter und Interview – mich hätten eher der Lebensmüde interessiert und seine Gründe. Schmidt erfand eine Reihe über »Holsteiner Patente« und lobte als erstes den Bügelverschluß für Bierflaschen. Ilse übernahm die Seite »Beruf und Karriere« und nichts brachte mehr Leserbriefe als Tiere. Zwölf Jugendliche hatten im Lauenburgischen jahrelang Katzen gequält, und wir fragten: »Brauchen wir Tierschutz im Unterricht?« Eine Rattenplage alarmierte das Ordnungsamt, die »Rattenbekämpfungswoche« füllte eine ganze Zeitung. So war er, der Glückstädter Bote, und wer ihn las, erhielt eine Menge Informationen, ohne je wirklich etwas zu erfahren. Ein großes, gedrucktes, mit seinen Lesern liebenswürdig umgehendes Als Ob.

# 10. Johannes Grundig

## C: \ Eigene Dateien \ Das Dreamteam \ X

Ich will dir von Hildesheim erzählen. Warst du mal in Hildesheim, Stephan?

*Ja, ich glaube schon, mit der Schule.*

Ja, jedem sein Hildesheim. Jedes norddeutsche Kind fährt irgendwann mit der Schulklasse nach Hildesheim. Was schauen sich bayerische, fränkische, Allgäuer Kinder an? Ich weiß es nicht. Ich kann mich aber an den Geruch von Butterbroten erinnern, an Nasenrotz auf Pulloverärmeln und an den bitteren Geschmack vom Tintenkiller, wenn sich die Mädchen den Namen von Lars wieder vom Handrücken tilgen wollten, denn Lars schaute inzwischen nur noch Çansu hinterher. Es war eine gute Zeit für mich, die Butterbrot-Rotz-Zeit, mit den allerersten türkischen Mädchenschönheiten, denn ich konnte noch in eine normale Schule gehen, mit normalen Kindern, die lernten, mich in den Bus zu tragen, ohne mir die Schienbeine zu brechen, und die nicht maulten, wenn der Busfahrer eine Weile brauchte, um den Rollstuhl zusammenzuklappen und zu verstauen. Es war in der sechsten Klasse, glaube ich, als es unser Geschichtslehrer und die Kunsterzieherin an der Zeit fanden, mit uns nach Hildesheim zu fahren. Ich erinnere mich an die Hildesheimer Häuschen, an dieses Kleinteilige, irgendwie Verzagte, und ich fragte mich schon damals, ob es daran lag, daß Hildesheim eine Bischofsstadt war. Schon damals hatte ich diesen Argwohn gegen das Religiöse. Auch später hat mich Hildesheim beschäftigt, weil es eine so typische kleine deutsche Stadt ist. War die Verzagtheit, so fragte ich mich, von jeher Teil der Stadt gewesen, hatte vielleicht das bischöfliche Palais in seiner ganzen Herrlichkeit alles andere erdrückt? Oder war die Verzagtheit erst im Lauf einer tausendjährigen Geschichte über die Stadt gekommen, so wie die Verstörung über Dresden gekommen war oder so wie sich der Verlust der Bedeutung als Mehltau über Braunschweig legte, als Verheerung in Folge eines Krieges oder als allmählicher Niedergang? Natürlich fand ich es nicht heraus, ich scheiterte vor allem an der Uneinheitlichkeit der Stadt. Die kleinen Häuser rund um die Kirche waren nicht gleichzeitig mit diesem Bau entstanden, sondern deutlich später. Antworteten sie also auf etwas Vorheriges? Oder hatte neben der prachtvollen Kirche nichts anderes eine Chance? Die Herrlichkeit dieses Baus hatte offenbar keineswegs auf die ihn umgebenden Stadtviertel gewirkt, dort war alles kleinlaut geblieben, kleinstädtisch und still. Eine niedersächsische Enge. Wenn man aus einer Hansestadt wie Bremen kommt, empfindet man die um so deutlicher. Bei uns ist ja alles kaufmännisch und sachlich und von einer gelegentlich aufreizenden Gelassenheit, und immer, wenn ich seither Backstein sehe, höre ich eigentlich im Kopf dazu eine Kasse klingeln! Hildesheim ist schuld an einer umgekehrten Verbindung im Kopf: Wann immer ich eine Kirchenglocke höre – und es kann in der prächtigsten Kathedrale sein –, sehe ich vor meinem inneren Auge diese gedrückten, unglücklichen kleinen Häuser von Hildesheim. Es war, als würde die Kirche diese Häuser einschüchtern, nicht sie beschützen. Dabei, so beeilte sich unser Geschichtslehrer zu erklären, dabei hatten die Erbauer der Hildesheimer Michaeliskirche genau das Gegenteil beabsichtigt. Nicht zufällig hatte man sie unter anderem den Himmlischen Heerscharen, allen voran dem namensgebenden mächtigen Erzengel geweiht, denn Sankt Michaelis war eine christliche Bastion in noch weitgehend heidnischer Umgebung, eine Vorhut christlicher Frohbotschaft in sächsischer Dunkelheit – oder so ähnlich. Wußtest du das? Jedenfalls war im 10. Jahrhundert, als die Pläne reiften, neben dem bereits bestehenden Dom ein weiteres Gotteshaus zu errichten, das Gebiet um den Bauplatz eine Einöde, außerhalb der Stadtmauer gelegen, ja, schlimmer noch: es war ein sagenumwobener Platz der Heiden. Hier sollen üble nächtliche Rituale gefeiert worden sein, hier waren tierische Opfer einen grauenhaften Tod gestorben, so daß die Jungchristen in der benachbarten Stadt sich gruselnd noch ein wenig enger zusammenrückten.

*Du erzählst das, als wärst du dabei gewesen.*

Ich versuche nur, mir etwas vorzustellen – und zwar nicht etwa, wie es damals war, im Mittelalter, ich versuche, mir selbst auf die Spur zu kommen, mir selbst als Elf-, Zwölfjährigem, mir selbst in Hildesheim, mir selbst, als ich zur Schule ging und Çansu mochte und Butterbrote aß wie die anderen. Vielleicht war es die letzte Phase, in der ich mich fühlen konnte wie die anderen. Ein bißchen. Manchmal. Die letzte Phase des Selbstbetrugs. In der meine Mutter mich noch gelegentlich aus der Schule nahm, damit ich sie auf einer Konzertreise begleiten konnte, und nicht, um mich zu wieder neuen Untersuchungen zu schleppen, deren Hoffnung sich dann wieder als trügerisch erweisen würde. Ich konnte mich damals fühlen wie die anderen, trotz des Rollstuhls ging das, ich gehörte dazu.

Ich gehörte dazu, auch wenn die anderen mein Interesse für Kirchen kaum teilten. Ich war eben ein bißchen komisch, na und?! Und deshalb ließen sie mich die Hildesheimer Kirche in Ruhe erforschen. Sie faszinierte mich: Das Eigentliche war nicht die besondere Lage oder das Imponiergehabe der Kirche von außen, das Eigentliche war das Innere. Es überraschte mich. Es überwältigte mich. Ich schäme mich nicht, es zu sagen: Für mich ist dieser romanische Bau im nichtigsten

Niemandsland von Niedersachsen der Inbegriff des vollkommenen Tempels. Und achte darauf: Ich sage Tempel, nicht Kirche! Sei doch so gut und nimm bitte mal den Guckkasten von der Fensterbank. Ja, das aufgeklappte Pappmodell.

Siehst du, das ist Hildesheim, das ist Sankt Michaelis in Hildesheim. Und wenn du die Pforte hier vorn öffnest, dann schaust du durch das Westwerk in die Kirche. Wir kamen damals allerdings von Süden. Wir kamen oben auf dem kleinen Hügel an, und vom Moment des Aufstiegs an hatte ich nichts mehr bemerkt, denn das Kopfsteinpflaster holperte zum Gotterbarmen, weil mich meine lieben Mitschüler Svenja und Lars wie immer sehr eilig vor sich her schubsten. Die Kirche war massiv, geschlossen, ein gedrungener Quaderbau mit den typischen sanften Rundbogenfenstern. Und dann drinnen: die Stille. Und dieses vollkommene Maß. Ich bat Svenja und Lars, ruhig zu sein, und sie verdrückten sich. Ich staunte. Ich begriff sofort, daß ein konsequenter und strenger Formwille am Werk gewesen war. An einer Kirche arbeiten immer viele Künstler, vom ersten Plan bis zum vollendeten Bau gehen Jahrhunderte gelassen ins Land, und am Praktischen wachsen und scheitern Generationen von Künstlern und Handwerkern, die Kinder ihrer Zeit sind, mit ihren ganz eigenen Prägungen und Vorstellungen. Aber hier, das sah man, lag dem Ganzen *eine* Handschrift zu Grunde. Ein entschlossenes, einsames Wollen. Ne quid nimis, erzählte uns Hattensen, der Geschichtslehrer, ne quid nimis sei der Wahlspruch des Erbauers gewesen, des Hildesheimer Bischofs Bernward, und er übersetzte für uns: Nichts zu viel. Oder: Alles mit Maßen. Was für Hattensen jedoch Ausdruck benediktinischer Genügsamkeit war, las sich für mich gänzlich anders: An dieser Kirche konnte ich ahnen, wie jemand strikt nach seinem eigenen Maß vorgegangen war. Sankt Michaelis war der in Stein gehauene Wille eines Menschen, der mit ganzer Kraft und ganzer Hingabe baute. Beweise? Zum Beispiel bestimmte Bernward, daß sein Grab einmal in der Westkrypta sein sollte. Es gefiel mir, daß ein Mann auf dem Höhepunkt seiner Schaffenskraft festlegte, wo und wie er einmal bestattet sein wollte. Er bezog den Tod mit ein, der Tod nahm Gestalt an im Leben, indem ihm Bernward eine Stätte baute. Die Westkrypta also. Ein bescheidener Standort für ein Bischofsgrab, sollte man meinen, denn der Chor und damit das Zentrum der Kirche befinden sich im Osten. Der Platz war indessen mit Bedacht gewählt: Genau zweiundvierzig Meter beträgt der Abstand zwischen dem Bernwardgrab und dem Kreuzaltar. Dies entspricht exakt dem Abstand zwischen dem angenommenen Platz der Grablegung Christi und der Kreuzigungsstätte in der Grabeskirche in Jerusalem. Die Kirche aller Kirchen zum Maß des eigenen Bauens zu machen, mit absichtsvoller Zahlensymbolik die eigene Position anzudeuten, ohne sie jedoch zu verraten – dieser Bernward schien ein Machtmensch gewesen zu sein, aber ein subtiler, ein schöpferischer, dem das Spiel mit Zahl und Maß Freude gemacht hatte.

Der Bau war Ausdruck dieser Persönlichkeit, und ich begann immer mehr Bezüge und Hinweise zu entdecken. Später war ich noch öfter in Hildesheim, wurde älter und sah dieselben Gegenstände, die mir damals als so einzigartig, so neu vorgekommen waren, naturgemäß mit älter gewordenen Augen. Zum Beispiel lernte ich, Sankt Michaelis als Antwort auf die Bauten des Imperium Romanum zu betrachten. Der Philosoph hatte mich darauf gebracht, mit seiner Vorliebe für dies bewunderungswürdigste Kunstwerk des großen Stils. Davon hatte ich aber mit elf, zwölf Jahren natürlich keine Ahnung. Damals war ich einfach geblendet von der Vorstellung, daß ein einziger Mann dieser Kirche seinen Stempel aufgedrückt hatte. Die Kirche war für mich ein Bilderrätsel, es war eine Flaschenpost, was ich da vorfand, und fasziniert zog ich den Zettel aus dem Inneren der Flasche hervor und versuchte, die fremde Schrift zu entziffern.

Svenja und Lars langweilten sich derweil. Sie schnitzten Herzen und Runen in eine Kirchenbank. Ich ließ mich von ihnen die paar Stufen zum Westchor hinauftragen, den Rollstuhl hinterher, und da saß ich lange mit dem Blick nach Osten. Können wir dich allein lassen? Sie konnten, und ich dachte: Was für ein vollkommener Bau. Ja, das ist perfekt, sagte Hattensen, der unbemerkt neben mich getreten war, als könne er meine Gedanken lesen, und er hatte recht und hatte nicht recht: Denn Hattensen meinte den Bau als Kirche, und das meinte ich nicht. Verwirrt hatte ich in diesem herrlichen Gebäude störende Elemente wahrgenommen: Die eigentlich doch eher bescheidene Kreuzigungsgruppe in der Apsis ganz im Osten, die riesige Orgel gleich neben mir im Westen… Was hier störte, war nichts weniger als das gesamte kirchliche Inventar. Ich dachte mir die Bänke weg, in meiner Vorstellung mußte niemand sitzen. Es verschwanden Leuchter und Plastiken, Schranken und Gitter, Taufbecken und Epitaphe, Kruzifixe und Heiligenportraits, und dann endlich war das Bild makellos: Eine vollkommen ausgeräumte Kirche. Es war kalt, irgendwie unheimlich, und doch wußte ich, so sollte meine Kirche sein: ein Tempel der Leere, trostlos und wahr.

Ich schloß die Augen. Ich wollte dieses Bild in mir bewahren. Und ich habe es bis heute bewahrt – so sehr, daß ich dieses kleine Guckhaus eigentlich gar nicht bräuchte. Ich mag es trotzdem, und außerdem hilft es mir, dir etwas zu zeigen.

Ist dir nicht gut, Jo? fragte damals Hattensen. Ist ja kalt hier, sagte er. Wie recht er hatte! Seitdem ist mir in einer Kirche nie mehr richtig warm geworden.

Hattensen schenkte mir eine Postkarte, sie hatte ein ungewöhnliches, längliches Format: Maßstäblich entsprach sie der Decke in Sankt Michaelis. Nicht zuletzt dieser Decke wegen ist die Kirche ja berühmt, genauer gesagt: Wegen des Deckengemäldes. Mehr als siebenundzwanzig Meter lang ist es, fast neun Meter breit, es handelt sich also um rund 240 Quadratmeter biblische Geschichte. Die anderen hatten sich sofort auf das kleine fahrbare Holzgestell gestürzt, auf dem ein großer Spiegel angebracht war. Mit Hilfe dieses Spiegels konnte man die Deckenbilder bequem anschauen, ohne ständig den Kopf in den Nacken zu legen – vorausgesetzt, man reichte an den Spiegel heran. Nichts für Rollstuhlfahrer also, und die anderen schubsten und drängelten um den Spiegelwagen, daß nur die Größten und Stärksten etwas zu sehen bekamen. Ich hielt mich abseits. Ich fühlte mich gut, allein auf der Empore des Westchors. Von unten drangen die gereizten Stimmen meiner Mitschüler nach oben; sie schienen leiser zu werden. Von Zeit zu Zeit rumpelte der Wagen wieder los, begann das Gezeter von neuem. Ich schloß die Augen, ich muß geträumt haben. Der Kopf wurde mir schwer, und ich verfluchte leise den Reiserolli, weil der keine vernünftige Kopfstütze hatte. Als ich nach einer Weile die Augen wieder öffnete, schaute ich nach oben und sah – nichts. Nur kopfstehende Bilder. Nichts als Farbigkeit und widersinnige Muster. Die Bilder des berühmten Deckengemäldes standen, wenn man von Westen zum Altar schaute, auf dem Kopf. Eine Kleinigkeit, wirst du sagen, nicht wichtig, dann dreht man sich halt um. Aber hat man dich nicht gelehrt, daß solche Bilderfolgen dazu dienten, die angeblich Ungebildeten, des Lesens und Schreibens nicht mächtigen Menschen in der biblischen Geschichte zu unterweisen? Doch wie sollte das hier funktionieren? Ursprünglich standen die Gläubigen beim Gottesdienst zum Altar gewandt – also nach Osten. Und dann sahen sie wie ich – nichts. Kopfstand, Farben, Muster, sonst nichts. Ich war verblüfft. Der einzige, für den die Bilder einen Sinn ergaben, war der Priester am Altar. Na toll, dachte ich, sieht so aus, als hätte Bernward die Bilder ganz für sich allein malen lassen – für sich und die anderen Geistlichen, die am Altar offenbar eine Stimulans benötigten, weil sie sich sonst mit ihrer eigenen Liturgie zu Tode gelangweilt hätten! Oder brauchten sie die Bilderfolge als Gedächtnisstütze? Waren darin grundlegende christliche Glaubensvorschriften enthalten, die der Priester sozusagen ständig vor Augen haben sollte? Du kannst es dir denken, daß die Sache so einfach nicht war. Das Bildprogramm in Hildesheim erwies sich als so komplex, daß ich es bis heute nicht richtig gelöst habe. Und ich stehe natürlich nicht allein da: Etliche Wissenschaftler haben sich an dieser Decke schon die Zähne ausgebissen! Klar scheint nur: Die Hildesheimer Decke ist so eine Art Who's who der Christusgeschichte. Sie zeigt in sieben Hauptbildern die Vorfahren Jesu, Adam und Eva, die Könige, das gesamte Personal. Das achte und letzte Bild am Ostchor stellt dann Jesus selbst dar als Weltenrichter. Übrigens ist das vorletzte Bild auch hier wieder Maria – eine ganz außergewöhnliche Maria, Maria mit einer Spindel, wie man sie sonst nur von einem Bild von Leonardo kennt. Drum herum wird es dann richtig knifflig, denn pro Hauptbild kommen noch einmal je vier Figuren dazu: Propheten und Könige. Und außen läuft ein Band aus noch einmal neununddreißig runden Medaillons, ergänzt von acht Eckbildern. Und alle stehen offenbar in Beziehung zueinander. Jede Menge Mathematik. Wozu das Ganze? Wozu eine Genese Jesu, wenn es doch im Mittelalter längst nicht mehr darum gehen konnte, Jesu Herkunft zu legitimieren? Und gleichgültig, wie man diesen Stammbaum las – mehrdeutig blieb er immer. Irgendwann begriff ich es: Selbst diese phantastische Bilderdecke war Teil des immensen Bernwardschen Ichbautriebes, der ihn schon bei den Plänen zum Gebäude selbst inspiriert hatte. Der Mann machte sich seine Geschichte selbst. Wenn er in einem womöglich unübertrefflich öden Gottesdienst an die Decke starrte, auf der Suche nach einem Bild, einer Inspiration, dann nahm dieses hölzerne Mosaik immer neue Gestalt an. Bezüge verschoben, veränderten sich, Figuren traten in Beziehung, ihre Bedeutungen verstärkten sich oder hoben sich auf. Wichtig ist nicht, wie die

Geschichte ist, denn sie ist nicht. Wichtig ist, wie du die Geschichte erzählst. Denn du bist die Geschichte. Und sie ereignet sich nur, indem du sie erzählst.

*Du wolltest mir von deiner Familie erzählen, Johannes. Statt dessen kommst du mir mit Kirchengeschichten. Kannst du mir sagen, was das jetzt mit deinem Leben zu tun hat?*

Alles, Stephan, alles. Aber das kapierst du wahrscheinlich nicht.

*Danke trotzdem für die kleine Geschichtsstunde. Vielleicht solltest du mal ein Buch schreiben.*

Wen ich erreichen will, den erreiche ich schon. Irgendwann. Und außerdem: Du bist geduldiger als Papier. Jetzt laß mich mal ein bißchen. Ich bin müde. Ne quid nimis – alles mit Maßen.

# 11. Sabine Harms

Abends war ich bei Thies und Astrid zum Halma eingeladen, aber ich beschloß, nicht hinzugehen. Ich las auch nicht weiter in den Dateien, obwohl Thies mir gezeigt hatte, wie ich sie öffnen konnte.

»Immer nur eine nach der anderen«, hatte er gesagt. »Das ist ein ganz schön cleveres System. Du kannst nicht Dreamteam III lesen, bevor du nicht Dreamteam II geöffnet und jeden Abschnitt als ›bearbeitet‹ markiert hast. Da ist jemandem die Reihenfolge sehr wichtig. Klar könnte ich versuchen, das zu knacken, aber da muß ich mich erst weiter einlesen. Du kannst ja inzwischen einfach mal anfangen...«

Aber ich wollte nicht lesen. Ich wollte nicht reden. Ich wollte nicht mehr denken müssen. Statt dessen beschloß ich, Musik zu hören. Und diesmal legte ich nicht wie üblich meine Musik zum Stimmungsheben ein, nicht Anastacia, nicht Chris Rea, der so schön trösten konnte, wenn alles schiefging – nein, ich hatte im Heim eine CD eingesteckt, einfach so, weil sie obenauf lag und weil sie ein Wort wiederholte, das ich auf einem der Poster an der Wand gelesen hatte: Rossini. Natürlich sagte mir der Name des Sängers nichts, wenn es nicht gerade Pavarotti ist, sagt mir das alles nichts, aber mir gefiel, daß der Sänger jung aussah und nicht so fett, und ich hörte Arien von Donizetti und Rossini, hörte sie wieder und wieder. »Una furtiva lagrima« hatte es mir besonders angetan. Ich verstand den Text nicht, ich verstand nicht, um was es ging, denn es waren ja bloß einzelne Lieder aus abendfüllenden Opern, aber die Stimme dieses jungen Tenors öffnete irgendwo in mir eine Tür. Donizetti las ich, Donizetti. Ich hörte die ganze CD noch einmal, hörte diese Musik und dachte an das Heim. An die Krankenschwester, die geweint hatte, als sie die Polizei angekündigt hatte. Warum hatte sie geweint?

»Es tut mir leid«, hatte sie gesagt, »es tut mir so leid…«

Und dann waren hinter ihr die beiden Polizisten ins Zimmer getreten, sehr aufrecht und sehr entschlossen, und hinter der geöffneten Tür waren auf dem Flur weitere Beamte zu sehen gewesen, einer der beiden hatte Stephan R. förmlich gefragt, ob er der Stephan R. sei, und als der weiß werdend bejaht hatte, hatten sie ihn mitgenommen. Abgeführt, sagt man wohl. Und Stephan R. hatte sich widerstandslos wegbringen lassen, hatte sich in der Tür noch einmal umgesehen und war zwischen den beiden Polizisten zusehends weniger geworden, unkörperlicher, er war gar nicht mehr Stephan R., er war ein Tatverdächtiger. Stephan R. wurde des Mordes an Johannes Grundig verdächtigt. Und ich hatte neben ihm gesessen.

»Es tut mir leid!«

Die Stimme der jungen Krankenschwester holte mich zurück. Sie setzte sich, putzte sich die Nase. Sie benutzte ein altmodisches Stofftaschentuch, weiß, mit einer moosgrünen Borte. Am linken Handgelenk trug sie mehrere sehr dünne Perlenarmbänder, alle blau. Lauter unterschiedliche Blautöne. Sie roch nach etwas Würzigem, Süßlichem, und darunter mischte sich etwas Bitteres, Medizinisches.

»Entschuldigung…«

Bestand diese dunkelhaarige Frau nur aus Entschuldigungen? Ich bemerkte einen leichten Flaum auf ihrer Oberlippe. Eine verwegen geschwungene, üppige Oberlippe. Die untere Lippe konnte den roten Bogen kaum tragen, so schien es. Jetzt vibrierte der ganze, große, rote Mund in dem ovalen Gesicht.

Diese Frau war schön, sehr schön, sie mochte Mitte Zwanzig sein, sicher nicht älter, und schien aus Südeuropa zu stammen oder aus dem Südosten. Sie wischte sich mit dem Taschentuch über die Augen. Die Armbänder klapperten leise.

»Ich kann das alles noch immer nicht glauben...«

Immerhin, sie fing dann an zu erzählen. Die meisten Leute entschuldigen sich ja nur, um etwas viel Wichtigeres nicht zu sagen, um sich nicht erinnern zu müssen. Maika aber, so stellte sie sich vor, Maika erzählte durchaus.

»Die beiden verstanden sich sehr gut, Johannes und Stephan waren Freunde, richtige Freunde! Natürlich hat Stephan ihn gepflegt, aber zwischen den beiden war mehr, viel mehr, verstehen Sie – eine tiefe, gegenseitige Sympathie, so könnte man sagen, eine besondere Verbundenheit. Manchmal mag ihnen diese Verbundenheit vielleicht lästig erschienen sein, sogar wie eine Art Fessel, aber im allgemeinen haben sie doch sehr daran festgehalten. Es hat ihnen beiden Halt gegeben, glaube ich. Im Heim haben sich manche schon lustig gemacht, vor allem natürlich die etwas einfacheren Kollegen, aber ihr Spott fiel nicht allzu bösartig aus, denn Stephan, müssen Sie wissen, war den anderen ohnehin eher im Weg. Ein Kerl, stark wie eine Kastanie, aber ungeschickt und langsam im Verstehen. Sie waren froh, wenn er beschäftigt war...«

Stark wie eine Kastanie – Maika wählte ihre Worte sorgfältig, ihre Sprache verfügte über den eigenartigen Charme, der dem Deutsch der Immigranten oft zu eigen ist. Ich tippte auf Rumänien oder Bulgarien. Wie hätte ich das an der Setzmaschine gezeigt, diese feine und dabei etwas kuriose Art, in der Maika sprach? Welche Schriftart hätte ich gewählt? Die Delphin, gewiß, die Delphin, Georg Trump, 1951. Eine handschriftliche Antiqua, serifenlos, rund und eigen. Als hätte jemand die Antiqua durch einen Federzug abgewandelt...

»...immerzu waren sie zusammen, sie fanden Gefallen daran, viel Zeit miteinander zu verbringen. Das ist erstaunlich, wissen Sie, äußerst erstaunlich, denn unterschiedlicher als die beiden kann man – konnte man –, so glaube ich, nicht sein. Sie haben bisweilen gestritten, nur zuletzt, da hatte Johannes Probleme mit der Atmung und konnte sich nicht mehr mit der nötigen Bequemlichkeit artikulieren – es gehört eine Bequemlichkeit der Atmung zur Freiheit des Geistes, das hat er einmal gesagt, und ich habe mir diesen Satz gemerkt, weil er so schön klingt. Aber stellen Sie sich vor, sie haben trotzdem einen Weg gefunden, miteinander zu sprechen: Sie haben einander geschrieben. Sie saßen nebeneinander am Computer und haben geschrieben, mit zwei Tastaturen, stundenlang…«

Maika wies auf den Schreibtisch, dahin, wo der Computer bis eben gestanden hatte: »Oh…«

»Ich habe ihn«, sagte ich schnell. »Ich habe ihn gerade eben abtransportieren lassen.«

Ich sagte das so, als sei er schon weg und nicht erst im Auto vor der Tür; plötzlich hatte ich Angst, daß diese junge Schöne den Computer zurückfordern könnte, daß sie überhaupt etwas von mir wollen könnte. Aber Maika sagte nur: »Natürlich… Sie sind ja die Mutter.«

Und ich wunderte mich, was sie damit meinte. Warum sie es mit diesem Nachdruck sagte, als würde das automatisch etwas bedeuten. Immer, wenn jemand Mutter war, schien das für alle anderen etwas zu bedeuten – und zwar für alle etwas Ähnliches, und sie verhielten sich entsprechend, und zwar mit einem grundsätzlichen Einverstandensein. Ich hingegen hatte nie begriffen, was das heißen sollte, auch in der kurzen Zeit mit Johannes nicht.

Sie erzählte weiter. Von der angeblichen Freundschaft zwischen diesem Stephan R. und Johannes, von ihren gemeinsamen Exkursionen und ihren Plänen. Es mußten eher Johannes' Pläne gewesen sein, denn er hatte in diesem offenbar etwas einfach gestrickten älteren Burschen einen Helfer gefunden, der ihm vieles ermöglichte, was sonst unerreichbar gewesen wäre.

»Stephan ist ihm natürlich manchmal auf die Nerven gegangen«, sagte Maika. »Sie müssen wissen, daß Stephan sehr feste Überzeugungen hatte, und Johannes ließ sie alle nicht gelten. Für ihn waren feste Überzeugungen ausschließlich dazu da, sie augenblicklich zu hinterfragen. Dafür hatte Johannes selbst aber auch ein paar sonderbare Angewohnheiten. Er war zum Beispiel ausgesprochen gern in der Küche – eigentlich eine Tabuzone für die Patienten. Aber Johannes hat es immer wieder geschafft, dorthin zu gelangen. Scheinbar, um den Küchenfrauen zur Hand zu gehen. Einfache Dinge wie Petersilie hacken und Gemüse putzen, das konnte er ja noch tun. Am liebsten packte er das Fleisch aus. Wissen Sie, in so einem großen Haus wird das Fleisch in entsprechenden Mengen gekauft. Und Johannes war geradezu versessen auf dieses Fleisch, das fest verschweißt auf Kunststoffplatten ankam. Je fester es verschweißt war, je enger sich die Klarsichtfolie darum gelegt hatte, desto besser. Schmorbraten. Kasseler Nacken, Schweinekoteletts.«

Sie zählte die Fleischsorten auf, als stünde sie an einer Theke, langsam, überdeutlich, als sähe sie dabei die Preise vor sich.

»Die Küchenfrauen fanden sein Verhalten seltsam; sie fühlten sich unwohl in der Gegenwart eines Heimbewohners, der stundenlang mit allen Zeichen des Wohlbehagens Fleisch auspackte. Aber Stephan redete ihnen gut zu: Johannes brauche das als Übung für seine schwächer werdende Arm- und Handmuskulatur. Ich hätte ihm solche Beredsamkeit gar nicht zugetraut – wahrscheinlich hatte ihm Johannes selbst die Worte in den Mund gelegt. Das war einerseits sicher alles sehr anstrengend für Stephan, andererseits aber bestimmt auch faszinierend, eine Bereicherung. Unter normalen Umständen hätte sich ein Mensch wie Johannes nie mit jemandem wie Stephan abgegeben, und das war Stephan sicher bewußt. Sie haben sich gemeinsam Deckengemälde in Kirchen angeschaut und immer weitere Ausflüge gemacht. Johannes liebte Deckengemälde, wußten Sie das? Er war geradezu ein Spezialist, was Deckengemälde in norddeutschen Kirchen betrifft. Haben Sie nicht das Schild an der Tür gesehen?«

Sie stand auf, als ich den Kopf schüttelte, nein, von einem gemeinsamen Hobby wußte ich nichts, und was ich wußte oder ahnte, würde ich nicht gleich preisgeben. Sie öffnete die Tür und trat einen Schritt vor. Den Kopf tief in den Nacken gelegt las sie langsam und deutlich: »Civitatem istam tu circumda Domine et angeli tui custodiant muros eius.« Es klang, als spräche sie Italienisch. »Umhege, Herr, die Mauern dieser Stadt und laß deine Engel ihre Wächter sein«, übersetzte Maika. Unwillkürlich hatte sie die Stimme gehoben. »Schön, nicht? Als Türspruch sehr geeignet, wenn auch für einen, der nicht an Gott glaubt, ein wenig ungewöhnlich. Aber den Spruch hat er sich aus Corvey mitgebracht, und Stephan mußte dann das Schild in Auftrag geben. Corvey bei Höxter an der Weser. Das hat er kennengelernt, weil er sich in Höxter einer Behandlung unterzogen hat. Manchmal war ich dabei, wenn sie ihre Ausflüge machten, nach Goslar, auch nach Königslutter – das waren ja Tagesausflüge –, aber die beiden wollten weiter. Sie wollten zusammen nach Italien, und Johannes hat Stephan sogar einmal so weit gebracht, nach Madagaskar zu reisen…«

Ich traute meinen Ohren nicht. »Nach Madagaskar?«

Ja, nach Madagaskar. Maika sprach weiter, erzählte von Johannes' Liebe zu Spinnen. »Die dort – Esmeralda – das ist schon seine dritte Spinne.«

Sie erhob sich und ging mit langsamen Schritten zum Terrarium. Strich mit einer Hand über die Gaze. Ich sah, daß sie auffallend kräftige Unterarme hatte und kompakte, runde Waden.

»Arme Esmeralda! Haben wir dich glatt vergessen…« Sie wandte sich zu mir, in ihren Augen sammelten sich schon wieder die Tränen. »Wir haben nicht an Esmeralda gedacht, verstehen Sie? In der Aufregung haben wir vergessen, ihr das Wasser ins Netz zu sprühen, da ist sie verdurstet… Ich meine, so etwas ist hier ja nie vorher geschehen, und ich habe gedacht, es ist jemand eingebrochen, jemand Fremdes, und hat…« Sie sah mich an. Sie riß sich zusammen. »Die Spinnen, ja… Ich wollte Ihnen von den Spinnen erzählen… Vorher hatte er eine andere, eine einfachere, eine Röhrenspinne. Die hatte auch schon so einen ulkigen spanischen Namen: Carmencita, glaube ich. Weil ihr Fell… – sagt man Fell? – also weil ihr Körper so schön gezeichnet war wie ein Flamencokleid: rot, mit schwarzen Tupfen. Und die Beine – schwarze Beine – hatten unregelmäßige weiße Kringel, so wie Strümpfe. Johannes hat mir gezeigt, daß man sich vor Spinnen nicht ekeln muß, und mit Carmencita war das leicht; eine richtig elegante kleine Spinne. Sie war wesentlich einfacher zu halten als Esmeralda, allerdings auch viel kleiner, und manchmal bekam man sie tagelang nicht zu Gesicht; das wurde Johannes irgendwann zu langweilig, da hat er sie verschenkt. Und weil er und Stephan ohnehin dauernd diese Spinnenbücher lasen und sich Videos anschauten, sind sie auf die Idee mit der Seidenspinne gekommen. Seidenspinnen fertigen außergewöhnlich große und kunstvolle Netze an. Wenn Spinnen so groß wie Menschen wären und ihre Fäden dementsprechend, könnte man einen landenden Jumbo-Jet darin auffangen, so stabil sind die Netze – und gleichzeitig so schön und fein.«

Maika hatte sich jetzt warmgeredet. Ich fragte mich, was für ein Mensch Johannes gewesen sein mochte, daß er ihn betreuende Krankenschwestern dazu brachte, sich für Spinnen zu interessieren. Und Pfleger überredete, nach Madagaskar zu reisen.

»Wir haben uns ein Video angeschaut, zu dritt: Johannes, Stephan und ich. Und da ist Johannes offenbar auf diesen seltsamen Einfall gekommen. Sie müssen wissen: Seidenspinnen gibt es nicht in Europa, und es ist sehr schwer, welche zu bekommen. Aber das hat Johannes natürlich erst recht angespornt. Carmencita hatte er schließlich auch irgendwo besorgen können, obwohl Röhrenspinnen unter Naturschutz stehen. Je anspruchsvoller, je komplizierter eine Sache war, desto mehr reizte sie ihn. Und nachdem er gelesen hatte, daß man in Ostafrika solche Spinnen finden kann und daß die Gesetze dort erlauben, auf Expeditionen gefangene Spinnen mitzunehmen, war die Sache entschieden: Stephan sollte an seiner Statt nach Madagaskar reisen. Dahin, wo der Pfeffer wächst, hat Johannes im Scherz gesagt. Sei meine Hände! hat er zu Stephan gesagt. Sei meine Füße! Sieh du für mich die Welt! Und Stephan? Der hat sich nach Kräften gewehrt, aber wir wußten alle, wie die Sache ausgehen würde, denn mit Stephans Kräften war es nicht weit her, am Ende hat immer Johannes gewonnen. Jedenfalls ist Stephan tatsächlich in seinem Urlaub nach Madagaskar geflogen. Er hat sich eine fürchterliche Darminfektion zugezogen, schon dort, auf der Insel, ist er sehr krank geworden, und eine Spinne hat er natürlich auch nicht gefangen. Die beiden hatten sich das nicht so schwierig vorgestellt. Sie hatten angenommen, daß man einfach in den Urwald hineinspaziert, an den Affen und Schlangen vorbei und sich eine Spinne holt. Was die beiden nicht bedacht hatten, war, daß es im Dschungel stockdunkel ist. Man sieht, hat Stephan dann nach seiner Rückkehr erzählt, die Hand vor Augen nicht. Und ohne einheimische Führer geht gar nichts. Und die haben ihn ausgelacht, als sie dann endlich verstanden haben, um was es ging. Am Anfang haben sie fälschlicherweise angenommen, Stephan sei auf die Bekanntschaft mit einem Mädchen aus, weil sie nicht glauben konnten, daß jemand tatsächlich aus Deutschland anreist, nur um eine Seidenspinne zu finden. Und so ist Stephan mitsamt der sorgfältig präparierten Transportschachtel wieder zurückgekommen, mit leeren Händen. Und dann habe ich ihn wirklich wütend erlebt, zum ersten Mal vielleicht richtig wütend: Johannes hatte nämlich inzwischen über das Internet einen internationalen Spinnenversand ausfindig gemacht, und dieser Versand hat dann Esmeralda geschickt. Es dauerte keine acht Wochen. Siehst du, hat Johannes zu Stephan gesagt, Hände und Füße sind schön und gut – aber ein bißchen Grips schadet auch nichts…«

Maika lachte. Und dann weinte sie wieder. Ich wollte Maika festhalten. Ich wollte, daß sie mehr erzählte. Ich wollte, daß sie bliebe. Schon lange nicht mehr hatte ich mich so wohl gefühlt in der Gegenwart eines anderen Menschen. Lag es daran, daß sie keine Fragen stellte? Daß sie sich langsam, fast bedächtig bewegte? Maika war aufgestanden. Sie hatte irgendwo Gläser entdeckt und ging ins Bad. Kam mit den gefüllten Gläsern zurück.

»Da, nehmen Sie bitte. Es tut mir leid, ich rede und rede, und Sie haben bestimmt ganz andere Sorgen… Johannes hat noch zu Stephan gesagt, es sei aber doch immerhin gut, daß er, also Stephan, endlich einmal gereist sei – und noch dazu in seine alte Heimat…«

»In seine Heimat?«

»Ja, weil Johannes doch einige Zeit auf den Komoren verbracht hat, gleich neben Madagaskar. Das muß aufregend für Sie alle gewesen sein. Gelegentlich müssen Sie mir davon erzählen, wenn Sie mögen… Verzeihen Sie, ich wollte nicht aufdringlich sein! So gelassen Johannes jedenfalls die ganze Sache gesehen hat, so empört war Stephan. Johannes' Entspanntheit hat ihn nicht im geringsten beruhigt, selbst das Versöhnungsgeschenk, Johannes' schönes Messer aus Afrika, hat er nur widerwillig angenommen. Er hat sich ein paar Tage geweigert, überhaupt zu Johannes zu gehen, und hat dann noch eine Zeitlang nicht mit ihm gesprochen. Wenn er ihn zu mir ins Schwimmbad gebracht hat, hat er immer nur ganz knapp gegrüßt und dann mit verschränkten Armen am Rand gesessen. Vorher hatte er gelegentlich mitgemacht, mir jedenfalls geholfen. Aber diese abweisende Pose hat er natürlich nicht durchgehalten; Stephan ist ein sehr gutmütiger Kerl, müssen Sie wissen, und außerdem: Er hatte ja sonst niemanden – niemand anderen als Johannes.«

Maikas sorgfältiges Deutsch. Ihre Behutsamkeit. Ihre Augenschöne. Ich beschloß, daß ich sie wiedersehen wollte. Diese Frau konnte ich fragen, sie machte mir keine Angst, mein Kopf brannte und pochte nicht, wenn ich mit ihr zusammen war.

Thies war auf der Rückfahrt ungewöhnlich schweigsam. Es störte ihn nicht einmal, daß Computer und Drucker hinter uns klapperten.

»Mann, Mann, Mann, Sabine!« sagte er nur einmal. »Da hast du dich aber in was reingeritten.«

Er sagte das so, als ob ich es mir hätte aussuchen können. Dabei konnte ich mir nichts aussuchen. Nichts mehr seit der Schwangerschaft. Nichts mehr seit Johannes.

»Hast du schon mal was von Wassertherapie gehört?« fragte ich.

»Hm.«

Ich würde Maika fragen. Sie fragen, ob ich einmal zuschauen durfte. Ich wollte wissen, was sie gemacht haben. Ich wollte wissen, was sie all die Jahre mit Johannes gemacht haben.

»Wieso hast du eigentlich nichts erzählt?« fragte Thies jetzt.

»Ich hatte nichts zu erzählen«, sagte ich.

Thies sah mich von der Seite an: »Das sehen die Kollegen aber anders.«

Ich hätte es mir denken können: Sie wußten es also.

## 12. Johannes Grundig

C:\Eigene Dateien\Das Dreamteam\XIII

Nein, schreib es auf, Stephan. Ich sehe dir an, was du willst. Aber ich bestehe darauf, daß du auch dieses Mal nachdenkst, bevor du redest. Für Unbedachtheiten ist keine Zeit. Also schreib. Und schau mich nicht mit diesem pflichtschuldigen Zorn an. Ich weiß, daß der nicht aufrichtig ist. Ich bin kein kleiner Junge, und du bist nicht ärgerlich. Also laß uns das Verfahren abkürzen, und setz dich endlich.

*Was hast du da gemacht, Johannes? Ich verlange eine Erklärung! Ich kann mit dir nicht länger arbeiten, wenn ich das Gefühl habe, du verarschst mich.*

Nanu – so temperamentvoll! Bist du neidisch, daß du nicht dabei warst?

*Hör auf, das ganze Haus zerreißt sich das Maul.*

Das kann ich mir vorstellen. Aber was ist denn geschehen, Christenmännlein?

*Das frag ich dich! Ich kann einfach nicht glauben, was da passiert sein soll.*

Patty ist passiert. Wie alle vier Wochen, donnerstags, immer kurz nach vierzehn Uhr. Und Margot ist dazu gekommen, die neue Krankenschwester, und war überrascht. Nichts sonst.

*Patty? Wer ist Patty?*

Warum willst du das eigentlich wissen? Was hat dich, einen der diensthabenden Krankenpfleger, zu interessieren, mit wem ich meine Freizeit verbringe? Weder habe ich die Hausordnung verletzt noch meinen ohnehin nicht besonders stabilen Gesundheitszustand gefährdet – im Gegenteil, mir geht's glänzend. Schade ist nur, daß Margot sich leider als genauso humorlos erwiesen hat wie befürchtet. Wir hätten auch zu dritt viel Spaß haben können, schließlich macht ein Behinderter für eine Frau allein ganz schön viel Arbeit, vor allem, wenn es nicht mehr so weit her ist mir der Potenz.

*Wer ist Patty?*

Patty ist eine Frau.

*Das dachte ich mir beinahe.*

Ich dachte, du wolltest wissen, wer sie ist?

*Kommt jetzt wieder eine deiner Geschichten?*

Sicher. Jeder ist eine Geschichte. Ich könnte natürlich auch sagen: Patty ist eine Nutte, und dann würdest du denken: Alles klar. Es gibt nur zwei Kategorien von Menschen, bei denen alle sofort denken, sie wüßten Bescheid: Nutten und Mütter. Interessant, nicht? Aber ich dachte, du willst vielleicht wirklich wissen, wer Patty ist...

*Okay, ich habe verstanden. Also: Wer ist Patty?*

Patty ist das seltsamste Geschöpf, das ich kenne. Sie ist ein Tier, ein Nager.

*Geht das schon wieder los?!*

Natürlich geht das schon wieder los. Ich habe keine andere Art zu erzählen als meine. Und ich habe auch keine andere Art, die Welt zu sehen. Okay?

*Ja, schon gut. Mach weiter.*

Ihre Haare sind zu oft blond gefärbt und mit Dauerwellen mißhandelt worden und stehen vom Kopf ab wie ein Federbusch. Das Gesicht ist schmal und läuft zum Kinn spitz zu, und auch ihre Nase ist schmal und spitz und hätte etwas Vornehmes, wenn nicht alle Gesichtszüge, die Stirn, die Augen, die Wangen, auf diese Nase hindrängten, und die ist damit überlastet. Unter der Nase sitzt ein kleiner, himbeerroter Mund mit kinderzarten Lippen. Der Mund ist so klein geraten, weil Pattys Kiefer irgendwann aufgehört haben zu wachsen – in ihrem Mund drängen sich die Zähne, und spätestens in zehn, zwanzig Jahren wird das alles aussehen wie ein windschiefer Zaun. Dann Gnade dir Gott, wenn sie sich in ihrer geübten Entschlossenheit über dich hermacht! Das wird ein schönes Reißen und Zerfleischen!... Entschuldige, ich schweife ab, aber dieses Mardergebiß hat mich von Anfang an fasziniert! Daß alles auf einen Punkt zuläuft, sich gleichsam sammelt und konzentriert, wiederholt sich an anderer Stelle an Pattys Körper: am Bauch. Sie ist gertenschlank, mußt du wissen, kein Gramm Fett zu viel, sie hat Beine wie gut gedrechselte Stelzen: gerade und glänzend. Und die schmalen, langen Füße einer wirklichen Dame. Nur dieser Bauch, dieses Bäuchlein – das hat sich irgendwie selbständig gemacht: Das kugelt sich klein, aber deutlich hervorstehend, aus diesem schmalen Körper und ist so prall, daß man bläuliche Adern darauf sieht. Und die laufen auch alle auf einen Punkt zu: den Nabel. Patty weiß, welche himmlische Quelle der Lust der Nabel ist, eine Pforte, ein schneckenförmiger Einlaß...

*Du bist ja noch immer völlig high.*

Ich mag Patty. Sie kommt schon längere Zeit. Sie arbeitet sonst in einem Nachtclub in Hamburg. Für mich fährt sie bis Bremen. Ich glaube, sie mag mich auch.

*Wenn du gut zahlst.*

Natürlich zahle ich gut, sonst würde *ich* mich nicht mehr mögen. Ich habe sie mal gefragt, ob sie mich mag, ob mein Eindruck täuscht, daß sie gern herkommt. Und weißt du, was sie geantwortet hat: Klar mag ich dich, hat sie gesagt. Ihr Rollis seid immer gut gewaschen, und vor euch muß man keine Angst haben. Patty ist pragmatisch, auch dafür bewundere ich sie.

*Du hast also Besuch von einer Prostituierten.*

Wow! Du hast es verstanden!

*Und an diesem Donnerstag*

war Patty da. Wie alle vier Wochen, ich sagte es schon. Und ich habe es genossen! Seit Kanowski mir die Matratze zugeschnitten hat kann ich mich wenigstens einmal erkenntlich zeigen. Weißt du, es ist nicht angenehm, wenn man eine Frau nicht einmal mehr umarmen kann. Sie an sich ziehen, ihr in die Augen schauen, ihr kleine Schweinereien ins Ohr flüstern. Mein Zustand verhindert jede Vertrautheit, es sei denn, sie wird sorgfältig inszeniert. Weißt du, wie das ist, wenn alles in dir Nähe sagt und Unbedingtheit will und sich Verlieren? Und du sagst nur höflich: Danke, ja, so ist es gut. Und nein, eher weiter links. So ist es sonst. So war es, bevor ich auf die Idee mit der Matratze kam. Patty ist routiniert. Alles, was sie tut, ist nicht nur pragmatisch, sondern auch effizient. Time is money, das gilt für keinen mehr als für eine Nutte und ihren Kunden, und so hat sie wirklich alle Tricks und Schliche drauf, um es dir in kürzester Zeit zu besorgen.

*Diese Wortwahl hätte ich von dir nicht erwartet.*

Nicht so empfindlich, Christenmännlein. Die Wortwahl traf exakt den Sachverhalt. Bis zur Matratze. Du hast miterlebt, wie meine Arme schwächer wurden, der Schultergürtel, der Nacken. Wie ich erst den ganzen Arm heben und beide Arme ausbreiten konnte, dann nur noch einen Arm, dann nur noch die Unterarme. Jede Woche werden meine Oberarme schwerer, nutzlose, gewichtige Schläuche, die nur an den Schultern ziehen mit ihrer Last – kurz: Ich mußte mir etwas einfallen lassen. Ich wollte mir etwas einfallen lassen, denn ich wollte diese Frau. Ist ja nur eine Nutte, wirst du jetzt sagen, aber sie ist alles, was mich lebendig macht. Alles, was mich außerhalb meiner selbst bringt. Ich will spüren, wie sich die Welt erhitzt. Alles in mir sagt dann: Umarme, ziehe an dich, wenn sie mit ihren großen Brüsten auf mir reitet. Reiße, presse, sauge, halte – das ist es, was ich will – und ich sehe diese Glockenbrüste vor und zurück wippen, sehe, wie sich langsam Schweiß darauf bildet, von dem ich hoffen kann, daß er auf mich niedertropfen wird.

*Stehst du auf große Brüste?*

Ich stehe auf alle Brüste, die mir entgegenkommen! Aber du hast schon recht: Ich stehe auf Patty. Auch, weil ich merke, wie sie arbeitet. Wie sie sich Mühe gibt und kämpft um mein kleines bißchen Erektion. Wenn sie sich auf mir bewegt, sehe ich, wie ihre Oberschenkel zu zittern beginnen vor Anstrengung – sie traut sich nicht, sich mit dem ganzen Gewicht ihrer 1,75 auf mir niederzulassen. Eine Form von professioneller Rücksichtnahme, die etwas Rührendes hat. Natürlich hat sie sich gelegentlich auf mich gelegt, aber sehr vorsichtig, das war dann, als rettete sich ein Seehund auf den Strand, traute ihm aber gleichzeitig nicht so recht. Du bist ein alter Voyeur! hat sie mal gesagt und mich scherzhaft auf die Wange geschlagen – aber was soll ich machen – der Abstand zwischen uns ist immer unendlich. Ich kann nicht mir ihr übers Bett rollen, wir ringen nicht miteinander und verwickeln uns nicht in Laken; ich liege einfach da, auf dem Rücken wie ein gefangener Käfer, und sie thront auf mir, eine strohfarbene Königin, sicher, aber was ist eine Königin, der man sich nicht zu Füßen oder in den Schoß werfen kann und sie küssen und dann heulen?! Und so kam ich auf die Idee mit der Matratze. Ich habe Kanowski gebeten, mir eine ausrangierte vom Boden zu holen. Und dann hat er in meinem Auftrag ein Loch in eine Schmalseite geschnitten. Kein Loch eigentlich, sondern eine Vertiefung, eine U-förmige Auskerbung. So ist eine Art Bucht entstanden. Meine Bucht. Pattys Lustbucht. Und diese Matratze haben wir auf das Bett gelegt, Kerbe nach vorn, und die Matratze gut einen halben Meter über den Bettrand hinaus ragen lassen. Ich konnte mit dem Rolli direkt in die Bucht hineinfahren. Und warten. Ich kann dir die Erregung nicht beschreiben, die es bedeutet, wenn Patty kommt, sich auf die Matratze wälzt, langsam, sehr langsam auszieht und auf den Rücken legt. Diese Erwartung, wenn sie die Beine spreizt und langsam, sehr langsam auf mich zu robbt. Bist du sicher? sagt sie dann immer. Heute wieder ich? Ja, heute wieder du, denke ich dann. Heute wieder du und immer wieder du, denn du ahnst ja nicht, welche Wonne es ist, in dieses Geschöpf hineinzutauchen. In diese Weiblichkeit, die sie vor mir öffnet wie einen duftenden Garten. Nirgends sind Frauen unschuldiger und verletzlicher und betörender als dort, und wenn sie dich lassen, wenn sie deinen Fingern, deinen Lippen und deiner Zunge Zutritt gewähren, ist es, als beträtest du ein geheimnisvolles Reich. Aber was rede ich – Pattys Möse ist nicht geschaffen für Metaphern. Es ist das Direkteste, Unmittelbarste, was du dir denken kannst. Und gerade deswegen finden wir wohl keinen Begriff dafür. Das quält mich. Ich fände gern einen. Ich glaube, die größte Liebeserklärung ist die Genauigkeit, aber davon bin ich noch weit entfernt. Sagen wir also: Pattys Schoß ist eine dunkle, angenehme Gegend. Ich habe mich dort getummelt, umgesehen, habe erforscht und gesucht, habe mich verirrt und verloren, und die schönste Musik, die ich je gehört habe, war Pattys erstauntes Stöhnen, ein tiefes, sattes Brummen, das anschwillt und abschwillt. Oh Mann! hat sie nach dem ersten Mal zu mir gesagt, eigentlich müßte ich jetzt dich bezahlen; da ist es mir doch glatt gekommen, du Schlimmer! Und seitdem sind das unsere Feste. Auch mit entsprechender Musik übrigens. Unsere Leitmelodie ist das Adagio for Strings von Samuel Barber. Nicht die Orchesterfassung, sondern das Arrangement für Chor, das Agnus Dei. Meine Mutter ist mal in Oxford aufgetreten, und ein Teil des Programms war dieses Stück. Ich habe lange gesucht, bis ich eine Aufnahme davon finden konnte... Wenn ich dieses Stück vorbereitet habe, weiß Patty, daß ich sie wieder zum Singen bringen will – das weiß sie, ohne die Matratze anzuschauen, und den Blick, den sie mir in solch einem Augenblick zuwirft, würden Dünnbrettromantiker sicher für Liebe halten. Ich nenne es Verbundenheit. Also: Was kann ich dafür, daß neulich, eben letzten Donnerstag, denn das ist wohl das fragliche Datum, das dich so erregt, was also kann ich dafür und was Patty, daß sich gerade auf dem Höhepunkt unserer Lust eine Tür öffnete und Margot hereinplatzte, die sich wahrscheinlich in der Uhrzeit geirrt hatte. Ich fand das gar nicht schlimm, sie hätte ruhig mitmachen und Patty mal ablösen können, aber statt dessen fing sie gleich an zu schreien und übertönte sogar das herrliche Agnus Dei von Barber, das wir vorsorglich auf Repeat gestellt hatten, und durch das Geschrei und den wirklich durchdringenden Chor von Barber, durch dieses Crescendo von Margotschreien und Barberstimmen und Pattys vergeblichen Versuchen, Ruhe in die Sache zu bringen, wurden Kanowski und Frau Friedrichsen alarmiert, und es gab einen Riesenaufstand, an dessen Verlauf ich mich nur noch bruchstückhaft erinnere. Jedenfalls hat Kanowski, der alte Heuchler, ganz zum Schluß die Matratze geschultert, als wäre sie ein unverzichtbares Beweisstück und hat sie, ich kann es nicht anders sagen, gewissermaßen triumphierend aus meinem Zimmer getragen. Alle Proteste halfen nichts, schließlich ist sie mein Privateigentum, und Patty war längst geflüchtet und hatte mir in der Tür noch eine Kußhand zugeworfen, und mehr habe ich nicht zu erzählen.

*Du willst mir also sagen, daß Margot glaubte, sie hätte Therapie mit dir und hätte sich nur in der Uhrzeit geirrt? Daß sie also mehr oder weniger zufällig vorbeigekommen ist, als du gerade mit Patty zugange warst?*

Ich würde es nicht so ausdrücken wie du – aber: ja.

*Aber du hattest mir doch selbst gesagt, daß Margot kommt.*

Kann sein. Kann auch sein, daß ich mit den Terminen ein bißchen durcheinander gekommen bin! Bei den vielen Frauen…

*Johannes, du verarschst mich schon wieder. Das war doch kein Zufall.*

Vielleicht nicht…

*Du wolltest, daß Margot euch erwischt!*

Es gab nichts zu erwischen, wir haben schließlich keine Bank überfallen, obwohl sich das allmählich empfehlen würde bei den Tarifen…

*Okay, du wolltest, daß Margot euch überrascht, daß sie euch sieht.*

Vielleicht. Aber was hätte ich davon?

*Das weißt nur du allein! Und außerdem: Samuel Barber – das ist doch schon wieder Kirchenmusik!*

Stephan Christenmännlein, kein Grund zur Panik: Es war ein Agnus Dei zum ganz privaten Gebrauch.

*Du bist gottlos!*

Das ist nicht meine Schuld. Aber ich bin fromm, das solltest du mildernd berücksichtigen, du Hilfscherub der himmlischen Heerscharen.

*Was heißt das: Du bist fromm?*

Ich glaube nicht, daß jemand mit tieferer Andacht in der Lage ist, dieses Stück von Barber zu hören. Es ist übrigens gar nichts Besonderes, eher ein bißchen effekthascherisch. Aber das macht nichts, ich schätze es, weil mir die Art gefällt, in der die Stimmen geführt werden; ich glaube es war der Anfang, der mich auf die Idee gebracht hat, es Patty vorzuführen: Man hört zunächst nichts als ein sehr langes A, nur von den Frauen gesungen, dann fallen die Männer eher zögernd ein, und erst, wenn sich alle in diesem A gefunden haben, wird das Wort daraus, Agnus, Agnus Dei, Lamm Gottes. Leg mal auf – da hinten, ganz am Ende bei den Samplern, ist eine weiße CD, Peace. Da ist das Stück drauf. Aber laut, sonst verpaßt du den Anfang!

*Was machst du nur mit mir? Du bringst das ganze Haus auf und zwingst mich dann dazu, ein religiöses Stück mit dir zu hören, daß dich an Sex erinnert.*

Christenmännlein, Christenmännlein – ich sehe Fortschritte! Du bringst das Wort Sex auf die Tastatur, ohne nennenswert zu stocken.

*Was bleibt mir anderes übrig – bei dir geht es ja andauernd um Sex.*

Das stimmt. Sex und Tod. Um etwas anderes geht es eigentlich nie. Insofern unterscheiden sich die Gehandicapten nicht von den anderen. Hör zu. Hör genau hin. Und nimm diese Wellenbewegung in der Musik wahr. Kannst du dir eine geschmeidige Frau dazu vorstellen? Eine, die mit ihrem Körper zu spielen in der Lage ist? Die ihren eigenen Rhythmus und den der Musik mit leichter Hand aufnimmt? Die ist für mich ein Lamm Gottes, ein begnadeter Leib, den ich anrufe. Patty, ich rufe dich! Und sie erlöst mich! Für achtzig Euro die Stunde. A-aaaa! Lauter!

## 13. Sabine Harms

Irgendwo müssen sie sein, ich weiß es genau. Wenn mir an einer Sache liegt, dann hat sie einen besonderen Platz, und es kann nicht sein, daß ich ausgerechnet die Pelzstulpen verräumt haben soll. Pelzstulpen für die Handgelenke. Die Pelzstulpen sind mein ganz Eigenes. Kein Mensch in Glückstadt trägt Pelzstulpen. Jedenfalls heutzutage nicht mehr. Früher vielleicht, als die wohlhabenden Bürgerfräulein am Arm ihrer Offiziere flanierten, über den Marktplatz, da vielleicht war auch Glückstadt ein Ort für feine Schaftstiefel und Pelzstulpen. Vorstellen allerdings kann ich es mir nicht. Vorstellbar in Glückstadt sind Wetterjacken. Und so habe ich meine Pelzstulpen auch nicht hier, sondern in Hamburg gekauft, nach langem Hin und Her, bald nach der Trennung von Marc, bald nach der Trennung von Reimer. Sechs Jahre nach der Trennung von Ulrich. Eigentlich konnte ich mir einen solchen Luxus nicht leisten. Aber ich fror damals schon. Ich fror andauernd. Und dann sah ich diese Pelzstulpen wie gut genährte freundliche Katzen im Schaufenster des Kürschnerladens. Von einem tiefen Schokoladenbraun, glänzend, elegant. Wie würde es sein, damit zu schreiben? Die immer steifen Unterarme auf der Tischplatte abzulegen? Mit dem Nerz nur ganz sacht an die Tastatur des PCs zu stoßen? Ich hatte es so satt zu frieren, also kaufte ich. Wagte zuerst nicht, die Stulpen in der Redaktion zu tragen, wochenlang wagte ich es nicht. Und dann sagte Ilse nur: »Geile Teile!«, wie immer besonders schnoddrig, wenn sie verbergen wollte, wie beeindruckt sie war. Ich sagte nicht, daß mir richtige Katzen eigentlich lieber gewesen wären, dann hätte ich etwas Lebendiges im Haus gehabt, etwas, das schnurrt und einem um die Beine streicht, aber Haustiere sind unpraktisch, man bindet sich für viele Jahre, und außerdem hätten sie mir in der Redaktion nichts genutzt. Immer, wenn es mir schlecht ging in der darauf folgenden Zeit, schaute ich die Pelzstulpen an, nahm sie aus dem Schrank, bürstete sie sanft, hielt mir die weichen Haare an die Wange. Da hast du dir etwas richtig Gutes getan! sagte ich zu mir. Und fühlte mich besser. Und machte weiter.

Ein paar Wochen später kam Ilse dann mit Verschwörermiene in die Redaktion, kramte ein Päckchen aus der Tasche und legte es mir mit großer Geste auf den Schreibtisch. Hier, für deine Ausstattung, meine Liebe!

Es waren Socken, dicke, selbstgestrickte Socken aus einer schilfgrünen, fettigen Wolle, und oben am Saum ringelten sich zwei aufgestickte, schokoladenbraune Katzen zusammen. Ich glaube, erst von diesem Augenblick an waren Ilse und ich richtig befreundet.

## 14. Johannes Grundig

C:\Eigene Dateien\Das Dreamteam\XIV

Christenmännlein, heute spielen wir ein Spiel, und dabei geht es, mein Bester, um das Glück.

*Deine Ideen in Ehren, aber ich habe eigentlich überhaupt keine Zeit. Herr de Vries veranstaltet einen totalen Terror.*

Hast du nicht gehört, Christenmännlein – das Glück?!? Damit müßte sich deine gerettete Seele doch auskennen.

*Und was willst du damit?*

Nichts anderes als du: Ich will drüber reden, ich will Geschichten erzählen und hören, Geschichten, die wir nicht hinterfragen, die wir uns einfach glauben. Und indem wir darüber reden, stellt es sich ein. Vorübergehend. Beschwörungsweise. Nur deswegen reden die Menschen über Glück, Liebe, Frauen. Und deswegen meiden sie es, über den Tod zu sprechen: Man beschwört ihn herauf, glauben sie. Das mit dem Tod kann ich nicht beurteilen, denn der sitzt mir im Nacken, seit ich denken kann. Ein nicht unfreundlicher Geselle, der mir langsam die Kehle zudrückt: Sie gestatten? sagt er leise…

*Du hast recht, Johannes: lieber das Glück. Aber es paßt gerade überhaupt nicht. Herr de Vries*

Was ist denn so Spannendes mit dem alten Herrn? Ich werde beinahe eifersüchtig!

*Er tut schon seit zwei Tagen nichts anderes, als im Speisesaal zu hocken und zu schreiben. Er weiß, daß man sich da außerhalb der Mahlzeiten nicht aufhalten darf, aber er tut es trotzdem.*

*Macht die Kollegen verrückt, sitzt herum, mit Papier und einer Schere und einem Stift, und schreibt seinen Namen auf ein Blatt – aber ganz winzig. Immer und immer wieder. Er schreibt seinen Namen bestimmt hundertmal auf ein einziges DIN-A-4-Blatt, »Peter de Vries«, und wenn das Blatt vollgeschrieben ist, dann reißt er es in winzige Fetzchen, manchmal nimmt er auch die Schere, schneidet aber seinen Namen nicht ordentlich aus, sondern oft mitten hinein. Und dann versucht er auch noch, das alles vorzulesen, obwohl die Buchstaben durcheinanderfallen, und schließlich wirft er alles weg und beginnt dabei zu schreien: T, E, P, R, immer wieder: R, und daraus wird dann manchmal ein langgezogenes Rrrrrr, wie bei einem wütenden Tier – ich sage dir, es ist nicht auszuhalten.*

Schöne Geschichte, Christenmännlein. Hätte ich dir gar nicht zugetraut.

*Das ist keine Geschichte, das passiert hier gleich nebenan. Aber du kommst ja kaum noch nach vorn.*

Jetzt laß uns das Spiel spielen, das Glücks-Spiel; das heißt, eigentlich hast du schon begonnen.

*Aber das kenn ich doch gar nicht, dieses Spiel. Da mußt du mir die Regeln erklären.*

Kein Problem. Es gibt keine.

*Was ist das für ein Spiel, bei dem es keine Regeln gibt?*

Sag ich doch – das Glück. Du erzählst mir jetzt, was für dich das Glück ist, und dann bin ich an der Reihe und erzähle es dir auch. Glücksgeschichten, einfach Glücksgeschichten, mir ist heute nach Glück.

*Mir fällt nichts ein. Ich bin nicht so gut im Geschichtenerzählen wie du.*

Wär das was für dich? Wär das Glück, wenn du Geschichten erzählen könntest?

*Nein, ich glaube nicht. Zu anstrengend. Ich kann sie mir außerdem nie merken. Das rauscht so da rein und da wieder raus. Witze kann ich. Soll ich dir einen Witz erzählen?*

Bitte nicht! Geschichten also fallen dir schwer. Warum eigentlich? Dein ganzes Leben besteht doch aus Geschichten. Du baust dein Leben schließlich auf einer Geschichte auf.

*Du meinst den Glauben?*

Bravo, Christenmännlein!

*Das ist aber keine Geschichte, das ist die Wahrheit.*

Hui! Steile These! Woher weißt du das denn?

*Du kannst es erfahren. Jeder kann Gott erfahren, wenn er nur glaubt.*

Aha. Und was ich erfahre ist dann keine Geschichte mehr?

*Na ja, jedenfalls ist es wahr.*

Mein Christenmännlein ist ein wahrer Empiriker, alle Achtung! Aber weißt du, jede Geschichte, die du erzählst – ich meine, wenn du sie wirklich erzählst –, verwandelt sich in Erfahrung. Und ist insofern wahr. Du verleibst sie dir ein, also wird sie Teil deines Lebens, deiner Identität. Kannst du mir folgen?

*Nicht ganz. Ich weiß auch nicht, was das soll.*

Du bist zwar nicht katholisch, Christenmännlein, aber du kennst doch das Spiel: Vorn steht der Priester, und es bimmelt feierlich, und dann erst hebt der Priester die Hostie gen Himmel, um sie sich dann ins geweihte Maul zu schieben, richtig?

*Ich weiß zwar nicht, warum du so ordinär darüber redest, aber ja, im Prinzip hast du recht.*

Dieser Moment hat mich immer fasziniert. Das ist die eigentliche Wandlung, habe ich gedacht. Nicht die feierlichen Segensgebete sind es, sondern es ist der Augenblick, in dem der Priester sich die Hostie einverleibt... Und so etwas passiert mit den Geschichten auch. Du verleibst sie dir ein, sie werden ein Teil von dir. Und wenn du Glück hast, machen sie dich satt.

*Komisch, bei dir geht es oft ums Essen.*

Die meisten guten Geschichten haben etwas mit Essen zu tun. Deine Jesusgeschichten doch auch, jedenfalls die besten:

das Abendmahl, Jesus bei den Jüngern in Emmaus, die Speisung der Fünftausend... Immer geht es ums Sattwerden oder um den Hunger oder um die Vereinnahmung – was alles dasselbe ist. Davon handelt auch meine Geschichte.

*Okay, ich gebe auf. Laß mich die Tür zumachen.*

Bravo! Christenmännlein spielt mit.

*Ich höre dir nur zu. Das ist nicht dasselbe, Johannes.*

Wenn du wüßtest! Aber sei so gut und leg den Mozart dazu auf. Die Krönungsmesse. Ich kann jetzt etwas so Erhabenes gut vertragen. Vertragen sag ich – siehst du, schon wieder geht es ums Essen.

*Also los, erzähl schon. Ich muß nachher wieder nach vorn. Ich mache mir echt Sorgen um de Vries. Ich kann Margot nicht so lange allein lassen.*

Im Keller war eine große Schütte. Darin wurden die Äpfel gelagert. Duftende, rotwangige Boskop-Äpfel. Und andere, kleinere, die schrumpelten und einen intensiven Geruch verströmten. Das war mein Ort. Ich war noch so klein, daß ich keine Apfelnamen kannte. Es war das Alter, in dem ich lernte, *ich* zu sagen statt Johannes. Die Äpfel habe ich geliebt. Ich habe stundenlang durchs Holzgitter gestarrt und mit den Händen die paar Äpfel, die vorn aus der Schütte gerollt waren, gestreichelt. Jeder Apfel fühlte sich anders an. Jede Schale wies eine andere Härte, eine andere Dehnung auf. Diese sanften Apfelfarben! Perfekt mußten sie nicht sein, meine Äpfel, im Gegenteil, solche, die vollkommen makellos waren, machten mich stumm. Ich wollte ihre Vergangenheit sehen, ich mochte die Flecken und Runzeln, denn dann stellte ich mir vor, daß sie weit gereist waren – vom anderen Ende des Gartens, in den ich nur selten kam, weil der Boden dort sehr uneben und für ein kleines Kind nur schwer zu bewältigen war. Für ein kleines Kind mit Muskeldystrophie Typ Duchenne vor allem. Aber das wußte ich damals noch nicht.

Dann mußte ich riechen, an meinen Äpfeln, ich liebte ihren

Geruch, und jeder roch anders. Jeder brachte eine wahre Geruchsgeschichte mit. Der eine roch noch nach dem Baum, von dem er gepflückt worden war, der andere brachte eine Spur der Erde mit, auf die er gefallen war, ein dritter hatte die Wärme der Sonne und den Heugeruch des Sommers gespeichert. Und manche Äpfel, und die faszinierten mich am meisten, brachten bereits einen Hauch von Fäulnis mit. In der Reife verbarg sich schon die Verwesung, die Grenze war fließend, und ich weiß noch, wie enttäuscht meine Mutter war, wenn sie begierig Äpfel aus der Schütte schaufelte und eins ums andere Mal Flecken entdeckte, Wurmlöcher oder schwarze Stellen. Ich hingegen liebte diese Kelleräpfel, und ich mußte bei ihnen sein. Eines Tages überwand ich das Holzgitter, schaffte es irgendwie, in die Miete zu klettern – wahrscheinlich war ich kopfüber da hineingestürzt, schließlich hatte ich schon damals kaum genug Kraft, einen Zaun zu überwinden. Aber ich schaffte es. Und ich erinnere mich daran. Ich erinnere mich an das Glück. An die duftende Geborgenheit. Ich wühlte meine Nase zwischen die Äpfel, ich breitete meine Arme aus über den Apfelberg, und dann rollte ich mich da zusammen. Ich muß eingeschlafen sein; meine Eltern machten sich Sorgen – und ich soll fürchterlich geheult haben, als man mich da wieder herausholte. Nach Stunden.

*Hattest du dich verletzt?*

Unsinn. Das ist vielleicht noch ein Grund, warum ich so an Patty hänge: Auch unter ihren Achseln rieche ich Früchte. Den bitteren Geruch von faulenden Kiwis. Entschiedener als meine Äpfel, ein wenig fremd. Aber es sind Früchte, nach denen ich ohne weiteres greifen kann. Und ich greife danach und erinnere mich an Äpfel und an das Glück.

## 15. Sabine Harms

Hilke rief an. Johannes war schon ein paar Jahre fort, und Hilke und Uli waren ein Paar. Und ich lebte in Glückstadt, als wäre es nie anders gewesen. Ich hatte Frühschicht gehabt, mich hingelegt, hatte wie oft auf meine silbergrauen Hände gestarrt: Beschlagen kamen sie mir vor nach der Arbeit, angelaufen wie ein altes Werkzeug. Ich zündete mir eine an, einfach so, auf dem Sofa liegend, und paßte auf, daß die Asche nicht aufs Polster fiel. Jetzt, nach der Schicht, verschwamm alles angenehm, konnte ich an nichts denken.

Das Telefon klingelte. Ich legte die Zigarette weg, griff nach dem Hörer.

»Hallo?« sagte Hilke in einem fragenden Ton, als sei sie nicht sicher, ob sie die Nummer wirklich hatte wählen wollen.

»Wer ist da?« fragte ich zurück, obwohl ich es wußte.

»Hilke«, sagte Hilke. »Grüß dich, Sabine! Ich dachte, ich ruf dich mal an.«

Sollte ich jetzt einen Freudenschrei ausstoßen? Sollte ich sagen: Wie schön, daß du anrufst? Sollte ich mich flötend nach Uli erkundigen? Ich schwieg. Hilke klang unsicherer als sonst, ihre Stimme rauh, mal zu laut, mal zu leise. »Schön, daß ich dich erwische«, sagte Hilke. Warum? dachte ich. Ich brauchte eine Weile, bis ich verstand, was sie wollte.

»Wie geht es… Johannes?« hörte ich sie schließlich fragen. »Ich meine… deinem Kind?«

Ich schwieg noch immer. Dann korrigierte ich: »... unser Kind. Es ist unser Kind, Hilke – meins und Ulis. Also was ist?«

»Wie geht's ihm denn?« wiederholte Hilke.

Nun wurde ich ungehalten.

»Hilke, was soll das? Du wirst mir nicht im Ernst sagen, daß du dich plötzlich, nach sechs Jahren, für Johannes interessierst!? Ich habe Uli den Brief von seinen neuen Eltern geschickt, mitsamt den Fotos. Reicht das nicht?«

»Ich habe auch ein Recht zu erfahren, was los ist!« Hilke war beleidigt, die Wörter drangen giftgrün aus dem Hörer. Zu Hilke fiel mir keine Schriftart ein. Zu Hilke fiel mir gar nichts mehr ein. Waren wir einmal befreundet gewesen? Ich mußte das Gespräch beenden.

»Was willst du?« fragte ich. Meine Grobheit tat mir gut. Ich klemmte den Hörer zwischen Kinn und Schulter und betrachtete meine Arbeitshände. Gute Hände. Klare Hände. Wenn ich von der Schicht kam, waren sie durchblutet und warm. Die Fingernägel glänzten. Hilke hatte etwas gesagt.

»... vielleicht auch mal Kinder haben, und da ist es besser, wenn ich Bescheid weiß.«

Hilke redete mit mir über Kinder. Ich nahm den Hörer fest in die Linke.

»Weißt du, Uli und ich wollen vielleicht auch mal Kinder haben... Ich kann ja nicht ewig nur Tennis spielen, obwohl es immer noch Spaß macht. Aber ich habe keine Lust auf diese Seniorengruppen... Was ich sagen wollte: Es ist ein blödes Thema für dich, aber ich muß es einfach wissen. Uli sagt immer, ich spinne, aber ich bin nun mal 'ne Gewissenhafte, und es geht ja schließlich um...«

»Was willst du?« fragte ich wieder, lauter diesmal.

Am anderen Ende der Leitung wurde es still. Dann sagte Hilke: »Nicht wahr, Sabine, du bist krank? Ich meine, du hast diese... komische Krankheit, oder? Diese Erbkrankheit? Es ist nicht Uli? – Nun sag doch was!... Sabine?«

»Ich bin gleich wieder da«, sagte ich. »Warte einen Moment!«

Ich legte den Hörer zur Seite. Ich suchte die Zigarette, fand sie, steckte sie neu an. Ich schlug den Aktenordner auf, nahm die entsprechende Seite heraus. Als ich den Hörer wieder in die Hand nahm, hörte ich noch, wie Hilke sagte:

»... das gibt's doch gar nicht!«

»Hör zu!« sagte ich in den Hörer.

»Da bist du ja wieder.« Hilke wollte munter klingen.

»Die Muskeldystrophie vom Typ Duchenne gehört zur Krankheitsgruppe der Dystrophia musculorum progressiva. Ihr Leitsymptom ist die langsam fortschreitende, symmetrisch von bestimmten Körperregionen ausgehende Muskelschwäche. Diese Myopathie stellt einen degenerativen dystrophischen Prozeß des Muskelparenchyms dar. Der Abbau geht mit einer rasch fortschreitenden Bewegungseinschränkung einher und führt schließlich zwischen dem 20. und dem 25. Lebensjahr zum Tod.«

»Sabine?« fragte Hilke.

»Die Ursache liegt in einem genetischen Defekt auf dem sogenannten Duchennegen, einem Abschnitt des X-Chromosoms. Die Vererbung ist rezessiv x-chromosomal. Bei einem Drittel der Erkrankten handelt es sich um Spontanmutationen, in den übrigen Fällen sind die Mütter Überträgerinnen des defekten Gens. Konduktorinnen.«

»Sabine?« fragte Hilke.

»Alles klar?« fragte ich zurück.

»Sabine«, sagte Hilke, »du bist so... du machst es mir so schwer. Ich will doch nur wissen, ob...«

»Du kannst mit deinem Uli bumsen, so oft du willst!« sagte ich. »Es macht nichts. Es werden keine Mißgeburten dabei herauskommen. Verstehst du? Bums mit ihm, wie du willst! Der Fehler liegt bei mir. Rezessiv x-chromosomal. Ich bin die Trägerin des Defekts.«

»Ist das ansteckend?« fragte Hilke.

## 16. Johannes Grundig

C:\Eigene Dateien\Das Dreamteam\XV

Komm her, ich will, daß du etwas liest, Stephan.

*Hast du was für mich geschrieben?*

Für wen schreibt man? Für sich, für andere? Ich wollte mir über etwas klar werden, da hilft es, sich vorzustellen, daß es jemand liest. Und außerdem, Christenmännlein, wolltest du doch etwas über mein Leben wissen. Also: Especially for you. Und jetzt die Datei öffnen. Der Bildschirm ist geteilt, siehst du?

*Okay, ich lese erst mal.*

»Unter dem Mikroskop liegt ein krankhaftes Gewimmel. Das krankhafte Gewimmel bin ich. Die Abbildungen zeigen, was übrigbleibt: ein Haufen sinnloser Schatten. Mein Oberschenkel: Unter der Haut grobschollige Muster. Wie ein Tigerfell, aber chaotischer. Das ist die kümmernde Muskelmasse, die sich allmählich in Fett verwandelt. Ich versuppe. Etwas Weiches, Diffuses beginnt in mir zu schwappen, wo Festigkeit, wo Halt sein sollte. In mir ist eine Suppenküche für einen Bedürftigen, der nichts will als Fett. Wärmendes, schweres, weißlähmendes Fett – alle Muskelmasse wird verbrannt, der Koch gibt Feuer. Und ich wache nachts auf und schwitze und starre Arme, Beine, Becken an. Hört auf! Hört auf! Aber sie kochen weiter ihr Süppchen. Unter der Haut geht die Verwandlung weiter. Ich verwandele mich in einen Speckstreifen. Wo arbeiten sie gerade? Im Nacken bevorzugen die Köche keinen bestimmten Muskel, da ist ihnen alles recht. Aber wie wäre es mit dem lateralen Rückenstrecker? Dem gluteus maximus im Becken? Dem biceps femoris im Oberschenkel? Ich weiß nicht, wo sie gerade sind und wo sie ihr Werk verrichten. Ich spüre es nicht. Als Kind machte mich das Knistern von Plastikfolien verrückt, es erregte mich, diese transparente Verheißung. Ich legte die Klarsichtfolie auf mich: licht, licht und das Knistern. Da hatte ich meine erste Erektion. Jetzt fühle ich wenig, ich schleppe jede Woche neue Schwere mit mir herum. Die Objektivierung der Befunde beschränkt sich zur Zeit auf Histogramme, die eine Grauwertbestimmung in den ›regions of interest‹ erlauben. So sieht das aus unter der Oberfläche. Die Differentialdiagnostik war die Hoffnung der Eltern, aber der Fortschritt geht auf Krücken. Ich sah die immunhistochemische Analyse in einem Buch. Skelettmuskelgewebe im Vergleich. Muskelgesunder Kontrollpatient, Querschnitt. Muskelgesunder Kontrollpatient, Längsschnitt. Das Muskelgewebe, ein rotes Flechtwerk. Die Fäden, die die Struktur geben, von einem leuchtenden Gelb. Das Ringmuster stabil, gleichmäßig, es sieht aus wie ein tragfähiges Netz. Im Längsschnitt staune ich über die Regelmäßigkeit der Stränge. Ihre Umhüllung mit der gelben Substanz. Lebendig, pulsierend. Beim Patienten mit einer DMD ist alles tot. Eine Masse wie hingeklatschte Dosentomaten. Matschig und blöd. Regions of interest. Ich werde krank.«

*Hast du das geschrieben, Johannes?*

Lies!

»Das war die Zeit, in der ich krank wurde. Eines Tages sah ich meine Mutter doppelt. Komisch, Mama, ich sehe dich zweimal! Das war die Zeit, als sie das Cortison absetzen wollten, da war ich zehn oder elf Jahre alt. Cortison erhält die Gehfähigkeit eine Weile, zwei oder drei Jahre sagt man. Zwei oder drei Jahre, das sind eine Ewigkeit. Aber jetzt war der Elektrorolli bestellt, jetzt gab es kein Halten mehr, jetzt konnte ich auch mit Schienen nur noch ein, zwei Stunden stehen, und das Cortison sollte weg. Dachten sie. Sie halbierten die Dosis; ich sah doppelt. Sie versuchten es vorsichtiger; ein großes Erbrechen begann. Ein Pseudotumor war die Ursache, eine Ansammlung von Gehirnwasser hinterm Sehnerv. Eine äußerst seltene Komplikation, sagten die Ärzte im Krankenhaus. Das Cortison wurde erhöht, jetzt die zehnfache Menge. Mein Magen stieg aus, mein Gehirn stieg aus, ich nahm unaufhaltsam zu, ich lag im Bett als eine apathische, amorphe Masse. Ich wurde Fett, ich war nur Leib, nur Körper. Ich fühlte Arme und Beine nicht. Ich dachte nicht mehr, ich träumte nur. Nachts machten sich riesenhafte Würmer und Käfer über mich her. Sie schmatzten ohrenbetäubend und grunzten, und ihre Stimmen hatten ein furchtbares Echo. Mein Kopf platzte. Es war Weihnachten. Licht und Geräusche marterten mich. Hell leuchtende Punkte flirrten vor den entzündeten Augen, und Sterne und Wellen und Blitze blendeten mich. Warum sahen die anderen das nicht? Die Sterne stürzten in schwarze Schlünde, verschwanden, und ich konnte nichts mehr sehen. Ich schloß die Augen. Wenn ich die Augen öffnete, platzte mein Kopf. Mama, ich weiß nicht, warum ich morgens aufstehen soll. Sie fingen an, das Cortison auszuschleichen. Es dauerte noch anderthalb Jahre.«

*Ach, Johannes, das tut mir so leid!*

Lies! Das ist das Beste, was du für mich tun kannst.

»Da beschloß ich, nie wieder die Kontrolle zu verlieren über diese Restmuskelmasse namens Johannes, mit dem bißchen Geist, das darin hin- und herschwappte. Ich beschloß, mich zusammenzufassen, bevor ich mich auflöste. Ich beschloß, daß nicht Leid mein Leben bestimmen sollte, sondern Bewußtsein. Ich beschloß, daß ich nie mehr übers Bett gebeugte Gesichter sehen wollte, aus denen Kummer und Hoffnungslosigkeit tropften. Ich beschloß, daß Alleinsein notwendig sein würde, um nicht dauernd jemandes Pflegefall zu sein. Ich beschloß, daß ich ohne meine Mutter auskommen mußte und ohne die Betäubung des Trostes.«

*Der Schluß klingt ein bißchen wie ein Vermächtnis, Johannes.*

Mach erst einmal die Datei zu, bevor du weiterredest.

Wie ein Vermächtnis, sagst du? Tatsächlich? Das soll er nicht, ich werde noch daran arbeiten. Es sollte eigentlich eine Erklärung zum Leben sein, nicht zum Tod.

*Danke, daß du mir das gezeigt hast.*

Ich gebe die Hoffnung nicht auf, daß du verstehst. Oder daß ich verstehe, indem ich mit dir rede. Das wäre auch schon was. Ich weiß allerdings nicht, ob wir dafür genug Zeit haben. Du hast mich mal gefragt, warum ich die große Rückenoperation nicht habe vornehmen lassen, obwohl sie doch mein Leben verlängern könnte. Das, was du gerade gelesen hast, ist die Antwort. Ich wollte ihn selbst in der Hand behalten, diesen Abstieg, den sie mein Leben nennen. Es ist schwer genug, es auszuhalten: Daß es immer weiter abwärts geht, unaufhaltsam, daß jede Verzögerung nur einem neuen Abschwung vorausgeht, daß jede Pause eine Illusion ist, jedes Innehalten eine bloße Irritation. Aber dann soll der Prozeß wenigstens mein eigener sein, ich will nicht, daß er von außen gesteuert wird, ich wollte nicht mit einem halbmeterlangen Metallstab im Rücken wie ein aufgespannter Regenschirm dasitzen. Ich will keine Aufrichtung, wenn sie nicht aus mir selbst kommt, ich will keine kalte, metallische Steife.

Du sprichst von der großen Skoliose-Operation. Findest du, daß es ein Fehler war, sie damals nicht vornehmen zu lassen?

Es war die richtige Entscheidung, ich bin eine Rigid Spine. Weißt du, daß ich ein medizinisches Kuriosum bin?

*Ich habe von dieser Rigid Spine gehört.*

Nur fünf Prozent aller Duchennepatienten entwickeln sie. Der Umbau der Rückenmuskulatur in Fett- und Bindegewebe ging bei mir plötzlich so schnell vonstatten, daß sich ein ähnlicher Effekt einstellte wie bei einer Skoliose-Operation: alles schön fest und haltbar. Wie die Schwarte bei einem Stück Speck – fett, aber fest. Selten, aber nützlich.

*Na ja, dann hast du die richtige Entscheidung getroffen, obwohl du ihre Folgen nicht absehen konntest. Vielleicht hattest du einen Schutzengel, Johannes.*

Oder ich hatte einfach Schwein. Hoch gepokert und gewonnen.

*Warum läßt du nicht einmal den Gedanken zu, daß dir eine himmlische Macht geholfen haben könnte?*

Weil mir deine himmlischen Mächte zu launisch sind. Was ist verläßlicher: deine Schutzengel oder meine Zweifel? Deine Engel, Christenmännlein, kommen mir vor wie Himmelsboten auf der Durchreise. Ihre Hilfe ist zufällig und flüchtig wie die von Menschen, die beim Umsteigen etwas entdecken, dem sie nur nebenbei Beachtung schenken. Ihre Hilfe ist wie ein halber Blick, den dir ein Passant im Vorübergehen zuwirft: halb interessiert, halb belästigt. Meine Zweifel aber bleiben. Sie besitzen nicht den metaphysischen Glamour des Glaubens, aber sie sind beständig. Wie robuste Pflanzen. Die Zweifel sind die Bodendecker des Lebens. Unansehnlich, aber treu. Ich kenne sie, ich verlasse mich auf sie. Und so zweifele ich schon aus Gewohnheit, ob das alles richtig war, was ich entschieden habe. Ich kann schließlich nicht wissen, ob diese merkwürdige Besonderheit, ob dieser sich verhärtende Rücken, ob meine Rigid Spine mir wirklich einen Zeitgewinn verschafft. Denn das ist das einzige, was zählt: Ich brauche mehr Zeit. Ich spüre das Verrinnen der Zeit.

*Nimm's mir nicht übel, aber du kommst mir irgendwie sanfter vor als sonst.*

Kann sein. Ein Moment der Schwäche. Genieß es. Ein Augenblick der Eitelkeit, in dem ich mir weismachen konnte, was ich schriebe, habe eine Bedeutung. Ein Augenblick, in dem ich mir einbilden konnte, mich verständlich zu machen. Ich habe geträumt. Da wird man pflanzlich.

*Von was hast du geträumt?*

Von meiner Mutter. Von Musik. Davon, wie ich über eine Wiese rannte mit Çansu. Das Mädchen aus der Schule, weißt du. Sie hat mich besucht, als ich damals so krank war. Ich habe also von Çansu geträumt. Wir sind gerannt, sie und ich. Ich bin nie in meinem Leben gerannt, aber ich habe es oft geträumt – komisch, was?

# 17. Sabine Harms

Sabine!«, sagte Elisabeth am Telefon, und es klang, als würde sie sagen: Es brennt. »Sabine, was gibt's denn? Möchtest du herkommen?«

Das war Elisabeths Art, Zeit zu gewinnen. Sie wußten es schon. Auch Walter und Elisabeth wußten es schon. Sie boten an, mich abzuholen, ich könne sie ja besuchen, in Kiel, wo sie seit einiger Zeit wohnten. Meine Schwiegereltern. Meine Ex-Schwiegereltern, hilfsbereit wie immer. Sie boten an, zu mir zu kommen. Nein, Uli habe nicht viel gesagt. Was sollte er auch sagen? Er hatte eine neue Familie, es war lange her, es tat ihm leid. So ist er halt, unser Sohn! sagte Elisabeth.

Hildesheim war mir nie so steil vorgekommen, ein Auf und Ab fast wie in einer Bergarbeiterstadt. Und die Farben: Gelb und Orange und Blau an den Häusern. Ich hatte die halbe Nacht gelesen. Johannes hatte recht gehabt mit seiner Beschreibung. Kopfsteinpflaster, schmale Straßen mit zu vielen Autos rechts und links, aus kleinen Bäckereien der Geruch nach Verbranntem. Vor Sankt Michaelis standen Elisabeth und Walter, wartend, dampfend aus Regenmänteln. Hielten sie das Ganze für einen Ausflug? Wir begrüßten uns, und dann legte ich den Kopf in den Nacken. Vor mir erhob sich eine Burg. Eine fest gemauerte, aus lauter unsichtbaren Würfeln bestehende Burg. Alles an dieser Burg stimmte: die Proportionen, das Maß, der Standort, die Farben.

Walter war gleich im Inneren verschwunden, mit begeisterten Schritten. Ich hätte ohnehin keinen Gesprächsanfang gewußt. Elisabeth nahm meinen Arm:

»Ach, Sabine… Es ist auf jeden Fall schön, dich zu sehen…« Vorsichtig schüttelte ich sie ab. »Wir können ja auch mal schauen«, sagte Elisabeth hilflos. Ich zuckte die Achseln.

In der Kirche stand ein Gerüst. Walter kam uns entgegen, enttäuscht. »So ein Pech aber auch! Hier arbeitet gerade ein Restauratorenteam. Man kann die Decke gar nicht zur Gänze betrachten. Die berühmte Hildesheimer Decke!«

Er hatte recht. Das Gerüst ragte im Langhaus empor, und eine Plattform verhinderte die Sicht auf nahezu zwei Drittel der Decke. Weiter vorn im Ostchor leuchtete es blau und rot und golden. Von der Plattform dort oben waren Stimmen zu hören, gedämpft, konzentriert.

Stumm standen wir beieinander. Weswegen waren wir hier? Ich hätte etwas sagen sollen, aber es kam kein Wort heraus. Warum hatte ich die beiden hierher gelockt? Plötzlich wußte ich es selbst nicht mehr.

»Da soll mich doch einer…«, sagte Elisabeth, plötzlich entschlossen und näherte sich dem Gerüst. »Da hinten ist ein Lastenaufzug; wollen wir doch mal sehen!«

»Elisabeth«, sagte Walter, »du kannst doch nicht…« Aber da hatte sie schon die Tür des Lastenaufzugs geöffnet und winkte uns heftig. Später sagte Elisabeth manchmal, wir hätten die Himmelsleiter bestiegen wie einst Jakob, aber Elisabeth liebt es zu übertreiben; wir waren einfach nach oben gefahren.

Dann standen wir unter der Kirchendecke, und da, wo sich das Gerüst öffnete, gähnte der mächtige Kirchenraum. Ich hatte Mühe, mich zu orientieren. Ich war nicht gekommen, um eine Kirche zu besichtigen, ich hatte hier etwas nachzuholen. Ich wollte sehen, was er gesehen hatte. Und wollte es nicht allein. War nicht seine Geschichte auch unsere? Auch die von

Walter, auch die Elisabeths? Aber es war zu viel, es war zu dicht.

Wir drangen in etwas Intimes vor, das hier war nicht gemacht, um aus solcher Nähe und mit solcher Unverfrorenheit betrachtet zu werden. Direkt über uns die Decke. Ich schaute kaum hin. Ich kam mir plötzlich vermessen vor. Und gleichzeitig schämte ich mich meiner Schwäche: War ich nicht hier, um etwas zu erfahren?

Elisabeth ließ die Umgebung unbeeindruckt. Für sie zählte die Erfahrung mehr als Fakten, deshalb waren die Bilder, die wir hier aus der Nähe zu sehen bekamen, keine Zeugnisse mittelalterlicher Malkunst, sondern überdimensionale Tarotkarten. Elisabeth setzte alles in Beziehung zur Jetztzeit und zu sich, deswegen machte ihr das Leben keine Mühe. Was sie nicht selbst betraf, existierte nicht. *Künstlerschreibschrift* – als Schrift *Künstlerschreibschrift*: fein und ein bißchen altmodisch und das *»l«* übertrieben in die Länge gezogen wie eine Fahne – so war Elisabeth, die sich jetzt, in ihr rosenholzfarbenes Wolltuch geschlungen, mit ein paar gezielten Blicken orientierte.

»Wie Tarotkarten!« sagte sie immer wieder. »Das ist doch unglaublich!«

Erinnerten nicht die vielen Krüge und Schalen an die Tarotreihe der Kelche? Und die Stäbe und Zepter an die Tugenden der Tarotkarten? Die entsprechende Tarotfarbe stehe übrigens für Einsicht und Wahrnehmung.

»Das ist natürlich nur die psychologische Seite der Geschichte«, sagte Elisabeth. »Man kann das Ganze auch völlig anders sehen. Das ist das Faszinierende am Tarot: Es kommt auf den Fragesteller an! Was für Fragen habt ihr?«

»Esoterische Kurzschlüsse«, meinte Walter und machte sich davon. »Ich will sehen, was die hier arbeiten.«

Elisabeth ließ sich nicht beirren. Sie kramte eine Brille aus der Tasche.

»Wollen mal sehen…« Sie legte den Kopf in den Nacken.

»Aha...« Sie zog mich mit sich. Hatte nicht der Prinz der Kelche aus dem esoterischen Kartensystem Ähnlichkeit mit Lamech und Enoch aus dem ersten Segment der Hildesheimer Bilderreihe? Elisabeth ließ es nicht los. Sie entdeckte die gleichen Symboltiere – Löwen, Adler und einen schnaubenden Stier –, die sie aus den Karten kannte. »Das Lukastier sieht genauso aus wie der Stier beim Prinz der Scheiben!« sagte sie atemlos.

Wir standen so dicht unter den Bildern, daß es unmöglich war, größere Zusammenhänge zu erkennen. Einzelne Elemente konnten wir sehen, und die Ranken und Ornamente, die Zepter und Kronen, die Vogelschnäbel und Faltenwürfe waren überwältigend in ihrer Farbigkeit. Aber die Entzifferung des Dargestellten erwies sich als schwierig. Die Bilder waren gemalt, um aus einer Distanz von über zehn Metern betrachtet zu werden. Wir waren zu nah. Wir versuchten es trotzdem. Ein Prospekt aus der Kirche half. Die erste große Bildertafel zeigte Adam und Eva im Paradies. Zwei aufrechte, nackte Gestalten, deren leicht geschwungene Körperformen von den sie umgebenden Pflanzen aufgenommen wurden. Wenn dies ein Sündenfall war, dann war es ein denkbar anmutiger, harmonischer. Elisabeth war jedoch mehr mit den Medaillons zu Seiten des Hauptbildes beschäftigt, mit den Bildern von Noah und Methusalem – und eben dem darunter dargestellten Lukastier, einem geflügelten Ochsen, der einem ebenfalls geflügelten Löwen gelassen, ja fast heiter entgegenschaute. Der Löwe seinerseits wandte sich zum Hauptbild um.

»Das ist großartig!« sagte Elisabeth wieder und pustete sich eine graue Haarsträhne aus der Stirn. »Es ist wirklich großartig, daß ausgerechnet der Prinz der Scheiben hier Pate gestanden hat, denn er ist das Symbol für das Erbauen neuer Welten. Und diese Decke hier ist eine Welt für sich. Ich bin sicher, daß man bei genauem Studium hier eine regelrechte Kosmologie entdecken könnte...«

Ich bewunderte im stillen ihre Hartnäckigkeit, Bezüge herzustellen. Im Grunde kümmerte es sie nicht, ob ihre Beobachtungen zutrafen oder nicht. Sie machte sich die Bilddecke zu eigen, sie verwob sie mit ihrer Wirklichkeit.

Walter hielt sich an die Fachleute, hatte gleich eine junge Frau im weißen Kittel angesprochen, eine Restauratorin. Jetzt kam er zu uns zurück. Und wie seine Frau tat er nur so, als wären wir Touristen, als hätten wir kein brennenderes Interesse als die Kunstgeschichte der Kirche.

»Nicht zu fassen! Die haben sogar direkt hier oben PC-Arbeitsplätze aufgebaut. Sie haben nicht viel Zeit für die Erfassung der Decke, nur neun Wochen. Es ist, als mache sich ein Haufen hochintelligenter Zwerge über ein großes Buch her!« Walters Begeisterung war beinahe überzeugend. »Versteht ihr: Die Decke ist eigentlich eine gigantische Buchmalerei. Man kann sie lesen. Man kann sie Blatt für Blatt, Bild für Bild lesen. Und immer neue, unterschiedliche Verbindungen erkennen. Die haben mir gesagt, daß dem Ganzen hier eine antike Harmonielehre zugrunde liegt, von einem gewissen Boethius. Eine faszinierende Arbeit! Es wird eine CD-Rom über die Restaurierung geben, die müssen wir unbedingt vorbestellen.«

Der Kaffee im kleinen Wirtshaus gegenüber der Kirche schmeckte nur bitter. Walter merkte es nicht. Elisabeth trank einen Averner. Sie fröstelte wie ich. Irgendwann hielt Walter inne: »Jetzt waren wir so nah dran, Sabine.«

Wir waren so nah dran, daß wir nichts mehr gesehen haben, dachte ich.

»Und es war auch ein sehr schöner Ausflug«, fuhr Walter fort. »Aber jetzt sag mir bitte: Hat es etwas mit Johannes zu tun, daß wir hierher gefahren sind? Wir haben die ganze Zeit nicht geredet, nicht wirklich jedenfalls. Lag auch an mir, glaube ich... Aber sag: Warum sind wir hier?«

»Um Informationen zu sammeln«, sagte ich. Es kam mir inzwischen selbst absurd vor. Walter schüttelte den Kopf. »Sabine«, sagte er, »du redest wie ich – wie ich vor dreißig Jahren. Glaub mir, das führt zu nichts…«

»Walter«, sagte ich, »bitte…«

Er schaute seine Frau an. »Okay.« Und dann: »Es war bestimmt nicht richtig von mir«, sagte er, »aber ich habe etwas mitgehen lassen.« Er holte einen kleinen Gegenstand aus seiner Jackentasche. »Augen zu und Hand auf!«

Ein beliebtes Spiel zwischen uns. Ich schloß die Augen. Etwas Hartes, Winziges, Krümeliges in meiner Hand. Ich öffnete die Augen.

»Lapislazuli«, sagte Walter. »Die Farbe der Mutter Gottes. Gibt es nur in Afghanistan.«

## 18. Johannes Grundig

C:\Eigene Dateien\Das Dreamteam\XVIII

Vater, Mutter, Kind. Gut, ich erzähle dir davon. Aber es ist eine Geschichte, die weit weg führt. Und wenn ich mich in meiner Erinnerung dorthin begebe, komme ich nur ungern zurück. Die Erinnerung handelt von bunten Tüchern. Bunte Tücher, die in einem warmen Wind wehen. Die Erinnerung handelt von Sand. Sand, der durch Zehen dringt. Nicht pudriger Sand, eher körnig, rundkörnig, wie Reis. Die Kirchen der Missionare, wie Spielzeuge für einen gütigeren Gott. Und Kinder, viele Kinder, überall Kinder. Rennende, kreischende, singende Kinder. Es war, als gehörte die ganze Welt uns Kindern. Das denke ich, wenn ich an die Komoren denke. Sie liegen vor Ostafrika, diese Inseln, und ich verbrachte dort meine ersten Lebensjahre, weil mein Vater bei der UNO gearbeitet hat, als Koordinator für Entwicklungshilfe. Ich erinnere mich an die Füße im Sand, an diesen körnigen, runden Reissand. An meine eigenen, kleinen Füße erinnere ich mich nicht, weiß nicht, wie sie aussahen, aber an die anderen, die schwarzen, deren Hornhaut scharf sein konnte wie Messer vom ständigen Barfußlaufen und deren Sohlen rosa waren wie Zungen. Die Füße bewegten sich schnell, immer rannten diese Kinder. Soweit ich weiß, sind meine Eltern gern auf den Komoren gewesen. Ein seltsames Paar, meine Eltern. Ich weiß nicht, wie sie das hinbekommen haben mit ihren beiden aufwendigen Berufen: meine Mutter, die Sängerin, mein Vater, der international herumreisen mußte, um die verschiedenen Projekte zu betreuen… Ich bin also eher zufällig in Afrika gewesen; nachdem meine Mutter mich geboren hatte, hat sie sich nicht etwa geschont, sondern sie hat die Gelegenheit genutzt, meinen Vater zu begleiten. Was für ein Glück, daß du in unser Leben geplatzt bist, Johannes, hat sie immer wieder gesagt und dabei gelacht – endlich hätten sie und Vater mehr Zeit füreinander gehabt. Die meisten Paare werden durch die Geburt des ersten Kindes auseinandergerissen, sie durchleben die schwersten Krisen, weil sie nicht damit rechnen, wie sehr ein Kind sie verändert – bei meinen Eltern war das Gegenteil der Fall. Sie sind, sagt meine Mutter, durch mich zu sich gekommen. Sie haben Atem geschöpft durch dieses Kind, das ich war. Es ist ihr deshalb nicht schwergefallen, die ersten zwei, drei Jahre nach der Geburt ihre Karriere ruhen zu lassen und statt dessen Wiegenlieder für Klein Johannes zu singen. Man stelle sich das vor: Mitten in Afrika singt sie Brahms und Offenbach mit ihrem turmhohen Sopran und hat natürlich unser Personal zu Tode erschreckt. So etwas hatten die noch nie gehört.

Mein Vater hat von den sonntäglichen Gottesdiensten erzählt. Die kleine Kirche lag am Rand des Dorfes, weil die Missionare erst spät genug Geld für ihren Bau gesammelt hatten, lange, nachdem das Dorf fertig war. Das verschaffte der kleinen Kapelle jedoch die luxuriöse Lage direkt am Strand. Stell dir also eine bescheidene, aber blendend weiße Kirche vor, auf sanftem Sand und dahinter das tiefblaue Meer… Mein Vater also sagte, daß er gelegentlich die Kirche noch einmal unter einem Vorwand verließ, nachdem er meine Mutter dorthin begleitet hatte. Er sagte, er müsse sich die Beine vertreten oder schnell noch eine letzte Zigarette rauchen, dem Sonntagmorgen zum Gruß. Dann ging er ein paar Meter weiter an den Strand und wartete. Wartete darauf, daß der Gottesdienst begann. Wenn die alte, schäbige Heimorgel einsetzte, war es soweit: Sobald der erste Choral erklang, hörte man den Gesang der Dorfbewohner, der immer ein bißchen gequetscht klang, immer ein bißchen gedrängt, als fänden die afrikanischen Stimmen keinen rechten Platz in dieser fremden, europäischen Musik, als müßten sie sich hineinzwängen. Und dann ertönte, in seiner unglaublichen Reinheit und Klarheit, der Sopran meiner Mutter darüber. Es sei ein seltsamer Opernchor gewesen, erzählte mein Vater, und trotzdem habe er nie etwas Herrlicheres gehört als den sonntäglichen Gesang in Foumbouni. Willst du etwas über die Kraft der Musik wissen, sagte er lachend und kniff meine Mutter sanft in den Arm, willst du etwas darüber wissen? Dann versuch dir diesen Gesang vorzustellen. »Näher mein Gott zu dir« oder Händel oder Schubert – und die Stimme deiner Mutter drang aus der Kirche wie ein Wind, der frei sein will. Er rollte durch die Luft dieser Wind, er erhob sich und begann seinen Weg um die Insel – und ich hatte nur Angst, daß er auf den Karthala steigen würde, bis auf zweieinhalb tausend Meter Höhe und daß er den dämmernden Vulkan weckte und der auf uns herabführe wie der Leibhaftige… An anderen Tagen war die Stimme deiner Mutter leicht wie eine Schwalbe und segelte in den Himmel. Und dann sangen die Dorfbewohner eilig ihre Gospels hinterher, um diese Stimme wieder einzufangen, und sie gesellte sich wieder zu ihnen und machte den Gottesdienst zu einem Fest.

Ja, deine Mutter ist eine Zauberin, und sie hat mich in ihren Fängen! sagte mein Vater. Wenn er diese Geschichte erzählte – was er regelmäßig tat –, warf meine Mutter immer sehr energisch ihren roten Zopf nach hinten und sagte: Ach, Lieber, du bist verrückt! Was beides sein konnte: höchstes Lob oder leiser Tadel. Allerdings ist die Stimme meiner Mutter nicht die erste akustische Erinnerung, die ich habe. Ich erinnere mich vielmehr an etwas weniger scharf Konturiertes, an einen Klangbrei, aus dem vor allem Rhythmen herauszuhören sind, Stampfen, Klingeln und Kinderstimmen, viele Kinderstimmen, das Durcheinander kindlichen Glücks. Ich bin nicht sicher, daß das Musik vom Dorfplatz war, aber es könnte so sein. Mein erster Freund war jedenfalls ein Schwarzer, ein Bruder unseres Kochs, von ihm habe ich auch das Messer mit der Elegua-Figur als Knauf. Er hat es mir zum Abschied geschenkt, aber das mußten mir meine Eltern später erzählen, ich habe keine Erinnerung daran. Die Eleguas sind Flußgeister, neugierige kleine Biester, nicht so ernstzunehmen wie die richtigen Götter, die Orishas, es sind eher klein gebliebene Götterkinder, den christlichen Putti nicht unähnlich, aber von einer gewissen Zweideutigkeit: Es ist besser, ihnen gelegentlich zu opfern, denn wenn sie auch kein ernsthaftes Unheil bewirken, so können ihre Streiche doch erhebliche Schäden anrichten. Man stellt ihnen also zum Beispiel ein Schälchen mit süßer Milch auf die Türschwelle und hofft so, daß sie ihre listigen Einfälle vergessen. Am liebsten blamieren sie eitle Männer, die Rituale der Erwachsenen unterlaufen sie gern, und nichts bereitet ihnen größeres Vergnügen, als einen kleinen Gernegroß bloßzustellen. Sie sind die idealen Verbündeten der Kinder. Du bist selbst so ein kleiner Elegua, hat Omouri gesagt. Omouri, der mich, so erzählt meine Mutter, immer herumgetragen hat. Ich durfte keinen Schritt laufen, weil der Kochbruder meine zarten Füße liebte, immer zeigte er auf diese kleinen, weißen Füße und trug mich herum. Vielleicht hat Omouri geahnt, daß an diesen Füßen und an diesen Beinen etwas nicht in Ordnung war? Herausgekommen ist das jedoch erst zwei Jahre später, als Klein Johannes enorme, auffallende Wadenmuskeln entwickelte. Meine aufmerksamen Eltern merkten rasch, daß etwas nicht stimmen konnte und suchten einen Spezialisten in Europa auf. Es war damals nicht einfach, die Krankheit zu diagnostizieren, aber schließlich stand das Ergebnis fest: Muskeldystrophie Typ Duchenne. Das war's dann mit Afrika. Mein Vater ließ sich nach Deutschland versetzen, weil es hier die beste Behandlung gab. Und ein Gutes hatte die Sache zweifellos: Meine Mutter konnte nach einigem Zögern ihre Gesangskarriere wieder aufnehmen. Sie hatte keine Schwierigkeiten damit, es war, als hätten die Intendanten nur auf sie gewartet. Mein Vater war darüber sehr glücklich.

*War sie oft unterwegs?*

Natürlich, ja. Solange ich noch klein war, sozusagen ins Handgepäck paßte, konnte ich mit. Das ging allerdings nicht lange gut, denn die Behandlung wurde aufwendiger. Aber meine Mutter wäre nicht meine Mutter, wenn sie nicht auch dafür einen Lösung gefunden hätte. Yemaya, hatte Omouri sie manchmal ehrfürchtig genannt, wegen ihrer schönen, roten Haare. Yemaya, das war eigentlich ein Sakrileg, denn Yemaya ist so eine Art Muttergottes in Afrika – du siehst, das Christentum hat auch keine wirklich neuen Ideen gehabt, nun zieh nicht wieder so ein Gesicht. Meine Yemaya-Mutter hat für *alles* eine Lösung gefunden – dabei war sie eigentlich der unpraktischste Mensch der Welt. Sie war... sie war ein bißchen tolpatschig, wie tolpatschig, das hat sich dann erst wieder in Europa erwiesen, in Afrika fiel das nicht so auf, sagt mein Vater, vielleicht, weil dort mehr Platz ist oder weil von den Menschen nicht fortwährende Gewandtheit erwartet wird. Dort ist schon das Überleben eine Kunst, und wenn du das schaffst, ist dir Anerkennung sicher. Meine Mutter, einmal nach Europa zurückgekehrt, erwies sich jedenfalls zur Erheiterung meines Vaters genau als der Typ, der an einem Liederabend erst einen großartigen Erfolg einheimst, sich beim Schlußapplaus neben dem Dirigenten huldvoll verbeugt – und bei dieser Gelegenheit dann das Pult des Dirigenten umreißt... Mein Vater hat immer behauptet, das sei die subversive Art meiner Mutter, sie protestiere auf diese Weise gegen Bevormundung. Meine Mutter hat das entrüstet von sich gewiesen, ich sehe noch ihre vor Empörung blitzenden Augen – veilchenblau waren sie, von einem überraschend klaren Blau zu ihren dicken roten Haaren –, aber Tatsache ist, daß da, wo sie war, immer alles mögliche passierte. Gleich zwei Theater sind abgebrannt, während sie dort gastierte: Das Liceo in Barcelona und dann das Teatro Fenice in Venedig. Sie zog Katastrophen an. Mein Vater durfte über diese seltsame Koinzidenz nicht sprechen, dann wurde sie fuchsteufelswild, so, wie sie überhaupt bestritt, unpraktisch zu sein. Sie sagte, sie habe für manche Sachen einfach keinen Sinn. In ihrem Kopf sei kein Platz mehr. Für mich schon. Mit mir hat sie alles in bewundernswerter Weise geregelt. Du bist meine anspruchsvollste Aufgabe, sagte sie. Niemand durfte ihr da hineinreden. Und dabei hat sich mein Vater im Lauf der Zeit zu einem wahren Duchennespezialisten entwickelt. Er hat seine internationalen Kontakte genutzt, um die führenden Mediziner aufzusuchen, Neurologen und Genetiker in den USA und in Israel. Er hat Fachkongresse besucht und die behandelnden Ärzte in Deutschland mit seinem Wissen erst überrascht und dann zu Tode genervt. In der Stunde der Entscheidungen allerdings hatte meine Mutter das Sagen, instinktiv wußte sie meist, was zu tun war und was das Beste für mich war. Eine geradezu unheimliche Sicherheit. Ich hatte immer das Gefühl, daß sie für mich da wäre, auch wenn sie gerade unterwegs war. Und sie ist immer noch da, nicht nur durch die Musik, die ich höre und die ja die ihre ist, selbst wenn es keine Aufnahmen mit ihr gibt. Ihre Präsenz in den ersten Jahren war so stark – das reicht für vieles. Selbst für dieses sehr gewöhnungsbedürftige Heim, in dem wir beide jetzt leben.

*Wie bist du denn eigentlich hierher gekommen? Du hast mal erzählt, daß du dich früh entschlossen hast, allein zu leben, um kein Pflegefall für deine Angehörigen zu werden. Aber damals warst du doch noch ein Kind. Hat sie das geregelt?*

Nein, nein, sie hat sich dagegen gewehrt, mit Händen und Füßen. Aber mein Vater wurde wieder versetzt, und sie bekam mehr und mehr Engagements in Italien, und dort ist es mit der medizinischen Versorgung so eine Sache. Italien, das ist ihr Land, sie fühlt sich dort ganz und gar zu Hause. Sie reißt weniger um als hier, es ist, als hätte ihre große Seele dort mehr Raum.

*Du sprichst von Seele.*

Nenn es, wie du willst. Die Mühsal zusammenzukommen war einfach irgendwann größer als der Genuß zusammenzusein. Außerdem fand ich, daß es langsam Zeit wurde, erwachsen zu werden. Weißt du, so eine Mutter läßt das ja nicht zu, solange du bei ihr bist. Sie kann nicht. Solange der Vogel im Nest sitzt, wird er gefüttert. Und ich wollte nicht mehr gefüttert werden. Jedenfalls nicht von ihr. Und ich wollte nicht, daß sie von einer Probe zur nächsten hetzt, dabei innerlich immer auf dem Sprung, weil sie zu mir nach Hause wollte. Ich fand, es wäre an der Zeit, daß sie sich wieder mehr auf sich selbst konzentrierte, ja, daß wir uns beide mehr auf uns selbst konzentrierten und unser eigenes Leben führten. Ich fand, es wäre an der Zeit, ihr etwas zurückzugeben. Und das Vornehmste, was ich ihr geben konnte, war meine Zurückhaltung. Also habe ich dieses Heim gefunden. Und fand es für meine Bedürfnisse gar nicht so schlecht.

*Hast du kein Foto von ihr?*

Wozu?

*Und keine Andenken? Bis auf das Messer sehe ich gar keine Andenken bei dir.*

Andenken hat man von etwas, das man verloren hat.

*Und kommt sie dich nie besuchen?*

Ich sagte doch schon, sie ist immer da.

## 19. Sabine Harms

Wofür hält er sich eigentlich, der Junge? Denkt er, daß er etwas Besseres sei? Etwas Besonderes? Woher nimmt er das Recht?

Ich war verwirrt nach der Lektüre der ersten Texte, ärgerte mich auch über die vorgegebene Reihenfolge. Das widerstrebte mir. Es widerstrebt mir, wenn man mir vorschreibt, was ich in welcher Reihenfolge zu tun habe. Selbst als Tastatorin, selbst als Setzerin, mit Schichtarbeit und unter großem Druck habe immer noch ich bestimmt, in welcher Reihenfolge ich meine Arbeit mache. Und ich habe sie, weiß Gott, immer gut gemacht – schnell und zuverlässig und mit jener Lässigkeit, die keine Pose ist, sondern sich aus der Beherrschung des Handwerks ergibt. Nie habe ich mich wohler gefühlt als an der Setzmaschine. Sabine Harms machte Tempo. Und nun hatte ich mich anzupassen. Einem fremden Zeitmaß. Ein anderer bestimmte meine Geschwindigkeit, er bestimmte meine Abläufe. Er hatte festgelegt, wann ich was erfahren sollte. Aus dem selbständigen Sammeln von Informationen war – was geworden? Lesen. Warten. Mit Pfeiltasten fremde Texte anfassen, Zeile für Zeile. Als Setzerin kenne ich das. Aber was man jetzt von mir verlangte, war, daß ich mich einließ. Ich wollte mich nicht einlassen, ich wollte den Überblick behalten oder daß es aufhörte. Aber es würde nicht aufhören, auch nicht, wenn alle Dateien geöffnet und alle Texte gelesen wären. Es würde nie mehr aufhören. Das wußte ich nun. Es würde, was ich nie wollte: ein Teil von mir.

Zum ersten Mal fragte ich mich, was aus Uli geworden war. Uli! Hatte Walter verächtlich gesagt, als handelte es sich nicht um seinen Sohn. Walter hatte Ulrich die Sache übelgenommen. Es half nichts, daß ich sagte: *Ich* bin doch gegangen, Walter. Es half nichts, daß ich sagte: Letzten Endes kann ich ihn verstehen. Dann schüttelte Walter nur den Kopf, schweigend. Uli hatte sich ein anderes Leben vorgestellt, ein unkomplizierteres, gewiß, aber vor allem eins, bei dem man zusammen etwas aufbaut. Es waren gute Zeiten damals, als wir anfingen, gute Zeiten für Macher. Wir waren wie berauscht gewesen von den neuen Möglichkeiten in den achtziger Jahren, von der Energie, die plötzlich überall zu spüren war, vom Aufbruch. An die Starken müssen wir uns halten, sagte Uli und hatte kein Verständnis für die Erfolglosen, und ich fand ihn schön und mitreißend in dieser Zeit. Wir packten es an. Fortbildungskurse, Bausparverträge, Festgeld und endlich die Aufnahme in den besseren Tennisverein. Ein größeres Auto, die Doppelhaushälfte, der zweite Fernseher rechtzeitig zur Fußballweltmeisterschaft. Ein Sparziel, wenn schon kein Lebensziel. Was Aufbauwillen zustande bringt, das hatten Ulrichs Eltern vorgemacht, und nun wollte er es ihnen beweisen – mit mir, Sabine, der Tüchtigen.

Aber dann war etwas schiefgegangen: Sabine, die Tüchtige, hatte versagt. Ausgerechnet auf dem einfachsten Feld, das Frauen zu bestellen haben: bei der Mutterschaft. Sabine, die Tüchtige, erwies sich als schlechte Mutter – schlimmer noch – als tödliche Mutter. Denn Sabine, die Tüchtige, hätte nie Mutter werden dürfen. Weil sie ein todbringendes Gen in sich trug. Sie dürfen Ihrer Frau keinen Vorwurf machen, hatte der Arzt damals zu Uli gesagt. Niemand kann etwas dafür.

Nie wieder hat Ulrich mich so angesehen. Walter und Elisabeth verschwiegen wir, daß es an mir lag. Sie müssen es nicht wissen, sagte Ulrich damals, und ich glaubte ihm. Ich glaubte auch, daß es vorbeiginge, als Johannes fort war, und verschloß Augen und Ohren. Aber es ging nicht vorbei. Und nun stand es vor mir: C:\Eigene Dateien. Nun erfuhr ich doch alles. Alles. Alles von einem Sohn, der nicht mein Kind gewesen war. Ich hatte ihn nicht aufgezogen. Ich hatte ihn nur geboren. Und als wollte er sich rächen, hatte er sich eine andere Mutter gesucht, eine Operndiva, eine rothaarige Großartigkeitsmutter. Keine abgebende Mutter, eine ausgedachte. »Bei Nichtgefallen Umtausch möglich«, das stand in den Versandhauskatalogen, die Elisabeth immer an mich weitergereicht hatte. So war das gewesen. Wir hatten Johannes umgetauscht. Und er hatte seine Konsequenzen gezogen.

Eresidae. Röhrenspinnen. Eresus cinnaberinus, lese ich. Familie Eresidae. Die Röhrenspinnen sind mittelgroße bis große, cribellate Spinnen mit auffallend kompakter, kurzbeiniger Körperform. Das stimmt, auf dem Bild sehen sie aus wie jähzornige kleine Kämpfer. Aber was heißt »cribellate«? Merkmale, lese ich weiter: Diese wunderschöne Spinne erreicht als Männchen acht bis elf, als Weibchen zehn bis sechzehn, im Süden auch über zwanzig Millimeter Körperlänge. So klein? denke ich. Johannes hat sich ein derart kleines Haustier gehalten? Das Männchen besitzt einen schwarz behaarten Vorderkörper mit einzeln eingestreuter, weißer Behaarung sowie einem roten Saum an den hinteren Seitenrändern. Der Hinterkörper ist intensiv scharlachrot behaart, mit vier runden, schwarzen Flecken etwa in seiner Mitte. Die beiden vorderen Beinpaare sind schwarz-weiß geringelt, die hinteren stärker oder schwächer rot behaart. Das meist deutlich größere Weibchen erscheint demgegenüber etwas farblos: In seine samtig schwarze Behaarung des ganzen Körpers sind einzelne weiße Haare eingestreut. Vorkommen: an sonnigen, trockenen Stellen, vor allem an warmen Berghängen. Ich schaue mir die Abbildungen im Bellmann an, dem Klassiker der Spinnenidentifikation: Die Fotos zeigen eine anmutige kleine Spinne in heftigen Farbkontrasten. Kleine schwarze Knopfaugen schauen direkt in die Kamera. Nie zuvor habe ich eine derart zauberhafte Spinne gesehen. Das also war Johannes' erste Spinne gewesen – nein, die zweite. Irgendwann, noch früher, hatte es eine Vogelspinne gegeben, namenlos. So stand es in den Dateien. Maika hatte recht: Es gab keinen Grund, sich vor Carmencita zu ekeln. Nur eins macht mich stutzig: Das Spinnenlexikon sprach von den Männchen, die derart auffallend gezeichnet sind, nicht von den Weibchen. Die Weibchen, deutlich größer, sind unauffällig schwarz gefärbt, als hätten sie sich rasch einen Umhang über ein spektakuläres Ballkleid geworfen. Lockt also bei den Spinnen das Männchen und gibt sich kokett und anmutig? Haben Spinnen das überhaupt nötig? Eh ich mich versah, hatte ich schon mehrere Kapitel gelesen, war eingetaucht in die mir völlig fremde Welt.

»Sabine«, sagte Thies. »Hast du keine anderen Sorgen als Spinnen?«

Er nahm mir sanft den Brockhausband aus der Hand. Wie immer dienstags saßen wir in der Siedlung im Tegelgrund, wie immer dienstags hatte Astrid irgendwo einen neuen Rotbuschtee aufgetrieben und kommentarlos eine runde Glasplatte mit Schnittchen auf den Tisch gestellt. Eine Bilderbuch-Siedlung war das, in der die beiden wohnten, mit Reihenhäusern, wuchtigen Carports und vergessenen Spielzeugen auf den Tempo-30-Straßen – und zugleich war es ein ökologischer Modellversuch mit Solaranlagen, Grasdächern und Gemeinschaftswaschküchen. Der perfekte Kompromiß zwischen Astrid und Thies, zwischen ihrem Bedürfnis nach Sicherheit und Normalität und seinem nach Besonderheit. Bei den kleinen Imbissen am Dienstag war es Astrid, deren Geschmack sich durchgesetzt hatte: Es gab verschiedene Sorten Schinken,

Leberwurst, Thies' geliebten Ochsenmaulsalat, den Astrid immer aus dem Geschäft mitbrachte, dazu Salatgurken und Radieschen, deren Schärfe den Atem stocken ließ. Wir warteten noch auf Ilse, die nicht Ilse wäre, wenn sie nicht zu spät käme. Eigentlich ist sie die einzige unpünktliche Lokalredakteurin, die ich kenne, und das hat ihr wahrscheinlich den Ruf des Exzentrischen eingebracht – das und ihr eigenwilliger Halsschmuck, den sie sich von irgendeinem wohlhabenden Verehrer schenken läßt.

Das Halmabrett war schon aufgebaut, die grünen, roten, gelben, blauen Figuren standen stramm. Meine Roten vor dem Rethövel, dem historischen Gefängnis, auf der Elbfähre. Die Roten müssen zum Leuchtturm an der Nordermole, das ist das gegenüberliegende Feld, und ich dachte von A nach B, wie immer, wie damals, wie von der Hansestadt nach Schleswig-Holstein, wie von Schwachhausen nach Glückstadt, vom Gefängnis ins Weite, aber nimmt sich das wirklich was, bin ich je wirklich weggekommen, bin ich je in Glückstadt angekommen, folgt nicht auf einen Unort der nächste, und dann sagte Thies:

»Komisch, daß du immer vom Rethövel weg spielst, Sabine. Zum Rethövel hin, das paßt doch viel besser zu dir!«

»Warum?« wollte Astrid wissen und räumte Radieschenscheiben, die vom langen Waschen blaßrosa geworden waren, auf ein paar Leberwurstschnittchen. »Warum paßt das besser zu Sabine?«

Thies hatte Lust zu provozieren: »Vom Gefängnis weg oder ins Gefängnis hinein, das ist eben doch ein Unterschied.«

»Thies!« sagte Astrid, die es nicht mag, wenn Thies sich auf ihre Kosten lustig macht und die daraus schließt, daß andere das auch nicht mögen.

»Ach laß man«, sagte Thies und schob ihr ein Tomatenviertel in den Mund. »Gute Seele! So, brav! Entschuldigt, ich fang schon mal an… Sabine ist heute ohnehin nicht richtig da, stimmt's? Was ist denn nun so interessant an dem Brockhaus?«

»Es ist wegen … wegen eines Freundes«, sagte ich. »Ich habe ihn aus den Augen verloren. Er hat Spinnen gemocht, er hat immer mit einer Spinne zusammengelebt. Ich weiß auch nicht, warum ich mich gerade jetzt erinnere. Erst hat er mit einer Vogelspinne zusammengelebt, dann mit einer Röhrenspinne, dann mit einer sehr ausgefallenen ostafrikanischen Seidenspinne.«

»Iih, wie eklig!« sagte Astrid.

»Das mit dem Ekel ist interessant«, sagte ich. »Der Ekel hat ausnahmsweise nichts mit fehlendem Wissen zu tun. Es gibt ein Gen, das Spinnenphobie auslöst; so weit ist man inzwischen. Das Ganze findet in der Amygdala statt.«

»Wo liegt das denn?« fragte Astrid und schenkte Rotbuschtee nach. »Nicht wahr, du nimmst noch? Er ist diesmal mit Orangenstückchen.«

»Im Gehirn«, sagte ich. »Die Amygdala ist eine Gehirnregion, sehr faszinierend. Denn die Amygdala hat so eine Art Türsteher-Funktion. Die Sinnesorgane schicken ihre Eindrücke zum Gehirn – und die Amygdala bewertet sie: Was aufregt oder anregt, wird sozusagen markiert und erhält dadurch Zutritt ins Langzeitgedächtnis – weil es nämlich wichtig ist. Und wenn ganz viele solcher Eindrücke gesammelt und bewertet sind, ist die Persönlichkeit fertig. Na ja, vielleicht nicht ganz so einfach, aber es scheint doch so zu sein: Wir sind das, woran wir uns erinnern. Und wir erinnern uns hauptsächlich an Angst.«

»Und an Freude?« fragte Astrid dazwischen.

»Sicher«, sagte ich.

»Aha«, sagte Astrid zögerlich.

»Stand in Geo und im Stern«, sagte ich. »Nur eine kleine Meldung. Wir haben es für die Wissensseite übernommen.«

»Respekt!« kommentierte Thies meinen Exkurs. »Man

merkt dir wirklich deine gute Beziehung zu deinem Chemiker-Schwiegervater an. Aber mal unter uns: Glaubst du wirklich, daß dich das weiterbringt? Diese Lektüre in den Lexika? Daß du dauernd im Internet rumgräbst? Daß du Geo auswendig lernst?«

»Was willst du damit sagen?« fragte ich, obwohl ich die Antwort schon ahnte.

»Thies…«, sagte Astrid warnend.

»Hör mal zu, Sabine«, sagte Thies, und ich merkte, daß er auf Zeit spielte, »ich weiß, daß das alles nicht leicht ist für dich. Und reg dich bitte nicht auf. Wir kennen uns doch nun so lange.«

»Siebzehn Jahre«, sagte ich.

»Mag sein, ist ja auch egal. Lange jedenfalls kennen wir uns. Und ich stelle ja auch sonst keine Fragen. Schließlich war ich es, der mit dir ins Heim gefahren ist und…«

»…du sagtest es schon – vielen Dank auch!«

»Verflixt noch mal, Sabine, es geht doch nicht um einen Dank! Hör mir doch mal'n bißchen zu. Mir fällt nur auf, daß du das genau so machst wie damals, als du unbedingt Redakteurin werden wolltest. Du liest und liest und frißt Informationen in dich rein. Ist ja auch alles in Ordnung, aber das hier ist doch nun was anderes.«

»Was ist was anderes?« fragte ich.

So schnell ließ sich Thies nicht aus dem Konzept bringen. Er rückte noch ein bißchen näher. Er lachte sogar ein bißchen. Er lachte so, wie andere Leute Anführungszeichen setzen. Ein Lachen als Auftakt.

»Sabine, du bist wirklich die sturste Frau, die ich kenne. Du weißt genau, wovon ich rede. Aber gut – ich meine, wir hatten ja keine Ahnung, daß da noch ein Kind ist… Es ist natürlich deine Sache, aber du hast in all den Jahren nie etwas gesagt, und ich versuche, ich meine, wir versuchen doch nur, uns ein bißchen in deine Lage zu versetzen, dir zu helfen…«

»Ja, zu helfen!« setzte Astrid sofort hinzu. Ich sah, wie sich ihr Hals fleckig rötete.

»Sweety!« sagte Thies zu ihr, warnend. »Ich meine, glaubst du wirklich, du könntest damit deinem… deinem Sohn irgendwie näherkommen? Mit diesen dauernden Recherchen? Du sagst, es ist für einen Freund, okay, aber falls nicht, ich meine…«

»Wer sagt denn, daß ich ihm näherkommen will?« antwortete ich feindseliger als beabsichtigt und spürte, wie Astrid zusammenzuckte. »Du glaubst mir wohl nicht?«

»Bine, bitte… Wenn du nicht drüber reden willst…«

»Wir können auch einfach ein bißchen spielen«, sagte Astrid.

»Ich muß jetzt los«, unterbrach ich. »Wer sagt dir Neunmalschlauem eigentlich, was ich will? Woher wissen alle immer, was ich wollen soll? Ich will ihm nicht nahe kommen, ich will nur Bescheid wissen, das ist alles. Über wen auch immer. Und es ist meine Sache! Ganz allein meine Sache. Wie alles.«

»Entschuldige!« sagte Thies aufgebend und streichelte dabei Astrids sehr rosigen Unterarm. »Du weißt ja, wenn du mich brauchst… Übrigens: Morgen in der Redaktion – komm ruhig erst nach der Konferenz, Uhlen ist…«

Ich war schon in der Tür. Uhlen interessierte mich nicht. Die Halmamännchen kollerten über das Laminat. Irgend jemand war gegen den Tisch gestoßen. War Laminat eigentlich ökologisch korrekt? Ich floh. Floh aus diesem anständigen Leben, das Thies und Astrid führten: adrett und anständig und für jedermann einsehbar. Floh vor diesen Leuten, die sicher behauptet hätten, meine Freunde zu sein. Fort, fort aus dieser properen Reihenhaussiedlung mit lauter properen Kleinfamilien und solchen, die abends nach Dienstschluß daran arbeiteten, eine zu werden, so wie Thies und Astrid. Fort, fort von den Sandkasten bauenden, optimistischen Vätern und ihren langsam aus dem Leim gehenden Frauen mit ihren praktischen, kurz geschorenen Haaren. Fort, nur fort von dem Geruch nach feuchter Wäsche und naßgesaugtem Plastikspielzeug, von geliehenen Rasenmähern und angeschlagenen Tontassen, aus denen Salbeitee stank, Salbeitee zum Abstillen. Fort von den Bescheidwissern, die auf alles einen Rat haben und für jedes Problem ein Werkzeug zur Hand, denen nichts, aber auch gar nichts passieren konnte außer vielleicht ein Wasserrohrbruch im Keller und denen nichts ein Rätsel ist. Und der Kleine zahnte, und war es nicht schrecklich mit der Klimaerwärmung, und beim Tengelmann sind die Haferflocken im Angebot und keine Ursache. Warum war Ilse nicht gekommen? Ich schaffte es nicht ganz bis zum Auto. Im Vorgarten an der Ecke, in dem ein Kirschbaum mickerte, übergab ich mich. Als ich mich etwas beruhigt hatte, stand mein Entschluß fest. Ich würde tatsächlich nicht zur Arbeit gehen. Statt dessen rief ich im Heim in Bremen an. Ich rief Maika an.

Eine süßliche Wärme schlug mir am nächsten Morgen entgegen wie in einem Treibhaus, die Luft feucht, fast trübe vom warmen Dunst. Chlorgeruch, durchsetzt mit einem ätherischen Öl und der verschwindenden Imprägnierung der Desinfektionsmittel. Der Raum an sich war unwirtlich. Rosa Kacheln an den Wänden, graue auf dem Boden, einige mit Rissen, einige geplatzt. Die Fugen gelblich und bröckelnd. Metallene Griffe, deren Funktion ich nicht durchschaute. Viel Metall, abgegriffen und zerkratzt. Ein Bündel Krücken an der Wand lehnend, mit bunten Griffen. Ein Wirrwarr von Gestänge aus Aluminium und Plastik. Dazu Reifen, Schaumstoff, Plastikbälle, vergessene Badelatschen, weiße Kittel. Und dann plötzlich Maikas schweres Lächeln vor mir:

»Hallo! Kommen Sie doch bitte herein… Entschuldigen Sie, es wirkt alles so unaufgeräumt hier…«

Mein Blick glitt an ihr herunter. Maikas Füße waren breit, die Schenkel muskulös, und beides nützte ihr für ihre Arbeit, wie ich gleich erfahren sollte. Sie trug einen etwas formlosen Badeanzug, die Haare hatte sie streng zurückgebunden, und in der Feuchte der Badeabteilung bewegte sie sich womöglich noch langsamer als sonst. Noch langsamer als an Land, dachte ich unwillkürlich. Sie zog den Zopf straff. Heute keine Armbänder.

In der Redaktion hatten sie meine Entschuldigung sogleich akzeptiert, und die Fahrt zum Heim war schneller vorübergegangen als beim ersten Mal. Heute war hier der Tag der ambulanten Muskelpflege. Einmal in der Woche betreuten Maika und ihre Kollegen Patienten, die woanders lebten, in einfacheren Häusern, die nicht so gut ausgestattet waren. Viele Kranke, selbst die jungen, waren mehr schlecht als recht in Altenheimen untergebracht oder vegetierten in Pflegeeinrichtungen vor sich hin. Ich hatte es kaum glauben können, als ich es auf der Homepage einer Selbsthilfegruppe gelesen hatte, aber Maika bestätigte es.

»Schlimm, ja. Stellen Sie sich vor: Achtzehn-, Zwanzigjährige in einem Heim mit moribunden Alten, mit Dementen und Vergessenen. Es ist schon besser bei uns… Kommen Sie selbst und schauen Sie«, hatte sie noch hinzugefügt, nicht ohne einen gewissen Stolz.

Hinter uns öffnete sich die Tür, und ein Junge rollte herein, etwa zehn oder zwölf Jahre alt. Er trug eine Badehose, eine Schwimmbrille hing um seinen Hals, und sein großer Kopf saß auf schiefen, rund nach vorn gewölbten Schultern. Sein Hohlkreuz schien in dem steifen Rollstuhl keinen rechten Halt zu finden, er sackte in sich zusammen. Dennoch steuerte der Junge mit seinem Rollstuhl routiniert eine Bank an, wendete, sah Maika durch dicke Brillengläser abwartend an.

»Guten Tag, Kevin«, sagte Maika jetzt beinahe förmlich. »Ich hoffe, du hast nichts dagegen einzuwenden, daß uns Frau

Harms heute zuschaut? Sie möchte etwas über unsere Wassertherapie erfahren...«

Wie leicht das ging, wie einfach es war mit Maika. Sie deutete mit einer Handbewegung an, daß ich mich auf den Beckenrand setzen sollte, dann konzentrierte sie sich auf ihren Patienten.

»Das ist ein Scheißteil, dieser Bluebird!« sagte der Junge ungehalten und schaute derart ärgerlich auf den Rollstuhl, daß ich verstand.

»Ja, aber es ist ja nur, bis dein anderer repariert ist«, beschwichtigte Maika. »Komm.«

Sie löste einen großen Greifarm mit einer Art Tablett daran von der Decke, drückte ein paar Knöpfe auf einer Schalttafel, und eine Hydraulik surrte leise. Das übergroße Tablett senkte sich vor den Jungen, und Maika hob ihn mit einem geübten Schwung aus dem Stuhl auf das Tablett. Die Brille nahm sie ihm ab, setzte ihm statt dessen die Schwimmbrille auf.

»So, gut festhalten...«

Es war eine Illusion. Die Hände des Jungen wirkten, als seien sie nicht recht mitgewachsen – mickrige kleine Hände, die jetzt langsam und mühselig zum Rand des Tabletts krochen, formlos, knochenlos, wie blaßkranke Würmer.

»So ist es gut, Kevin!«

Maika setzte die Hydraulik in Bewegung und sprang selbst, nun überraschend behende, in das Schwimmbecken. Es war nicht sehr groß, es maß vielleicht drei auf acht Meter, aber für einen Jungen, der augenscheinlich nur noch den Kopf frei bewegen kann, ist es die Welt. Das begriff ich sofort. Kevin auf seinem Tablett strahlte. Er strahlte, als ihn der metallene Arm über den Beckenrand und dann über das Wasser bewegte, er strahlte, als sich der Arm sanft absenkte, er strahlte, als seine Unterschenkel im Wasser hingen.

»Na dann, willkommen«, sagte Maika mit koketter Höflichkeit. »Wenn Sie gestatten, junger Mann.«

Es war ein eingespieltes Ritual. Sie hob ihn vom Tablett. Für einen Augenblick sahen die beiden aus wie eine Pietà. In Venedig hatte ich eine gesehen, von Giovanni Bellini, und ich hatte sie nie vergessen können – als einziges in einer ganzen Reihe von Madonnenbildern, die wir betrachtet hatten. Die kräftige, gesunde Frau, die den schmächtigen Kranken auf ihren Armen trug, ihn sich beinahe in den Schoß legte. Dazu in scharfem Kontrast der willenlose Körper des Jungen: seine Hingabe, seine Schlaffheit, zu der ihn seine schwachen Muskeln zwangen.

Kevin ließ sich einfach ins Wasser fallen, in ihre Arme, er grunzte zufrieden.

»Könnten Sie mal bitte…« sagte Maika.

Ich kriegte wieder diese Kopfschmerzen. Ich schaute mir die Schalttafel an, die an einem schwarzen Kabel von der Decke hing. Seit dem Besuch in Hildesheim schaute ich öfter an Decken, nur so, aber in modernen Gebäuden blickte nichts als Gestaltlosigkeit zurück.

»Erst den roten Pfeil, dann den blauen«, wies Maika mich an.

Der Greifarm bewegte sich zögernd nach oben, dann zur Seite.

»Bravo«, sagte Maika.

Ich ging langsam zum Beckenrand. Die beiden redeten nicht viel. Ganz klar, das machten sie immer so, und ganz klar: Der Junge genoß es.

Der nächste Patient machte Maika mehr Mühe: Es war ein etwa dreizehnjähriger Junge und sein Körper war kompakt, ja, derart rundlich, daß man an seinen stämmigen, krummen Beinen fast die typische Wadenverdickung der Muskelkranken übersehen konnte.

»Buongiorno, Ronny«, sagte Maika.

»Hallo«, erwiderte Ronny schlaff.

Er machte es ihr schwer, dieser kleine Bursche, der aus Italien stammte und keine Lust zum Reden hatte und offenbar genauso wenig Lust zum Schwimmen. Maika mußte ihm das Sweatshirt über den Kopf ziehen und ihm aus dem Rollstuhl helfen, und es sah beinahe aus, als wehrte er sich, und dann dachte ich: Wie verteidigt sich eigentlich so ein Duchennepatient, wie zeigt er, daß ihm etwas nicht paßt? Wie greift er an, wenn ihm nach Angreifen zumute ist? Und dann packte Maika den Jungen schon und schleppte und verkantete ihn und drehte und wendete und trug ihn fast, um ihn schließlich auf das Tablett zu hieven, und dann sah ich, warum dieser Ronny es gar nicht eilig gehabt hatte mit dem Ausziehen: Sein gesamter Rücken bestand aus einer einzigen, langen Narbe. Sie zog sich hin vom dunklen Haaransatz im Nacken bis zum Rand der Badehose, auf der sich lauter kleine Snoopies als Spaßmacher abmühten. Die Narbe leuchtete rot und ein wenig wulstig auf der braunen Jungenhaut, und ich bemerkte, daß sich beidseits des roten Narbenstrangs in unregelmäßiger Abfolge kleine Punkte befanden: Links, rechts, links, rechts… Eine pedantisch ausgeführte, gut halbmeterlange Naht. Maika sah meinen Blick.

»Die Narbe kommt von der Skoliose-Operation«, erklärte sie. »Nicht wahr, Ronny, das ist ein gewaltiger Eingriff gewesen: Zehn Stunden Operation…«

»Was haben sie gemacht?« fragte ich.

Maika hob Ronny hoch und setzte ihn mit Schwung auf dem Hebesitz ab. Sein Körper kam ihr kein bißchen entgegen, er blieb steif wie eine Puppe. »Geht es so? Die Operation ist heute Standard, fast alle Duchennepatienten machen sie mit, weil sie die Lebensqualität erheblich verbessert; das Verfahren ist seit nahezu zehn Jahren unverändert…«

»Wie ein Reh! Wie ein Reh!« krähte jetzt überraschend Ronny dazwischen. Maika errötete.

»Entschuldigen Sie. Er meint: wie ein Rehrücken, nicht wahr? So hat es ihm der Professor erklärt. Damit er es sich besser vorstellen kann. Wenn die Duchennejungen etwa zehn Jahre alt sind, sind die Muskeln im Rumpfbereich bereits sehr reduziert, so daß sie sich kaum noch aufrecht halten können. Die zusammenfallende Muskulatur drückt auf die Atemwege, die Patienten leiden zunehmend unter Luftnot. Dazu kommt dann die Skoliose. Das ist eine Deformierung und gleichzeitige Verdrehung der Wirbelsäule. Bei Ronny war die Skoliose so stark, daß man die Verkrümmung am Brustkorb sehen konnte. Damit einher geht eine beschleunigte Versteifung. Die Brustkorbdeformation verschlimmert noch die ohnedies vorhandene Einschränkung der Lungentätigkeit, und das schädigt das Herz. Die Atemkapazität nimmt in diesem Alter sowieso bereits ab, und diesen Prozeß gilt es zu stoppen. Dem Ronny hat damals jede noch so kleine Bewegung weh getan, stimmt's, Ronny?«

Ohne es zu merken, hatte Maika sich Ronny zugewandt und erläuterte an seinem fetten, kleinen Körper, was sie meinte.

»Sie müssen sich vorstellen, daß die Krümmung immer stärker wird, bis sich die Jungen nicht mehr seitlich abstützen können. Also muß die Wirbelsäule stabilisiert werden, und dafür wurde ein Verfahren entwickelt, bei dem links und rechts der Wirbelsäule zwei Stäbe angebracht werden. Voraussetzung ist, daß das Wachstum einigermaßen abgeschlossen ist. Die Stäbe werden mit Schrauben und Haken an den Knochenvorsprüngen fixiert – im Lendenbereich sehr fest, im Brustwirbelbereich mit Haken leicht schwingend... Die Jungen können sich besser aufrichten, leichter atmen, aber die ersten Monate nach der Operation sind schwierig, weil sich das Verhältnis der Arme zum Körper ändert. Sie müssen es lernen, wieder allein zu essen – manche schaffen das nicht mehr – und natürlich ist es mit dem Kuscheln und dem seitlichen Sicheinrollen im Bett auch vorbei. Nicht wahr, Ronny, du bist immer ein kleiner Gentleman, stimmt's? Immer schön gerade.« Sie gab Ronny einen Knuff. »Das Verfahren ist inzwischen sehr weit entwickelt worden, aber noch immer ist diese Operation eine der zeitlich und technisch aufwendigsten in der orthopädischen Chirurgie. Zehn Stunden oder mehr, wenn man die Vorbereitungen einbezieht! Obwohl Professor Park – er ist der Spezialist für diese Eingriffe – immer sagt: Alles reines Handwerk, nichts als sauberes Handwerk…«

»So, wie man einen Rehrücken prämiert!« rief Ronny triumphierend dazwischen.

»Ronny«, sagte Maika, »… präpariert – wenn schon…« und zu mir: »Er hat sich das so am besten merken können. Professor Park hat dieses Bild benutzt, und Ronnys Eltern mußten dann tatsächlich einen gespickten Rehrücken kaufen, weil Ronny darauf bestand, stimmt's, Ronny?«

Ronny nickte sichtlich stolz. Maika entdeckte, daß er fröstelte.

»So, nun aber ins Wasser mit dir, junger Mann«, sagte sie. Und zu mir: »Johannes hat diese Operation übrigens nicht vornehmen lassen, und das hatte Konsequenzen. Meine Güte, Sie zittern ja?! Ist Ihnen kalt? Vielleicht haben Sie Lust, ein bißchen mit anzufassen? Ich meine, wenn Sie ohnehin schon die ganze Zeit da sind, und Margot, meine Kollegin, ist heute verhindert…«

Maika brachte mich dazu. Vielleicht, weil ich fror und mir alles, wirklich alles besser erschien, als weiterhin am Rand zu stehen. Ich kannte mich selbst nicht mehr. Ich, die ich mich scheute, aus Weingläsern fremder Leute zu trinken, ich griff ohne langes Zögern nach dem Badeanzug, den Maika mir aus einem Stapel verwaschener Sportartikel reichte, ging in einen Nebenraum, um mich umzuziehen und stieg zu Maika und Ronny ins Schwimmbecken. Das Wasser war sehr warm, und am linken Fuß spürte ich einen kleinen Strudel, und dann sagte Maika, was wir tun sollten, und wir badeten Ronny. Maika band ihm schmale Reifen um die Arme, einen Korkgürtel um den Bauch, und wir legten ihn behutsam auf den

Rücken. Ronny pustete. Maika redete beruhigend auf ihn ein und hielt seinen Kopf und befahl mir, seine Hüften zu stützen – aber wenig, ganz wenig nur – und allmählich beruhigte sich der Junge im Wasser. Maika half ihm jetzt nur noch mit einer Hand und bedeutete mir, ich sollte das gleiche tun, und irgendwann, nach einer endlosen Weile, schwebte dieser dicke, kranke Junge auf zwei Frauenhänden durch das Wasser, durch eine warme, tröstliche Welt. Es wurde ganz still.

»So schön…«, sagte Ronny irgendwann.

»Fein«, sagte Maika. »Jetzt aber etwas anderes.« Sofort schlich sich wieder diese Panik in Ronnys Augen. »Du kannst das schon, ich weiß es«, sagte Maika. »Im Wasser können wir beinahe alles; Wasser ist unser Freund.«

Ich hielt Ronny fest, ein nasses, glitschiges, rundes Gummitier, das trotz seiner zwölf oder dreizehn Jahre und trotz des intensiven Schwimmbadklimas noch irgendwie nach Baby roch, und Ronny schaute mich ein bißchen zweifelnd an. Maika streifte die dünnen schwarzen Ringe von seinen Armen ab und ersetzte sie durch leuchtend rote Schwimmflügel, und dann schwamm Ronny. Das heißt, wir ließen ihn schwimmen, auf dem Rücken. Maika zu seinen Füßen und ich an seinem Kopf gaben ihm möglichst sanfte kleine Schubse, und so trieb der Junge von Maika zu mir und von mir zu Maika und verkrümmte sich bald nicht mehr und pustete bald nicht mehr, sondern lernte, ruhig zu atmen und die Augen offenzuhalten und sich zu strecken, immer weiter zu strecken. Ich legte den Kopf in den Nacken, um zu sehen, was er sah, und sah wieder nichts. Eine graue, öde Betondecke. Nichts.

»Aufpassen, Frau Harms«, warnte Maika, und da hatte sie mir den Jungen schon vor den Bauch geschoben.

»Hey!« sagte Ronny.

»Ich muß Ihnen etwas zeigen«, sagte Maika hinterher. »Etwas, das Sie überraschen wird.«

Sie reichte mir ein paar Handtücher. Wir blieben im Souterrain, in der therapeutischen Abteilung, aber es ging durch ein paar Flure, um einige Ecken, und dann sagte Maika: »Warten Sie mal«, ging voraus, und ich hörte, wie sie einige Schalter betätigte: »Jetzt.«

Ein Schwimmbad. Ein regelrechtes, ausgewachsenes Schwimmbad. Sicher zwanzig Meter lang und halb so breit. Mit schwarz markierten Bahnen und sogar einem kleinen Sprungbrett auf Meterhöhe. Das Schwimmbecken war hellgrün gekachelt, die Halle hatte weiße, strahlende Wände und eine Fensterfront, durch die man in den Garten des Heims schaute.

»Hier«, sagte Maika, »hier war Johannes zu Hause.«

Nein, Johannes hatte nicht mehr schwimmen können, nicht so wie Maika und ich. Er war genaugenommen sogar noch unbeweglicher als Kevin und Ronny gewesen, aber er hatte darauf bestanden, mindestens alle zwei Tage hierher gebracht zu werden. Obgleich das nicht ungefährlich war, denn die Flossen dienten Johannes nur noch zur Stabilisierung seines dahintreibenden Körpers. Sie willentlich bewegen war kaum möglich. Die Beine flossen hinter Johannes' Rumpf her wie müde, langgestreckte Fische. Und die Arme? Maika hatte ihm immer die festesten Schwimmflügel übergestreift, aber ganz sicher war die Sache trotzdem nicht, Johannes hätte irgendwann einfach untergehen können. Und immer im Auge behalten konnte man ihn auch nicht, denn meist bewegten sich etliche Patienten gleichzeitig im Wasser. Aber es war nie etwas passiert.

»Wir haben das am besten ausgestattete therapeutische Schwimmbad weit und breit«, sagte Maika stolz. »Deshalb kommen auch Kevin und Ronny und noch andere Kinder hierher. Unsere Wassertherapie ist für alle da. Johannes übrigens hat das gar nicht geschätzt…«

Ich stellte mir Johannes vor. Johannes in zwanzig mal zehn Metern Wasser. Johannes, der vor seinem Tod nur noch so viel gewogen hatte wie ein Kind. Johannes mit seinem Kaulquappenkopf und den mageren Vogelhänden. Wie er hier trieb, allein, im warmen Wasser. Und alles riskierte. Und glücklich war.

# 20. Johannes Grundig

## C:\Eigene Dateien\Das Dreamteam\XX

*Es ist jammerschade, daß ich dir meine Sister Mary Francis nicht vorstellen kann.*

Wow, Christenmännlein – eine Nonne! Das ist endlich mal was Exquisites.

*Du magst Nonnen?*

Ich hab was übrig für Verhüllungskünstlerinnen. Die perfekte Verführung, sehr subtil.

*Aber Nonnen wollen doch gerade nicht verführen.*

Armes Lämmlein, du – wollen sie nicht durch ihr Vorbild zum Glauben führen?

*Führen, nicht verführen, Johannes.*

Schade, Christenmännlein, schade – daß du's nicht kapierst. Nonnen sind Spielerinnen. Sie lieben das Widersprüchliche. Ihre Tracht sagt: Schau, was du nicht anschauen darfst. Erst die Verhüllung macht auf das Verhüllte aufmerksam, macht es besonders. Und Nonnen sind radikal: Sie zeigen, daß man sich nicht zeigen kann, nicht zeigen darf.

*Ach ja?*

Nonnen verbergen nicht allein ihre Weiblichkeit, nein – ihr ganzes Leben verschwindet unter ihrer Tracht, es ist null und nichtig. Sie wissen, daß es kein Mensch aushielte, den anderen wirklich zu sehen – also ersparen sie ihm das. Und in dieser Verhüllung liegt gleichzeitig eine Entblößung. Es ist, als hätten sie den Philosophen gelesen: *Welcher Kluge Mann schriebe heute noch ein ehrliches Wort über sich? Er müßte denn schon zum Orden der heiligen Tollkühnheit gehören.* Also bescheiden deine Nonnen sich, sie verschleiern sich. Sie verraten sich nicht und auch nicht ihr kleines bißchen Leben. Und machen gleichzeitig uns, ihre närrischen Beobachter, darauf aufmerksam. Ihre Tracht zeigt uns ständig, daß etwas verborgen wird. Das ist ganz außerordentlich reizvoll, Christenmännlein, und sehr gekonnt.

*Sie wollen doch gerade nicht reizvoll sein.*

Sei kein Narr, Christenmännlein, gerade durch die Maskerade sind sie es, diese feinen Bräute Christi, die Schleiertänzerinnen Jesu. Auch bei den Krankenschwestern will man schließlich dauernd nur unter die Tracht schauen.

*Du vielleicht.*

Ich bestimmt. Und ich bin privilegiert, denn ich habe mehr Gelegenheiten dazu, schließlich komme ich ihnen ziemlich nah. Jetzt werd nicht schon wieder eifersüchtig, wir haben heute einiges vor, und außerdem bin ich ziemlich gereizt, denn ich habe nicht gut geschlafen.

*Das tut mir leid. Was war los?*

Was war los, was war los?! Dieser dämliche Piet hat Nachtdienst gehabt, und obwohl ich ihm dreimal gesagt habe, daß das Bett nicht funktioniert, hat er sich nicht um mich gekümmert.

*Das Lamellendrehbett funktioniert nicht?*

Nein, die Hebung ist defekt, zumindest auf einer Seite. Schau selbst! Die linke Seite hebt sich, die rechte nicht. Von Entlastung also keine Spur. Olle Kamelle, diese Lamelle! Sei froh, daß ich scherze! Und weil dieser Depp sich nicht um mich gekümmert hat, habe ich die ganze Nacht halblinks auf der Seite gelegen. Und jetzt habe ich Druckstellen. Du weißt, wohin das führt.

*Hast du nicht geklingelt?*

Sicher. Dauernd. Aber Piet hat das kraftvoll ignoriert. Wahrscheinlich seine Rache.

*Du bist eben ein sehr anspruchsvoller Patient.*

Ich bin kein anspruchsvoller Patient, ich bin ein anspruchsvoller Mensch. Und das ist mein gutes Recht. Ich weiß, daß ihr alle den bescheidenen, lieben Patienten bevorzugt, der euch aus tränenfeuchten Augen anschaut: Ach, Stephan, wenn ich dich nicht hätte! Aber euer Problem ist, daß ich meine Position kenne. Und daß ich weiß, was mir zusteht – zum Beispiel so etwas Banales wie eine Wechseldruckluftmatratze nach Doktor Völkner, die wechselnd Luft in die rechte und die linke Hälfte der Unterlage pumpt und den Körper um jeweils dreißig Grad dreht. Ich brauche das, und es ist mir verordnet worden...

*Schmerzen?*

Sicher.

*Wie wäre es mit ein bißchen Massage?*

Basale Stimulation zum Trost gegen unsachgemäße Behandlung? Nein danke, vielleicht später.

*Ich dachte an ein bißchen warmes Öl für die Haut. Oder hier: Ich habe den neuen Vibrator dabei; wir könnten versuchen, etwas für deine Brustmuskulatur zu tun. Die Bronchien sind wieder extrem verstopft, hat der Arzt gesagt.*

Es läßt sich aushalten. Nur das Wundliegen ist blöd wegen der Infektionsgefahr. Und ich mag es nicht, so ramponiert auszusehen. Deine Massage hilft da auch nichts. Außerdem: Ich mag gerade nicht angefaßt werden – gar nicht! Nicht mal von Maika.

*Weißt du, was mir auffällt? Du läßt mich gar nicht mehr an dich ran – als Pfleger, meine ich. Wir reden, also wir schreiben nur noch. Du hinderst mich daran, meine Arbeit zu machen.*

Ganz falsch, Christenmännlein. Ich schaffe die Voraussetzungen dafür, daß ich deine Arbeit überhaupt ertragen kann. Hol Carmencita aus der Kiste.

*Ich soll die Spinne anfassen?*

Ja, Stephan, altes Mädchen. Du sollst wahrhaftig eine zwanzig Millimeter große Spinne anfassen, die im übrigen völlig ungefährlich ist. Natürlich faßt du sie nicht direkt an, nicht mit deinen Schrottpranken! Du weißt doch, wo Stimmgabel und Röhrchen sind. Ich möchte sie spüren. Ich möchte diese zarten Füße wieder auf meiner Haut spüren.

*Soll ich mich nicht erst um die Matratze kümmern?*

Hol Carmencita aus der Kiste!

*Du hältst mich wirklich von meiner Arbeit ab. Okay – wie mach ich das?*

Geh erst mal hin. Dann schlägst du die Stimmgabel sachte an und hältst sie in die Nähe der Röhre. Carmencita wird glauben, daß du ihr eine schöne Fliege servierst und hervorkommen. Und dann stülpst du das Glasröhrchen über sie und bringst sie mir. Und zwar vorsichtig.

*Was findest du nur daran?*

An Carmencita? Perfektion. Vollkommenheit. Eine Ausdifferenziertheit, von der wir Menschen nur träumen können. Eine Verbindung von Zartheit und Stärke, die ich unwiderstehlich finde. Diese filigranen Beinpaare zum Beispiel, die im Verhältnis zum Körper ähnlich fragil und doch muskulös wirken wie bei einem kostbaren Rennpferd. Und sie sind ja auch ähnlich bedeutungsvoll, nur auf eine viel raffiniertere Weise: Die Spinne läuft damit, sicher. Und sie hält Beutetiere und Partner damit fest. Natürlich. Das klingt so simpel, es ist geradezu kränkend, nicht wahr, Carmencita? Verachtung für Spinnen kann nur hegen, wer ein vollständiger Ignorant ist.

*Ich verachte sie nicht, ich finde sie bloß unsympathisch.*

Stephan, Stephan, das ist doch gelogen. Natürlich verachtest du sie – und daß du ein Geschöpf verachtest, ist unter theologischen Gesichtspunkten natürlich höchst interessant. Aber damit will ich mich nicht lange aufhalten; die Wirklichkeit erscheint mir faszinierender als deine Theologie... Du hast mich unterbrochen; wir waren bei den Spinnenbeinen. Acht Beine, aber was für welche! Ist dir je aufgefallen, daß

Spinnen, manche jedenfalls, kopfunter hängen können – und nicht etwa an ihrem Faden oder an einer rauhen Tapete, die ihnen Halt gibt, sondern sogar an Glas? Natürlich nicht unsere gewöhnlichen Hausspinnen, die sind schon mit dem Innenrand einer Badewanne überfordert, wahrscheinlich, weil in ihrem genetischen Programm keine Badewannen in Menschenhäusern vorgesehen waren. Aber etliche andere Spinnenarten haften tatsächlich kopfunter an Glas. Das ist doch erstaunlich!

*Vielleicht kleben sie sich fest?*

Und wie lösen sie sich dann wieder? Haben sie vielleicht eine kleine Flasche mit Alkohol dabei, um die festgeklebten Stellen damit zu betupfen? Du siehst, so klärt man die Frage nicht. Sie hat etliche Arachnologen jahrelang beschäftigt, und die Antwort ist, wie fast alles bei den Spinnen, verblüffend: An jedem einzelnen Bein der Spinne haften zehn hoch acht Haftshaare. Die sind zu kleinen Gruppen zusammengefaßt, die wie winzige Besen aussehen – natürlich kann man das nur unter dem Mikroskop erkennen. Die Enden dieser kleinen Besenhaare sind wiederum verästelt, und die Enden dieser Endborsten sind so klein wie allerkleinste Bakterien. Ein Göttinger Wissenschaftler hat herausgefunden, wie tragfähig diese Beine sind: Ein Fuß mit zehn hoch sechs Berührungspunkten kann neun Gramm tragen. Nun nimm das mal acht – und bedenke, daß die Spinne selbst nur wenige Gramm wiegt. Was für eine üppige Ausstattung! Trotzdem krallt sich die Spinne nicht einfach fest; sie benutzt auch keinen Klebstoff; ihre Methode, um sich selbst an Glaswänden zu halten, ist von äußerster Raffinesse: Es ist eine Art Saugeffekt. Mit Hilfe von Kapillaren saugt sich die Spinne an der überall vorhandenen Wasserhaut auf der Oberfläche des Glases fest. Sie balanciert sozusagen auf der Haut des Glases, elegant und gelassen, in der Gewißheit, jederzeit das Zehnfache ihres eigenen Körpergewichts über das Wasser tragen zu können. Das nenne ich ein Wunder! Dein schwebender Jesus auf dem Wasser kann mich also nicht wirklich beeindrucken. Und noch etwas. Spinnen sind Meisterinnen der Effizienz, aber doch weit mehr als das: Sie verwandeln ihre Schwäche in Stärke, ihre Begrenztheit in Differenzierung. Sie nutzen die feinsten Strukturen der Natur – und zwar auf andere Weise als alle anderen Spezies. Es ist, als würden sie die Welt kennen, ohne mit ihr zu verschmelzen. Denk an das Beispiel mit dem Glas: Spinnen kleben nicht und krallen sich nicht fest; Spinnen schweben auf der Wasserhaut des Lebens.

*Aha.*

Es ist dieses Wunder an Zweckmäßigkeit, aber auch die Üppigkeit, der Überschwang, wenn du so willst: die Verschwendung, die mich begeistert. Ach, du verstehst überhaupt nichts!

Aha, du hast sie? Sehr gut! Hallo, Carmencita. Komm her mit ihr.

Zieh mir den Pulli aus, Mann!

Erstens geht dich das einen Scheiß an, und zweitens will ich es dir sagen: Ich will, daß du mir Carmencita auf den Arm setzt. Auf die Haut, Christenmännlein.

*Du bist echt ein bißchen pervers.*

Wenn du es so sehen willst.

*Johannes, sei doch nicht so empfindlich. Klar können die Spinnen irgendwie beeindruckende Sachen, aber die sind doch auch oft giftig. Und manche fressen ihre eigenen Kinder, das hast du mir selbst erzählt. Das ist doch abartig, daß du ausgerechnet die so magst.*

Weißt du, was ich wirklich bedauere? Daß ich wahrscheinlich nie eine Paarung beobachten können werde, natürlich nicht, wenn Carmencita hier immer nur alleine herumhockt. Und dabei fasziniert mich gerade das ganz außerordentlich. In der freien Natur leben die Röhrenspinnen in losen Verbänden, in guter Nachbarschaft sozusagen. Und die Männchen machen sich auf und ziehen gemeinschaftlich herum, wie vagabundierende Handwerksburschen, und wenn sie genug vom

Streunen haben, kriechen sie einfach bei einer weiblichen Spinne unter. Und kommen dann gleich zur Sache. Allerdings glaube ich nicht, daß sie, wie es Bellmann unterstellt, bei der Partnerwahl vollkommen willkürlich vorgehen – auch Spinnen werden genetische Informationen möglichst angemessen weitergeben wollen, sich also den biologisch richtigen Partner suchen. Aber sie betreiben nicht so eine hysterische Maskerade wie wir Menschen: es geht um Sex, es geht um Fortpflanzung, und es geht um einen Unterschlupf vor dem nächsten Regen. That's it, und mir imponiert das.

*Ich finde es ein bißchen brutal.*

Ja, sicher. Aber das ist doch kein Widerspruch. Liebe ist Teil der Selbsterhaltung und als solche brutal. Sagt Carmencita. Nicht wahr, meine Liebe?

*Wir müssen übrigens noch etwas besprechen.*

Schieß los.

*Du hattest mir ein Schreiben weitergemailt, vom Sozialamt, eine Kostenübernahme.*

Und? Wo ist das Problem? Ich öffne mal eben die Datei, warte. Voilà:

»Sehr geehrter Herr Grundig, auf Ihren Antrag vom 23. 4. übernehmen wir im Rahmen der Eingliederungshilfe für Behinderte gemäß § 36 Bundessozialhilfegesetz die Kosten der Sexualtherapie im Umfang von zehn Stunden zu je 50,38 Euro die Stunde. Gleichzeitig und in Verbindung mit dieser Kostenübernahme gewähren wir Ihnen eine einmalige Beihilfe in Höhe von 42,50 Euro für die Anschaffung einer Erektionshilfe mit Vakuumanpassung. Die Beistellung dieses Hilfsmittels wird durch die Sexualbegleiterin veranlaßt. Ein Eigenanteil an den Kosten ist nicht zu leisten. Die Abteilung Gesundheit und die Sexualbegleiterin haben eine Durchschrift dieses Schreibens erhalten. Die Kosten werden direkt mit der Sexualbegleiterin abgerechnet.«

*Johannes, was ist denn das?*

Du hast es doch eben gelesen: Sexualbegleitung. Ich könnte auch sagen: ein lausiger Kompromiß.

*Du willst damit sagen, daß eine Therapeutin Sex... also jedenfalls sexuelle Handlungen mit dir macht?*

Hübsch formuliert. Setz Carmencita mal zurück in ihr Haus, sonst wird sie noch ganz eifersüchtig. Du zitterst ja. Nicht reden! Schreib. Erst denken, dann reden.

*Ich finde das unglaublich.*

Ich auch. Ich hatte eigentlich auf eine andere Kostenübernahme gehofft. Auf die für den Nuttenbesuch.

*Bist du von allen guten Geistern verlassen?*

Warum so erregt?

*Du willst mir also sagen, daß es so etwas wie eine Sexualtherapie für dich gibt?*

Sexualbegleitung, um präzise zu sein. Therapie hieße, daß da was krank ist. Ist aber nicht, soweit ich weiß. Weil der Schwanz keine Muskeln hat, sondern Schwellkörper. Also keine Sexualtherapie, sondern Sexualbegleitung – alles klar?

*Und das zahlt das Sozialamt?*

Wie du merkst. Aber nicht ohne weiteres. Wir haben ziemlich lange an dem Antrag getüftelt.

*Wer ist »wir«?*

Sumrin und ich.

*Wer ist Sumrin?*

Die Sexualbegleiterin.

*Die kennst du schon?*

Stephan, du bist ein echter Schnellmerker! Natürlich kenne ich sie schon. Sie kommt alle vierzehn Tage hierher, um ihre Klienten zu besuchen. Im Augenblick sind das Finian und ich. Du hast sie bestimmt schon gesehen. Du hattest nur zufälligerweise keinen Dienst, wenn sie da war – sonst hätte ich euch gern miteinander bekannt gemacht... Und erzählt habe ich dir längst von ihr: Sumrin, basale Stimulation, Rubbelhandschuh, Seidenhandschuh, Samtpfötchen – na, klingelt's?

*Ich dachte, das wäre therapeutisch?!*

Ist es ja auch. Leider. Aber in einem sehr weit gefaßten Sinn, Gott sei Dank.

*Du hast also schon…?*

Ja, habe ich. Aber wenn das so weitergegangen wäre, hätte ich mir bald kein Buch mehr kaufen können oder die kleinen Exkursionen einstellen müssen. Mein bescheidenes Taschengeld reicht nicht dafür. Also hat mir Sumrin geholfen, den Antrag zu stellen.

*Sex auf Stütze!*

Ist doch ganz passend. Ist Sex denn für irgend jemanden etwas anderes? Als ein elementares Bedürfnis? Etwas, das vorübergehend Halt vermittelt? Rausch? Die wenn auch trügerische Illusion, es hätte Sinn? Allerdings muß ich dich in deinem Voyeurismus enttäuschen: Sex gibt es mit Sumrin nicht. Nur beinahe. Beinahesex. Öl, Massagen, das ganze Programm. Sumrin heißt eigentlich auch nicht Sumrin, sondern Bettina. Aber das weiß ich erst seit dieser Antragstellerei. Sumrin ist ihr Künstlername – sie sagt, ihr yogischer Name. Und es ist ihr offensichtlich bisher nicht aufgefallen, daß auch jede Nutte so einen Künstlernamen hat. Das ist besonders lustig, weil sie großen Wert darauf legt, nicht mit dem Milieu in Verbindung gebracht zu werden. Vielleicht hat sie deswegen immer einen Vorrat an Räucherstäbchen dabei, benutzt Klangschalen – alles Abwehrzauber, nehme ich an, damit man nicht auf die falschen, also auf die richtigen Gedanken kommt. Du kannst beruhigt sein, Christenmännlein – hochmoralisch das Ganze! Keine Sünde weit und breit. Deshalb nennt sie sich Sexualbegleiterin. So wie Reisebegleiterin. Oder Flugbegleiterin. Nur, daß man mit einer Flugbegleiterin fliegt und mit einer Reisebegleiterin reist. Und mit meiner Sexualbegleiterin habe ich eben alles – nur keinen Sex. Deswegen nenne ich das einen Kompromiß. Aber für Kompromisse ist der Staat natürlich leichter zu haben als für alles, was nach Totalität klingt, nach

Erfüllung, nach Ekstase. Letzteres hat ja schon wieder was Bedrohliches.

*Entschuldige. Erkläre es mir. Ich bin langsam. Wieso kriegst du so eine… Sexarbeit auf Stütze?*

Willst du sagen: »und ich nicht«? Weil du es nicht nötig hast, mein Bester. Du könntest dir selber helfen. Ich kann es auch drastischer sagen: Du kannst dir jederzeit einen runterholen. Falls nicht zufälligerweise deine Religion auch das verbietet. Ich kann das aber nicht, nicht mehr. Grundlage für diesen Antrag ist zweierlei: Du mußt glaubhaft nachweisen, daß du in keiner dauerhaften Partnerschaft lebst und daß du dich nicht selbst befriedigen kannst. Dafür reicht dein männliches Ehrenwort natürlich nicht. Es reicht nicht einmal die Aussage des Hausarztes. Mit deutscher Gründlichkeit hast du hier wieder und wieder Gutachten und Stellungnahmen einzureichen: Die Beweglichkeit der Arme von Herrn G., die Grifffestigkeit beider Hände von Herrn G., die Spreizbarkeit der Beine von Herrn G. … es hat, wie du dir vorstellen kannst, großen Spaß gemacht, zunächst alle behandelnden Ärzte in meinen Plan einzuweihen und anschließend erst Sumrin, dann die Heimleitung, den Stiftungsvorstand und schließlich sämtliche Sachbearbeiter der Stadt in Kenntnis darüber zu setzen, daß Johannes Grundig sich leider keinen mehr runterholen kann, weswegen er ein bißchen Hilfe beim Wichsen braucht. Das Ganze wäre wahrscheinlich gescheitert, wenn Frau Friedrichsen nicht eine schriftliche Erklärung abgegeben hätte, daß durch mangelnde sexuelle Triebabfuhr beim Heiminsassen Johannes G. mit einem Aggressionsstau mit negativen Folgen für ihn selbst und für das Heimpersonal zu rechnen wäre. Der Patient ist notgeil und also eine doppelte Last. Das nenne ich Intimsphäre, das nenne ich Würde!

*Nun reg dich wieder ab, du hast es ja geschafft.*

Ja, das stimmt. Ich habe es geschafft. Wieder einmal. Weißt du, wie lange das gedauert hat? Monate. Monate! Monate der

Ungewißheit, aber schlimmer: Monate der Durchsichtigkeit. Vor dir sitzt der gläserne Krüppel. Jeder, absolut jeder auf dem Dienstweg, den unser Antrag genommen hat, weiß nun Bescheid: über meine Armlänge und die nicht vorhandene Kraft der Hände, über Hormone und Spannungsabbau, über die Qualität des Spermas und die in diesem Fall noch vorhandene, natürlich bedrohliche Zeugungsfähigkeit. Ich liege offen auf dem Tisch, ich bin gefesselt an Händen und Füßen, und ein gleißendes Licht fällt auf mich. Ich werde ausgeweidet, sie ziehen mir Herz, Lunge, Leber, Hoden aus dem Leib und sagen bedeutungsvoll: Der arme Mann, sehr interessant! Es ist eine permanente Obduktion zu Lebzeiten, wenn du behindert bist. Du bist ein Objekt, ein seltsames Tier, und dein Alltag ist nichts als ein gläserner Objektträger, auf dem du für die anderen zugerichtet wirst. Was sie alle vergessen, diese wohlmeinenden Pathologen: Wie kostbar Zeit für mich ist. Der Antrag hat Monate gebraucht bis zu seiner Genehmigung, das sagt sich so dahin – Monate bedeuten für mich etwas ganz anderes als für dich, mein Freund, vergiß das nicht! Und es war ja nicht der einzige Kampf. Gleichzeitig mit dieser Schlacht um ein bißchen Sinnlichkeit habe ich jene um eine neue Matratze geschlagen – und wie es scheint, verloren; ich brauche bald eine neue Tastatur oder vielleicht doch schon eine Buchstabentafel, und das Blattwendegerät wird wahrscheinlich kommen, bevor die Kostenübernahme dafür eintrifft. Weißt du, was das ist?

*Nein. Na ja, lästig ist es.*

Nein. Zeitverschwendung. Und damit fatal für mich. Wenn Sumrin kommt, wird sie in der Tat viel zu erledigen haben mit meiner Triebabfuhr – mit meinem Zorn nämlich. Trotzdem könntest du mir ein bißchen helfen.

*Ich???*

Ja, du. Heute kommt sie nämlich ausnahmsweise schon am frühen Nachmittag, sie mußte mich einschieben.

*Hat sie so viele Patienten?*

Klienten. Ja, sicher. Auch Frauen übrigens.

*Auch Frauen? Was macht sie denn eigentlich?*

Aha, da habe ich dich erwischt! Okay, ich erzähle es dir, aber hilf mir, mich vorzubereiten.

*Wie?*

Wir haben nicht sehr viel Zeit, also der Reihe nach. Musik bringt Sumrin mit, immer irgendwas Ayurvedisches, was mich sehr amüsiert, denn schließlich macht sie Yoga, nicht Ayurveda, und die Art, wie sie da zwei verschiedene Richtungen unbefangen mixt, hat auch etwas Entlarvendes: So ganz sicher ist sie sich mit ihrem Tantrakram dann doch nicht. Gut, also Musik macht sie. Aber du könntest schon mal die Vorhänge schließen. Und das Bett mußt du frisch beziehen.

*Heute ist aber gar nicht Mittwoch.*

Stimmt. Und? Was würdest du tun, wenn deine Freundin käme? Hör mal, das Bett ist Sumrins Arbeitsplatz.

*Schon gut.*

Im Schrank habe ich rote Bettwäsche, mandarinrote, aus Satin.

*Du hast private Bettwäsche?*

Selbstverständlich. Ich mag die Glätte und die Kühle, ich mag es, wie der Stoff über die Haut gleitet, und es ist gar nicht so einfach, sich mit einer solchen Bettdecke richtig fest zuzudecken!

*Ich mag lieber Seersucker.*

Soso. Gut, und dann stell bitte die Kerzenleuchter auf den Tisch, die neben dem Bettzeug im Schrank stehen. Und die Aromalampe. Je fünf Tropfen Ylang-Ylang und Vanille, kühles Wasser. Schon mal anzünden, die Lampe – ja, gleich, dann kann ich mich besser auf den Besuch einstellen. Und wenn du das Bett bezogen hast – alle Kissen darauf, die du finden kannst! Wir brauchen Kissen, viele Kissen. Die gute Sumrin ist ausgesprochen gelenkig, aber ich brauche jede Menge Stützen, wenn ich ohne den Rolli einigermaßen aufrecht sitzen soll.

*Warum kann sie dir denn nicht im Rollstuhl*

Was? Mir einen blasen? Macht sie nicht. Es ist alles ganz anders, weißt du. Langsam, irgendwie weiblich. Sumrin gibt sich Mühe, auf mich einzugehen, sie fragt andauernd, aber eigentlich macht sie es doch so, wie sie es gern hätte. Ich bilde mir ein, daß ihre Wünsche und Phantasien denen anderer Frauen ähnlich sind, also spiele ich mit und stelle mir die Frauen vor, auf die ich eingehe, während sie glaubt, sie gehe auf mich ein. Ein Spiel! Sie kommt immer sehr pünktlich, zieht sich ihr Tuch von den Haaren, und die Haare sind so ungebärdig, daß ich jedesmal denke: In dieser Frau muß doch mehr stecken als diese yogische Dienstfertigkeit, mehr als esoterischer Eifer. Aber zu weiterem Nachdenken kommt es nicht, denn Sumrin zündet die Kerzen an, schaltet den CD-Player ein und setzt sich zu mir aufs Bett. Sie schnüffelt ein bißchen, und wenn ihr die Energie im Raum nicht behagt, brennt sie noch ein paar Räucherstäbchen ab, oder sie benutzt eine Klangschale. Wir sagen erst mal gar nichts – Ankommen, nennt sie das, Atmen –, und ich rieche, was sie von draußen mitbringt: Straßenstaub, Regennässe, Betriebsamkeit. Vielleicht einen Rest vom letzten Klienten. Sie packt dann ihre Öle aus und ihre seidenen Tücher – viele Tücher – und fragt, welches Öl mir heute recht wäre. Und dann zieht sie mich aus – erst zieht sie mich aus, dann sich.

*Sie zieht sich auch aus?*

Natürlich! Es geht doch darum, sich zu spüren. Haut zu spüren. Es ist nicht leicht, sich zu spüren, wenn man den ganzen Tag im Rollstuhl sitzt. Wo fange ich an? Wo höre ich auf? Wo endet meine Haut und wo beginnt, nach der Kühle des Raums dazwischen, die Sphäre des anderen? Das ist jedesmal eine ungeheure Erfahrung – ungeheuer, und auch entsetzlich, denn ich kann ja nur nehmen, was sie mir gibt. Ich kann nicht nach ihr greifen, und das einzige, was ich überwältigen kann, bin ich selbst. Aber das ist bei euch vielleicht nicht anders.

Sumrin massiert mich, und das tut sie mit Hingabe, weiß Gott. Wenn ich einen empfindlichen Tag habe, nimmt sie die Bänder dafür oder noch feiner: Federn, und sie summt dazu ihre leisen, yogischen Zaubermelodien, das hat etwas Einschläferndes und Betörendes, und ich vergesse fast, was ich eigentlich will.

*Was denn?*

Sex.

*Aber sagtest du nicht vorhin, daß sie auch dazu da*

Sicher. Triebabfuhr. Aggressionsstau abbauen. Schöne Grüße vom Sozialamt. Aber ich will nicht ungerecht sein, Sumrin ist in Ordnung. Sie hört auch nicht auf, wenn wir über ihrer Massage beinahe einschlafen. Sie ist schon fair und hält sich an unseren Deal und bietet mir noch ihre schweren, großen Brüste an, die mir immer vorkommen wie saftige Birnen, in die ich dann gern lange, feste Zähne schlagen würde. Aber es ist auch so ganz schön, ich tue halt ein bißchen anständiger, als ich bin, und andächtiger, als ich je sein werde, und je andächtiger ich tue, um so größer werden ihre Brüste und um so länger läßt sie sie über meinem Gesicht hin- und herschwingen wie Verheißungen aus dem Paradies. Und dann sage ich: Komm näher!, und wenn sie nicht gerade bei ihrem Yogi war, dann legt sie sich auch schon mal nackt auf mich, oder sie verschnürt mich zuerst ganz fest mit ihren Seidentüchern, und dann bin ich beinahe wunschlos. Und zum Schluß wischt sie alles mit einem Papiertaschentuch weg – dabei heben diese verrückten Yogis Ojas, also den Samenrest, eigentlich auf und halten ihn für heilig, aber entweder weiß Sumrin das nicht oder sie hält meinen Muskelkrankensamen für nicht ganz so heilig – jedenfalls wischt sie alles weg, und dann meditieren wir noch ein wenig.

*Du meditierst?*

Sie meditiert. Ich halte still. Sie sitzt im perfekten Lotussitz auf meinem Bett und sagt, sie spüre, wie neues Prana durch sie hindurchfließe, während ich ihre yogische Gelenkigkeit bewundere und meinen Kopf in ihren Schoß sinken lasse. Dann singt sie om, stundenlang om, und duldet mich an ihrem Pranazentrum, das du und ich Nabel nennen würden, aber das ist gleichgültig, denn sie singt mit einer warmen, tiefen Stimme, und ich kann sie riechen und werde ganz still.

*Das klingt eigentlich ganz gut.*

Ist es auch. Aber eben doch: eine Hilfe. Eine Maßnahme. Ein Teil der Stütze, wie die Kostenübernahme des Sozialamts ja sehr schön zeigt.

*Was stört dich daran?*

Es ist gut, aber es ist ein elender, fauler Kompromiß. Ich wünsche mir etwas ganz anderes.

*Was?*

Daß mich mal jemand anfaßt, ohne diagnostisch oder therapeutisch zu sein. Ohne Handschuh, ohne Öl, ohne Vibrator und Talkumpuder. Ich wünsche mir für einen Augenblick zu vergessen, daß es um Macht geht. Immer geht es um Macht und Ohnmacht. Und nun bist du an der Reihe, Bruder Stephan! Nachdem ich dich mit meiner reizenden erotischen Geschichte amüsiert habe, wird dir das Bettenmachen doch leicht von der Hand gehen. Ran! – In einer Stunde spätestens ist mein fliegender Yogi hier.

## 21. Sabine Harms

Kommen Sie mit«, hatte Maika ganz einfach gesagt, »kommen Sie mit, Sie sehen aus, als könnten Sie jetzt etwas Warmes vertragen.«

Sie hatte recht. Auch wenn das Schwimmbad im Heim geheizt war – das lange Stehen im brusttiefen Wasser hatte mich ausgekühlt. Die Hände wurden gar nicht mehr warm. Die Gelenke waren steif und hart wie zuvor. Ich sehnte mich nach meinen Pelzstulpen, sehnte mich nach ihrer handspannenbreiten Wärme.

»Entschuldigen Sie – im Schwesternzimmer gibt es nur Tee«, sagte Maika. »Nichts Besonderes, aber es wärmt. Und heiße Brühe, wenn Sie so was mögen.«

Ich mochte. Ich mochte mit Maika zusammensein, denn wenn ich mit ihr zusammen war, brummte mein Kopf nicht so laut, hörte ich drinnen nicht alle Gedanken krachend und berstend aufeinanderstürzen. Würde ich jetzt allein sein, das wußte ich genau, würden diese scharfkantigen Gedankensplitter den Kopf von innen aufschlitzen, würden alles aufreißen und würde ich schließlich reglos auf der Klobrille kauern und nicht einmal kotzen können.

»Brühe ist wunderbar, Maika!« sagte ich mit so viel Ausdruck wie möglich.

Und tatsächlich, es schmeckte nicht schlecht. Es schmeckte nach lange gehorteter Packung und nach Salz, und der Dampf der Brühe legte sich fettig auf die Gesichtshaut. Maika trank Tee. Wir redeten nicht. Vor dem Fenster trieben sich Tauben herum. Maika hatte jetzt wieder ihre blauen Armbänder angelegt und den Kittel über die Leggins und das weiße Sweatshirt gezogen. Die feuchten Haare hingen über die Schultern, im Gegenlicht sah man, daß sie ein wenig angerauht waren wie zu oft gewaschen, und die Farbe wich an manchen Stellen einem frühen Grau. Als sie fast trocken waren, stand Maika auf, griff in eine Schublade und holte eine Bürste heraus. Mit energischen Strichen bürstete sie ihre Haare kopfüber, erst die linke Seite, dann die rechte, es klang, als würde man ein Pferd striegeln. Wenn die Mischung aus Brühe und Tee sich jetzt noch in ihrem Haar festsetzte, dann würde sie riechen wie Glückstadt, wie Glückstadt im Winter. Maika kramte ihre Brille aus der Kitteltasche, hielt sie gegen das Licht, verzog das Gesicht, setzte die Brille auf. Sie lächelte mich mit ihrem ein wenig mühsamen Maikalächeln an, das ich schon kannte: auf den Mundwinkeln lag viel Gewicht dabei.

»Sie können übrigens gern so lange bleiben, wie Sie wollen, Frau Harms.«

Sie ging zu einem Schränkchen, nahm ein kleines Fläschchen heraus, einen Löffel aus einer Schublade, zählte Tropfen ab, schluckte. »Entschuldigen Sie – mein Magen«, sagte sie. »Mein Magen reagiert ein bißchen auf diese Aufregungen.«

Es war nicht einfach gewesen, Johannes zu verstehen, erzählte sie. »Sie wollen doch etwas über Johannes hören?« Eigentlich war es sogar unmöglich, aus ihm klug zu werden, erzählte Maika. Denn derselbe Junge, der selbstverloren und zufrieden im Wasser des Schwimmbades trieb, konnte sie alle bis zur Verzweiflung plagen mit seinen ausgefallenen Wünschen. Ihre Kollegin bei der Schwimmtherapie hatte darunter gelitten. Johannes fand, daß sie nicht gut roch, selbst im Wasser noch belästigte ihn angeblich ihr Geruch nach mühseliger

Anteilnahme. »So nannte er das«, sagte Maika. »Er hatte so seine Ausdrücke.« Und sie selbst? Sie hatte sich gut mit Johannes verstanden, aber für viele, kompliziertere Fragen war sie nicht zuständig gewesen. Sie hatte es leichter gehabt. Frau Friedrichsen hingegen, die Heimleiterin, klagte gelegentlich im Scherz, die zunehmende Unbeweglichkeit ihres intelligentesten Patienten sei schon deshalb eine Tortur, weil er nun noch mehr Muße habe, sich seine komplizierten Fragen auszudenken. Eine Menge Zeit verwendete er auf die Lektüre juristischer Texte; Grundsatzurteile zu Behinderten interessierten ihn brennend, schon eine seiner ersten Aktivitäten im Heim war es gewesen, das Haus barrierefrei machen zu lassen, also Schwellen, Absätze und Stufen abzubauen, wo sie nicht unbedingt erforderlich waren, automatische Türöffner anzubringen, Klinken, Knöpfe, Hebel auf die erreichbaren Höhen für Rollstuhlfahrer abzusenken und, wenn irgend möglich, durch Sensortasten und Lichtschranken zu ersetzen – eine aufwendige Sache, die Fremdfirmen und mit ihnen viel Unruhe und Schmutz ins Haus brachte und den Hausmeister für Monate blockierte. Wir haben einen Rechtsanspruch darauf! pflegte Johannes allen Einwänden trocken zu entgegnen, und dieses »wir haben einen Rechtsanspruch« wurde geradezu zum Schlachtruf der Heimbewohner – und zu einem Schreckensruf für die Heimleitung. Frau Friedrichsen, sonst ziemlich unerschrocken, lernte Flur C 1 zu fürchten, denn Johannes gelang es, sich Verbündete zu verschaffen: den ebenfalls muskelkranken Finian, den einfältigen Tobias, den betagten Herrn de Vries und jene greise Dame, die alle nur Gretchen nannten wegen ihrer immer noch mädchenhaften Art und weil sie einmal Schauspielerin gewesen war. »Gretchen ist nun auch schon tot!« sagte Maika plötzlich und machte eine Pause. Die Teetasse in der Hand starrte sie auf ihre Schuhe. Weiße Sandalen, wie runde kleine Boote auf dem grau gestrichelten Linoleumboden. Gretchen hatte sich von Johannes beeindrucken lassen, und zur allgemeinen Überraschung war auch Herr de Vries auf Johannes' Seite. Zum Beispiel fand er es keineswegs schockierend, daß Johannes darauf bestand, die alle paar Wochen im Haus stattfindende Sexualtherapie dieser Sumrin am Schwarzen Brett anzukündigen, und auch Gretchen meinte nur, es sei besser, wenn alle wüßten, worum es geht, schließlich sei diese Frauensperson immer sehr extravagant gekleidet, und man wisse ja gern, wer da in unmittelbarer Nachbarschaft ein und aus gehe... Frau Friedrichsen hatte nichts dagegen, daß sich ihre Heimbewohner engagierten, sie hatte im Prinzip auch nichts gegen Sexualtherapie und überhaupt alle nur erdenklichen Annehmlichkeiten – nur kostete sie Johannes' Engagement und Wissen immer mehr Zeit und Geld, wurden seine Forderungen immer drängender, waren seine Interessen immer schwieriger zu befriedigen.

»Allein die Seidenspinne«, sagte Maika. »Die neue Spinne. Nicht genug damit, daß sie eigens aus Madagaskar eingeflogen wurde – und natürlich erst einmal die Hürde des deutschen Zolls überstehen mußte –, nein, das wirklich Aufwendige an dieser Seidenspinne war, daß man sie eigentlich frei im Zimmer halten sollte.«

Johannes erklärte, daß man sie nur regelmäßig an derselben Stelle füttern müsse, dann hielte sie sich hauptsächlich in der Nähe dieses Futterplatzes auf; und von dort aus knüpfte sie tatsächlich ihr beeindruckendes Netz, das schnell wuchs: auf einen halben Meter, einen ganzen, und als das Netz auf beinahe zwei Meter angewachsen war, wußten alle, daß etwas zu geschehen hatte: Die Seidenspinne mußte eingefangen werden. »Das Ende der Freiheit für Nephila madagascariensis«, sagte Maika bedächtig. Die Putzfrauen hatten sich längst geweigert, Johannes' Zimmer zu betreten, das Pflegepersonal ekelte sich und diejenigen, die sich nicht ekelten, hatten es satt, angepöbelt zu werden, weil sie beim Bettenmachen zu nah an das Netz gekommen waren: Johannes war immer auf der Hut, er befürchtete, daß sie es beschädigen würden. Diese sogenannten Gesunden mit ihrer groben Motorik! schimpfte er dann. Diese Unachtsamkeit der Verschwender! Sie hatten sich also eine Lösung ausgedacht – sie, Frau Friedrichsen und die anderen von der Leitung des Heims, und in dieser Lösung hatte sie, Maika, eine gewisse Rolle gespielt, allerdings ohne es zu wissen. Eine Rolle, auf die sie keineswegs stolz war. Sie war der Lockvogel, sagte Maika. Sie wollten auf keinen Fall, daß Johannes Verdacht schöpfte, er sollte ganz entspannt wegfahren, und wenn sie, Maika, dabei wäre, würde Johannes keine Schwierigkeiten machen.

Bis dahin hatte Stephan, wann immer es möglich war, Johannes auf seinen Ausflügen begleitet, die beiden waren ein eingespieltes Team, und Herr Faber, der Disponent, strengte sich sehr an, um Stephans Dienste so einzuteilen, daß er möglichst viel Zeit mit Johannes verbrachte – keineswegs diesem zuliebe, sondern eher mit Rücksicht auf die anderen, die mit dem heiklen Patienten nichts anzufangen wußten. Stephan jedenfalls war immer mit Johannes unterwegs gewesen, aber nun sah Maika auf dem Dienstplan, daß sie zu einer Exkursion mit Johannes eingeteilt worden war. Stephans Aufgabe an diesem Tag war eine andere. Sogar einen weiteren Begleiter hatte das Heim ermöglicht: Herr Kanowski sollte ebenfalls mit von der Partie sein, und so reisten sie zu viert: Maika, Herr Kanowski, Johannes und Finian, der sich zwar nicht weiter für mittelalterliche Kirchen interessierte, wohl aber für den Harz, weil dort, in der Umgebung von Goslar, ein Wanderweg eigens für Rollstuhlfahrer eingerichtet worden war, der erste Rollstuhlwanderweg in Niedersachsen.

»Etikettenschwindel, wetten?!« hatte Johannes mißtrauisch gemeint, sicher hätte da irgendein Asphaltweg ohnehin ausgebaut werden müssen, und jetzt ließ man Behinderte darauf los und kassierte noch staatliche Förderung. Oder es war eine Art Parcours, auf dem Behinderte ein Schaulaufen veranstalteten

– zum Ergötzen und zur mitleidigen Bewunderung der Nichtbehinderten.

»Das wollen wir mal sehen«, hatte Finian kämpferisch erwidert, und Johannes hatte gelacht, und man hatte nicht wissen können, ob Johannes' Befürchtungen gespielt oder echt waren. Finian, im selben Alter wie Johannes, war noch besser beieinander als dieser, er litt an einer anderen Form der Muskeldystrophie; der Muskelschwund bei ihm verlief zwar ebenso unumkehrbar wie bei Johannes, aber sehr viel langsamer, und er würde nicht zwangsläufig zu einem frühen Tod führen. Finian war einer, der Zukunftspläne machte.

»Wir fuhren in aller Frühe los«, erzählte Maika. »Und unser Ausflug stand von Anfang an unter keinem guten Stern. Erst einmal war der Transporter des Heims in der Werkstatt, wir mußten also mit der Bahn reisen – ohnehin ein Abenteuer mit Rollstuhlfahrern, und hinzu kam, daß sich Finian unserer Gruppe ja mehr oder weniger spontan angeschlossen hatte, und das hat die Angestellten der Bahn überfordert, weil sie statt einem angemeldeten Rollstuhlfahrer nun zweien in den Regionalzug nach Bad Harzburg helfen mußten. Sie hätten aber doch! Und warum haben Sie nicht! Und: Nein, das geht so nicht! Das waren Sätze, auf die Johannes allergisch reagierte, und ich konnte ihn nur mit Mühe davon abhalten, den Beamten einen grundsätzlichen Vortrag über die Beförderungsrechte von Behinderten zu halten. Programmvorschrift des § 48 SchwbG. Und § 59 SchwbG, die unentgeltliche Beförderung im öffentlichen Personenverkehr betreffend. Kanowski faßte kräftig mit an, und so schafften wir es am Ende, aber Johannes war während der gesamten Fahrt übel gelaunt, als ob er ahnte, daß etwas nicht stimmte. Der Zug war überfüllt, und es gab keinen gemeinsamen Platz für Finian und ihn. Kanowski stand bei ihm, während ich einen Sitzplatz bei Finian gefunden hatte. Johannes' Augen fielen mir auf, sie waren rot umrändert und hatten einen so angestrengten Ausdruck, als hätte er die ganze Nacht intensiv an etwas gearbeitet oder gegrübelt. Dann kamen wir in Goslar an, und ich war erleichtert, weil der Bus in das Wandergebiet nach Hahnenklee schon bereitstand und ein ausgesprochen freundlicher Busfahrer uns half, trotz fehlender Rampe die beiden Patienten und die Rollstühle zu verstauen. Wir hatten ja nur die leichten, die Reiserollstühle mit, denn Johannes' normaler Rollstuhl wiegt über hundert Kilo. Johannes schwieg immer noch beharrlich, und es konnte nicht allein an unserem ersten Ziel liegen, dem Wanderweg und sicher auch nicht daran, daß Kanowski, entgegen den Absprachen, Johannes' Unterlagen über die Kirche in Goslar nicht mitgenommen hatte. ›Papperlapapp!‹ hatte Kanowski gesagt, ›das ist nur zusätzlicher Ballast! Kann der Bengel doch zu Hause nachlesen, den Kram, wenn ihm das so wichtig ist.‹ Und hat für Johannes entschieden, wieder einmal. Ich dachte daran, daß Johannes einmal gesagt hatte: Immer entscheidet irgend jemand für mich. Und immer bedeutet das eine Entscheidung gegen mich.

Sicher, es war nur der Harz, es war nur eine überschaubare Wildnis aus Kiefern und Tannen, aber der Wanderweg war liebevoll gestaltet: ein schattiger Rundweg unter Bäumen, mit kleinen eingebauten Schikanen wie Anstiegen und Senken; Sand und Kies und Schichten abgestorbener Nadeln dienten als wechselnde Belage des Fahrwegs, und es gab Möglichkeiten zu Abstechern. Sogar zu einer Quelle wurden die Rollstuhlfahrer geleitet, wo sie ein Schild darauf hinwies, daß sie hier ihre Unterarme in einem kleinen Becken kühlen konnten. ›Ist doch herrlich hier!‹ sagte ich unbedacht, aber da fauchte mich Johannes auch schon an, daß er es nicht schön fände, überhaupt nicht schön – dieses Unterhaltungsprogramm für Moribunde! Mitten in dieser gräßlichen Föhrenwüste, umstellt von Weihnachtsbäumen, daß man schier keine Luft mehr bekäme. Eine Schonung sei das, weiß Gott, kein Wald! Und diese albernen künstlichen kleinen Anstiege und lachhaften Hindernisse, damit die Siechen noch einmal ein richtiges Abenteuer erlebten – ein sieches Abenteuer für sieche Kranke, die mit Hilfe von so viel mittelmäßiger Phantasie vielleicht noch ein bißchen eher abkratzten, wenn sie sich nicht gleich im Wasserbecken ersäuften oder mitsamt ihren Rollis den nächsten Abhang hinunterstürzten, Waidmanns Heil und die Krankenkassen entlastet! Finian und Kanowski zogen lange Gesichter, Finian, weil ihm die Tour gefiel und Kanowski, weil er Johannes für undankbar hielt. Zu diesem Debakel paßte, daß Johannes sich einen Platten einhandelte – genau vor dem Denkmal des Oberförsters aus den vierziger Jahren, über das sich Johannes aufregte, weil es ihm ein weiterer Beleg dafür schien, daß im Oberharz alles dunkel und braun und vorgestrig und immer noch infiziert vom Nationalsozialismus war: ›Laßt uns hier verschwinden, mir wird schlecht!‹ Nur war es eben nicht so einfach mit dem Verschwinden, denn Kanowski mußte zunächst den Reifen reparieren, was eine ganze Weile dauerte, und zudem bekam Finian langsam Hunger, während ich zwischen den Baumwipfeln sah, daß sich der Himmel verdüsterte und wir fürchterlich naß werden würden, wenn wir hier nicht bald wegkämen. Wir nahmen ein großes Taxi zurück in die Stadt, und Johannes' Miene hellte sich auf, als Neuwerk in Sicht kam. Kennen Sie die Kirche?«

»Nein, ich bin keine Kunstexpertin, und in Niedersachsen kenne ich mich gar nicht gut aus.«

»Eigentlich ein Kloster«, sagte Maika. »Nach der Reformation ein Damenstift. Dort hat man adelige junge Frauen untergebracht, die keinen Ehemann haben finden können. Schon eigenartig, daß Johannes, der sich doch fortwährend über Stephans Gläubigkeit lustig zu machen pflegte, ausgerechnet ein Faible für Klöster und Kirchen hegte, finden Sie nicht? – Oh, Entschuldigung…«

Sie hatte bemerkt, daß ich auf meine Uhr gesehen hatte.

»Bestimmt müssen Sie los, und ich halte Sie hier auf, wie rücksichtslos von mir.«

Viel Zeit war verstrichen. Überm Zuhören war ich ganz ruhig geworden, zum ersten Mal wieder seit langem. »Ich habe Zeit, erzählen Sie doch bitte weiter«, sagte ich. Maika saß still. Dachte nach. Ihre Füße auf dem Linoleum. Sie saß eine ganze Weile so. Stand auf, machte noch einmal Wasser heiß, goß Brühe nach, Tee. Sie nahm noch ein paar ihrer Magentropfen.

»Schlafmohn«, sagte Maika endlich. »Lavendula angustifolia, Mispel, Veilchen, Akelei. Wermut, Hopfen. Meisterwurz. Mich hat vor allem die Bepflanzung des Romanischen Gartens begeistert. Durch ein mit Rosen bewachsenes Tor waren wir in den Klosterhof gelangt, und mich hat es sofort in den Garten gezogen. Ein Hildegard-Garten vielleicht, die Pflanzen wiesen darauf hin, daß hier heilkundige Frauen ihre Kräuter und Gräser angepflanzt hatten, zum Nutzen wahrscheinlich nicht nur des Klosters, sondern auch der Umgebung. Und selbst wenn jetzt nur noch Reste der Anlage vorhanden sind – ich fühlte mich in diese ferne Welt versetzt. Stellen Sie sich vor: Vor achthundert Jahren. Ein Garten im Harz…«

Maika dachte nach. Sie erinnerte sich an die Pflanzen. Marienlilie, Ysop, Sadebaum. Es klang, als schmeckte sie die Wörter, bevor sie ihren Mund verließen. Eibisch, Kuhbohne, Bockshornklee. So langsam. »Ich ließ mir Zeit«, sagte sie endlich, »oder ich vergaß sie, was vielleicht dasselbe ist. Und mit dieser, wenn Sie so wollen, ein wenig träumerischen Stimmung machte ich mich schließlich auf zur Kirche. Vor dem Portal stand Kanowski und rauchte. Er wies mit der Zigarette stumm auf den Eingang. Johannes war längst drinnen verschwunden. Und Finian? fragte ich. Ein Wink in eine andere Richtung. Unter alten Bäumen war ein kleiner Spielplatz aufgebaut. Dort raste Finian mit seinem Rollstuhl um ein paar abgesägte Baumstämme, Kinder kreischten. Der amüsiert sich auch ohne den Professor, sagte Kanowski. Der Professor, das war Johannes. Innen war es so dunkel, daß ich erst einmal stehenblieb. Eine Stufe hinab. Ich mochte das immer schon: diese großmütige Kühle der Kirchen. Ich hörte, wie mein Herz schlug. Der Geruch von Jahrhunderten. Ich glaube immer, die Gebete riechen zu können, oder sind es die Gefühle? Und sind es die eigenen, oder sind es die versammelten von Jahrhunderten? Lachen Sie nur, aber mir fällt auf, wie klein die Türen mittelalterlicher Kirchen sind, also wo sollten sie da hinaus, all die an Gott oder die Jungfrau gerichteten Hoffnungen und Ängste, die schweren Sünden und die leichten? Ich bin mir sicher, daß sie nicht entweichen können: Die Zweifel nicht und nicht die Mühsal, die Todesfurcht und die Hoffnung auf Liebe. Ich habe selten Zeit, mir einfach etwas vorzustellen, hier hatte ich sie. Ich hörte das Säuglingsgeschrei der frisch Getauften und die Entzückensschreie der Patinnen. Das Murmeln der Greisinnen und das Flehen der jungen Frau in Angst vor der Geburt. All das scheint mir in einer solchen Kirche enthalten zu sein, und ganz passend zu meinen Gedanken war das erste, was ich bewußt wahrnahm, eine hölzerne Plastik. Durch ein seitliches Fenster fiel Licht auf die Marienklage auf einem kleinen Altar zu meiner Rechten. Maria in einem blauen Mantel über dem roten Gewand hält den toten Jesus auf dem Schoß. Sie neigt sich ihm zu, aber er ist schon ganz starr. Auffallend ist die blutend rote Wunde an seiner Seite, auffallend sind die Tränen auf Marias Gesicht. Die Unbewegtheit des Toten und der Schmerz der Mutter, ich weiß nicht, wie lange ich davorstand, diese Maria erschien mir als eine wunderbare Bündelung von Schmerz und Abschied. Ich verstehe nichts von Kunst, entschuldigen Sie, wenn ich mich zu etwas aufschwinge, was mir nicht zusteht – ich bin nur oft in Kirchen gewesen, ich habe oft Marienklagen betrachtet, und diese schlichte, bäuerliche berührte mich auf eine eigentümliche Weise. Maria erinnerte mich an viele Mütter, die ich hatte weinen sehen und an viele Tote, die mager und ausgezehrt auf ihren Bahren lagen – ja, auch hier im Heim und in dem Haus, in dem ich gelernt habe. Tote fielen mir ein, so viele Tote. Mehr Tote als Trauernde. Vielleicht braucht man deshalb so viele Marienfiguren – damit jemand trauert?« Maika schwieg wieder eine Weile.

»Und weiter?« fragte ich.

»Verzeihen Sie... Mit solchen Gedanken hatte ich mich dem Mittelgang genähert, angezogen von einem unbestimmten, farbigen Leuchten. Und dann, Richtung Osten, hatte ich in Chor und Apsis die Malereien entdeckt. Sie waren von.... von solcher Intensität und Leuchtkraft, daß ich für einen Moment die Augen schloß, aus Furcht, es handelte sich womöglich um eine Halluzination, als wäre das Azurblau und das tiefe Rot und das alles überglänzende Gold eine Sinnestäuschung, aber als ich die Augen öffnete, war sie noch da: Im weichen Oval der Apsis thronte eine ganz andere Maria. Sie saß auf den Stufen eines Palastes, und Tauben, viele Tauben umschwirrten ihren Kopf. Golden glänzte das himmlische Jerusalem hinter ihr, und die festliche Szenerie wurde umrahmt von einem Regenbogen. Wie ein Kollier aus Edelsteinen umschloß der Regenbogen diese Himmelskönigin, und rund waren auch die übrigen, üppigen Ornamente, rund waren die Bögen und Arkaden, die allesamt die Farben des Regenbogens wiederaufnahmen: Rot und Blau und in Chor und Apsis dieses feierliche Grün und Gold dazu, und alles war bogenförmig und weich und irgendwie weiblich. Hoffentlich finden Sie das nicht gotteslästerlich, wenn ich Ihnen erzähle, daß der Christus, der über der Maria als Weltenrichter erschien, nicht recht ankam gegen diese Marienpracht, gegen diese Feier der Weiblichkeit und... – Da zerriß ein Schrei die Stille der Kirche. Ein Schrei und ein Bersten, ein Splittern. Irgendwo hinten, ganz im Westen der Kirche, ging etwas zu Bruch, und dann hörte ich Stimmen, eine mir wohlvertraute darunter, und dann sah ich auch schon Johannes, wie er durch den Seitengang in seinem Rollstuhl auf mich zuraste, aber er kam nicht in direkter Fahrt, sondern fuhr in Schlangenlinien, absurden, weit ausholenden Schlangenlinien, und immer, wenn er sich dem Mittelschiff näherte, krachte er gegen eine der Kirchenbänke, absichtlich, wie es schien, und er schrie fürchterlich, und das Display seines Rollstuhls blinkte irrwitzig, und als er näher kam, sah ich, daß sein Kopf und auch seine Beine bedeckt waren mit Glassplittern, die Hose zerrissen, das Gesicht schweißbedeckt.

›Johannes!‹

*›Jung: beblümtes Höhlenhaus. Alt: ein Drache fährt heraus!‹* Er schrie es wieder und wieder: *›Jung: beblümtes Höhlenhaus. Alt: ein Drache fährt heraus!‹*

›Johannes!‹ sagte ich. ›Bist du verrückt geworden?!‹

Ich näherte mich ihm: ›Bist du verletzt? Du blutest…‹

Er stieß Luft durch die Lippen, verächtlich. Und sagte dann völlig ruhig:

›Jenseits von Gut und Böse, Maika. Du hast keine Ahnung, aber ich hab's durchschaut. Und ich weiß gar nicht, ob ich's durchschauen wollte. Komm weg, komm hier weg, Maika…‹

Ich hörte, daß die Stimmen hinten in der Kirche lauter wurden, daß sie näher kamen. Ich konnte Kanowski erkennen, zwei, drei Männer bei ihm. Sie gestikulierten, sie waren aufgeregt, und Johannes wandte sich um, streckte seine Hand nach mir aus, so gut es eben ging, und sagte gequält:

›Komm weg hier, Maika, komm hier weg! Es frißt dich auf, es verschlingt einen, siehst du nicht, daß es dich verschlingt?‹

Ich sah nichts, ich wußte nur, daß ich Johannes nicht mehr verstand. Der saß bleich und zusammengefallen vor mir, ein Häuflein Elend, ein Häuflein Behinderung im Rollstuhl, nichts mehr übrig von dem aufsässigen Kirchenstürmer, der, so reimten wir es uns später zusammen, in einer der vielen kleinen, besonders finsteren Kapellen eine Zeitlang allein verbracht haben mußte. Und dann hatte er, durch eine Glastür aus dieser Nischenkapelle schauend, offenbar mich im Ostchor gesehen – im Ostchor, versunken in die Betrachtung der Muttergottes, und dann war es passiert. Was war passiert? Ich wußte es nicht, ich begriff es nicht, und Johannes antwortete nicht auf meine Fragen und sagte nichts zu Kanowskis Vorwürfen. Entschuldigen Sie, daß ich Ihnen das so ausführlich schildere, aber es ist mir unbegreiflich, bis heute. Selbstredend bedeutete dieser Zwischenfall das sofortige Ende des Ausflugs. Von nun an erreichte ich Johannes nicht mehr. Er nahm nicht einmal mehr an der Schwimmtherapie teil, und wenn ich ihn darauf ansprach, zuckte er mit den Schultern und schwieg. Der einzige, mit dem er noch sprach, war Stephan – das heißt, die beiden sprachen ja kaum, sie schrieben sich mehr. Es hatte etwas Gespenstisches, auch das. Johannes zog sich immer weiter zurück, und selbst daß die Heimleitung seinen Ausflug nach Goslar dazu genutzt hatte, die Spinne einzufangen, kommentierte er mit keinem Wort. Wenn er sich verraten fühlte, so zeigte er es nicht. Er stellte Stephan nicht zur Rede. Er rief nicht mehr bei Patty an und ließ Sumrins Behandlungen apathisch über sich ergehen. Mache ich etwas falsch? fragte mich Sumrin. Er weiß jetzt, daß er nichts mehr riskieren darf, mutmaßte Frau Friedrichsen, aber ich sah es anders: Für mich begann mit jenem unglückseligen Ausflug die Krise. Johannes ließ von den Frauen ab. Es war, als hätte er mit einem Aufstieg begonnen – mit dem Aufstieg auf einen Berg, auf den wir ihm nicht folgen konnten. Und wie er so höher und höher stieg, verwandelte er sich, wurde langsam selbst Teil des Berges. Ich muß Ihnen das erklären. Ich sehe es ja noch so deutlich vor mir. Immerzu sehe ich dieses Gesicht. Wir mußten ihn jetzt zwingen, sich zu bewegen, sein Aufrichterrollstuhl half uns dabei. Dadurch, daß Sumrin nun keine Übungen mehr mit ihm machte, mußten wir auf andere Weise dafür sorgen, daß Johannes bewegt wurde. Irgendwie. Drehen und neigen und beugen und drehen. Das ist wichtig. Der Aufrichterrollstuhl war sicher kein Ersatz für Sumrin, aber mit ihm kann der Patient immerhin alle möglichen Haltungen einnehmen, er kann sich ausstrecken und so ausgestreckt auch aufgerichtet werden. Diese ein wenig unnatürliche Haltung, in die ihn sein Aufrichterrollstuhl mehrmals am Tag zwang, schien nach und nach in sein Wesen überzugehen. Er ärgerte uns nicht mehr, er provozierte nicht mehr. Er hielt sich gerade. Er sah über uns hinweg, mit mühsam erhobenem Kinn.«

Maika verstummte. Sie fühlte sich kalt an, als ich sie zum Abschied umarmte. Über ihrer Oberlippe hatte sich ein feiner Schweißfilm gebildet.

»Gewiß war das alles ein bißchen viel für Sie – entschuldigen Sie...« Ich reagierte nicht darauf, es stimmte ja, und trotzdem hatte sie nicht recht. Ich fuhr nach Hause. Ich mußte allein sein. Ich wollte lesen. Ich wollte von ihm selbst hören, wie es gewesen war, vom »Dreamteam« wollte ich es wissen. XXI, XXII... Es dauerte lange.

## 22. Johannes Grundig

C:\Eigene Dateien\Das Dreamteam\XXV

Christenmännlein, so wie du gerade zur Tür hereinkommst, habe ich gar keine Lust, mit dir zu reden. Nichts als Besorgnis im Gesicht. Mach deine Arbeit.

*Was ist passiert? Warum hast du in Goslar so randaliert?*

Ich habe nicht randaliert. Ich habe protestiert.

*Nenn es, wie du willst. Ich weiß nur, daß der Rollstuhl ziemlich hinüber ist, daß Kanowski sich krank gemeldet hat und daß Maika verzweifelt ist.*

So.

*Ja. Johannes! Mann!*

Ja.

*Was ist los mit dir?*

Tu deine Arbeit.

*Und schon wieder habe ich das Gefühl, ich mache was falsch; dabei bist du es, der sich daneben benommen hat – gründlich.*

Aha. Und wenn man sich, wie du sagst, daneben benimmt, dann macht man zwangsläufig etwas falsch, ja?

*So habe ich das nicht gemeint.*

Und das heißt auch, wenn man sich gut benimmt, ist alles in Ordnung, ja?

*Johannes, nun sei doch nicht so*

Christenmännlein, ich will dir was sagen: Wenn ich mich gut benehme, ist in der Tat alles in Ordnung – für euch, für die anderen. Ich verstehe euch: So ein Handicap ist lästig genug.

Es stört eure Routine, es verletzt euer ästhetisches Empfinden. Also hat der Patient ein unauffälliges und möglichst dankbares Betragen an den Tag zu legen. Der Kranke macht es den Gesunden schwer genug.

*Johannes, so habe ich es nicht gemeint. Aber es kann doch nicht angehen, daß du in einer Kirche randalierst*

nur, weil es mir nicht gutgeht, willst du sagen? Ich habe schließlich berühmte Vorbilder: deinen Jesus zum Beispiel.

*Jesus hat doch nur die Händler und Geldwechsler aus dem Tempel geworfen, weil sie ihn durch Geschäftemacherei entweiht haben.*

Ja, und deswegen mußte er auch unbedingt Tische und Bänke zu Bruch gehen lassen und die Tauben aus ihren Käfigen befreien. Christenmännlein, mach mir nicht eine der schönsten Stellen im Neuen Testament kaputt! In *deinem* Neuen Testament! Du hast eine Missionierungschance!

*Du veralberst mich.*

Nein, ich werde veralbert. Ich fühle mich veralbert, wenn ich zu einem netten, kleinen Ausflug mit zwei netten Pflegern aufbreche und sich gleich zum Auftakt die Deutsche Bahn AG mit dem Transport zweier Behinderter überfordert sieht. Ich fühle mich nicht veralbert, sondern eher verarscht, wenn wir dann auf einen Wanderweg für Rollstuhlfahrer genötigt werden, auf dem künstliche Schikanen und Hindernisse einen Hauch von Abenteuer vermitteln sollen und ebenso künstliche Wasserläufe zu niedlichen Wasserfällen gestaut werden – alles en miniature, als seien Rollifahrer Zwerge. Ein Naturerlebnis im Bonsai-Format! Mehr Leben kann man den armen Kranken unmöglich zumuten. Und die Kirche? Was soll ich in einer Kirche, wenn sie nichts mit mir zu tun haben darf?! Und diese Kirche hatte etwas mit mir zu tun. Ich habe einfach auf Neuwerk reagiert.

*Als du da ankamst, warst du so sauer, daß du dir irgendwie Luft verschaffen mußtest?*

Nein. Als ich ankam, wollte ich mich beruhigen. Ich bin kein Terminator auf Rädern. Ich wollte mir die Malereien im Chor anschauen, mehr nicht.

*Was ist dann schiefgegangen?*

Ich habe begriffen, daß alles keinen Sinn hat.

*Wie meinst du das?*

Du wirst das nicht verstehen, Christenmännlein. Ein Déjà-vu-Erlebnis. Es war alles schon einmal da. »Und es gibt nichts Neues unter der Sonne«, sagt das Buch der Prediger.

*Erzähl's mir. Ich höre zu. Wirklich.*

Neuwerk ist gar keine Kirche, Christenmännlein. Es ist eine Höhle. Es handelt sich um ein seltsames Zwischenreich, feucht, von einer eigenartigen, mittleren Temperatur. Wenn du die Kirche betrittst, verschwindest du aus der Welt. Wenn ich gleich hier zur Hölle führe, dachte ich, wer würde mich vermissen? Kanowski ist ein kluger Narr; er blieb vor der Tür stehen und rauchte. Er schaute mich nicht an, als ich mich an ihm vorbei in die Kirche manövrierte. Im Westchor entdeckte ich einen kleinen Raum, eine Kapelle hinter einer kleinen Glastür, dahin zog ich mich zurück. Es war seltsam, aber ich fürchtete mich. Jesaja 42. Auf einem improvisierten kleinen Altar lag eine Bibel, aufgeschlagen. »Siehe, mein Knecht, den ich halte, mein Auserwählter, an dem meine Seele Wohlgefallen hat. Ich habe meinen Geist auf ihn gelegt, er wird das Recht zu den Nationen hinaus bringen. Er wird nicht schreien und die Stimme nicht erheben und seine Stimme nicht hören lassen auf der Straße. Das geknickte Rohr wird er nicht zerbrechen, und den glimmenden Docht wird er nicht auslöschen.« Auserwählt, dachte ich, ja, auserwählt. In diesem niedrigen, beinahe privat wirkenden Zimmer fand ich die Insignien des Christentums nah beieinander und – was erstaunlicher ist – auf Augenhöhe. Auf meiner Augenhöhe, auf Rollstuhlfahreraugenhöhe: Ein Kreuz an der Wand, ein düsteres Bild, das die Kreuzigung Christi zeigte, einen Leuchter mit brennenden Kerzen. Natürlich hatten sie dabei nicht an Krüppel gedacht. In der Ecke stand ein Betstuhl. Es wurde einfach erwartet, daß der Besucher kniete. Die Unterwerfung wird vorausgesetzt – so sehr, daß man die Möblierung danach ausrichtet. Ich staunte über derart viel Hochmut auf diesem beengten Raum, aber ich zwang mich vorläufig noch, ruhig zu bleiben, denn ich war fest entschlossen, etwas von diesem Besuch zu haben, und zum ersten Mal erhoffte ich mir Beistand vom Christentum. War nicht das Kreuz, das die Römer verächtlich gemacht hatten, ein Bild dafür, daß Christus das Prinzip der Herrschaft auf den Kopf gestellt hatte? Bezeugte nicht die Kerze, daß jede noch so ärmliche Flamme des Glaubens oder des Zweifels gesehen werden würde? Und war nicht Christus der Schmerzensmann, auserwählt vor allem, um zu leiden? Ja, Christenmännlein, um ein Haar wäre dein Lieblingspatient schwach geworden. Aber ich konnte mich nicht beruhigen – im Gegenteil, der Raum beengte und bedrängte mich, und als ich schließlich hinausschaute in den Kirchenraum, da sah ich sie. Da sah ich Maika vor der Maria. Maika stand vorn in der Mitte des Chores und schaute an die Decke, arglos, ein wenig steif vor Anstrengung. Und aus der Kuppel schaute sie Maria an. Maika vor Maria. Es ist immer dasselbe. Die eine Maria und die andere. Die Himmelskönigin und die Prinzessin der Pflege. Vergebliche Liebe und vergebliche Liebesmüh. Ich begriff, daß meine Liebe zu Maika überhaupt nichts Besonderes war. Sie war gekommen, und sie würde gehen, und neue Maikas und neue Marien würden von neuen Krüppeln verehrt, und die, die gesund und begabt genug waren, würden sie auch nicht erreichen, würden ihnen aber prächtige Bilder malen und Opern komponieren, und verzweifeln würden sie alle: die Lahmen und Blinden und die Gesunden und Aufrechten, denn erlöst würden sie nie. Die Kirche lebt von Hoffnung, nicht von Erfüllung, und die Menschen sterben daran. Dann veränderte sich das Gebäude auf einmal. Die Mauern verschoben sich, die ganze Architektur kam ins Wanken, bog sich, blähte sich, die Formen wurden noch runder, noch organischer. Die Kirche wurde einer Grotte immer ähnlicher, einer Grotte aus sehr weichem Stein. Die Pfeiler strebten nach außen, vielleicht waren es gar keine Pfeiler, sondern Stalagmiten, und sie begannen zu wachsen. Wassertropfen quollen aus ihnen, immer neue, die sich zögernd aufbauten, sich träge auftürmten, ohne zu zerplatzen. Die Säulen tropften von der Decke, Stalaktiten aus Sandstein, die jeden Augenblick bersten und herabstürzen konnten. Sie würden Maika unter sich begraben, sie würden sie töten, ganz gewiß. Ich begann zu schwitzen, als ich sah, wie sich die steinernen, farbigen Girlanden, die die Deckenbilder begrenzten, in Schlingpflanzen verwandelten, die sich von der Decke zu lösen begannen, die nach Maika griffen. Sofort mußte ich zu ihr, sofort, um sie zu retten oder um gerettet zu werden, wer weiß das schon?! Jetzt begann die Mandorla, der Regenbogen, der Maria umspannte, zu flirren und zu kreisen. Es tat mir in den Augen weh, es durchzuckte die Nerven, und in meinem Kopf explodierte ein Schmerz, den ich jahrelang vergessen hatte, ein Schmerz, der sich durchs Hirn frißt wie ein tollwütiger Köter, ein Schmerz, der wild um sich beißt und bellt und alles zerreißt, und überall, wo seine Zähne zupacken, entlädt sich Elektrizität, jagen Blitze durch den Körper. Ich kannte das, und ich kenne das, es war eine lang gewesene, sorgfältig begrabene Erfahrung, und ich schrie nach Maika, ich schrie und schrie, denn nie würde das aufhören – bis zum Tod nicht. Und der läßt sich erbärmlich viel Zeit.

Nun schau nicht so betroffen.

*Deswegen hast du also angefangen zu schreien?*

Findest du nicht, daß es ein Grund zum Schreien ist?

*Ich wußte nicht, daß du solche Schmerzen hast.*

Armes Christenmännlein – nimm die Geschichte mal nicht allzu wörtlich. Ich hatte gar keine Schmerzen, nicht solche, die du behandeln könntest. Ich habe mich an einen Schmerz erinnert. An die Zeit, als ich beim Absetzen des Cortisons diesen Pseudotumor entwickelt habe. Die Erinnerung daran schmerzte. Wenn du willst, ist es ein Phantomschmerz. Ich vermisse etwas, das nicht mehr ist, obwohl es sein müßte. Ich habe nicht einmal mehr den Schmerz.

*Das verstehe ich nicht.*

*Erst der große Schmerz ist der letzte Befreier des Geistes als der Lehrmeister des großen Verdachts.* Sagt der Philosoph. Ich habe eine absurde Krankheit. Sie beginnt früh, sie ist unheilbar. Sie führt zwangsläufig zum Tod. Aber sie schmerzt nicht. Gelegentlich kommt es zu Komplikationen wie meinem Pseudotumor, später vielleicht einer Angina pectoris oder einem Dekubitus. Aber Muskeldystrophie Typ Duchenne an sich schmerzt nicht. Du verschwindest einfach. Du wirst abgebaut wie der Stein aus einem Bergwerk, bis nichts mehr übrig ist. Kontinuierlich und unaufhörlich. Es ist ein schleichender, leiser Prozeß. Patty schneidet sich mit Messern in die Arme. Und manchmal gießt sie dann Wodka über die Wunden und leckt sie ab, ganz langsam, wie eine Katze ihre Pfoten leckt. Ich verstehe das, sie tut gut daran. Ich kann mir nicht einmal mehr mit Messern in die Arme schneiden, und meine Zunge wird mir zu schwer. Und dann siehst du mit einer *entsetzlichen Kälte hinaus auf die Dinge: Alle jene kleinen, lügnerischen Zaubereien, in denen für gewöhnlich die Dinge schwimmen, sind ihm verschwunden: ja, er selber liegt da ohne Flaum und Farbe.* Sagt der Philosoph, ein Spezialist des Leidens. Ich bin verurteilt zu warten. Ich bin verurteilt zu einer treuherzigen Bejahung des Lebens. Also schreie ich. Ich schreie dem Schmerz hinterher.

*Sei doch froh, daß du keine Schmerzen hast.*

Der Schmerz hat einen Sinn, solange es eine Chance auf Heilung gibt: Weißt du, Christenmännlein, der Körper ist unendlich weise. Bei mir gibt es keine Heilung. Also hat sich selbst der Schmerz schon verabschiedet. Womöglich hat er sich gelangweilt. Der Schmerz ist ein alter Freund und will uns warnen. Er zeigt dir, wenn du verletzt bist, daß es an der Zeit ist, anderen das Feld zu überlassen und erst einmal die Wunden zu pflegen. Der Schmerz sagt dem Krieger: Zieh dich aus dem Kampf zurück, Freund, warte ab. Mir sagt der Schmerz nichts mehr, weil es nichts mehr zu sagen gibt. Weil es keine Linderung gibt, keine Gesundung, nur das Warten und die Auflösung des Körpers und das Verrinnen der Zeit. Und das Starren auf eine Maria, die nicht herabsteigt zu uns.

# 23. Sabine Harms

Dampf ist mir ins Gesicht geschlagen, das Gesicht ist aufgequollen, schwer geworden, voll gesogen von warmem Wasser. Wenn ich jetzt aufstehen würde, würde ich vornüberfallen, solch eine nasse Last ist mir mein Gesicht. Aber ich werde wieder leichter werden. Hier und jetzt. Sina wird mich befreien. Sie zupft die Haare aus meiner Nase. Einzeln, jedes Haar. Stillhalten bitte, Frau Harms! Es ist bald geschafft, aber Sie wissen, ich bin gründlich! Die Tränen sind etwas kühler als der Dampf, der zu ähnlichen Tropfen gerinnt. Kühler und salziger und schwerer. Ich liege auf Sinas gepolstertem Stuhl. Über mir das zahnarztpraxenhelle Licht. Und Sinas Gesicht, das so viel jünger ist als meines. Das besorgt dreinschaut. Mit diesen Poren müssen wir auch was machen! sagt sie jetzt und tippt mit der zarten Zeigefingerspitze links neben die Nase. Die Nase schmerzt. Über vierzig, da verziehen sich die Haare. Auf dem Kopf werden sie weniger und weicher, schafshaft geradezu. Das Schamhaar wird schütter, man geniert sich wie zuletzt mit dreizehn, denn plötzlich ist wieder alles zu sehen und wird wieder alles ganz fremd. Über der Oberlippe hingegen sprießt es. Und eben diese Nasenhaare, die etwas Obszönes haben – dunkel und gewunden, wenn es draußen feucht ist, fangen sich kleine Tropfen daran, und nicht einmal Freunde sagen: Wisch dir mal eben die Nase, da hängt was. Überall beginnt es zu hängen über vierzig. Alles fällt.

Alles drängt nach unten. Solch hohe Absätze kann man gar nicht tragen, die gibt es gar nicht, um diesem Nach-unten-Drall zu entkommen. Sina kriegt das hier hin. Es schmerzt, und das ist ein gutes Zeichen. Sina ist eine tüchtige Kosmetikerin. Sie ist höchstens fünfundzwanzig, und ich könnte ihr eine reinhauen, wenn sie mich anschaut mit diesem Ich-versteh-Sie-schon-Blick. Diese Anmaßung der Ungerührten! Es schmerzt.

Ich kann nicht mehr lesen. Abend für Abend bin ich allein mit diesen Dateien. Das Dreamteam I, II, III und so fort. Und manchmal redet jemand. Wie Maika. Und dann lese ich wieder. Dann holt die Lektüre das Erzählte ein, oder das sogenannte Leben, was weiß ich. Es ist eine Doppelung, die an den Nerven reißt. Es ist eine vervielfältigte Erinnerung. Ich kann nicht mehr lesen, sage ich mir. Ich muß wieder in meinen Alltag finden. Wie lange machen sie das noch mit in der Redaktion: Ich komme, ich komme nicht. Kein Problem, Bine! Ich bin auf der Suche nach meinem Leben. Wie ging das noch gleich? Alle zwei Wochen Kosmetik, alle vier Wochen Fußpflege. Ich fahre direkt aus der Redaktion hierher, zu Sinas kleinem Laden in der Innenstadt, parke den Wagen. Ich muß mich wieder gewöhnen, also tue ich das, was ich immer tue. Immer gehe ich am Fleet entlang, immer gehe ich über den Marktplatz. Am Fleet fließt das Wasser gemächlich zwischen den Steinen, auf dem Marktplatz steht der Kandelaber. Ich mache es wie alle Glückstädter, es ist leichter, sich so zu verhalten wie sie: Feste Wege, stete Wiederholungen, ein ruhiger Fluß. Und immer erzählt man sich dieselben Geschichten wie die vom Fräulein Löhmann. Immer mal wieder sieht man einen Glückstädter am Kandelaber mit der Hand auf den eisernen Leuchter weisen, und man sieht einen Besucher daneben, der zuhört und lacht. Unter der dänischen Herrschaft in Glückstadt gab es keine Kasernen, also wurden die Soldaten und Offiziere in Bürgerquartieren untergebracht. Einer wohnte bei der Reedersfamilie Löhmann, und natürlich verliebte sich die Tochter des Hauses in ihn. Den jungen Mann muß man sich blond und klargesichtig und hochgewachsen vorstellen, er war Leutnant des Königinnenleibregiments, ein Name, der Phantasien freisetzt. Dem Vater Löhmann gefiel die Liebe seiner Tochter überhaupt nicht. Er sorgte also dafür, daß der Leutnant versetzt wurde. Und da, so ist die Geschichte weiter zu erzählen, da wurde Fräulein Löhmann muksch, das heißt, sie wurde zu einer verbitterten alten Jungfer, die keinen anguckte, auch nicht, als die Eltern starben und sie Hausherrin wurde und also tun und lassen konnte, was sie wollte. Vor dem Löhmannschen Haus am Marktplatz befand sich ein Brunnen mit einem Brunnenhaus. Dort trafen sich bei Dämmerung die jungen Paare, und das mißfiel der Löhmann. Und so sorgte sie dafür, daß ein hoch modernes Gaslicht aus Berlin angeschafft wurde – eben der Kandelaber, den Friedrich Wöhlert aus Gußeisen anfertigte. Und dann war es vorbei mit den verliebten Tändeleien im Schummern, sagen die Glückstädter.

Der alte Hansen, der einmal das Museum geleitet hatte, verbürgt sich für die Geschichte, aber Sina, die sie mir als erste erzählt hatte, winkte ab: Das sind so Schnurrpfeifereien. So nennt man hier Geschichten, die nicht wahr sein müssen. Sie sind dazu da, daß man sich in ihnen einrichtet, sich auch mal gruselt bei Kerzenschein und Tee. Wahr oder nicht wahr: Mir imponierte Fräulein Löhmann. Sie hatte sich nicht einfach abgefunden. Sie hatte helles Licht auf das Brunnenhaus gerichtet, und nun war ihr ungemütliches Licht ein Wahrzeichen der Stadt.

Jetzt da, wo die Haut am empfindlichsten ist: oberhalb der Mundwinkel macht sich Sina über diese niedlichen Schnurrhaare her. Je näher man dem Tod rückt, um so männlicher wird man. Vielleicht um gewappnet zu sein? Wie immer, wenn ich bei Sina liege, verschwindet langsam der Tag. Er verschwindet hinter einer Mauer aus Wärme und Dampf und

Wasserrinnsalen, von denen man nie weiß, ob es sich um die eigenen Tränen handelt oder um kondensiertes Wasser aus der Maschine, die die Haut vorbereitet für Sinas Behandlung. Sina wird lange arbeiten müssen, damit ich meinen ersten Arbeitstag seit langem vergesse, meinen gescheiterten Versuch, in die Normalität zurückzukehren. Uhlens übliches Geschrei während der üblichen, nicht enden wollenden Konferenz. Einer nach dem anderen stand auf, entschuldigte sich. Die Tagesgeschäfte! Termine! Der wichtige Anrufer! Im Waschraum ließ ich mir kaltes Wasser über die Handgelenke laufen, sehr lange. Die Seife rutschte ins Waschbecken, trudelte im Wasser, der Geruch billiger Zitronenessenz stieg mir in die Nase. Ich starrte in den Spiegel. Die Haut glänzte. Ich strich mir die Haare aus der Stirn, ließ das Wasser weiter laufen. Ich hörte es rauschen, summte leise eine Melodie, die ich oft gehört hatte in letzter Zeit: »Ah dov'è il cimento...« Ich lächelte mein Spiegelbild an. »Ah dov'è il cimento? Già di me maggior mi sento; tu mi rendi la speranza...« Semiramide, Otello, La Cenerentola – diesen jungen Tenor hatte ich doch inzwischen besser im Ohr als gedacht. Und schüttelte den Kopf über die seltsamen Texte. Ich hatte stundenlang mit dem Booklet in der Hand da gesessen, das Original mühselig Wort für Wort mit der Übersetzung verglichen – nur, um dann festzustellen, daß der Sinn unmöglich in diesen Sätzen liegen konnte. Er lag irgendwo anders, in einer anderen Schicht, vielleicht in der Musik, in den Melodien, die sehr schwer nachzusingen waren, die man aber auch nicht mehr loswurde. Diese vielen Volten und Schlaufen, diese steilen Anstiege und Abstürze, dieses Sich-halten an Tönen: »... più fida un anima non troverai...« Eine treuere Seele wirst du nicht finden! Ich schüttelte die Hände aus, stellte das Wasser ab. Die Seife ließ ich im Waschbecken liegen.

Zu Hause hatte ich zwei Anrufe auf dem Anrufbeantworter. Zweimal Astrid.

Das erste Mal gut gelaunt und zum Plaudern aufgelegt, das zweite Mal etwas drängender: Nun ruf schon zurück, ich muß wissen, ob du heute abend mitgehen willst, Thies sagt, es ist keine gute Idee…

Sicher war ich auch nicht, aber was sollte ich nach so einem Tag? Nach diesem Versuch, wieder zu arbeiten? Ich holte Astrid ab.

Was hatten sie nur aus unserer Mehrzweckhalle gemacht? Alles zugehängt mit lila Lackfolie. Und darauf pinkfarbene Herzen geklebt: Ladies' Night. Es sah aus wie ein gigantischer, billiger, amerikanischer Sarg. Aus dem Sarg dröhnte Popmusik. Frauen waren in kleinen Gruppen unterwegs, fein gemacht, Duft verbreitend. Für einen Augenblick stellte ich mir hier Maika vor. Ich schüttelte das Bild ab. Astrid hatte einen Stand mit Zuckerwatte entdeckt: Komm, heute gönnen wir uns was!

Drinnen Barbeleuchtung in Rosa und Grün, die Musik verhinderte jedes Wort. Astrid nahm mich bei der Hand: Nun zier dich nicht! Die Eintrittskarten geknipst, die Mäntel abgelegt – meinen behielt ich über dem Arm, ich bezweifelte, daß es in der Halle warm genug war. Und allmählich orientierten wir uns: Frauen, nur Frauen. Wenige junge, wenige ohne Anstrengung schön. Der durchdringende Geruch von Cocktails, an den Ständen Limonenberge: Caipirinha war der Drink der Saison in Glückstadt. Und Jungen. Kellnernde Jungen mit Smokinghosen und strengen Frackschleifen um die dünnen Hälse – und sonst nichts. Der Veranstalter ließ Barkeeper und Kellner mit bloßem Oberkörper bedienen. Die Stimmung stieg; Astrid tippte auf eine nackte Schulter: He, boy…

Wir tranken Caipis, wie Astrid es nannte. Die Hände klebten davon, der Alkohol stieg zu Kopf, die Lippen knusperten vom Zuckerrand. Noch einen. In der Halle begann das Programm: »Weine nicht, wenn der Regen fällt, damm-damm, damm-damm...« Nun war ich an der Reihe. Ich tippte auf eine picklige Schulter, doch die rannte weiter: Streß, Streß. Viele hier noch mit Aknenarben im Gesicht, hastig überschminkt. Noch mal! Ein schöner Rücken wandte sich um. Ich erstarrte:

»Du?!? Hier?!?« Es war Boje. Boje, unser Praktikant. Er sah mich mit seinem Bojegrinsen an.

»Hätte ich das geahnt«, sagte er, »hätte ich mir doch glatt ein frisches Hemd angezogen. Guten Abend, Sabine.«

»Wer ist das?« fragte Astrid. »Sieht echt lecker aus, der Typ. Nun lauf doch nicht gleich weg!«

Santa Maria, Marleen – die Vorgruppen ließen nichts aus. Frauen schunkelten. Frauen forderten Frauen zum Tanzen auf. Frauen übten Mambo und Foxtrott. Eine Bühne war ins Parkett gebaut wie ein Catwalk. Und auf dem fand jetzt eine Invasion statt. Vier, sechs, zwölf junge Tänzer stampften zu Discorhythmen herein wie Eroberer, es hätte mich nicht gewundert, wenn sie Gewehre getragen hätten. So laut war die Musik, daß der Applaus unterging.

»Klasse, die Tempting Ten!« sagte Astrid, schon etwas mühsam.

»Wieso ten«, fragte ich, »es sind doch zwölf?«

Aber das zählte nicht. Was zählte, waren die Jungen. Die zum Teil schon recht alten Jungen. Die mit den gestrafften Gesichtern, die mit dem zusammengerafften Lächeln, die mit den gemarterten Bäuchen, die auf und ab marschierten und uns ihre entblößten Oberarme zeigten. Ja, ja, ja! Der Jubel wuchs, als der erste das T-Shirt über den Kopf streifte.

»Die sind immer noch spitze in ihrer Klasse«, schrie mir Astrid ins Ohr. »Nicht mehr so gut wie früher, aber immerhin! Achte mal auf den dritten von rechts. Den mit der Ballonmütze, der noch die Lederjacke trägt.«

»Was für eine Klasse, Astrid?« brüllte ich zurück.

»Na ja, Stripper, es sind Stripper! Wie die California Dream

Boys und die Hot Chilis. Weswegen bist du denn hier? Nun erzähl mir nicht, wegen der Musik!«

Ich dachte an die Dateien zu Hause. Ich dachte, daß ich es nicht schaffen würde. Nie. Nie würde ich zurückfinden. Astrid wies mit dem Finger auf ihren Favoriten, einen gut gebauten Mann, der mit seinem Becken so etwas wie einen verführerischen Hüftschwung versuchte. Astrid kannte sich aus. Tatsächlich richtete sich nun ein Scheinwerfer auf den Mann, während sich die anderen zurückzogen. Der gut Gebaute öffnete den Reißverschluß seiner Lederjacke, ließ eine Seite über die Schulter gleiten – die Schulter war nackt. Gejohle. Schon flog die Jacke ins Publikum. Die Hose hatte einen Latz, den der gut Gebaute minutenlang aufschnürte, wobei er die langen Schnüre durch den Mund zog, ich weiß nicht, warum. Daß ihn Musik begleitete, hatte er augenscheinlich vergessen. Nun stand er da, halb nackt, ein durchtrainierter Typ, der seine Arbeit verrichtete, zufällig war das Strippen, zufällig waren da Hunderte von schreienden, kreischenden, trinkenden Frauen. Er lächelte nicht. Er schaute ins Publikum, die Daumen in den Bund der Lederhose gehakt und schaute. Und schaute noch immer. Und dann, plötzlich, verbeugte er sich mit einem genau kalkulierten Schwung, wobei ihm die Mütze vom Kopf fiel – und ein Schwall langer, blonder Haare ergoß sich. Die Frauen stöhnten wie eine.

Gib zu, der hat was! rief Astrid, während sie heftig applaudierte. Der Rest war das Übliche, wie Astrid es nannte: Tänzer, die mühsam ihre Körperfülle zusammenhielten und jeden Sprung mit einem lauten Schrei begleiteten. Broilerbraune Muskelmänner, die sich zu den Frauen vorn am Catwalk vorbeugten und ihre zum Platzen gefüllten Muskeln befühlen ließen. Männer, die fremden Frauen mit der Zunge ins Ohr fuhren und Männer, die junge Zuschauerinnen herauf winkten, um mit ihnen unter Leintüchern heftige Stöße zu simulieren. Frauen, die erröteten, Frauen, die mitmachten. Ein

Mädchen, dessen Weinen im Applaus unterging. Eine bejahrte Brünette, die sich die Bluse aufriß und eine Mutter, die ihre Töchter animierte: Nun los, geht ran, so eine Gelegenheit kommt nicht so schnell wieder! Heute haben wir Spaß!

In den Hallendunst mischte sich der Rauch von Mentholzigaretten mit dem Dunst pudrigen Parfums. Die Halle hatte sich inzwischen gefüllt, denn der main act wurde erwartet, eine Band aus Berlin... Ich schaute mich um. Da hinten stand Boje und grinste. Boje sah mich an.

»Laß das doch einfach«, sagte Boje. »Du brauchst das doch gar nicht.« Mehr sagte Boje nicht. Bei mir zu Hause half er mir aus dem Mantel. Er führte mich an der Hand in mein Schlafzimmer, als wäre es seins. Er machte das Licht wieder an, nachdem ich es gelöscht hatte. Und wieder an, als ich es wieder löschte. Er setzte mich auf mein Bett. Er bedeutete mir zu warten, und ich wartete. Er zog sich aus, er war endlich ganz nackt, legte sich auf den Rücken, schaute mich an und breitete die Arme aus.

»Du siehst so schön aus«, sagte ich, weil es stimmte.

»Na dann«, sagte Boje »bedien dich.«

Am nächsten Morgen rufe ich in Uhlens Büro an und sage: Ich komme nicht. Ich kann nicht. Wir werden den Boten schon vollkriegen, sagt die Sekretärin. Kein Problem, sagt sie, wirklich nicht.

Boje will keinen Kaffee.

## 24. Johannes Grundig

C: \ Eigene Dateien \ Das Dreamteam \ XXVI

*Warum mußt du eigentlich immer so dick auftragen?*

Christenmännlein, du sprichst in Rätseln!

*Du redest wie ein Wasserfall, monatelang, Johannes. Du hältst mit deinen Fragen und Forderungen alle in Atem. Dann beschließt du, daß Reden für dich zu anstrengend wird und daß du lieber schweigst und schreibst. Auch das machen wir mit, wir gewöhnen uns an einen meistens schweigenden, aber genau so fordernden Johannes. Die Betreuung wird noch zeitaufwendiger. Wir machen das mit – also besser gesagt: Ich mache das mit. Ich schreibe mit dir, ich schweige mit dir, ich lasse mich von deinen Opern beschallen und höre mir deine Frauengeschichten an. Aber du bist immer ungeduldiger geworden. Es wird immer schwieriger, überhaupt mit dir zu reden. Und jetzt ist es so, als wolltest du gar nicht mehr. Du stellst die Kommunikation ein, sagt Frau Friedrichsen. Nur Schweigen und Spannung.*

Da höre ich echte Emotion, alter Freund!

*Meinst du, es wird besser, wenn du den ganzen Tag deine Opern hörst bis zum Anschlag? Außerdem stinkt's hier. Wann ist Esmeraldas Käfig zuletzt saubergemacht worden?*

Es geht mir schlechter. Das weißt du.

*Aber es ist dir schon oft schlechter gegangen, Johannes.*

Was willst du damit sagen?

*Du hast dich immer wieder aufgerappelt.*

Es ist anders, Stephan. Diesmal ist es anders. Ich werde weniger.

*Wie meinst du das?*

Ich nehme ab, Christenmännlein, im Sinne von: Ich vermindere mich. Ich verschwinde. Ich werde reduziert. Ich werde mir zum täglichen Verlust. Kein Umfang mehr, kein Gewicht. Ich spüre, wie ich täglich flacher werde.

*Flacher?*

Ja. Kein Körper mehr. Ich komme immer weniger an gegen die Luft. Ich habe der Welt nichts mehr entgegenzusetzen. Ich komme immer weniger an gegen die Schwerkraft. Das Gewicht der Welt preßt mich auf die Matratze. Hast du mal daran gedacht, daß ich morgens immer auf dieselbe Art aufwache? Wach auf! Augen auf, Lider schwer, Mund trocken. Ein Wenden des Kopfes. Ein Tasten nach der Klingel. Hallo, Kanowski, Sie Arsch! Wer will so den Tag beginnen? Ich kann mich nicht noch einmal auf die andere Seite drehen, ich kann nicht aufspringen, um einen bösen Traum abzuschütteln – meine Morgen sind immer gleich, obwohl kein Morgen wie der andere ist. Jeder Morgen ist also falsch.

*Kriegst du schlecht Luft?*

Zwanzig Prozent noch, höchstens. Atemkapazität kontinuierlich abnehmend, stellen sie im Muskelzentrum fest und erklären schon mal die Handhabung der Masken. Lauter fremde Hilfen. Sonst können sie nicht viel für mich tun. Es ist eine Beschäftigungstherapie, mehr nicht.

*Ich dachte, die Therapie tut dir gut.*

Den Ärzten hilft es. Sie haben das Gefühl, etwas tun zu können. Duchennepatienten sind eine Belastung, gerade für fähige Mediziner. Sie können ihren Beruf nicht ausüben, sie können nicht heilen. Das führen wir ihnen ständig vor Augen. Übrigens ist die Formulierung präzise, denn wir verurteilen sie ja zum Zusehen. Menschen, die über einen langen Zeitraum unheilbar krank sind, machen ihre Helfer zu Voyeuren: Kommt her, schaut zu, wie ich verrecke. Und führt genau Buch, dann habt ihr etwas in der Hand. Das ist unerträglich, für alle. Was schaust du so genervt?

*Ach, ich weiß nicht. Kann sein, daß ich es heute nicht so gut ertrage. Immerhin redest, also schreibst du wieder mit mir.*

Was erträgst du nicht, Christenmännlein?

*Die Themen. Deine Themen. Es geht immer nur um Tod und Sterben.*

Aber das hab ich dir doch schon mal gesagt: Es gibt keine anderen Themen: Nur Tod und Sterben und Sex. Das eine könnt ihr nicht hören, das andere wollt ihr uns nicht zugestehen. Da bliebe nicht viel, Christenmännlein, wenn wir uns nach euch richteten!

*Und dann immer diese großen Worte.*

Was heißt das?

*Immer gleich Verschwinden und Auflösen und Männlichkeit und Liebe.*

Das stimmt; gibt das einen Abzug in der B-Note?

*Mann, du nimmst mich nicht ernst!*

Stimmt ebenfalls: Weil du dich benimmst wie ein Kleinkind: Bäh, den Brei mag ich nicht, bäh, den Brei ess ich nicht. Nur, weil du ihn nicht kennst, den Brei, den Wörterbrei, meinen kläglichen Versuch, mich zu äußern.

*Aber warum muß denn immer alles gleich so absolut sein?*

Warte mal, Christenmännlein, warte mal. Ich könnte dir jetzt wieder mit deinem Christus kommen und seiner Aufforderung, eine klare Rede zu führen: »Eure Rede sei ja, ja! Nein nein! Was darüber hinausgeht, ist vom Bösen.« Heißt es nicht so? Ich könnte mit deiner Unempfindlichkeit argumentieren und behaupten, daß ich dick auftragen muß, wie du sagst, um dich überhaupt zu erreichen. Wir Behinderten müssen laut sein, um euch da oben zu erreichen. Ja, wir sind unten, ihr oben. Wir sind auf Kinderwagen- und Dalmatinerniveau, niemand kennt die verschiedenen Autoabgase besser als wir und die Unterfünfjährigen. Von euch zu uns gibt es ein Gefälle, gegen das brüllen wir an. Ihr seid die Prinzessinnen im Turm, und wir stehen am Fuß des Turms und brüllen hinauf: He, ihr da, wir wollen, daß ihr uns hört, wir wollen da rein! Und ihr schaut ungerührt von der Höhe eurer Gesundheit auf uns herab und denkt: Was machen die da unten wieder für einen Radau. Und dann kippt ihr, wenn es euch zu bunt wird, eure Nachttöpfe über uns aus. Oder ihr leert die unseren, was dasselbe ist.

Hast du schon mal daran gedacht, wie gern ich gelegentlich auf den Tisch hauen würde? Mit der Faust. Ich würde gern meine schönen Worte durch entsprechende Gesten unterstreichen. Ich würde gern so reden, wie Flórez singt: Die ganze Welt sollte Platz haben in meinen Sätzen, ich würde den Worten mit den Händen Luft zufächeln, ich unterstriche die Melodie eines Satzes mit einer Wellenbewegung des Arms. Wenn ein Satz zu Ende ginge, kämen auch meine Arme zur Ruhe, senkten sich im richtigen Rhythmus die Finger. Das kannst du alles vergessen. Selbst meine Wörter sind eingesperrt in diesem zunehmend unbeweglichen Körper. Die Wörter fallen mir aus dem Hals. Keine Geste fängt sie auf. Und deshalb staffiere ich sie aus.

*Die anderen sagen, du spinnst.*

Mag was dran sein. Ein schöner Ausdruck übrigens, spinnen. Ich habe nichts dagegen, mit Esmeralda in Verbindung gebracht zu werden. Obgleich ich ihr nie ferner war als jetzt.

*Wir mußten sie einsperren, Johannes. Wir können nicht eine ostafrikanische Seidenspinne frei in einem Pflegeheim herumwandern lassen. Aber im Käfig ist sie dir doch eigentlich näher. Wir könnten den Käfig so hinstellen, daß du ihn direkt neben deinem Schreibtisch hast, dann kannst du sie besser beobachten.*

Darum geht es nicht.

*Aber du sagst, du bist ihr fern.*

Ich sage: Ich war ihr nie ferner als jetzt. Ich beobachte sie.

Ich sehe, wie sie arbeitet und webt. Und wie wenig das mit meiner Existenz zu tun hat. Du hast recht. Ich trage zu dick auf. Zu viel Vehemenz. Zu viel Eindeutigkeit. Zu viel Hilfeschrei und Halleluja. Meilenweit weg von Spinnensouveränität.

*Was soll das sein – Spinnensouveränität?*

Spinnen akzeptieren nur Lebendfutter. Sie akzeptieren keine Kadaver. Und ich: produziere Wortmüll, Wörteraas. Ich bin angefüllt mit Müll, das ist es. Du hast recht, Stephan. Es taugt nichts.

*Nein, nein, du täuschst dich. Leider muß ich jetzt los. Erklär's mir später. Brauchst du noch was?*

Diese perfekte Ökonomie der Mittel. Das sind Spinnen. Man könnte auch sagen: erwachsene Tiere. Die Säuger, das sind die Babys unter den Gattungen: Immer bedürftig. Immer auf der Suche nach Mutterzitzen. Spinnenjunge werden versorgt, unter optimalen Bedingungen, und das reicht. Spinnenmütter gehorchen ihrem Instinkt, weiter nichts. Sie reden nicht von Dankbarkeit und Liebe – sie kennen nur Ei und Kokon, und das genügt.

*Willst du damit etwa sagen, daß du dir die Fürsorge so wünschst?*

Das geht nicht, ich bin ein Mensch, Stephan, wenn auch ein gekrümmter, ein japsender, einer, dem die Zeit davonläuft. Aber ich beneide Cteniza und Argyrodes um die kalte Perfektion ihrer Brutfürsorge. Sie ersparen sich so viele Komplikationen.

*Wie kommt es, daß du gerade jetzt über Mütter nachdenkst?*

Ich habe über Finian nachgedacht, vielleicht liegt es daran.

An Anfang und Ende sind immer die Mütter. Aber lassen wir das, es ist nicht nur das, was mich an Spinnen fasziniert, es ist auch ihre elegante Mäßigung. Und mich deprimiert, daß ich das niemals erreichen werde. Erinnerst du dich an Corvey, an diesen phantastischen Bau? Ja, das Kloster an der Weser.

Das ist dieselbe Geschichte der Ausgeglichenheit, in Stein gehauen. Und ich weiß, ich werde das niemals erreichen. Geschweige denn die Entspannung des völligen Gleichmuts. Das Lachen des Satten. Das Abwinken des Überdrusses. Das Leben läuft mir davon, und ich werde es nicht einholen. Von Finian erzähle ich dir später.

*Gut, bis dann.*

## 25. Sabine Harms

Im Stadtarchiv, um nicht reisen zu müssen. Ich will nicht nach Goslar. Ich will lesen. Ich werde ohne weiteres fündig. Das Stift Neuwerk hat eine blutige Geschichte. Erste Legende: Im Turm werden die neugeborenen Kinder der Nonnen nach unten geworfen. Zweite Legende: Vor dem 30jährigen Krieg schicken sich die Braunschweiger an, Goslar zu erobern. Die Priorin des Klosters verliebt sich in den feindlichen Feldherrn. Sie schließt also ihm und seinen Soldaten die Pforte auf. Durch das hereinströmende Heer wird sie jedoch zu Tode getrampelt.

Blutig sind die Darstellungen in der Kirche, das erkennt man selbst in der alten Festschrift über Goslar, die ich ausleihe und die nach Keller und Vergangenheit riecht. Mehrere Kreuzigungsszenen heben das Durchbohren der Seite besonders hervor. Der Christus auf dem großen Kruzifix vor dem Ostchor ist aus Lindenholz, übermannshoch, und er trägt echtes Haar. Irgend jemand wurde skalpiert im Namen der Glaubwürdigkeit. Ich muß an die Kojoten denken, die Indianer zur Warnung an die Zäune der Weißen hängten: Vorsicht, das ist unser Land – keinen Schritt weiter! Und auch der Christus hier ist eine Warnung: Hinter dem Indianerchristus beginnt das Reich der Maria, ein grausames Reich offensichtlich, in das die Frohe Botschaft nie vorgedrungen ist, denn zwischen den Fenstern der Hauptapsis sind vier Szenen aus der Bibel dargestellt, die an Rohheit schwer zu überbieten sind: Abraham opfert Isaak, Nephta tötet seine Tochter, Judith zeigt sich mit dem Haupt des Holofernes. Und was ist mit Jakob, der von der Himmelsleiter träumte? Er blieb, so steht es in der Bibel, hüftlahm zurück nach seinem Kampf mit dem Engel. Glück gehabt, denke ich, nur hüftlahm. Solche Krankheiten wie DMD kommen in der Bibel nicht vor. So viel Zeit läßt sich die biblische Geschichte nicht, daß sie bei einem wie Johannes innehielte. Johannes hat die anderen Bilder nicht wahrgenommen, er hat nur seine Maria gesehen. Aber die anderen Bilder geben ihm recht.

Ich hatte Schwierigkeiten. Ich hatte Mühe, mich fortzubewegen. Ich weiß nicht, was sie im Heim dachten, als ich den Rollstuhl abholte. Da haben Sie aber Glück gehabt, sagte Frau Friedrichsen. Wir hatten überlegt, ihn in Zahlung zu geben. War ja nichts dran.

Sie verkniff sich die Frage, was ich damit wollte. Ganz genau wußte ich es selbst nicht. Im Heim wartete ich auf die Männer, die den Rollstuhl abtransportieren und zu mir nach Hause bringen sollten. Es war noch viel zu früh. Ich wanderte in Johannes' Zimmer auf und ab, mir war kalt. Maika war nicht da. Ich warf einen Blick auf die Poster. Die Namen sagten mir inzwischen etwas: Juan Diego Flórez, der junge Tenor mit seinen verwickelten Rossini-Arien. Vesselina Kasarova, Cecilia Bartoli und der Baß John Relyea, der mich bei der Aufnahme der Stabat Mater angefahren hatte wie ein Gewitter. Die Rollstühle standen im Zimmer wie Leute, die zu einer Party aufbrechen wollen, aber in der Tür innehalten. Sie hatten sich weiße Capes umgeworfen, die Leintücher wölbten sich. Ich zog das Leinen zur Seite. Der Aufrichterrollstuhl war das größte Gefährt, mit einer Hydraulik versehen, um dem Kranken eine stehende und auch eine liegende Position zu ermöglichen. Mit vier massiven Rädern, vorne dick aufgeblasene, hinten etwas kleinere, festere. Ein vierbeiniges Monstrum. Ich setzte mich in den Stuhl, das schwarze Lederpolster gab nach. Er war eng, und die Sitzfläche war für mich entschieden zu kurz. Ich stieß mir die Beine an den Fußleisten. Die konnte man wegklappen. Auch die Stützen für die Waden. Ich holte den Haltebügel zur Mitte hinüber, jetzt konnte man nicht mehr nach vorn kippen. Der Bügel war mit grauem Polsterstoff bezogen, die Mitte wies deutliche Abnutzungsspuren auf, Abgewetztes, Abgegriffenes. Ich fuhr mit dem Finger darüber. Der Finger zuckte zurück. Was tat ich hier? Linke Armlehne. Rechte. Eine Menge Hebel und Knöpfe. Im Zentrum ein Joystick mit Pfeilen nach links, rechts, oben, unten, eine Stop-Taste wie bei der Stereoanlage, ein Warndreieck, Licht, Hupe, mode. Ein paar Schalter, die die Sitzposition veränderten. Und On, Off. Ich drückte auf On. Kleine Lichter flackerten auf, erst rot, dann gelb. Ich sah, daß ein Kabel vom Rollstuhl zur Steckdose führte. Irgend jemand hatte das Gerät vorsorglich geladen. Ich bewegte den Joystick sehr vorsichtig nach vorn – er ruckte los. Stop. Wir standen. Noch einmal: Go. Stop. Jetzt vorsichtiger. Gut. Go. Abbremsen, indem man den Joystick zu sich hin zog, ganz einfach eigentlich. Und eine kleine Linksdrehung. Und zurück. Stop. Puh! Ich ruhte mich aus, ließ mich gegen die Rückenlehne sinken. Da fiel mein Kopf nach hinten, ich sah nur noch die Decke. Nur noch die Decke. Es durchfuhr mich heiß, es brannte. Ein Gedanke wie ein glühender Funke. Natürlich! Nur noch die Decke! Johannes hatte sich für Deckengemälde begeistert, weil das seiner Blickrichtung entsprach. Ich weiß nicht, wann seine Nackenmuskulatur so schwach wurde, daß sein Kopf immerzu nach hinten kippte, aber damals muß er dieses Spiel begonnen haben. Vielleicht zunächst aus Langeweile, wie viele gute Spiele. Und plötzlich musste ich weinen.

Immer hatte ich es als beruhigend betrachtet, daß alle Emotion letztlich auf simple Wahrnehmung zurückzuführen ist. Siehst du das, empfindest du das, siehst du jenes, ergeht es dir so. Fasziniert hatte ich die Neurowissenschaften verfolgt, soweit sie einem Laien zugänglich sind. Vor Jahren war ich Uli und Hilke auf die Schliche gekommen, weil der Beifahrersitz im Van permanent nach hinten geschoben war. Erst fiel es mir nur auf. Dann sah ich Hilkes lange Beine. Eben hatte ich genau so einen analogen Schluß gezogen. Und wieder veränderte sich etwas in mir, das spürte ich. Die damalige Entdeckung hatte das Ende unserer Beziehung besiegelt. Und die heutige? Ich wußte, was gerade in meinem Körper vor sich ging: Die neuen Informationen veränderten das neuronale Netz, sie veränderten die Karte meiner Erfahrungen im Kopf. Ich sah mit Johannes' Augen, würden manche sagen. Ich sage: Meine Karte im Kopf wurde nun von Johannes mitgeschrieben. Und ich konnte nichts dagegen tun. Wer würde ich sein, wenn das hier vorbei war? Hatte ich denn eine Wahl? Ich starrte an die Decke: Gemaserte, schmutzig weiße Paneele. Nicht genutzte Anschlüsse für Deckenlampen. Einige Risse. Eine Energiesparlampe, die bläuliches Licht abgab. Das war alles. So hatte Johannes die Decken gefunden. Ich fuhr mir über die Stirn. Sie war schweißnaß. Ich wischte mir die Tränen ab. Was würde aus mir, wenn dieser Prozeß zu Ende wäre? Würde er je zu Ende sein?

»Guten Tag, Frau Harms…«

In der Tür stand dieser alterslose Pfleger, der vor meinen Augen verhaftet worden war, Stephan R. Warum schrie ich nicht? Warum ergriffen mich nicht Panik und Zorn? Warum ging ich nicht auf ihn los und malträtierte ihn mit Fäusten und Zähnen? Zu der Erschöpfung kam jetzt eine Schlaffheit, eine Wehrlosigkeit, die sich mit Übelkeit paarte. Wer war ich denn? Ich klappte den Haltebügel zurück, er fiel als steifer Ausleger zur Seite wie ein dürrer, toter Arm.

Er wolle mit mir reden, sagte er. Man habe ihm gesagt, daß ich hier sei. Ich dachte: Wenn Frau Friedrichsen nicht gleich die Polizei geholt hat, wird sie ihre Gründe haben. Allmählich spürte ich, wie die Kälte zurückkehrte. Und mit der Kälte die Wachsamkeit.

»Sie haben mich freigelassen. Ich stehe nicht mehr unter akutem Tatverdacht«, sagte er. »Ich arbeite auch wieder, erst mal. Aber ich glaube, sie werden mich beurlauben.«

Es war seine Idee. Es war Stephan R.s Idee, zusammen zum Fluß zu gehen – das heißt: er ging, und ich fuhr. Ich fuhr im Rollstuhl. Ich bestand darauf. Stephan R. versuchte, mich davon abzubringen. Was ist, wenn was passiert? Aber er gab rasch nach. Ich wollte mich bewegen, wie Johannes es getan hatte. Es war der logische nächste Schritt. Ich hatte mit Johannes' Augen gesehen, jetzt würde ich auf seine Art aufbrechen. Ich sah auf die Uhr: Wir hatten Zeit.

»Ich habe Johannes nicht umgebracht«, sagte Stephan R. plötzlich. »Das müssen Sie mir glauben. Ich habe ihm nur geholfen. Ich wollte helfen.«

Helfen, eine seltsame Wortwahl. Das Wort steht vor mir mit starr aufgerichteten Typen wie aus einem übergroßen Antiqua Schriftkasten genommen. Hüfthoch und scharfkantig stehen die Lettern um mich herum. Helfen. H. Ich stelle den Fuß in die Signatur, ich lege die Hände auf den Kopf der Drucktype, ich betrachte das Schriftbild. Ich fahre mit den Fingerspitzen seitlich am Konus hinab. Ich beiße mir die Zähne aus an der Schriftlinie. Ich lasse los. Ich richte mich auf und stehe mit Stephan R. am Weserufer und friere. Helfen. Wem war hier zu helfen? War Johannes zu helfen gewesen? Nach allem, was ich bisher aus den Dateien des »Dreamteams« gelesen hatte, bezweifelte ich es. Aber schmälerte das Stephan R.s Verantwortung? Und hatte Johannes Hilfe gesucht? Wie hilft man einem jungen Mann, dessen Muskeldystrophie das Leben zusammenstaucht auf zwei bis zweieinhalb Dekaden? Läßt sich Leben zusammenschieben wie ein Zug, der auf ein festes Hindernis fährt? Bedeutet das nicht zwangsläufig eine Katastrophe? Geholfen, sagt er, habe er ihm. Geholfen – wobei? Geholfen, sich selbst umzubringen? Ist es das, was er mir sagen will? Mord? Tötung auf Verlangen? Oder doch Totschlag? Die juristischen Begriffe schwirrten mir durch den Kopf, aber trotz ihrer Präzision sagten sie mir nichts. Ich kam mit den Begriffen nicht weiter.

Wir waren tatsächlich unbemerkt aus dem Heim gelangt. Stephan R. hatte den Rollstuhl auf Manual umgestellt, dann ließ er sich, wenn auch mühsam, schieben. Er hatte mich aus dem Zimmer manövriert, den langen Flur entlang, um ein paar Kurven, die Rampe hinab. Türen öffneten, schlossen sich. Weit wären wir auf diese Weise nicht gekommen. Der Rollstuhl war zu schwer. Stephan R. arbeitete hart.

»Ich will allein…« sagte ich, und Stephan R. betätigte einen Schalter. Ich drückte auf On. Lichter flackerten. Ich versuchte ruhig zu atmen.

»Ich weiß einen Hinterausgang«, sagte der Pfleger, »jetzt versuchen Sie's mal.« Und dann war ich, ungeschickt und rumpelnd, den kleinen Pfad hinter Stephan R. hergefahren, fuhr Bögen, zu große Bögen, streifte an dornigen Büschen entlang, durchquerte eine Pfütze, weil ich den Joystick in die falsche Richtung bewegt hatte, hielt, ruckte wieder los, war zu schnell gefahren, war aufgefahren. Habe ich Sie verletzt?, und er rieb sich die Wade und sagte: Nein, nein, alles okay. Diesen Satz verstand ich mühelos, weil er sich dabei zu mir umwandte, sonst verstand ich keineswegs alles, er schien sich erst einmal einzusprechen, wie jemand, der lange Zeit geschwiegen hat, oder er sprach mehr zu sich selbst, weil man sich an das Ungeheuerliche, das zwischen diesen beiden Männern vorgefallen war, nur allmählich herantasten konnte mit Worten. Stephan R. war zudem kein Redner, das merkte man sofort, er hatte eine Aussprache, die seiner diffusen Gesamterscheinung entsprach. Er redete hastig, Endungen, aber auch Wortanfänge verschluckend, fühlte sich offensichtlich unwohl. Er wollte es hinter sich bringen – und jetzt erst recht. Ich kämpfte mit dem Rollstuhl, mit dem Gleichgewicht, widerstand der Versuchung, die Füße auf den Boden zu setzen, weiter, nur weiter. Der Joystick war eindeutig auf jemanden mit sensibleren Händen eingestellt worden als mich. Sobald man ihn nur leicht in eine Richtung bewegte, reagierte er. Ich hupte, ich mußte mir Erleichterung verschaffen, ich hupte noch einmal, was war das für eine unerträgliche Spannung?! Stephan R. fuhr zusammen, wich ins Gras aus. Eigenartig, daß ihm das Rollstuhlfahren so unheimlich war. Hatte er nicht täglichen Umgang mit solchen Hilfsmitteln?

Der Weg hatte sich durch die Weseraue geschlängelt, hatte sanft abwärts geführt, und überraschend schnell waren wir am Fluß. Es war kühles, dunkles Wetter, und Feuchte schlängelte sich aus den Wiesen um die Beine, Feuchte rieselte als erstarrender Nebel von oben. Es war viel kälter, im Rollstuhl zu sitzen, als zu gehen. Ich ließ den Joystick los. Stop. Ich versteckte die Hände zögernd in den Achselhöhlen. Wenn nun jemand von hinten…? Stephan R. putzte sich die Nase, schaute auf den Fluß, über dem der Nebel hing wie Atemluft in der Kälte. Sicher würde bald ein Schiff vorbeikommen. Vom Heim hierher war es nah. Wie viele Schiffe hatte Johannes gesehen?

»Schalten Sie ihn lieber aus«, sagte Stephan R. »Johannes ist mal beinahe in den Fluß gefahren.«

Er sah vielleicht, was ich dachte.

»Ja, wir haben auch angenommen, daß es ein Selbstmordversuch war. Eine Frau hat den Rollstuhl angehalten, Johannes hat behauptet, er wär eingeschlafen. Aber eigentlich kann dann trotzdem nichts passieren, denn mit seinem Gewicht steht der Rollstuhl bombensicher. Solange man den Joystick nicht bewegt. Johannes hat behauptet, er wäre wohl irgendwie dagegengestoßen, aber ich weiß nicht…«

Er betrachtete den Rollstuhl mißtrauisch. Off. Ich atmete auf, setzte mich zurecht. Johannes hatte sich nicht zurechtsetzen können. Er hatte es sich nicht bequem machen können, nicht gemütlich. Entspannen, relaxen, sich hinlümmeln und sich dehnen, sich recken und strecken, sich flegelhaft benehmen und salopp, sich räkeln, sich wiegen und biegen, sich aalen und alle viere von sich strecken, herumlungern, fläzen, sich gehenlassen – lauter Unmöglichkeiten für Johannes Grundig.

Stephan R. beobachtete mich. Er trat von einem Bein aufs andere. Mir fiel jetzt die weiche Cordhose auf in ihrem unentschiedenen Grün, die Jacke, die genau auf den breiten Hüften endete. Er räusperte sich, wollte etwas sagen, ließ es. Ich sah, daß seine Zunge im Mund herumwanderte, als suchte sie dort nach Worten. Die Lippen waren trocken und weißgeädert wie die Spalten einer Apfelsine, die niemand essen mag. Stephan R. hatte nichts Liebenswürdiges an sich, nichts, was für ihn einnahm. Stephan R. als Schrift? Etwas Weiches, dabei aber Uncharakteristisches, leicht zu Verwechselndes. Univers? Zu umstandslos. Es mußte etwas Nachgiebiges sein, dabei blaß und fadenscheinig: Arial Narrow. Stephan R. war für mich Arial Narrow. Was tat ich hier? Ich hielt mich an Schriften fest. Ich saß in einem Rollstuhl am Weserufer und versuchte, den Mann nicht anzustarren, der meinen Sohn auf dem Gewissen hatte, auch wenn er ihn nicht umgebracht hatte. Nein – auf dem Gewissen hatte *ich* ihn.

»Ich bin froh, daß Sie nach wie vor mit mir reden wollen«, sagte der Mann jetzt.

»Wer sagt, daß ich das will?« erwiderte ich. Nur nicht mit diesem Mann einverstanden sein! »Ich will«, fuhr ich fort, »daß Sie mir ein paar Informationen geben. Das sind Sie mir schuldig.« Schuldig! Was redete ich da? Warum machte mich der Mann so wütend? Warum hängte ich ihm alles an? Weil er dazu einlud. Er war der Typ des klassischen Sündenbocks, der sich beleidigen ließ und dann noch bettelte: Schlag mich! Ein guter Mensch. Ich haßte solche guten Menschen. Sie entziehen sich in einem fort. Aber klarkommen mußte ich mit ihm, irgendwie.

»Okay, ich wollte nicht so grob sein«, sagte ich, als er sich abwandte. »Nun reden Sie schon!«

Er schwieg noch immer. Vögel landeten im Gegenlicht als schwarze, scharfkantige Silhouetten auf dem Wasser, stumm.

Endlich ergriff er das Wort. »Bitte, Sie dürfen nicht denken, daß ich Ihren Sohn umgebracht habe!«

»Meinen Sohn? Sie meinen Johannes Grundig! Er hat das Recht auf seinen Namen.«

Schon wieder meine Unerbittlichkeit. Ich sah wieder diese feinen Falten auf seiner Stirn, die feucht glänzten, wie hauchdünne Silberdrähte. Unter seinem linken Auge pochte es. Er senkte den Blick, als er meinen spürte.

»Gut, ich werde Sie nicht mehr unterbrechen«, sagte ich. Stephan R. erzählte. Er schaute mich dabei nicht an.

Johannes war anders als andere Patienten. Er war nicht nur ein schwieriger Patient gewesen, er hatte auch besondere Vorlieben. Die Nutten, die Sexualbegleiterin und – Plastikfolien. Johannes stand auf Gummi. Sozusagen. Und weil Gummi nicht so einfach zu beschaffen war, tat es auch Plastikfolie. Johannes hatte sich darin einwickeln lassen, nackt, und hatte darauf bestanden, so in seinem Zimmer liegengelassen zu werden.

»Und das haben Sie gemacht?« fragte ich doch wieder dazwischen.

Stephan R. zuckte die Achseln. »Ja, das war mein Job. Hätte ich es etwa Maika machen lassen sollen? Sie glauben gar nicht, was wir alles für Johannes gemacht haben. Der hatte eine Überzeugungskraft – ich kann Ihnen nicht sagen, was da passiert ist. Man kam nicht gegen ihn an.«

Er hatte ihn verunsichert. Er hatte ihn betört mit Worten

und neugierig gemacht. Er hatte ihm geschmeichelt und sein Vertrauen gewonnen. Er hatte Stephan R., der längst im Väteralter war, der jedoch immer der tumbe Sohn eines Schrotthändlers bleiben würde, schließlich zum Reden gebracht. Stephan R. hatte ihm sein Innerstes anvertraut, und Johannes Grundig hatte das ausgenutzt. Er hatte allmählich Macht über seinen Pfleger gewonnen. Er hatte ihn manipuliert. Er hatte ihn dazu gebracht, ihm Privilegien im Heim zu verschaffen, ja sogar Alkohol und Frauen. Offensichtlich stand einem Behinderten weder ein Rausch zu noch Sex, jedenfalls sprach Stephan R. die Worte so aus, als enthielten sie etwas Ungeheuerliches, eine Zumutung – für die anderen, für die Gesunden. Auf seine naive Art war dieser Stephan R. ein tief gläubiger Mann, aber Johannes brachte ihn dazu, gegen seinen Glauben zu handeln – er redete Stephan R. ein, sich nur so christlich zu verhalten. Johannes hatte alles auf den Kopf gestellt in Stephan R.s armem Hirn: die Überzeugungen und die Erfahrung, die Hoffnungen und die Angst. Stephan R. hatte gelogen für Johannes und Vorschriften umgangen, er hatte ihm Unterlagen aus der Heimverwaltung besorgt und den alten Rollstuhl so manipuliert, daß er nicht mehr fahrtüchtig war und Johannes endlich den besseren, neuen Aufrichterrollstuhl bekommen konnte. Stephan R., das Christenmännlein, war vor sich selbst zum Lügner und Betrüger geworden, zum Leibsklaven und Besorger von Nutten. Vor mir stand eine Marionette. Nein, sie hing irgendwie in der Luft, von unsichtbaren Fäden gehalten. Denn der Puppenspieler war tot.

»Ich habe ihn dafür nicht gehaßt«, sagte Stephan R. jetzt, »er war lange Zeit sogar mein Freund, jedenfalls dachte ich das. Aber ich verstand ihn nicht. Er machte mich ganz kirre, verstehen Sie?! Man war nie vor ihm sicher. Immerzu hatte er neue Ideen. Ich war ständig beschäftigt. Und wenn ich nicht bei ihm war, grübelte ich. Ich lag nachts wach und dachte: Das kann doch nicht wahr sein, daß er mich jetzt schon wieder so weit gebracht hat, dies und jenes zu tun. In solchen Momenten hätte ich ihn erwürgen können – klar. Aber das sagt man so – ich hätte es nie getan. Ich könnte so etwas nicht tun. Ich könnte keiner Fliege was zuleide tun. Das sagt meine Mutter immer. Ich habe wach gelegen und gebetet, daß mir etwas einfällt, daß Gott mir Geduld schenkt. Damit ich besser zurechtkomme.«

Zurechtkommen – mit wem? Mit Johannes? Mit sich selbst? Mit der Last, gesund zu sein, während der andere unweigerlich stirbt? Mit der Entfremdung von sich selbst, weil man sich dabei beobachtet, wie man fortwährend etwas tut, das man eigentlich aus innerer Überzeugung ablehnt? Ich war hier, um etwas über meinen Sohn zu erfahren, aber Stephan R. sprach von sich. Ich versuchte, das Gespräch auf etwas Konkretes zu lenken.

»Ich kann das verstehen«, sagte ich. »Immerhin hat Johannes Grundig Sie dazu gebracht, bis nach Madagaskar zu reisen. Seine Macht muß schon recht groß gewesen sein.«

»Ja, das war sie«, sagte Stephan R. zustimmend, aber etwas von dem, was ich gesagt hatte, irritierte ihn, etwas machte ihm zu schaffen. Er rang sichtlich mit sich.

»Maika hat mir das erzählt«, sagte ich. »Sie müssen sich nicht schämen. Eigentlich ist es doch toll, wenn man für einen Freund eine so weite Reise unternimmt.«

»Maika!« sagte er, plötzlich aggressiv. »Maika! Die ist genau so drauf reingefallen.«

»Auf Johannes?« fragte ich.

Er ließ sich nicht beirren: »Maika hat mich für blöd gehalten, die auch, diese...« Er versuchte, sich zu beruhigen, wandte sich mir zu, wandte sich wieder ab, um schließlich irgendwo in den Raum hinter mir zu sagen: »Sein Einfluß war groß, das stimmt. Aber er hat mich nicht dazu gebracht, nach Madagaskar zu fahren. Ich war nicht auf Madagaskar. Ich habe ihn betrogen.« Das sagte er fast triumphierend. »Verstehen Sie, ich habe ihn hintergangen. Ich war nie dort!«

Stephan R. hatte schließlich zugestimmt, als Johannes ihm in glühenden Farben die Landschaft seiner frühen Kindheit beschrieben hatte. Gemeinsam hatten sie Atlanten und Reiseführer studiert. Und irgendwie hatte Johannes es fertiggebracht, ihm zu erklären, daß es diese eine, ganz bestimmte Seidenspinne sein mußte, die er als Haustier halten wollte. Er schwärmte von ihren Fertigkeiten, über ein Meter große Netze zu bauen, die so haltbar sein sollten, daß man sie in Ostafrika gelegentlich sogar zum Fischen verwendete! Er malte aus, wie viel interessanter das eintönige Leben für ihn zu werden verspräche, wenn er dieser prächtigen Spinne bei der Jagd zusehen könne, denn Nephila sei ja frei im Zimmer zu halten. Und als Stephan R. einwandte, das gebe sicher ein Riesenproblem im Heim, schließlich war schon Carmencita, die Röhrenspinne, nicht wohlgelitten, obwohl die sich häufig eingrub und dann nicht einmal zu sehen war – da weckte Johannes den Verschwörer in ihm und sagte, ja, das könne schon sein, aber sie würden das gemeinsam durchstehen, denn ein bißchen werde die Spinne ihnen beiden gehören, und die anderen müßten irgendwann akzeptieren, daß sie etwas Besonderes seien, oder, wenn Stephan R. diese Formulierung nicht behage, weil sie seinem christlichen Selbstbild widersprach: Sie beide waren eben anders.

»Ich kann das noch alles beinahe wörtlich«, sagte Stephan R. mit dem Versuch eines Lächelns. »Es dauerte Monate, müssen Sie wissen, und irgendwann war alles Für und Wider besprochen – nicht einmal, mehrmals.«

Denn Johannes hatte sich auf die Wiederholung verlegt. »Ich glaube, er versuchte, mich mürbe zu machen. Es gab kein anderes Thema mehr, nur noch Madagaskar und Nephila.«

Und sie beide, die beiden Verschwörer, die beiden Besonderen. Irgendwann kam Stephan R. die geplante Reise wie ein gemeinsamer Coup vor, etwas wie eine Mutprobe unter Jungen, die sie endgültig zusammenschweißen würde. Und war es nicht so, daß niemand ihm, dem blöden Stephan R., dieses Abenteuer zutraute? Hielt man ihn nicht für passiv, einen Softie, ein Weichei? Sie würden es allen zeigen!

Als Johannes merkte, daß Stephan R. immer noch nicht vollständig überzeugt war, appellierte er an Stephan R.s Glauben. Er sagte, daß er, Johannes, niemanden außer ihm habe. Er selbst könne leider nicht glauben, aber sei es nicht möglich, daß Gott selbst sie beide zusammengeführt habe? War es nicht Stephan R.s Aufgabe, ihm, dem Kranken, beizustehen? Johannes zitierte das Matthäus-Evangelium: »Wenn jemand dich zwingen will, eine Meile mit ihm zu gehen, mit dem gehe zwei.« Gewiß war diese Aufforderung unverschämt, aber fand sie sich nicht inmitten einer Reihe ähnlicher Zumutungen im Anschluß an die Bergpredigt – »Glückselig die Sanftmütigen, denn sie werden das Land erben!« – und war nicht diese Bergpredigt der Kern der christlichen Botschaft?

Johannes appellierte an Stephan R.s frommen Ehrgeiz: »Wenn du mich überzeugen willst, dann sei radikal wie dein Messias. Und wenn du nicht radikal stark sein kannst – dann sei eben radikal schwach. Gib nach um meinetwillen. Tu mir den Gefallen, von dem ich weiß, daß er ein aberwitziger ist, ein Gefallen, für den dich die anderen auslachen werden – und du beweist mir zweierlei: die Liebe zu deinem Gott – und daß du es ernst meinst mit mir!«

»Ich wußte nicht mehr, wo mir der Kopf stand«, sagte Stephan R. »Die vielen Begriffe drehten sich in mir. Ich habe es in der Bibel nachgeschlagen; es stimmte schon, was Johannes sagte. Aber alles in mir wehrte sich. Und dann kam mir ein Wort zu Hilfe, das ließ mich nicht mehr los: Schwäche. Johannes hatte gesagt, daß ich schwach sei. Und er hatte recht. Ich war schwach. Aber er war es auch. Das war es, was wir gemeinsam hatten, und das war es, was ich ihm irgendwann zeigen würde. Ich beschloß: Ich würde nicht nach Madagaskar fahren – natürlich nicht! Niemals! In Wirklichkeit hatte ich es nie vorgehabt, das wurde mir nun klar. Ich hätte nicht einmal gewußt, wie ich das meiner Mutter beibringen sollte. Aber ich würde so tun als ob. Daß die anderen lachten, machte mir nichts. Oder ich war es zumindest gewöhnt. Aber irgendwann, wenn alles vorbei war, würde ich Johannes die Wahrheit sagen. Und dann schauen, wie er damit zurechtkam, wenn ich einmal mehr wußte als er. Wenn ich ihn an der Nase herumgeführt hatte. Der Gedanke machte mir Spaß.«

Sein Gesicht hatte sich gerötet, ich wußte nicht, ob vor Kälte oder vor Scham. Vielleicht lag es auch an der ungewohnten Redeanstrengung. Er putzte sich die Nase mit einem zerrupften Taschentuch, stopfte es zurück in die Hosentasche, schaute auf das Wasser. Da hinten ließen sich ein paar Schwäne treiben. Immer noch war kein Schiff in Sicht. Der Fluß lag abwartend da.

Stephan R. hatte Johannes die Reiseunterlagen gezeigt, er hatte verabredungsgemäß Urlaub genommen, aber, statt zu verreisen, zu Hause, bei der Mutter, ein paar Dinge in Ordnung gebracht, was er sich ohnehin schon länger vorgenommen hatte. Alle zwei Tage ging er ins Sonnenstudio, nicht im Dorf, in dem er mit seiner Mutter lebte, sondern in einen Außenbezirk der Stadt – »da kannte mich keiner, und die hatten auch so ein Zehnerabo, das war günstiger«. Der Mutter war nichts aufgefallen, wie stets, darauf hatte er sich verlassen. »Sie ist einfach nur froh, wenn ich bei ihr bin«, sagte Stephan R.

Und dann hatte er abgewartet und geschwiegen. Und war zum Schein aus Madagaskar zurückgekehrt und hatte sich verspotten lassen, denn natürlich waren auch die Fotos nichts geworden, und keiner hatte sich gewundert über Stephan R.s

Totalversagen, und er hatte nur gewartet auf den günstigsten Moment.

»Ich dachte mir: Der wird sich noch wundern!«

»Der« war Johannes Grundig, mein Sohn. Ich mußte aufpassen, daß ich meinen Zorn nicht zu offen zeigte.

»Lassen Sie uns zurückgehen zum Heim«, forderte ich und stieg aus dem Rollstuhl aus. »Ich habe genug ausprobiert. Können wir das Teil zurückschieben?«

Stephan R. wischte sich die Feuchtigkeit unter der Nase mit dem Handrücken weg. »Ich mach das schon.« Er betätigte wieder den seitlichen Schalter, wendete den Rollstuhl. »Kommen Sie.« Ich stolperte vor ihm her, die Hände in den Jackentaschen, plötzlich benommen von einer Kreislaufschwäche, die wahrscheinlich dem langen, unbewegten Sitzen geschuldet war. Stephan R. plagte sich mit dem Rollstuhl. Mir zitterten die Knie. Sie hatten sich betrogen. Sie hatten sich die ganze Zeit über betrogen. Die beiden Männer, dieses komische Paar, diese unzertrennlichen beiden, hatten nur deshalb unzertrennlich sein können, weil sie sich etwas vorgemacht hatten. Und wer hatte wen durchschaut? Wer hatte wessen Spiel aufgedeckt?

»Mit Ihnen war das ja auch nichts anderes«, sagte Stephan R. jetzt in meinen Rücken hinein. »Ich meine, Sie sind ja keine Sängerin, stimmt's? Er hat uns doch immer so tolle Geschichten erzählt – von seiner Mutter, der Opernsängerin. Und von seinem Vater, der bei der UNO arbeitet. Das war doch auch nicht richtig, oder?« Da war es wieder, dieses Verständnis Heischende, dieses Devote. Ich ging schneller, aber Stephan R. ließ nicht locker. »Ich meine, da fragt man sich doch, warum erfindet der so was? Warum erfindet er sich eine Mutter? Macht Ihnen das nichts aus?«

Ich drehte mich um: »Wahrscheinlich wollte er Sie damit nur wieder zum Narren halten. Ist ihm ja auch hervorragend gelungen!«

Als wir beim Heim ankamen, warteten zwei mürrische Männer vom Transportdienst. »Das kostet aber extra!«

Von Stephan R. verabschiedete ich mich nicht.

# 26. Johannes Grundig

## C:\Eigene Dateien\Das Dreamteam\XXVII

*Du wolltest von Finian erzählen.*

Ich weiß nicht mehr, ob ich's will. Mir kommt es vor, als würde ich ihn vor dir ausziehen. Als wärst du Mediziner, säßest im Hörsaal, und ich würde der Kollegenschaft diesen interessanten Fall vorstellen.

*Hast du das mal erlebt?*

Mehr als einmal. Ich war noch klein. Sie machten mich zu einem Objekt. Sie zogen mich aus. Sie klemmten mich auf einen Glasträger, sie spreizten mir die Beine. Sie schnallten mich fest, sie richteten ein Teleskop auf mich und schauten mich durch ein Zyklopenauge an.

*Nein, Johannes, im Ernst.*

Die medizinische Hochschule. »Ein Duchennepatient. Gendefekt durch Deletion, Mutter ist Konduktorin, beachten Sie bitte die durch die Insuffizienz der Beckengürtelmuskulatur hervorgerufene zunehmende Lendenlordose. Geh doch mal ein paar Schritte, Kleiner! Sie sehen, der Bauch tritt deutlich hervor. Die Patienten können das Becken auf der Seite des nicht belasteten Beines nicht mehr in der Waagerechten halten. Im weiteren Verlauf kann man eine Entwicklung vom sogenannten hip dip – das laterale Abkippen des Beckens – über das Duchennehinken zum positiven Trendelenburgtest beobachten. Ja, fein, Kleiner, wenn du jetzt noch mal hierher kommst? Beachten Sie auch die Konfiguration und Konsistenz der Waden. Dieses Phänomen bezeichnet man als Gnomenwaden. So, Kleiner, und nun mal hier herauf! Schon früh ist außerdem eine Armut der Mimik, als Facies myopathica bezeichnet, zu diagnostizieren. Na, nun zuck nicht gleich zurück, mein Junge, und zeig uns mal, was du für schöne, kleine Hängebäckchen hast!«

*Wenn du noch laufen konntest – wie alt warst du da?*

Sieben oder acht.

*Und dann erinnerst du dich so genau?*

Nein. Ja. Ich weiß Wörter. Ich hörte, was sie redeten, und ich sah das Gesicht meines Vaters. Und ich beschloß, mir möglichst alles zu merken. Gnomenwaden. Hängebäckchen. Duchennehinken. Rollstuhlalter. Ich begriff, daß ich etwas Besonderes war, etwas, das man anschaute. Ich war ein Auserwählter; ich war auserwählt zu hinken. Ich war auserwählt zu sterben. Früher als die anderen, anders als die anderen. Ich trug meinen Kopf hoch erhoben. Ich weigerte mich nicht, wieder und wieder im Hörsaal nackt vor den Studenten zu stehen. Ich ertrug ihr Wohlwollen. Diese Studenten in ihren Jeans und weißen Kitteln, sie schauten mich an mit Blicken wie Zangen, so daß ich die Arme um mich schlang und mir wünschte, ein Vogel zu sein, der seinen Kopf unter einen Flügel steckt und sich schlafend stellt. Aber sie packten mich. Sie packten und beringten mich, wieder und wieder. Einmal versuchte ich, einzuschlafen im Arm des Professors, aber es wollte mir nicht gelingen. Die Blickzangen hielten mich fest und hielten mich gleichzeitig in sicherer Entfernung. Als müßten sie sich schützen. Und ich lernte: Nichts, nichts würde es je geben, um diese Distanz zu überbrücken. Deshalb weiß ich nicht, ob ich dir von Finian erzählen soll.

*Versuch's.*

Sicher. Ich kann's sowieso nicht lassen. Du hast mich wieder zum Reden gebracht, und obwohl ich den Selbstbetrug mittlerweile durchschaue, kann ich nicht davon lassen.

*Mich freut das.*

Sei dir nicht sicher. Irgendwann bin ich weg. Irgendwann liege ich röchelnd auf dem Rücken, und ihr müßt einen Luftröhrenschnitt machen, und dann ist es aus.

*Johannes, das wird nicht passieren.*

Doch, wird es.

*Ich werde nicht zulassen, daß du hier*

verreckst? Stephan!

*Ja. Finian. Finian Meinart, Johannes. Du wolltest von ihm erzählen.*

Ich habe ihn im Muskelzentrum kennengelernt. Ein hübsches, rothaariges Bürschchen. Wie alt waren wir da? Neun oder zehn? Der Beginn des Rollstuhlalters. Aber Finian hielt sich noch ganz gut auf den Beinen. Er übte dauernd mit seinen Schienen, der Schweiß strömte ihm übers Gesicht, aber er blieb sehr aufrecht, zwei, drei Stunden. Die anderen Kinder interessierten mich nicht; sie ließen sich von den Schwestern streicheln und weinten nach ihren Müttern. Ich hingegen kam allein und ging allein. Ein Krankenwagen holte mich zu Hause ab und chauffierte mich wieder dahin zurück. Die Besuche im Muskelzentrum betrachtete ich als einen Ausflug in die Welt, ich betrachtete sie als einen Versuch, allein zu sein, allein zu reisen, allein mit den anderen klarzukommen. Und dann Finian. Ein Energiebündel, der Körper so kompakt wie der eines Boxers. Als wir zwölf waren, fing er an zu rauchen, und ich machte es ihm nach. Fluppen selber drehen, das geht bis zuletzt! sagte Finian. Du mußt dir irgendwas suchen, was geht bis zum Schluß. Das können sie dir nicht wegnehmen. Sie, die anderen. Finian spürte das auch. Er spürte wie ich das Gefälle von den Gesunden zu uns. Aber dann war da noch seine Mutter. Eine hübsche, nervöse Brünette, erst Mitte Dreißig. Wenn sie dabei war, ließ sie Finian keinen Moment aus den Augen. Liebling hier und Liebling da. Finian verdrehte die Augen, aber was sollte er tun? Er war zwölf, aber seine Mutter wischte ihm noch den Hintern ab. Und so würde es bleiben. Er zeigte, daß er sich belästigt fühlte, aber sie übersah es. Mußte es übersehen, damit ihr Alltag weiter funktionierte. Ihr Alltag mit einem Behinderten. Ihr behinderter Alltag. Natürlich war es so, daß sie irgendwann ihren Job aufgeben würde, denn natürlich machte sich Finians Vater irgendwann unsichtbar wie fast alle Väter, die eine solche Last mitzutragen haben. Finian haßte ihn, er haßte seinen Vater, weil er seine Mutter allein ließ, aber ich dachte: Was soll er machen? In dieser verschworenen Gemeinschaft von Mutter und Sohn ist kein Platz für ihn, Väter sind in diesem Elend nicht vorgesehen. Duchennepatienten sind wie Spinnenjungen, die zurückschlüpfen in ihren Kokon. Und die Mütter schleppen sie auf ihrem Rücken, ein Leben lang. Wenn sie vernünftig sind, versuchen sie gelegentlich, die Bürde loszuwerden: Sie hängen den Eikokon in das Netz, das sie gebaut haben. Aber es nützt nichts, die kranken Jungen wachsen, und mit ihnen wächst ihre Bedürftigkeit. Also füttert Eresus niger die Jungen von Mund zu Mund. Sie füttert sie täglich, Tag und Nacht. Sie wäscht, und sie schleppt, und sie fährt, und sie reinigt. Und ihr Junges saugt sie aus, frißt sie auf, Tag für Tag, Stück für Stück. Es ist eine unglaubliche, alltägliche Geschichte.

Daran mußte ich denken, wenn ich Finians vor Anspannung flatternde Mutter sah, und zeigte Finian meine Spinnenbücher. Er war fasziniert. Er selbst durfte keine Haustiere halten. Finny, das schaffe ich nicht auch noch! sagte die Mutter, und Finian verstand. Überhaupt besteht das Verhältnis eines Duchennejungen zu seiner Mutter hauptsächlich aus Verstehen. Selbstverständlich versteht er, sie trägt ihn ja auf dem Rücken. Natürlich sieht er ein, denn was sollte er ohne sie tun? Jede Flucht ist unmöglich. Als wir vierzehn wurden, fingen wir an zu träumen. Ich erzählte Finian von Çansu, die ich seit Jahren nicht mehr gesehen hatte, und malte mir aus, wie ihre schwarzen Haare seitdem gewachsen waren. Ich stellte mir einfach vor, daß sie sie nicht mehr abgeschnitten hatte, seit wir getrennt worden waren, seit ich auf diese andere Schule gekommen war. Finian hatte es mit einer gewissen Noa. Wie die Arche Noah? fragte ich, und da hätte er mich fast geschlagen. Schlagen, ja, das ging damals noch. Wir redeten uns richtiggehend in Rage und sahen den Schwestern und den medizinisch-technischen Assistentinnen im Muskelzentrum nach, wenn sie an uns vorbeihuschten, und suchten mit Blicken nach den Spitzen ihrer Brüste, die sich unter weißen Kitteln abzeichneten, wenn man Glück hatte. Und alle vierzehn Tage, wenn wir uns im Zentrum trafen, fuhren wir Wettrennen über die langen Gänge, und wir schrien dabei, bis die Ärzte aus ihren Behandlungszimmern stürzten, aber auch das minderte die Spannung nicht. Und irgendwann veränderte sich Finian. Seine Mutter war jetzt immer dabei, und sie hielt öfter seine Hand. Er überließ sie ihr. Wenn ich ihn anschaute, wanderte sein Blick zur Seite, und meistens rollte er dann irgendwo anders hin, weg von mir, weg von ihr, dann wieder zurück. Weit kommen Duchennejungen ja nie. Seine Mutter hatte ebenfalls Beschwerden, man sah es, wenn sie ging: ein leises Schwanken, zu den Seiten hin. Siv Meinart war nicht nur Konduktorin, bei ihr zeigten sich einige, allerdings maßvolle Symptome. Beides bestritt sie. Sie sagte, die Schwangerschaft sei schon zu viel für sie gewesen, und dann dieser groß werdende Junge, dieser schwere Brocken. Der Junge mit seiner Muskelschwäche. Niemals benutzte sie den Begriff Duchenne, niemals sagte sie DMD. Komm, Finny! rief sie, wenn sie meine Blicke sah. Immer rief sie ihn, und immer kam er sofort. Ich spürte, wie ich langsam erwachsen wurde und wie mit diesem Erwachsenwerden mein Bedürfnis wuchs, allein zu sein, aber bei Finian verhielt es sich anders: Er suchte immer stärker die Nähe seiner Mutter. Und die wurde blasser und unruhiger und ertrug es bald keinen Augenblick mehr, wenn sie nicht wußte, wo er sich gerade befand. Es dauerte eine Weile, bis wir wieder einmal unter uns waren, und es dauerte noch länger, bis er es mir erzählte. Er wußte nun, wie *es* ging. *Es*. Worüber wir lange gesprochen hatten, was wir in Filmen von Finians großem Bruder gesucht und in Heftchen angeschaut hatten. Wieso wußte Finian es schon, während ich mich vor Hunger verzehrte? Seine Mutter war irgendwann nachmittags gekommen, als er wie üblich nach der Schule eine Stunde im Bett lag, aber sie hatte nicht das Licht angeschaltet und ihm nicht mit einem Ruck wie sonst die Bettdecke weggezogen. Sie hatte sich vielmehr neben ihn gesetzt und die Hand in seine Schlafanzughose geschoben, und dann hatte sie es ihm besorgt. Sie hatte geweint dabei, und sie hatte ihn nicht angesehen. Und dann hatte sie ihre Hand weggezogen und sie ungeschickt an der Jeans abgewischt und gesagt: War es das, was du wolltest, Finny? Und dann hatten sie beide geweint. Geheult, sagte Finian. Aber sie hatte es wieder getan. Und wieder. Und seitdem ging es ihm besser.

Ich war schockiert. Ich konnte ja damals noch nicht wissen, daß es viele Duchennemütter so halten. Den Ärzten ist das egal. Die messen und wiegen und reden von Verbesserung der Befindlichkeit, aber den Steifen in der Pyjamahose am Morgen sehen sie nie. Essen und Trinken und Schlafen und Krankengymnastik und Zeitvertreib, das sind die legitimen Bedürfnisse eines Behinderten, und die Schwester haut Finny auf die Finger, weil sie ihn auf die Augen nicht schlagen darf, wenn er wieder einmal mit Blicken in ihrem Ausschnitt stöbert. Ich hätte es mir denken können. Trotzdem war ich eifersüchtig, denn manchmal überforderte mich meine frühe Selbständigkeit. Seit einem Jahr schon hatte ich mich nun in diesem Heim einquartiert, und mir war klar, daß ich meiner Sehnsucht auf andere Weise beikommen mußte. Aber ich würde es schaffen, und zwar auf meine Art, denn ich wußte, daß Finian sein Problem nur durch ein neues, ein schwerwiegenderes ersetzt hatte. Finian mußte fort. Er mußte fort von seiner Mutter. Das

Junge mußte aus dem Kokon schlüpfen. Es dauerte noch über ein Jahr, dann gab Finians Mutter nach, und er durfte zu mir ins Heim ziehen. Siv Meinart war so verzweifelt, wie man nur sein kann, wenn man eine vertraute Bürde loslassen muß. Wenn sie ihn besuchen kam, war ihr Gesicht angeschwollen, der Ausdruck leer. Sie hinkte stärker als früher. Manchmal dachte ich, daß sie es nicht überleben würde. Vielleicht hatte das Spinnenjunge sie schon zu sehr ausgesogen, vielleicht war nur noch eine Larve übrig. Finian schaute seine Mutter kaum an, wenn sie ihn besuchen kam. Er hatte keine Zeit: Wir entdeckten die Welt.

*Ich wußte gar nicht, daß du Finian schon so lange kennst.*

Du weißt manches nicht.

*Das mit der Mutter… bist du sicher, daß es stimmt?*

Was willst du?

*Ich meine, das geht doch nicht. Das bringt doch alles durcheinander.*

So ist es. DMD bringt alles durcheinander. Ein DMD-Patient ist ein Durcheinanderbringer. Ein Verwirrer und Zerstörer. Je eher man das begreift, um so besser. Wie sehr hat mein Vater versucht, seine Erleichterung zu verbergen, als er mich endlich hier abgesetzt hatte! Und wie gut ich ihn verstehen konnte! Und wie verstört meine Mutter war! Denn wir hatten natürlich in einer genau so symbiotischen Beziehung gelebt wie Siv Meinart und Finian.

*Du hast bewußt entschieden, allein zu leben?*

Ja. Ich war sicher, daß wir nur so alle drei weiterleben könnten. Aber mach nicht so ein tragisches Gesicht – ich habe das nur etwas früher verwirklicht als andere junge Männer. Bei DMD ist alles früher, muß früher sein, die Resignation und die Einsicht, die Gottlosigkeit und der Genuß und die Ironie. Warum also nicht auch das Alleinsein? Es ist bei weitem nicht das schwerste. Es gibt schließlich die Ausbrüche daraus, die Exzesse, den Sex. *Hält sich einer absichtlich in der Einsamkeit, so kann er sich dadurch den Verkehr mit Menschen, selten genossen, zum Leckerbissen machen.* Sagt der Philosoph. Ich weiß nicht, ob er *Verkehr* derart wörtlich meinte, aber ich habe mir den Begriff vom *Leckerbissen*, wie du weißt, zu Herzen genommen.

*Geht das schon wieder los?*

Ja, das tut es.

*Warum immer Sex?*

Was sonst? Was sonst könntest du mir bieten?

*Glauben, Hoffnung – und, ja, auch Liebe.*

Ach, Christenmännlein, bei dir ist wirklich Hopfen und Malz verloren. Ich kann mir Glauben nicht leisten. »Der Glauben ist nicht jedermanns Ding!« Sagt nicht der Philosoph, sagt der Apostel Paulus. Aber mit diesem Indiz meiner Bibelfestigkeit will ich mich gar nicht herausreden. Glauben wäre geradezu gefährlich für einen wie mich, was selbst du begreifen müßtest, wenn du einen Blick in den Hebräerbrief werfen würdest: »Der Glaube ist eine Verwirklichung dessen, was man hofft, ein Festhalten von Dingen, die man nicht sieht.« Die Muskelschwäche meines Typs bedeutet, nichts zu verwirklichen, nichts festzuhalten. Die einzige Möglichkeit, Würde zu erlangen, ist, beizeiten zu lernen, daß du nicht hoffen darfst, du darfst nicht festhalten, du wirst nur ein Meister deiner selbst, indem du das Wichtigste lernst: aufgeben. Leider bin ich noch nicht so weit.

*Aber das widerspricht doch dem Wesen des Menschen.*

Die Muskelschwäche widerspricht ihm auch. Also: kein Glaube, sondern Einsicht, keine Hoffnung, sondern Preisgabe. Keine Liebe, sondern Verläßlichkeit. Leider werde ich nicht alt genug werden, um diesen Exzeß der Erkenntnis genießen zu können. Das ist das einzige, was ich wirklich bedauere.

*Aber du wärst alt genug, um zu lieben, um zu glauben, zu hoffen.*

Dazu bin ich zu alt, Christenmännlein. Wir Duchennemänner sind früh Vergreiste. Die Erwählung läßt uns alt aussehen. Dieser tödliche Scherz eines schraubenförmigen Gens führt dazu, daß wir uns totlachen – über euch, die anderen. Die sollen glauben, hoffen, lieben. Wir leben inzwischen.

*Hast du das auch Finian beigebracht?*

Man muß Finian nichts beibringen. Wir haben nur etwas zusammen unternommen. Ich habe ihm gezeigt, daß es nicht nur Mütter gibt. Wir waren gemeinsam bei den Frauen. Wir waren gemeinsam im Puff.

*Warum nur? Warum machst du so etwas?*

Wir sind nach Hamburg gefahren, da ist alles einfacher, und Stan, der nicht mehr hier arbeitet, hatte uns die Adresse besorgt. Ein anständiger Puff, in einer Wohnung in einem besseren Wohnviertel. Jahrhundertwendebauten, drei, vier Stockwerke hoch, aber Gott sei Dank mit einem Fahrstuhl. Ein Thaimädchen öffnete, da fielen Finian schon die Augen aus dem Kopf. Er hat intensiv auf den Teppich gestarrt, aber da waren sie nicht – er hat sie nicht wiedergefunden. Nun lach doch mal! Ich erzähl dir vom Leben, Christenmännlein! Die anderen Frauen saßen aufgereiht auf einer Bank im Entrée der Wohnung. Sie stöckelten über dicke Teppiche auf uns zu: Zwei ältere Frauen, eine ganz Junge, eine Schlankere, eine mit einem Reitgertenblick – das ganze Personal des Daseins. Sie schauten uns freundlich an, sie wußten von uns. Die, die Probleme mit Rollifahrern hatten, hatten sich schon vorher zurückgezogen. Übrig waren diese fünf: Molly aus Holland und Natascha aus der Ukraine, eine Babs, Lilly und Patty. Die kennst du ja.

*Was? Da hast du Patty kennengelernt?*

Jede Beziehung nimmt einmal ihren Anfang. Siehst du, so lange ist das schon her. Aber damals faszinierte mich Lilly. Ganz schlank, ganz Grazie und eine tiefbraune Haut, die mit einem leicht butterigen Schimmer überzogen war – wie eine sättigende Soße. Da hinein wollte ich tauchen, die hatte ich Lust zu schmecken. Dummerweise hatte Finian dieselbe Idee.

Er zeigte sofort mit dem Finger auf Lilly und sagte: »Du bist schön! Wie heißt du?« Und so geriet ich an Patty. Patty mit ihren fürchterlichen Schnapsvorräten, Patty mit dem verrückten Bäuchlein und dem heiseren Lachen. Patty, die einen schwindlig macht mit ihren gelenkigen Beinen und mit ihren Ideen. Patty, die sagt: »Ich hab mir was ausgedacht, Kleiner! Nun rück mal einen Zehner mehr raus!« Patty, die danach langsam eine Zigarette raucht: »Alter, das hätte ich dir gar nicht zugetraut!«

Finian jedenfalls verschwand sofort mit Lilly in einem der Zimmer, und hinterher trafen wir uns im Café an der Ecke. Finians Augen glänzten, seine roten Haare waren dunkel vor Feuchtigkeit. Wir bestellten noch einen Brandy. »Das war eine gute Idee mit der Schwarzen«, sagte Finian. »Mann, Mann, Mann!« Er schüttelte immer wieder den Kopf. »Und weißt du, was das Beste ist?« Ich konnte es mir denken, aber er redete schon weiter: »Die dunkle Haut. Du siehst genau, wo sie anfängt und wo ich aufhöre.« Seine Haut war an ihre gestoßen und ihre an seine. Arme, Beine, Brust und Brüste. »Das war ich, und das war sie!« Und zusammen waren sie ein großer Haufen Lust. Nein, guck nicht so sehnsüchtig, Christenmännlein, Lilly ist längst nicht mehr da, sonst würde ich dir ihre Nummer geben. Aber Patty, Patty ist noch da, und die hat ein Herz für Männer mit festen Überzeugungen. Wie wär's?

## 27. Sabine Harms

Er ist vor mir hergefahren. Auf dem Fahrrad. Er trug ein erdbeerrotes Sweatshirt, unter dem sich die Rückenmuskeln abzeichneten, wenn er in die Pedale trat. Ich radele mit Boje zur Redaktion. Es ist mir egal, wenn sie uns sehen. Die anderen. Das sind Johannes' Worte. Boje nimmt den Weg am Hafen entlang. Die Gegend sieht scheußlich aus, eine Baustelle seit Jahren, weil sich die Stadtoberen nicht entscheiden können, was sie hier bauen wollen: eine industrielle Anlage oder einen Museumshafen, Arbeit oder Sightseeing, Anpacken oder Anpassen? Boje radelt voraus, gleichmäßig, nicht zu schnell, ich habe keine Mühe, ihm zu folgen. Gerade eben, die schmucke kleine Stadtvilla, das war der Kunstverein. Dort hat kürzlich ein Düsseldorfer Künstler Glasscheiben mit Buttermilch bestrichen und mit Pigmenten. Die Platten wurden auf Scheinwerfer gelegt, die Scheinwerfer eingeschaltet. Es knisterte, es knackte, und dann ein Reißen und Splittern und ein scharfes Zerschellen: Die Tafeln zerplatzten und stürzten zu Boden. Eine Kunstaktion, weiter nichts, ich sah die Glückstädter Träume darin.

Boje dreht sich zu mir um und lacht mir frech ins Gesicht: »Geht's denn, Sabine, mit dem Sattel?« Boje paßt nicht recht zu meiner Existenz in Glückstadt, Boje ist jemand, den ich mir leiste. Boje ist der stolze Liebhaber, der mich erschöpft, er ist der Mann, dem ich die Granatapfelkerne aus dem Nabel sauge, der Kobold, der mir den Kühlschrank ausräumt, wenn ich endlich einschlafe, der Blonde, der im Badezimmer seine Haare neu strähnt. Boje. Boje Magnussen. Vielleicht wäre ich glücklich, wenn ich nicht an einen anderen Radfahrer denken müßte. Immer muß ich an etwas anderes denken. Immer ist etwas anderes schon vorher gewesen. Im Kopf quält mich ein permanentes Hase-und-Igel-Spiel: Ich bin schon da. Kein Tag ohne Kopfschmerzen, kein Tag ohne Gedächtnis. Ich denke an einen anderen Radfahrer. Es ist lange her. Da war Johannes schon bei der zweiten Pflegefamilie gelandet, und ich ahnte, daß auch das nicht lange funktionieren würde: Die Belastung wurde unkalkulierbar. Aber vorläufig ging es gut im neuen Zuhause, ließ mich das Jugendamt wissen. Das Ehepaar hatte keine eigenen Kinder, sie stellten sich vor, daß sie genug Zeit hätten für einen Pflegefall, sie stellten sich vor, daß sie endlich eine Aufgabe hätten. Johannes, das war ihr neues Projekt, und sie widmeten sich ihm mit viel Schwung. Eines Tages kam ein Bild, ein Foto, das die Frau aufgenommen und das das Jugendamt an mich weitergeleitet hatte. Auf der Rückseite des Fotos hatte die fremde Frau ein paar Zeilen geschrieben: »Liebe Frau NN, auch wenn Sie ausdrücklich keinen Kontakt zu Ihrem Jungen haben wollten, könnte ich mir vorstellen, daß Ihnen beiliegendes Foto gefallen wird. Wie Sie sehen, geht es Johannes gut. Wir unternehmen viel. Schöne Grüße, Gitta Mewes.« Das Foto maß neun mal dreizehn Zentimeter, und seine Farben leuchteten. Der Hintergrund war verschwommen, weil das fotografierte Objekt sich schnell bewegt hatte, aber man ahnte doch, daß es sich um ein Weizenfeld handelte, mitten im Sommer, und zwischen dem Korn hatten Blumen gestanden, erkennbar als einzelne rote Flecken. Rot war auch das Sweatshirt, das der kleine Junge trug, der vorn auf einem Tandem saß. Der Junge war schmächtig und ein wenig krumm, aber er hielt sich tapfer auf dem Tandem, auf dessen hinterem Sitz ein Mann offenbar heftig in die Pedale trat. Der Junge hatte einen

Arm erhoben, sein Mund war geöffnet, und es sah aus, als ob er sang oder etwas rief, und es sah aus, als ob er lachte dabei. Der Mann lachte nicht, er war zu beschäftigt mit dem Tandem, und doch herrschte eine Übereinstimmung zwischen ihm und dem Jungen, eine Einheit. Es ging Johannes gut. Ich brachte es nicht fertig, das Foto wegzuwerfen. Kein Kontakt! hatte ich mir gesagt, ein sauberer Schnitt, das ist besser für alle. Alle sollen neu anfangen können, und dafür muß es zuerst aufhören. Es, das Sicherinnern. Aber es hatte nicht aufgehört, es stand nur still. Es war alles stehengeblieben, eingerastet und für immer unbeweglich geworden an dem Tag, an dem ich Johannes fortgegeben hatte.

Wie die anderen Mütter feuchte Augen bekommen, wenn sie ein Kind im Arm tragen! Wie sie sich rühren lassen selbst von fremden Kindern, von erstem zahnlosen Lächeln, von Gegluckse und Gegurre! Mich konnte so etwas nur noch befremden nach diesem Tag des Stillstands. Ich wußte, wo dieses Getue herkam, aber ich verstand es nicht mehr. Es ist ein Reflex. Ich habe mir Johannes' Spinnenbuch angeschaut. Spinnen von der Sorte Pardosa tragen anstelle des Eikokons sogar eine Kugel aus Holundermark mit sich herum, wenn man sie ihnen unterschiebt. Ich trug eben Johannes mit mir herum, und es ist nicht so, daß ich mich nicht erinnerte. Ich kann sogar noch sein Gewicht spüren, wenn ich die Augen schließe. Das Gewicht spürte ich damals schon, mehr nicht. Eine Beklommenheit vielleicht, eine Befremdung. Ich beobachtete, was die anderen Mütter taten und tat es ihnen nach. Und andere Kinder? Sie bewirken bis heute nichts, andere Kinder erreichen mich nicht. Mein Herz wird nicht weich, kein Lächeln macht sich breit, keine Hand hebt sich, um vorsichtig über fremde Kinderköpfe zu streicheln, kein Dudu und kein Bussi-bussi. Es ist nur dieses Foto, das etwas auslöst. Etwas auf diesem Foto hat eine Kerbe hinterlassen auf der Karte meines Gehirns. Ich bin empfindlich geblieben für Fahrräder und habe jahrelang keines besessen. Erst Boje hat mich wieder überredet, Boje in seiner unschuldigen Hartnäckigkeit: »Es ist praktisch, Sabine! Was brauchen wir ein Auto in so einer kleinen Stadt.« Wir. Uns. Er ist so jung, dieser Junge. Und nun ist er wieder da, dieser Schmerz. Überwältigend in seiner Schärfe und Klarheit.

Vor der Redaktion bremst Boje abrupt, fängt mein Fahrrad ab, als ich neben ihm ausrolle und küßt mich auf den Mund: »Schrei doch, hier kann dich jeder hören! Oje, du siehst aus, als wäre dir eine Laus über die Leber gelaufen! Okay, nächste Nacht lasse ich dich mal wieder schlafen – see you!« Und schon ist er vorausgeeilt. Ich will ihn nicht wieder treffen, ich kann nicht.

Ilse schiebt mir eine Agenturmeldung über den Tisch: »Hier, das ist mal was Nettes zur Abwechslung. Der Chef sagt, du sollst mir beim Wochenende helfen. Und mach mal'n bißchen zu, heute abend sind wir wieder bei Astrid und Thies.«

»Sehnsucht nach Wolfgang« lese ich. Aus der knappen Agenturmeldung soll eine richtige Geschichte werden. Was verstehe ich von Sehnsucht, was von Geschichten? Mein Kopf hämmert.

»Das ist nichts für mich, Ilse«, sage ich. »Zu viel Herzschmerz, zu viel alte Liebe und Treue. Davon verstehe ich nichts.«

»Mann, Bine!« sagt Ilse. »Du weißt nicht, wo mir der Kopf steht! Und außerdem kannst du's ruhig ein bißchen ironisch machen. Nur mach was! Ich will heute noch fertig werden.«

Die Agenturmeldung ist schon ein paar Tage alt, aber das stört nicht beim »Wochenende«. Mach was! – das kann ich doch, also telefonieren und fragen und ein bißchen lesen und eins und zwei zusammenzählen. Eine alte Dame aus Steinburg war straffällig geworden. Aus Sehnsucht nach Wolfgang. Wolfgang war ihr Mann, er war vor einem Jahr gestorben, nachdem sie ihn über eine geraume Zeit gepflegt hatte. Jämmerlich eingegangen an Alzheimer. Das durfte ich so allerdings nicht schreiben. Die alte Dame hatte den letzten Wunsch ihres Mannes erfüllt und ihn einäschern lassen, und die sterblichen Überreste wurden auf dem städtischen Urnenfeld beigesetzt. Und dann brach sich die alte Dame auf dem Weg dorthin den Knöchel. Da wurde der tägliche Gang zum Friedhof zur Tortur. Als sie wieder einmal an Wolfgangs Grab stand, sprach sie einer der Friedhofsgärtner an. Jedenfalls glaubte sie, daß es einer der Friedhofsgärtner war. Er könne ihr helfen, sagte der Mann. Die Urne lasse sich ausgraben. Dann könne sie die sterblichen Überreste ihres Mannes mit nach Hause nehmen. Ging das denn? Die alte Dame schob ihre Bedenken, ihr Restwissen über Friedhofsordnungen und Gesetze zur Seite, zu verlockend das Angebot. Sie zahlte dem Mann fast sechshundert Euro bar auf die Hand. Und der Mann versprach, am nächsten Dienstag zu kommen. Sechzehn Uhr, mit der Urne. Natürlich kam der Mann nicht. Nach einigen Stunden vergeblichen Wartens fand die alte Dame zu ihrer Entschlossenheit zurück: Sie rief die Polizei. Die faßte den Mann, der kein Friedhofsgärtner, ja nicht einmal städtischer Angestellter, sondern ein gewöhnlicher Kleinkrimineller war. Immerhin: Die Urne hatte der Mann tatsächlich bei sich im Hause versteckt. Er habe, so sagte er der Polizei, lediglich noch keine Zeit gefunden, sie der alten Dame zu bringen. Gegen die beiden wurde Anzeige erstattet wegen Störung der Totenruhe.

»Strafe muß sein, was?« fragt Ilse, als ich mit dem Artikel fertig bin. »Aber ein bißchen hart finde ich das schon.«

»Diese Sehnsuchtsgeleiteten sind merkwürdige Menschen«, sage ich. »Wie kann eine Frau, die offensichtlich geistig völlig klar ist, derart viele Informationen einfach ausblenden?«

»Manche blenden eben Informationen aus, Schätzchen«, sagt Ilse, »und andere die Emotionen. So ist das Leben.« Sie wendet sich wieder ihren Konzerttips zu. Und dann fahren wir gemeinsam zu Thies.

»Wo hast du eigentlich dieses Wort her – diese Sehnsuchtsgeleiteten? So sprichst du doch sonst nicht?!« fragt Ilse auf dem Weg.

»Es ist nichts weiter«, sage ich. »Ich lese im Moment ziemlich viel.«

Und dann biegt Ilse ab in den Wiebeke-Kruse-Weg, und ich muß lachen, denn Wiebeke Kruse, das ist auch so eine Glückstädter Sehnsuchtsgeschichte, und ich lache, als wir an der Tankstelle abbiegen und lache beim Aldi und lache, als ich den schäbigen Stehimbiß »Piccolo« sehe, wie immer geschlossen und Ilse tippt sich auf die Stirn: »Aber Kindchen, du weinst ja!«

Und dann ist es passiert. Einfach so, ohne Vorwarnung. Ich weine tatsächlich und kann nicht mehr aufhören, und Ilse fährt rechts ran und reicht Taschentücher und starrt geradeaus durch die Windschutzscheibe. Ich schlinge die Arme um den Leib und spüre, wie ich verschwinde, ich löse mich auf, ich sinke zu Boden und werde versickern, und nichts wird mich halten, nicht einmal der Schmerz. Da entdecke ich im Türfach von Ilses Volvo den Eiskratzer und packe zu, und ehe Ilse etwas unternehmen kann, habe ich schon die Sonnenblende heruntergeklappt, schaue einmal hin und hacke zu. Ich schlitze mir – rechts! links! – die Augenbrauen auf, das Blut rinnt, ich will nichts mehr sehen, ich sehe nichts mehr, und Ilse schreit und wirft sich über mich, sie versucht, mir den Eiskratzer wegzunehmen, aber sie wird mich nicht daran hindern zu verschwinden, endlich den Schmerz zu spüren, endlich: Schwärze. Stille.

Beim Arzt wache ich auf, und auf eigene Verantwortung lassen sie mich gehen. Und Ilse zögert und läßt mich zu Hause dann doch allein. »Bist du sicher?« Ich betrachte mich im Spiegel. Die Blutfurchen im Gesicht, die verklebten Haare. Der Turban aus Mull und elastischen Binden um den Kopf. Die wattegepflasterte Stirn. Ein seltsames Einverständnis breitet sich als Wärme in mir aus: Ja, so ist es richtig. Ich schiebe den Verband ein wenig nach oben, schalte den Computer an, schalte den Aufrichterrollstuhl ein, setze mich hinein, manövriere ihn zum Schreibtisch und beginne zu lesen. Wie kann ich leben, wenn du fort bist? Ich lese, weil es das einzige ist, was zu tun bleibt. Die Scheinwerfer tun ihre Arbeit. Die Glasscheiben erwärmen sich. Die Farbpigmente verlaufen. Stinkend trocknet die Buttermilch. Glas ist ein schlechter Wärmeleiter, hat der Düsseldorfer Künstler erklärt: Der Temperaturausgleich findet nicht statt. Die Scheiben werden zerspringen. Ich gehe nicht ans Telefon. Ich öffne nicht die Tür. Ich lese.

## 28. Johannes Grundig

C:\Eigene Dateien\Das Dreamteam\XXX

Das ist Gluck, mein Bester, Christoph Willibald Gluck. Eine Arie aus Il Parnaso Confuso. Gefällt's dir? Nein, ich mache das nicht leiser. Die Musik ist ohnehin so leise und sublim, wie es nur sein kann, und meine Sängerin braucht Raum, braucht Atem. Das ist Cecilia Bartoli, und wenn du jetzt keine Gänsehaut kriegst, Christenmännlein, dann schau dich schon mal nach einem Palmwedel um: Dann bist du nämlich garantiert tot.

*Ich finde die Musik auch schön, Johannes. Aber die anderen haben sich beschwert.*

Was für eine eigenartige Formulierung: beschwert. Womit beschweren sie sich? Mit meiner Musik? Mit der kann man sich nicht beschweren. Mit der kann man nur Leichtigkeit gewinnen. Erinnerst du dich an die Spinne kopfunter am Glas? An ihre Fühlung mit den Wassermolekülen? So ist diese Musik: Sie enthebt dich zwar nicht der Welt, aber sie läßt dich sanft schweben auf der Oberfläche der Dinge. Spinnenmusik. Ein Selbstbetrug vielleicht, aber ein humaner: »Doch ach, nicht das allein, was ich singe und schreibe / Ist Lug und Trug, auch was ich fürchte, erstrebe / Alles ist Lüge, die Zeit im Wahn ich mir vertreibe.« Es ist ein großer Zeitvertreib mit einer ganz kleinen Melodie, und ich will sie so laut hören, wie es geht. Sie macht es mir leichter zu verschwinden.

*Wieso redest du schon wieder vom Verschwinden?*

»Misera, dove son…« Jetzt nimmt sie Fahrt auf, hörst du's? Eigentlich hasse ich Sampler, aber Cecilia Bartoli bringt es fertig, daß du vergißt, wie viele verschiedene Ursprünge diese Arien haben. Das hier ist aus Ezio. Nein, das mußt du nicht kennen, aber du mußt es hören. Und ich muß es atmen, ich atme es ein, ich atme es aus. Cecilia Bartolis Stimme verschafft mir Luft, freilich nicht genug, denn irgend jemand drückt mir gleichzeitig die Kehle zu und die Luft aus dem Leib, das ist eine seltsame Bedrängnis: die Maske auf dem Gesicht drückt mir die Luft in den Brustkorb, aber die Brust will die fremde Luft nicht akzeptieren, sie wehrt sich gegen den Rhythmus, den ihr die Maschine aufzwingt, die Brust hält dagegen, und ich wiederum halte gegen die Brust. Ich zwinge mich, mitzumachen, der Maschine zu folgen, aber diesen Zwang spüre ich andauernd. Die Anstrengung des Lebens ist immer fühlbar. Nichts geht mehr unwillkürlich, alles bedarf der Überwindung, des Bewußtseins und der Apparaturen. Laß mich das vergessen für die Dauer von sieben Arien! Laß mich die Mühen vergessen, die Maschinen – und sogar mich.

*Ich finde die Musik ja auch schön, aber*

Verdammt noch mal, laß mich! Hör auf! Dreh sofort wieder lauter.

*Johannes, was ist los?*

Das war's. Ich spür's.

*Warum bist du so deprimiert? Ist das Beatmungsgerät nicht richtig eingestellt? Du warst doch gerade erst im Medizinischen Zentrum?*

Danke der Nachfrage, Christenmännlein – nein, die medizinische Versorgung ist optimal, mein Freund. Ich kann nicht klagen. Sie vertreiben mir auf hohem Niveau die Zeit.

*Das klingt so… so bitter.*

Tut es das, Christenmännlein? Schau, der Schlauch zum Atemgerät ist doch nur die erste Maßnahme der letzten. Ich bin angehängt, also muß kein überforderter Zivi andauernd nach mir sehen: Lebt der noch? Und zu diesem ersten Schlauch werden bald mehr kommen, irgendwann noch eine Sonde, dann die ständige Überwachung des Herzens, und dann bin ich vollkommen verdrahtet, verkabelt, verzahnt mit der ganzen fürsorglichen Apparatur einer Intensivstation. Dort können sie mich lassen, monatelang, jahrelang, denn der Patient ist »optimal versorgt« – nur leben kann er nicht mehr. Alles ist besser als diese Vorstellung, alles!

*Was willst du damit sagen, Johannes?*

Warum erschreckt ihr euch eigentlich immer so, wenn man vom Freitod redet? Ihr sollt ihn schließlich nicht begehen, ihr sollt ihn lediglich nicht verhindern. Warum widerstrebt euch diese Vorstellung, warum ängstigt sie euch? Vielleicht, weil ihr selbst Lust bekommt auf den großen Absprung? Dabei seid ihr es, die mir keine andere Wahl laßt – schau!

*Was ist das?*

Das ist ein Brief aus Oregon, USA.

*Das sehe ich.*

Es ist die Absage des dortigen medizinischen Zentrums. Ich wollte mich an einem Pilotprojekt beteiligen. Ein intaktes Dystrophingen soll dabei in den Körper eingeschleust werden. Als Fähre sollte auch in Oregon ein Virus dienen, aber nicht wie bei deutschen Tierversuchen üblich ein Adenovirus, sondern ein Herpesvirus. Außerdem arbeiten sie in den USA mit der kleinen CDNA, die ist kürzer als die DNA, und eingeschleust wird dann eine Art Mini- oder Microdystrophin. Es ist verblüffend, wie viel Hohlraum sich auf so einer DNA befindet. Die Abschnitte heißen Exons und Introns, und nur auf den Exons, so scheint es jedenfalls, finden sich Informationen. Man muß an die Exons ran, also extrahiert man die Introns und erhält so eine wesentlich kleinere Einheit, die besser zu manövrieren ist. Das Ganze hat viel mit Schiffahrt zu tun, Christenmännlein, es ist eine ziemlich handwerkliche Sache – und kein Grund, so ein erschrecktes Gesicht zu machen.

*Du weißt so gut Bescheid. Viel besser als ich. Du wolltest an so einem Versuch teilnehmen?*

Sicher, warum nicht! Wenn ich sterbe, stelle ich meinen Körper ohnehin zur Verfügung. Warum dann nicht jetzt, da höre ich vielleicht noch das eine oder andere Danke. Ich bin nicht gefeit gegen das Bedürfnis, nützlich zu sein. Außerdem war es interessant. Plötzlich war ich interessant. Plötzlich war ich nicht mehr Johannes Grundig, den es zu versorgen galt, plötzlich war ich der potentielle Teilnehmer an einer Studie. Ein echter Aufstieg unter Krüppeln.

*Warst du deshalb in letzter Zeit öfter im Muskelzentrum?*

Nicht nur da. Auch in der Humangenetik der MHH, der Medizinischen Hochschule Hannover. Ich habe mich von innen gesehen, Christenmännlein. Ich habe so tief in mich reingeblickt, wie es kein gewöhnlicher Sterblicher kann. Und was habe ich gefunden, Christenmännlein? Eine lächerliche zelluläre Zusammenballung. Das, was mich von dir unterscheidet, das, was mich zu einer unverwechselbaren Persönlichkeit macht, hat in einem Reagenzglas Platz. Johannes Grundig, der Mann in der Tube. Tube, englisch tube, so nennen sie die Glasröhrchen, in der sie die DNA aufbewahren. Viele DNAs, viele lächerliche Unverwechselbarkeiten, Männer und Frauen, Kranke und Gesunde, munter durcheinander auf Tabletts, die wie Eiswürfelbehälter ausschauen. Und mittendrin ich. Ich aus dem Blut. Urmel aus dem Eis, Johannes aus dem Blut.

*Kannst du's ein bißchen klarer sagen? Ich verstehe gar nichts. Und bitte, laß mich die Musik runterdrehen.*

Ich habe mir Blut abzapfen lassen, wieder einmal. Und daraus haben sie in der MHH die DNA isoliert. Das ist eine Arbeit für tüchtige Hausfrauen: Das Blut wird erwärmt und geschleudert, zentrifugiert und abgekühlt und am Ende entsteht eine kleine Wolke, also hochmolekulare DNA, die man in ein Gefäß überführt. Das nennen sie Cup. Und dann wird das bißchen Rest-Ich oder Kern-Ich oder wie immer du es nennen willst, eingeengt, mit Alkohol gereinigt, und schließlich nehmen sie den Alkohol wieder ab. Und dann klebst du da, wie ein Kaugummi für Singvögel, aber federleicht, am Reagenzglas. Die Assistentin nimmt einen Stift und drückt das Wölkchen aus. He, Sie, sage ich, Sie machen den armen Mann da drin ja ganz kaputt! Nee, lacht sie und drückt unverdrossen weiter: Das ist einfach nicht kaputtzukriegen. Beruhigend, nicht?

*Warum hast du dir das angeguckt, Johannes?*

Mal sehen, »was die Welt im Innersten zusammenhält«... Das ist wieder mal Faust I, Christenmännlein, davon verstehst du nichts. Nein, im Ernst, das Wattewölkchen war sozusagen meine Bewerbung für die USA. Es wurde verschickt. Aber es hat leider nichts genützt. Und so zwingen sie uns Moribunde zu weitestgehender Nutzlosigkeit.

*Was ist passiert?*

Das Projekt wurde nicht genehmigt. Sie sind noch nicht so weit. Sie haben leider mehr Probleme mit der Immunreaktion als gedacht. Und außerdem geht es mir nicht schlecht genug. Die ersten Patienten müssen offensichtlich kurz vorm Exitus stehen, sonst nehmen sie sie nicht auf. Stell dir das vor: Ich hänge hier am Beatmungsgerät, die Krankenkasse bezahlt keine Wasserauftriebstherapie mehr und keine Wärmetherapie – und gleichzeitig höre ich, daß ich noch nicht krank genug bin! Ich bin also in einem Zwischenreich, Charon hat das Boot abgestoßen, und wir sind mitten auf dem Fluß, der Fährmann und ich. Aber das andere Ufer ist nicht in Sicht. Ich habe das eine verloren und kann das andere nicht gewinnen. Können wir beide nicht ans Wasser, Christenmännlein? Ich würde gern mal wieder einen Ausflug machen.

*An die Küste schaffen wir es im Moment nicht. Und du hast doch hier die Weser, direkt vor der Haustür.*

Ich brauche aber einen fremden Fluß. Und ich würde gern Fähre fahren. Komm, mach mit.

*Gut, ich überleg mir was.*

# 29. Sabine Harms

Der Aufrichterrollstuhl paßt nicht auf den Balkon. Es ist der nutzloseste Balkon, den man sich denken kann: im Erdgeschoß, nach vorn! Ich schaue auf den geballten Glückstädter Anstand, auf die zweigeschossigen Häuser gegenüber. Der Jungfernstieg führt zur Hafenstraße, die Hafenstraße zur Schleuse, die Schleuse ins Spülfeld, das Spülfeld ins Nichts. Auf dem Spülfeld habe ich Boje gesagt, daß er nicht mehr kommen soll. Warum nicht? hat Boje gefragt, zum ersten Mal habe ich ihn unsicher gesehen, und seitdem stelle ich mir bei jedem Fahrrad am Elbufer vor, daß er es ist, daß Boje wieder einen Ausflug macht, nur so, Bine, wer macht schon einen Ausflug in der eigenen Stadt?, und blinzele fremden Fahrrädern hinterher am Wasser. Jetzt natürlich nicht. Jetzt ist die Uferstraße zwar nur um die Ecke, aber das Wasser ist sehr weit weg. Ich stehe auf dem Balkon, unsicher, ich halte die Hand gegen das helle Licht, ich sehe die Umrisse des Wiebeke-Kruse-Turms. Angeblich gehörte zum Turm auch ein Wohnhaus, das abgebrannt sein soll. Ich stelle mir Wiebeke Kruse aber lieber im Turm vor. Ein Turm konzentriert alle Möglichkeiten, schichtet alle Träume hoch auf und ist gleichzeitig auch ein Gefängnis. Ich denke mich in den Turm hinein, das tue ich oft; richtig hinein kommt man nicht, da lebt einer, der Turm ist Privateigentum. Ich stelle mir vor: Man klettert hinauf, und man klettert hinab, und man atmet immer den eigenen Dunst.

Im Turm entgehst du dir nicht. Der Turm konzentriert dich, und der Turm bringt dich fort aus der Welt. Vom Turm aus soll man einen einzigartigen Blick über die Stadt und den Fluß haben, das hat mir der Mann mit den traurigen Augen erzählt, der im Turm wohnt und dort ganz oben sogar Haken für eine Hängematte angebracht hat. Wollen Sie mit mir schaukeln, Madame? So hätte ich den Turm doch von innen sehen können. Ich sagte nein, aber ich neide dem Ahnungslosen den Ausblick. Die Glückstädter machen Balkone im Erdgeschoß!

Ich stehe auf dem Parterrebalkon und starre hinauf zum Turm. Dort müßte man leben, dort müßte man sein. Eine Fahne hissen: ein einfaches schwarzes Tuch.

»Tach auch.«

Sagt Thies. Thies ist da. Ich habe ihn nicht kommen sehen. Er muß mit dem Auto vorgefahren sein, ohne daß ich es bemerkt habe. Thies tippt an seine Schiebermütze. »Mensch, Bine, du siehst ja echt grauenhaft aus! Entschuldige…«

Er kommt einfach zu mir auf den Balkon. Das ist leicht: Die Parterrebalkone haben kleine, metallene Törchen wie Gartenpforten. Schon steht er neben mir. »Was machst du bloß für Sachen?! Wir machen uns Sorgen…«

Er will mich trotz des Verbands thiesartig umarmen – Küßchen rechts, Küßchen links –, läßt es aber, als er meinem Blick begegnet. Statt dessen legt er mir den Arm um die Schultern: »Mann, Mann, Mann – dich hat es ja heftig erwischt! Na ja, wird schon wieder… Ich muß mit dir reden, Bine. Laß uns reingehen.«

»Ich stehe hier sehr gut, Thies«, sage ich abwehrend, weil ich den Turm nicht aus den Augen verlieren will, und Thies folgt meinem Blick.

»Sollen wir lieber ein Stück gehen?« fragt er. Ich schüttele den Kopf, ich fürchte mich heute vor dem Licht am Fluß. Und dann bitte ich Thies doch herein, brühe einen Tee auf, schwarz und stark, und stelle Sahne bereit, und Thies ist sichtlich erleichtert. Er sagt, er sei nur die Vorhut, mühsam habe er Schmidt und Uhlen davon abhalten können zu kommen, nach allem, was passiert sei. Und dann sagt er, daß ihn ein gewisser Stephan R. angerufen habe. Ob ich den kenne?

»Sicher«, sage ich. »Der Pfleger aus dem Heim.«

»Er hat dich überall gesucht«, sagt Thies. »Er war völlig aufgeregt, weil er gehört hatte, daß du in Glückstadt lebst. Er sagt, er muß unbedingt mir dir reden. Er hat mich gefunden, weil er wußte, daß du bei der Zeitung arbeitest.«

»Und?« frage ich. »Du hast ihm doch nicht…«

»Doch«, sagt Thies, »entschuldige! Es war not smart, und Astrid ist auch stinksauer auf mich. Es klang so dringend. Wenn du willst, bleibe ich aber dabei. Du mußt nicht allein mit ihm reden.«

Ich traue meinen Ohren nicht. Thies, der umsichtige Thies, hat Stephan R. meine Adresse gegeben. Stephan R. wird an meiner Wohnungstür auftauchen, noch heute. Ich soll dem Mann öffnen, der meinen Sohn auf dem Gewissen hat. Ich soll dem Mann öffnen, der… der jedenfalls auch schuldig ist. Ich soll dem Mann öffnen…

»Sabine«, sagt Thies noch einmal behutsam, »ich weiß, daß es ein Fehler war. Aber er wird bald hier sein. Vielleicht willst du dich noch mal…«

Eine Stunde später gehen wir los. Nicht zu meiner Wohnung wollte Stephan R. kommen, er hat einen Treffpunkt im Außenhafen vorgeschlagen, das überrascht mich. Der Außenhafen wird zwar genutzt, aber er spielt keine große Rolle mehr in der Stadt. Daß ihn ein Fremder kennt, ihn überhaupt unterscheiden kann vom anderen, vom Stadthafen, überrascht mich. Stephan R. hat sogar den Namen einer Kneipe gewußt, wo wir uns treffen können: Im »Skipperman«, direkt am alten Anleger.

Da sitze ich nun, habe mich mit Thies' Hilfe an Marleen, der Wirtin, vorbeigedrückt und an Joris, der mal zur See gefahren ist. Joris ist immer da, wo Marleen ist, seit Jahr und Tag schon, und es ist immer vergebens. Marleen ist erschrocken, als sie mich gesehen hat, hat dann zwei kleine Gläser aus dem Eisfach geholt, klaren Schnaps eingegossen und sagt nur auffordernd »Da!«, als sie das Zeug jetzt vor uns abstellt.

»Bist du sicher? Kann ich dich...«, fragt Thies, und dann nimmt er seinen Linie mit nach draußen, und ich bleibe allein und warte und starre auf die Schiffslaternen und die Funkgeräte an der Wand und kurz aus dem Fenster. Es wird regnen. Ein Rudel gepiercter Mädchen stürmt herein, fixiert mich, verlangt lärmend nach heißer Schokolade, trinkt und geht. Zwei Arbeiter kippen wütend ihr Bier. Eine Alte kommt telefonieren. Die Regina Maris legt an. Das Licht wird grau. Joris kramt in den gestapelten CDs nach Härterem, wird fündig, der Rock dröhnt durch den kleinen Container: Raymond, So much pain is coming down und Angels fly und Ballantines, und dann steht ein Fremder in der Tür, im »Skipperman« sieht man augenblicklich, wer fremd ist, und das ist Stephan R.

»Hallo...«

Er kommt rasch an meinen Tisch in der Ecke, er schaut sich um, als werde er verfolgt. Kein Wort über mein Aussehen. Kein Satz der Einleitung. Stephan R. ist sichtlich um Fassung bemüht.

»Das ist echt komisch!« sagt er. »Ich meine, daß Sie hier... Sie wohnen doch hier?«

Verdammt noch mal, was will der Mann? Ich bestätige, daß ich hier wohne, er bestellt ein Bier, das Marleen wortlos zu Joris rüberreicht, und der bringt es an den Tisch. Stephan R. zuckt zusammen, als er Joris sieht, sagt nichts, nimmt das Bier, trinkt, wischt sich mit der Hand über den Mund. Meine Augen schmerzen. Ich wünsche mich in den Turm. Vorm Container geht Thies auf und ab, die Hände in den Manteltaschen vergraben, der schlecht besetzte Assistent in einer Krimiserie. Was haben die Leute nur gemacht, bevor ihnen zu jeder Situation im Leben ein Fernsehbild eingefallen ist?

»Also, was ist?« frage ich, wieder mal gröber als nötig. Stephan R. trinkt schnell, und man sieht, daß er es nicht gewöhnt ist.

Er redet erst nach einer Weile. Er redet leise, er redet sehr hastig, und ich habe Mühe, ihm zu folgen.

»Ich kenne das hier«, sagt er. »Wir waren schon mal hier.«

Und dann begreife ich, daß er mit »wir« sich selbst und Johannes meint, und dann erzählt er endlich, was in Glückstadt geschehen ist.

Sie hatten einen Ausflug gemacht, endlich wieder einen Ausflug. Die Heimleitung hatte es mit einer gewissen Befriedigung gesehen, daß Johannes Grundig wieder Außenaktivitäten entwickelte, und so hatten alle geholfen. Sie hatten das Auto genommen, da ließ sich Johannes' großer Rollstuhl besser verstauen, und eine Sauerstofflasche dazu, für den Notfall. Johannes hatte neuerdings immer ein paar Stunden beatmet werden müssen, eigentlich nur nachts, und dann tat es auch die Raumluft, aber man wußte nicht, wie sich das entwickelte bei einer längeren Tour und überhaupt. Also das Beatmungsgerät, die Maske dazu, die Flasche, der ganze Klimbim. Und los ging die Fahrt, ans Wasser, unbedingt ans Wasser, und sie entschieden sich, nicht durch den Elbtunnel zu fahren, sondern von Wischhafen aus die Fähre zu nehmen, damit es möglichst viel Wasser wäre, und Johannes war ganz aufgeregt, von einer unruhigen, fiebrigen Euphorie, so stellte ich es mir vor, und dazu paßte es, daß er die ganze Fahrt über Mahler hören wollte. Mahlers Fünfte also bei der Fahrt durch die Geest, Mahlers Fünfte auf der Bundesstraße und ein seltsam ausgelassener Johannes, als Stephan R. den Kleinbus auf das Schiff lenkte und sich die Elbe als üppig und weit zeigte, eine Vorahnung der Nordsee, mit Inseln und Sandbänken und leichtsinnigen Seglern, die erst in letzter Minute, so schien es, noch beidrehten. Keine Frage, Johannes hatte die Überfahrt genossen, aber selbst Stephan R. war aufgefallen, daß etwas Falsches dabei gewesen war, etwas Gequältes, Sprunghaftes – so wie der zweite und dritte Satz bei Mahler, dachte ich, denn ich hatte die Sinfonie inzwischen ein Dutzend Mal gehört, mitgenommen hatte ich sie aus Johannes' Musikvorräten und mich gewundert, weil Johannes sonst fast nur Opern in seiner Sammlung hatte und weil diese Musik so anders war, ernst, unverstellt, unerträglich, ein einziger Bläserschrei, eine Sinfonie, die mit einem Trauermarsch und einer Trompetenfanfare beginnt. Eine Warnung, sagte Stephan R., hätte vielleicht sein können, daß Johannes darauf bestand, seine Windeln wechseln zu lassen – während der Überfahrt. Und natürlich hatte es keine Möglichkeit gegeben, den großen Rollstuhl unter Deck zu bringen, die Treppe war zu eng und zu steil gewesen, um Johannes hinunterzutragen, also hatte das gleich an Deck erledigt werden müssen, quasi im Freien, auf der Ladefläche des Kleinbusses, und Johannes war dem Wind ausgesetzt gewesen und mehr noch natürlich den Blicken der Leute, die während der Überfahrt in ihren Autos sitzengeblieben waren und die nun durch ihre Windschutzscheiben starrten: aufgerissene Augenpaare wie zusätzliche Scheinwerfer, Augenpaare überall. Und Johannes hatte sich da wirklich scheußlich benommen, hatte es Stephan R. schwer gemacht, hatte nicht mitgeholfen, sondern hatte sich gewunden und angeblich nicht begriffen und laut gejammert und dadurch die ganze Prozedur noch verzögert, bis sein Unterleib ganz blau gefroren war und Stephan R.s Gesicht naß vor Scham und Anstrengung. Danach hatte Stephan R. versucht, längere Zeit zu schweigen, aber Johannes war plötzlich wieder ganz der alte gewesen, jedenfalls scheinbar und hatte sich sogar bemüht, ein paar Sätze zu sagen, es schien ihm besser zu gehen durch die vorübergehende künstliche Beatmung.

»Heute würde ich sagen, daß er versucht hat, mich abzulenken, aber damals...« sagte Stephan R. »Ich habe nichts kapiert, ehrlich nicht.«

Sie hatten sich Glückstadt angesehen, hatten sich über die überall abgeflachten Bürgersteige gefreut, über die freundlichen Autofahrer, die immer gleich anhielten und sie passieren ließen, über eine weitgehend barrierefreie Stadt, über die vielen Sonderlinge auch, die gegen eins an den Straßenecken auftauchten: Mittagspause in den Behindertenwerkstätten. Und dann waren sie am Hafen gewesen, hier im »Skipperman«, das heißt, vor dem »Skipperman«, denn nur so hatte das Folgende passieren können. Stephan R. war nach drinnen gegangen, wollte noch etwas bestellen, wollte etwas fragen, er wußte es jetzt nicht mehr so genau, jedenfalls hatte er Johannes allein gelassen – nur für einen Augenblick allein gelassen, *ich schwör's* – und hatte ihn nicht im Auge gehabt, und dann war es passiert: Ein Schrei zerriß den Nachmittag, und alle aus dem »Skipperman« fuhren zusammen und drängten aneinander vorbei, und dann sahen sie, wie Leute zum Hafenbecken rannten, und da stand zitternd der Alte, der geschrien hatte, und im selben Augenblick wurde Stephan R. bewußt, daß der Rollstuhl weg war. Der Rollstuhl. Johannes! Er lief los, dahin, wo Leute gestikulierten und sah Kreise und Luftbläschen im Wasser, und Stephan R. wußte, daß er springen mußte, hinunter, da hinab, gute sechs, sieben Meter ins schwarze Wasser des Hafenbeckens, und alle schauten ihn an und fuchtelten und schrien, und Stephan R. stand da und konnte es nicht. Er verbarg seinen Kopf in den Händen.

»Ich konnte es nicht. Spring, spring! sagte ich zu mir, aber meine Beine gehorchten nicht. Und ich dachte: Versager, Niete, Flasche! – und hörte die Stimme meines Vaters, meines tollen Bruders, ich hörte die Stimmen meiner Mitschüler, und ich hörte auch Johannes' Stimme, alle Stimmen zusammengefaßt in Johannes' Häme: Christenmännlein, Christenmännlein! Und wissen Sie was: Für einen Augenblick dachte ich: Vorbei. Halt still. Spring nicht. Laß ihn. Dann ist es endlich vorbei! Ist das nicht furchtbar? Ich bin ein Feigling, aber nicht nur das …«

»Was ist dann passiert?« fragte ich, obgleich ich es eigentlich schon wußte. Marleen stellte zwei neue Gläser Schnaps vor uns ab. Stephan R. griff nach dem Kerzenleuchter aus Messing: eine kleine Schiffsschraube, die er nun mechanisch in den Händen drehte. Er schaute mich nicht an, die Schiffsschraube zitterte, während das Wachs der roten Kerze auf die weiße Tischdecke tropfte. Er stellte den Leuchter wieder ab, versuchte ungeschickt, die Wachstropfen mit einer Papierserviette aufzunehmen, aber sie waren schon getrocknet. Ich wartete. Stephan R. verharrte eine ganze Weile so, stumm, und als er endlich das Wort wieder aufnahm, sprach er noch leiser als zuvor.

»Was passiert ist? Die Hafenpolizei war sofort da. Sie haben ihn rausgefischt. Es war gerade noch rechtzeitig. Das Beatmungsgerät hatten wir ja dabei. Decken hatten die. Nur der Rolli war hin. Sie haben ihn später rausgeholt, aber die Elektronik war im Eimer. Ich … ich …« Wieder der Griff zum Messingleuchter.

»Ich weiß«, sagte ich. Ich sagte nicht, wie genau ich wußte. Daß ausgerechnet ich es gewesen war, die die entsprechende Meldung in der Zeitung geschrieben hatte. Ich sagte nicht, daß ich fast dabei gewesen war – ganz nah und ganz weit weg.

Stephan R. kippte endlich den Schnaps hinunter. Er sah mich endlich aus seinen Fischaugen an.

»Ist es nicht seltsam, daß das hier in Glückstadt passiert ist? In Ihrer Stadt? Ich meine … sehen Sie – es war kein Unfall. Wir haben das zwar hinterher gesagt, schon wegen der Versicherung – ein leicht abschüssiges Gelände, keine Kaimauer, keine Absperrungen und so weiter –, aber mir war klar, daß er sich umbringen wollte. Es war offensichtlich. Und mir war auch klar, daß er es wieder versuchen würde. Immer wieder. Bis er es geschafft hätte. Und daß ich mit drin hängen würde, so oder so. Er würde mich nicht lassen, niemals. Bis es endlich vorbei wäre. Wissen Sie, was er als erstes zu mir gesagt hat, nachdem er wieder bei Bewußtsein war?«

Ich wartete.

»Er sagte: Danke, daß du dich nicht eingemischt hast. Und dann sagte er noch: Ich glaube, wir finden noch einen besseren Ort. Ein bißchen wärmer vielleicht, Christenmännlein, ein bißchen mehr Hölle… Ich wußte, er würde es tun. So oder so. Und ich würde schuld sein. So oder so. Und so ist es nun gekommen. Er hat das letzte Wort gehabt, wie immer.«

# 30. Johannes Grundig

## C:\Eigene Dateien\Das Dreamteam\XXXV

Es war ja nicht der einzige gescheiterte Versuch, sich für die Menschheit nützlich zu machen.

*Du hast schon öfter*

Nein, Christenmännlein, ich habe nicht schon öfter. Ich habe mich nicht schon des öfteren von Kaimauern heruntergestürzt. Es wäre auch ein praktisches Problem: Es gibt nicht allzu viele, schon gar keine unbefestigten. Nein, das war eher spontan.

*Das glaube ich dir nicht. Du warst schon auf der Fähre so komisch.*

Was heißt komisch? Habe ich dich gut unterhalten?

*Nun sei doch nicht so. Du warst seltsam. Überdreht irgendwie. Das hat mich schon mißtrauisch gemacht.*

Gut, Christenmännlein, bravo. Und zur Belohnung soll der brave, kleine DMD-Junge, der feige Selbstmörder, der zu blöde ist, sich in einem Hafenbecken zu ersäufen, Rede und Antwort stehen?

*Bitte, Johannes, ich versuche zu verstehen.*

Hast du den Himmel gesehen? Diesen unendlich leeren Himmel?

*Ich habe nicht so darauf geachtet.*

Keine Wolke, keine Trübung, keine Wölbung, keine Kerbung – nichts. Selbst die Möwen schienen auf der Suche nach einer Wegmarke in der Luft, nach irgend etwas Wiedererkennbarem – so klang ihr Geschrei. Und dann aus dem Auto neben uns Shakira mit ihrem gellenden Gesang, diesem überkippenden Möwengelächter: Underneath your clothes… Ich stellte mir ihr giftiges Haar vor, diese Kornsträhnen, und stellte mir mein giftiges Mädchen vor – auch blond, aber schon tot. Das Haar jetzt fahl, ausbleichend, der Tod ist durch die Zöpfe gefahren, aber nicht mit zärtlichen Fingern. Mein giftiges Mädchen mußte jämmerlich verrecken…

*Von wem sprichst du, um Himmels willen?*

Von Patty, Christenmännlein. Sie ist tot. Sie hatte Krampfadern in der Speiseröhre. Das kommt vom Saufen. Wenn die Leber nicht mehr mitspielt, staut sich das Wasser im Körper. Irgendwann wurde der Druck zu stark, ein Gefäß ist geplatzt. Patty spuckte Blut, literweise Blut schoß aus ihrem Körper, mein Giftmädchen als Blutbrunnen, kein Mensch konnte ihr mehr helfen und das Arschloch, das sie gerade ritt, schon gar nicht. Was für eine Sauerei! soll der Mann geschrien haben und: Aufhören! Und dann hörte sie eben auf, mein Giftmädchen hörte ganz auf. Sie ist verblutet, vor ein paar Wochen. Sie haben sie irgendwo verscharrt, ich hab's erst hinterher erfahren.

*Das ist ja furchtbar, Johannes. Es tut mir leid. Warum hast du nichts gesagt?*

Keine Ahnung. Aber warum auch?! Du hast sie doch ohnehin nicht gemocht.

*Das stimmt nicht, ich kannte sie nicht. Und außerdem: Sie ist doch ein Mensch, ich meine*

Willst du um jeden trauern, der sinnlos verreckt? Dann kommst du aus dem Trauern überhaupt nicht mehr raus! Wenn du nur einen Restfunken Gefühl in dir hättest, würdest du weinen und weinen. Los, Christenmännlein, hol die schwarze Kutte raus! Und zieh dir eine Kapuze über den Kopf und zünde eine Kerze an und gehe ruhelos umher und weine und weine! Aber was ist denn – ich sehe gar keine Reaktion? Paßt es dir gerade nicht? Hast du was Besseres vor?

*Warum provozierst du mich schon wieder? Ich will doch nur* dich drücken willst du. Und ich will dir klarmachen, daß da nichts ist. In dir ist ein leerer Raum, so trostlos und spurenlos vom Leben wie der Himmel über dem Glückstädter Hafen. Keine Schliere, keine Wölbung, keine Spur. Du bist einer von denen, die heil durchs Leben kommen. Verschon mich mit deinem christlichen Möwengeschrei und laß mich allein!

*Du hast was gesagt von einem anderen Versuch, sich nützlich zu machen.*

Aha, kleines Rhetorikseminar absolviert, was? Schönreden für Häßlichpfleger, was? Wie ich meinen moribunden Patienten davon abhalte, sich vor der Zeit umzubringen und uns einen Haufen Scherereien zu machen – oder so ähnlich?

*Was hast du gemeint? Hatte es was mit Patty zu tun?*

Nein. Patty ist… war Patty. Ich hab etwas völlig Idiotisches probiert. War eigentlich klar, daß es schiefgeht. Aber einen Versuch war es wert. Ich hab noch einen Anlauf unternommen, an einer Feldstudie teilzunehmen. Israel diesmal. Dort ist Stammzellentherapie erlaubt.

*Du hast versucht, nach Israel zu kommen?*

Sie entnehmen körpereigene, also in meinem Fall defizitäre Stammzellen, am liebsten aus dem Knochenmark. Die werden in einer Petrischale mit Nährmedizin aufbewahrt, in vitro wie eine ganz normale Zellkultur bebrütet und verändert. Wenn sie wieder intakt sind, werden sie zurücktransplantiert. Verstehst du, sie erhalten ein intaktes Dystrophingen. Und das nun intakte Dystrophingen muß lediglich in die Zellen eingebracht werden, zum Beispiel in die Beinarterie. In Beinarterien ist schön viel Platz. Autologe Transplantation – klingt doch ganz gut, oder?

*Ich fass es nicht. Das ist doch ungeheuer riskant, nicht?*

So riskant ist das gar nicht. Weil es sich um körpereigenes Material handelt, gibt es keine Immunreaktion, logisch. Das einzige Problem ist, daß man noch nicht einschätzen kann, wie viel von dem Dystrophin noch im Muskel ankommt und ob es reicht, um medizinisch etwas zu bewirken.

*Davon habe ich noch nie etwas gehört.*

Bedauerlicherweise war auf der Internetseite vom Hadassah nicht ohne weiteres erkennbar, was sie noch theoretisch diskutieren und was bereits in Feldstudien erprobt wird. Da hieß es nur, daß weitere Versuche zunächst klären sollen, wie sich Stammzellen identifizieren, separat isolieren und effizient vermehren lassen. Weitere Versuche, weitere Isolation. Separation und Vermehrung – das ist meine Welt, dachte ich. Da muß ich hin, dachte ich. Selbst wenn es sich erst einmal nur um Studien der Verträglichkeit handeln sollte. Aber sie haben mich nicht akzeptiert. Sie seien noch nicht so weit. Ich tauge selbst für die nichts. Zu krank, zu schwach, schon zu nah am Atemtod und zu wenig Reserven. Da wirfst du dich als deutscher Restmüll den Israelis vor die Füße, und die sagen: Nein, danke.

*Du hättest dich wirklich einem derart riskanten Unternehmen*

Natürlich. Wer auf der Klippe steht, kennt keine Skrupel mehr. Ich hätte das apart gefunden: Zur weiteren Auswertung nach Jerusalem. Wir Kranken haben unsere eigene Art zu reisen, auf unsere Weise sogar recht exklusiv. Wir werden gut behandelt. Wir werden umsorgt. Denn in diesem Stadium – nicht mehr richtig lebendig, aber noch lange nicht tot – sind wir interessante Studienobjekte. Viel falsch machen können wir nicht mehr, sagen sich die Ärzte. Bei unserem Anblick werden die Zögerlichsten mutig. Und wir? Haben unseren letzten großen Auftritt. Also auf nach Toronto, Oklahoma, Seattle, Jerusalem, London, Paris! Wer nicht mehr hoffen darf, ist frei zu jeder Art von Unternehmung. Endlich. Also solltet ihr uns das lassen, dieses letzte Spiel mit den Ärzten. Wir wissen, worauf wir uns einlassen. Und ihr, ihr Ängstlichen auf den Sofas zu Hause, ihr, die ihr gesund seid oder die ihr das Wachstum des Todes in euch noch ignorieren könnt – ihr solltet da bleiben, wo ihr seid – und schweigen. Ihr solltet nicht entscheiden über genetische Fragen und Gesetze. Ihr habt keine Ahnung. Ihr kennt keine Dringlichkeit und kein vergebliches Leben. Ihr wißt nicht, daß wir handeln müssen. Unbedingt und sofort. Und daß der Drang, etwas zu hinterlassen – irgend etwas, etwas, das bleibt – unwiderstehlich ist. Ein schöner Tod oder ein heldenhaftes Experiment. Eine unmögliche Liebe oder eine entschlossene Tat. Sich einfach abzufinden ist eine allzu stille Form von Heroismus. Dazu werden Duchennepatienten leider nicht alt genug. Vergeßt nicht: Wir sterben jung. Wir fallen als kleine, grüne Äpfel von den Bäumen – hart geblieben und ungenießbar. Hervorragend geeignet für Verträglichkeitsstudien. Nun lach doch mal! Du siehst es an mir, Christenmännlein. Erinnerst du dich an unsere erste Sitzung vor dem Computer, an das Foto, das ich so liebte? Ich habe es lange nicht mehr angeschaut, denn ich mache mir nichts vor:

Wir liegen nicht in Badewannen und trinken Whiskey, während unsere Enkelkinder mit den Händen im Wasser plantschen. Wir rauchen nicht einmal Zigarren. Und wir werden nie Enkelkinder haben. Dabei bin ich zeugungsfähig, stell dir vor, was für eine Verschwendung!

*Du meinst das Foto von Bernstein? Was stimmt damit nicht?*

Es macht mich neidisch. Und daß ich neidisch bin, macht mich wütend. Denn es bedeutet, daß ich mich nicht abgefunden habe. Es bedeutet, daß ich unruhig bin. Wer unruhig ist, beobachtet nicht genau. Und mir bleibt nichts mehr als die schiere Beobachtung… Ja, ich bin neidisch auf Bernstein.

*Ich dachte immer, er wäre eine Art Vorbild für dich.*

Ich bin neidisch auf seinen schlohweißen Haarschopf, auf die Fülle gelebten Lebens, ich bin neidisch auf seine Hände, die die ganze Welt bewegt haben, ich bin neidisch auf seinen frei schweifenden Geist. Wie kann jemand, der Musicals erfindet – denn vom Komponieren kann man da doch unmöglich sprechen – wie kann jemand mit einer so amerikanischen Lust am Choreografieren von Massen, einer so kindlichen Freude am Song – gleichzeitig Mahler verstehen? Aber Bernstein schaffte das, mit der einen Hand griff er in die Trickkiste, mit der anderen ins Totenreich. Hol doch mal die Aufnahme von der Fünften. Mahlers Fünfte. Schau mal, da hinten links, vor Mozart, Monteverdi.

*Bist du sicher, daß du diese Begräbnismusik wieder hören willst? Das eine Mal auf dem Ausflug hat mir eigentlich fürs Leben gereicht. Sie ist schrecklich.*

Du hast recht, Christenmännlein – es ist finster. Und ich würde diesen Trauermarsch nicht einmal bei meiner eigenen Beerdigung hören wollen, so düster ist er – nein, von einer solchen Entschlossenheit. Wie kann jemand, der gerade einundvierzig Jahre alt geworden ist, derartige Musik komponieren: abschließend, entschieden, alles Aufbauende, Hoffende brüsk zurückweisend? – Lauter! Dreh mal ein bißchen auf! Mahler kennt ja auch das andere, es gibt berückende Motive schon im ersten Satz, sie werden aufgenommen, wie man etwas Verlorenes vom Boden aufhebt, ein Perlmuttkamm am Wegesrand, kostbar, aber beschädigt, die Zähne herausgebrochen. Diese Fundstücke eines besseren Lebens werden betrachtet, und für einen Moment hält die Musik still, weil auch der Komponist still wird, weil er den Atem anhält, wenn er an diesen vergangenen Glanz nur denkt. Aber dann wird die heillose Trügerei verworfen – die Bläser schmettern den schönen Wahn zu Boden, die Bässe zertreten ihn, und fast ungerührt, so scheint es, marschiert diese Musik weiter. Ja, sie marschiert, achte auf den Rhythmus, und sie marschiert beileibe nicht nur im ersten Satz, sie marschiert wie jemand, der seinen Weg kennt, der weiß, daß es noch lange währt und daß er keine Zeit zu verlieren hat – und dann, im dritten Satz, macht die Musik plötzlich kehrt. Warte, laß uns mal da reinhören. Track drei. Die Musik wendet sich auf dem Absatz um und tanzt im Walzerschritt davon. Es ist so, und es ist schrecklich, sagt mir das Scherzo, aber du kannst auch alles anders sehen, mein Freund: als entsetzlich heiteres Spiel. Und schon wirbeln die Schellen, freuen sich die Oboen, erholen sich die Streicher vom wütenden Hin und Her. Niemand vermag auf so knappem Raum solche Gegensätze nebeneinander zu stellen wie Gustav Mahler: von Dur zu Moll, vom Furiosen zum Gesäuselten, von messerkalter Verzweiflung zu sattem Lächeln, von der selbstmörderischen Geschmeidigkeit der Metropolen zu bäuerlichem Brummkreiseln… Und weißt du, dies entspricht einer Lebenshaltung. Dies entspricht einer philosophischen Erfahrung. Entweder – oder sagen die Sätze der fünften Sinfonie, und dieses entweder – oder findest du zum Beispiel auch bei Kierkegaard: Entscheide dich, aber wisse, es ist alles gleich gut. Sieh alles an, aber nimm an nichts teil. Schopenhauer, Bergson – diese lebensklugen Meister des Verträglichen. Mahler hat sich, glaube ich, entschieden, und das kann man hören. Jedenfalls bilde ich mir ein, daß ich es verstehe. Laß uns weitermachen, laß uns hören. Nimm das Adagietto. Den vierten Satz. Der Himmel für Harfe und Streicher. Ganz sublim. Ganz ruhig. Ganz weit weg. Die Musik hat einen tiefen Atem. Für mich verbindet sie sich mit Wasser, und gleichzeitig sehe ich Berge vor mir, seltsam, nicht wahr? Ich bin in einem weiten Tal, umgeben von hohen, schneebedeckten Gipfeln. Es wird kalt werden, das ist sicher, aber noch hat die Sonne genug Kraft, sie überwindet die Höhen und wärmt die Natur. Und ein paar Mutige sind in den See gesprungen. Sie sind kreischend und schreiend hineingelaufen, sie haben sich gegenseitig angefeuert, und sie sind gerannt! Und dann tauchen sie unter und werden still, und die Kühle des Wassers macht ihre Körper hell und klar, daß man die Adern blau in ihren Köpfen sieht, sie werden zu Embryonen, durchscheinend und unschuldig, und sie schwimmen in großen Zügen – gemeinsam und doch jeder für sich. Und dann tauchen sie auf, wie silberne Fische jetzt, verwandelt, und sie schütteln sich im flachen Wasser. Vom Ufer sieht man die Tropfen fliegen, hinter ihnen schließt sich die Bläue des Sees… Das sehe ich vor mir, wenn ich diesen vierten Satz höre.

*Weinst du?*

So weit werde ich nie kommen. Ich werde nicht alt genug. Sei still. Sei ganz still. Der fünfte Satz wird kommen, er beginnt mit dem Einsatz des Horns. Ein Rondo. Sei still und warte.

# 31. Sabine Harms

Der Matjes ist starr vor Fett und hängt rechts und links über den Teller. Irgendwie habe ich Hunger, hat er gesagt, und das hat mich zornig gemacht, plötzlich zornig, die Wunden über den Augenbrauen schmerzten jäh zum Zerplatzen: Dieses »Irgendwie«, dieses ahnungslose Ungefähr, das machte, daß ich ihm das Maul stopfen wollte. Dieses nichts wissen wollende dummrunde Karpfenmaul. Matjes, habe ich gedacht, friß Matjes, und ich zwinge den Mann neben mir zu essen, als meinte ich es gut mit ihm, als hätte ich gute Absichten mit Stephan R. Ich staune über meine Verstellung. Seit wann gelingt mir Fürsorglichkeit? Als er ißt, verfärbt sich sein Gesicht, und plötzlich habe ich Angst, daß er am Tisch zusammenbricht, daß ich ihn vergiftet haben könnte, ganz aus Versehen, denn seit Johannes' Geburt habe ich immer dieses Gefühl, es ist so viel Gift in mir, und nun sitzt dieser alte Vierzigjährige neben mir und kämpft mit den Fischbissen und sieht grün aus im Gesicht.

»Johannes hat immer mehr von Musik gesprochen«, sagt Stephan R., als er dann endlich runtergeschluckt hat. »Ich hab's nicht kapiert. Ich meine, es ging ihm schlecht, wir hätten genug zu bereden gehabt, alle paar Tage mußte die Beatmung neu eingestellt werden. Sumrin hätte ihm helfen können mit ihren Entspannungsübungen, aber selbst für die Therapie mit dem Vibrator hat er sie nicht mehr haben wollen. Das mußte alles ich machen. Und wenn ich ihm das Gerät auf die Brust gesetzt habe und die niedrigste Stufe – also wirklich nur ganz, ganz vorsichtig – eingeschaltet habe, dann hat er mich angeschaut, als würde ihn das umbringen und als wollte er genau das. Er war entsetzlich schwach. Aber er hat immer noch Musik gehört, und er hat immer noch geschrieben. Das war natürlich ein Problem, mit der normalen Tastatur kam er nicht mehr klar, also wurden immer neue, immer intelligentere Buchstabentafeln angeschafft.«

Ich dachte an die bunten Tafeln, die in Johannes' Zimmer im Heim lagen, Buchstabentafeln also, lauter Testamente, und ich dachte an einen Bibelfilm, den ich damals mit Uli gesehen hatte, in dem Moses die Zehn Gebote, auf einer riesigen Granitplatte geschrieben, einen Berg hinunter zum Volk Gottes trug und wie dieser Moses von heiligem Zorn erfüllt wurde, weil die Israeliten seine Abwesenheit für eine Orgie genutzt hatten, und wie Moses dann die Tafeln den Berg hinab geworfen hatte mit schier übermenschlichen Kräften, und mit den Tafeln waren die Gesetze zerschellt, die Sätze, der Sinn… Die Tafeln in Johannes' Zimmer waren bunt gewesen und heil geblieben. Inzwischen hatte ich gelernt, daß man kleine Balsahölzchen in die Mulden tippte, der Arm lag dabei völlig ruhig. Stephan R. hielt einen Matjesschwanz zwischen Daumen und Zeigefinger und sah sich suchend um. Sein Mund schimmerte fettig. Marleen wies stumm auf den Aschenbecher. Stephan R. legte den Fischrest in den Aschenbecher, verzog das Gesicht, und ich deckte den Aschenbecher mit einem Bierdeckel ab. Stephan R. sah mich an, nur kurz, aber es reichte, um zu sehen, daß das Weiße seiner Augen von geplatzten Äderchen durchzogen war. Er schluckte, entschloß sich, weiter zu reden.

»Okay. Schau dir meine Vorlieben an, hat er also irgendwann gesagt, als wir wieder einmal Rossini gehört haben, Rossini oder Bellini, ich weiß nicht mehr, einen von diesen Typen, wo es praktisch immer nur rauf und runter geht – und Johannes hörte zu und lachte dann, was man sich vorstellen muß wie ein leises Hüsteln. Schau dir meine Vorlieben an, sagte er, das ist doch krank! Nimm die Musik: Italienische Opern, Rossini, Bellini. Dieser Belcanto ist doch schieres Imponiergehabe, Balzgeschrei ist das: vehement und inbrünstig und vordergründig und laut.«

*Ein wenig mehr Frechheit bei Rossini, und er hätte durchweg la-la-la singen lassen, und es wäre Vernunft dabei gewesen.* Das hatte ich in einer von Johannes' Dateien gelesen. Es war ein Zitat des Philosophen gewesen, seines Philosophen, Nietzsche. Ich hatte mir sogar ein Buch von Nietzsche gekauft, ich blätterte gelegentlich darin, aber das sagte ich Stephan R. nicht.

»Johannes machte sich plötzlich lustig über das, was er hörte. Er verspottete seine eigenen Vorlieben. Es ist alles gleich närrisch! hat er gesagt: Große Oper, ja gewiß, aber nur solche, die Klanggebirge auftürmt, keine Musik, die Berge der Erkenntnis versetzt – nicht Bruckner, nicht Beethoven, keine Auseinandersetzung und erst recht kein Frieden mit der Welt. Schau dir meine Deckengemälde an, hat er dann gesagt, diese mir den Hals verrenkenden Schönheiten: Goslar und Hildesheim, lauter banale Suchen nach Geschichte und Sinn. Nicht diese Ausgeglichenheit von Corvey, nicht dieses Maß. Ich werde nie so weit kommen, ich weiß es, hat er gesagt. Verstehen Sie – kein Mensch ist noch mitgekommen bei dem, was Johannes gedacht hat, aber er hat immer nur geklagt, daß es nicht ausreicht. Und daß er nicht genug Zeit hat. Und dann wollte er, daß wir beim Windeln die Tür offenließen. Sonst vergewaltigst du mich noch in einem unbedachten Moment, Christenmännlein! hat er gesagt, und ich hätte ihn erwürgen können. Er wollte, daß es alle sehen. Es gefiel ihm, keine Ahnung, warum. Und dann fing es plötzlich an, daß er sich weigerte aufzustehen. Also ich meine, er wollte nicht mehr, daß wir ihn anziehen und an den Schreibtisch setzen, und wir mußten ihn immer so ganz krumm hinlegen, auf die Seite, und im Schlaf hat er gesabbert. Aber vielleicht war er auch wach dabei, Maika meinte, er war wach, aber Maika sieht oft nur, was sie sehen will, und sieht dafür manchmal nicht, was sie sehen müßte.«

»Was ist mit Maika?« fragte ich. »Was wollen Sie mir sagen?«

»Nichts Besonderes«, wehrte Stephan R. ab. Endlich wischte er sich den Mund ab. Er machte ein Gesicht wie alle, die gewohnheitsmäßig schlecht über andere denken, wie alle, die das, was sie nicht erreichen können, in den Dreck ziehen müssen, um es auszuhalten. »Es tut mir leid«, sagte er jetzt erwartungsgemäß, »ich hätte gar nicht erst davon anfangen sollen. Es kann ja auch sein, daß es einfach alles ein bißchen viel ist für sie.«

»Was?«

»Alles. Johannes. Die vielen Todkranken. Die Aufregung. Sie war allerdings vorher schon so. Wir wollten es nur lange nicht wahrhaben. Wie das so ist...«

»Was? Was ist wie? Verdammt noch mal, nun machen Sie es nicht so spannend!«

»Maika nimmt Tabletten«, sagte Stephan R. und starrte wieder auf den Tisch. »Nichts Besonderes. Novanox forte. Und Tranquase. Und Valiquid. Das ist Valium in Tropfenform. Tranquilizer. Valiquid nimmt sie am liebsten. Ist gut verträglich und wirkt schnell. Haben Sie nie bemerkt, daß Maika nach Alkohol riecht? Damit ist das Diazepan versetzt, also der Wirkstoff.«

Maika. Maika und ihr seltsam medizinischer Geruch. Jetzt wußte ich, wo das herkam. Und auch ihre eigenartige Ruhe, die mir so gut gefallen hatte. Ruhe in Tropfenform. Ruhe aus der Flasche.

»Ganz normal bei Frauen mit so'nem Job«, sagte Stephan R.

jetzt. »Aber Maika ist noch'n bißchen jung dafür. Und es ist eben doch gefährlich, weil sie manchmal gar nicht mehr versteht, was um sie herum vorgeht. Sie ist diejenige, die Medikamente austeilt, sie ist diejenige, die die Schwerkranken überwacht. Sie hat 'ne Menge Verantwortung, deshalb muß sie die Sache im Griff behalten. Und manchmal mache ich mir Sorgen…«

»Sie sind wütend«, sagte ich kalt. »Neidisch, weil sie Sie nicht beachtet.«

Stephan R. ignorierte mich. »Ich könnte es melden. Müßte ich sogar. Aber ich bring's nicht fertig. Solange sie noch mit mir redet…«

Ich hatte größte Lust, ihn zu schlagen. Ihn ersticken zu sehen. Ich tippte auf den Teller, auf dem das zweite Filet inzwischen trocken wurde, sich zu wölben begann: »Da, nehmen Sie…« Marleen schenkte nach, als sich die Tür öffnete und ein völlig durchnäßter Thies vor uns stand.

»Sabine, ich will ja nicht drängeln, aber es ist spät…«

»Oh, Entschuldigung«, sagte Stephan R. sofort und erhob sich, »ich wollte wirklich nicht…«

»Thies, fünf Minuten noch. Bitte!« sagte ich, und Thies wartete noch dreimal fünf Minuten. Und bis sie um waren, hatte Stephan R. mir noch von der zunehmenden Lust erzählt, die Johannes beim Windeln verspürt hatte, und daß er gesagt hatte, am Ende kehrten sie doch alle zurück, am Ende seien sie Kinder. Und Stephan R. meinte, das habe allen den Rest gegeben, dieser Rückfall ins Kindische, und Kanowski hatte gemeint, kein Mensch scheiße sich so ein wie dieser Grundig, das sei ja nicht zum Aushalten, der mache das doch absichtlich. Und nur Maika hatte Johannes verteidigt, aber auch sie kam blaß und mit zusammengebissenen Zähnen aus seinem Zimmer und sagte, es wird nicht mehr lange gehen.

»Wohin jetzt?« fragte Thies, als wir in seinem Auto saßen.

»Zu uns? Magst du vielleicht mit zu uns kommen? Einfach ein bißchen fernsehen? Nicht allein sein?«

Ich spürte die Wärme seiner Hand auf meinem Bein. Es tat gut, ich konnte es aushalten, diese Wärme zu spüren. Nicht einmal, daß ich weinte, störte mich jetzt.

»Bine«, sagte Thies. »Laß dich weiter krank schreiben. Und mach nicht auf, wenn Schmidt oder Uhlen sich bei dir melden. Ich red schon mit denen.« Und dann, nach vorn durch die Windschutzscheibe: »Was für eine verdammte Scheiße, Mann!«

Zu Hause rief ich Maika an. Kommen Sie übermorgen, Maika, kommen Sie zu mir! Keine Rede davon, wie weit es war, ich wußte, sie würde sich auf den Weg machen.

Ich verließ am nächsten Tag nicht das Haus. Zog nicht einmal die Rolläden hoch, denn eine Erdgeschoßwohnung läßt sich gut einsehen, und ich wollte niemanden treffen, Uhlen nicht, Schmidt nicht und auch sonst keinen. Ich bewegte mich mit dem Rollstuhl, genoß das leise Sirren des Motors, wenn er fuhr, genoß, wie präzise man ihn einrichten konnte als Sitzmöbel vor dem Computer. Und manchmal legte ich den Kopf in den Nacken wie einer, dessen Muskeln versagen und schaute an die Decke. Nichts. In meiner Parterrewohnung findet sich nichts an der Decke. Sie ist einfach nur weiß gestrichen. Die Rauhfaserpartikel sehen aus wie kleine Pusteln, aber man nimmt sie kaum wahr, so fein sind sie. Keine Schatten, keine Flecken, die Decke einer Neubauwohnung ist die Karikatur einer Decke. Ich dachte an Hildesheim, an Johannes' Beschreibungen von Goslar. Es stimmte schon: Die gewöhnliche Deckenleere entsprach der Himmelsleere. Über unseren Köpfen ist nichts. Ich überlegte, mich auf den Stuhl zu stellen und zu riechen. Vielleicht hatten sich Gerüche meiner Vormieter in der Decke festgesetzt, Nikotin oder eine Vorliebe für bestimmte Fertigsuppen oder Kräuter oder Schnaps? Als ich hier einzog, hatte ich nichts Eiligeres zu tun, als möglichst rasch alle Spuren zu tilgen. Das tut jeder, glaube ich. Man streicht zuerst, und dann wäscht und putzt und schrubbt man, und was zuerst nur dazu dienen soll, die neue Bleibe irgendwie wohnlich zu machen, sie mit Putzlappen und Staubsauger einzunehmen, wird unweigerlich zur Obsession. Hast du die Schlieren an den Fensterrahmen gesehen? Und die Lichtschalter, die haben die wohl nie saubergemacht? Diese Fußleisten! Und die Mittel werden schärfer, und der Ton den alten Mietern gegenüber wird böser, und schließlich geht man unerbittlich gegen jede Erinnerungsfluse vor: Wir fangen neu an. Wir wollen vom Vorher nichts wissen, und kein bißchen Vergangenheit soll unseren Enthusiasmus trüben. Es hält ja nicht lange. Dann zieht man wieder um.

Jetzt bereute ich meine Schonungslosigkeit von damals. Ich hätte nun gern mehr gespürt, mehr gesehen. Ich hielt nichts mehr vom spurlosen Verschwinden. Später las ich lange in den Johannes-Dateien, dann betrachtete ich mich im Badezimmerspiegel und zupfte vorsichtig an den Wattepflastern auf der Stirn. Eines ließ sich ohne weiteres lösen, darunter sah es schon besser aus. Es würde heilen. Ich ging früh schlafen.

Am nächsten Morgen fand ich ein Päckchen vor der Tür. Thies' Schrift. Im Päckchen fand ich unsere Halmafiguren. Nur die Figuren, nicht das Spiel. Und eine blendend weiße Torte, mit Mandarinenstückchen aus der Dose verziert. Die Torte war ein wenig zusammengesackt, im Hausflur war es zu warm. Dabei ein Brief von Astrid: »Liebe Sabine, das ist eine Torte nach einem völlig neuen Rezept aus der Maxi. Ist mit kalorienarmem Philadelphia gemacht, deshalb der Name Philadelphia-Torte. Kannst Du bedenkenlos essen, macht wirklich nicht dick. Das mit den Halmafiguren ist eine Idee von Thies. Er meint, Du magst die Figuren doch so gern, und vielleicht kannst Du Dich damit ein wenig ablenken, weil Du doch jetzt so krank bist. Also alles Gute, und werd bald wieder gesund, Deine Astrid.«

Ich baute die Figuren auf dem Eßtisch auf. Es sah aus wie eine außer Rand und Band geratene Krippengesellschaft, nur ohne Jesuskind. Ich zog die Rolläden hoch. Ich setzte mich an den Tisch. Da waren sie, die Glückstädter Bürger in Holz. Ich nahm die Figuren in die Hand. Das Holz fühlte sich warm an, lebendig. Ich betrachtete sie lange, eine nach der anderen. Ich betrachtete die Glückstädter Geschichte, diese Mischung aus Träumen und Irrtümern, hochfahrenden Plänen und kleinstädtischer Bescheidenheit, betrachtete die dänischen Besatzungssoldaten aus dem 17. Jahrhundert, ihre Hosen und Jacken, die ein wenig wie Schuluniformen aussahen. Ich betrachtete ihre Gastgeber, die Frauen mit den eng unterm Kinn zusammengebundenen Kopftüchern, die Männer in ihren steifen Mänteln, die Kinder, die damals nichts weiter waren als kleine Erwachsene. Das war nun meine Stadt. Ich schnitt ein Stück von Astrids Philadelphia-Torte ab, legte es mir auf den Teller. Das Stück gab sofort nach, sackte zur Seite. Ich kostete. Es schmeckte süß, es machte die Zunge stumpf, und ich schmeckte Langeweile und Mühe und Freundlichkeit heraus. Und dann kam Maika.

Sie hatte gelacht, als ich gefragt hatte, ob sie kommen konnte, ein leises, rauhes Maikalachen und dann hatte sie gesagt: Entschuldigung, haben Sie denn nicht gemerkt, daß Sonntag ist? Normalerweise arbeite ich da nicht, ich kann also gern zu Ihnen kommen.

Wohl von Stephan R. hatte sie gehört, daß ich einen Unfall gehabt hatte, sie bedauerte mich und ließ sich den Weg erklären, und nun klingelte es, und das war sie, und ich war aufgeregt, als würde ich einen Liebhaber empfangen. Sie sah anders aus ohne ihren weißen Kittel, die Jeans ließen sie jünger erscheinen und unbeschwerter, und das Haar trug sie offen, es schlug eine Welle im Nacken, da, wo es sonst ein Gummiband zusammenhielt.

»Lassen Sie mal sehen«, sagte Maika, ganz gewissenhafte Krankenschwester, und drehte mein Gesicht im Flur zum Licht. »Verzeihen Sie, aber das muß versorgt werden.«

»Bitte...« wehrte ich ab, aber da hatte sie schon ihre große Tasche geöffnet und Schere und Verbandszeug ausgepackt, und sie erneuerte die kleinen Watteverbände, während sie beruhigend auf mich einredete. Was tue ich hier, dachte ich, ich sitze auf dem Badewannenrand und lasse eine fremde Person in meiner Wohnung herumfuhrwerken und lasse sie mein Gesicht sehen in diesem Zustand?!

Sie trank Kaffee. Sie bestand darauf, ihn selbst zu kochen, nahm dabei doppelt so viel Pulver wie ich, fand die H-Milch und den Süßstoff, und dann entdeckte sie vor dem Computer im Wohnzimmer den Rollstuhl.

»Aha, Sie haben ihn also noch hier«, sagte sie arglos, »wird vielleicht auch gar nicht so leicht sein, einen Käufer dafür zu finden.«

»Vielleicht lasse ich es auch«, sagte ich möglichst beiläufig, und Maika erschrak tatsächlich nicht oder zeigte es jedenfalls nicht, als ich in dem Rollstuhl Platz nahm, ihn einschaltete und ihn an den Tisch bugsierte. Ich teilte Astrids Frischkäsetorte. Maika ging zum Fenster. Sah mich fragend an. Zog den Rolladen hoch. Blieb dort stehen, blickte hinaus und erzählte.

## 32. Johannes Grundig

C:\Eigene Dateien\Das Dreamteam\XXXVI

Es ist ein armutszeugnis, christenmännlein. Ich hätte es lassen sollen. Komm, ich will daß du sitzt und schreibst. Dann dauert es länger. Ich hätte es wirklich lassen sollen.

*Was?*

Über mahler auch nur nachzudenken.

*Gustav Mahler? Der Komponist?*

Si, signore.

*Warum? Was ist los?*

Sie haben meinen artikel nicht genommen.

*Wer – sie?*

Die zeitschrift für muskelkranke. Kein platz. Sagen die.

*Und das glaubst du nicht?*

Natürlich nicht. Ich bin ja nicht blöd. In der email wurden sie deutlicher: Ich hätte doch sonst so vernünftige artikel geschrieben, über patientenrecht und dergleichen. Über musik zu schreiben, gilt offenbar als unvernünftig. *Ohne die musik wäre das leben ein irrtum* – hat der philosoph gesagt, aber das gilt anscheinend nur für die gesunden. Hören sie mal, habe ich zurückgeschrieben, es geht in meinem text auch um den tod. Es geht darum, was musik über das leben sagt und wie sich musik zum sterben verhält. Eben, haben die mir wieder geantwortet – das bringt doch nichts. Nicht so, wie sie es schreiben jedenfalls. Sie haben mir aber auch nicht verraten, wie es ginge.

*Sei nicht enttäuscht. Ich lese den Text gern.*

Du hast recht. Es war wieder einmal ein versuch, nützlich zu sein. Hast du gedacht, daß ich wirklich etwas von musik verstehe? Ich verstehe so wenig von musik wie du von deinem nazarener. Ich bin einem klischee gefolgt, und du tust nichts anderes. Jesus liebt dich. Musik befreit den geist. Was für ein genialischer blödsinn! *Hat man bemerkt, daß die musik den geist frei macht? Dem gedanken flügel gibt? Daß man um so mehr philosoph wird, je mehr man musiker wird? Der graue himmel der abstraktion wie von blitzen durchzuckt; das licht stark genug für alles filigran der dinge; die großen probleme nahe zum greifen; die welt wie von einem berg aus überblickt.* So sagt der philosoph, und man könnte es für bare münze halten, aber der philosoph fährt fort: *Ich definiere eben das philosophische pathos.* Vielleicht hatte die zeitschrift recht, meinen text abzulehnen. Vielleicht hatten sie recht aus versehen, denn man könnte ergänzen: Du sprichst immer über dich selbst, nietzsche, du sprichst immer über dich selbst, johannes, die rede geht nur scheinbar über rossini, bellini, donizetti, selbst wagner noch – aber man meint immer nur sich selbst.

*Was ist nur los?*

Ich bin ein unzureichender hüter der musik. Ich kann nicht denken. Ich bin inkonsequent, und ich bin zu sehr auf effekte aus, auf show, aufs gutdastehen, und wenn ich nicht acht gebe, sogar auf die moral. Dabei bin ich staatsanwalt, aber auch verteidiger, ich bin mein täglicher richter, aber auch mein eigenes publikum. Es geht schließlich, so sagt der verteidiger, um den tod, und ist das nicht der letzte große auftritt, den wir haben?! Und ist nicht der tod eine öffentliche angelegenheit? Öffentlichkeit also will ich und allgemeinheit, denn der tod ist das allgemeinste überhaupt, und das allgemeine sollte auch öffentlich sein. Ich überschreite sie, die schwelle. Ich überschreite die schwelle zur schamlosigkeit, der tod gibt mir die berechtigung dazu, herr staatsanwalt, das können sie nicht leugnen.

Laßt mich also das, was mit mir geschieht, den anderen vorführen. Laßt mich gaukler sein und jongleur, tigerbändiger und clown, der tod ist ein witz, herr richter, ich nehme das urteil an.

*Johannes, bitte, beruhige dich, es ist nicht zum Lachen.*

Nein, das ist es nicht. Aber nicht, weil es nicht lachhaft wäre. Es ist sehr lachhaft, es ist ein sehr schlechter witz, und also ist es zum totlachen. Es ist nur deshalb nicht zum lachen, weil ich nie so weit kommen werde. Ich werde es immer mit dem übertriebenen ernst halten, wie der philosoph, der auch nie weiter gekommen ist – nie so weit wie kierkegaard oder schopenhauer. Ich halte es mit einer philosophie, die für ernsthafte geistesmenschen gar keine ist. Warum? Weil ich weiß, daß ich nicht mehr werde. Ich gelange über den ernst nicht hinaus, nicht über eine halb gebildete subjektivität. Und nun kommt das bißchen geistige vermögen auf den hund, ich werde zu meiner eigenen karikatur: Hast du die schreibtafeln gesehen, die sie mir gebracht haben? Ihre kräfte lassen nach, herr grundig, hat frau friedrichsen mitfühlend gesagt. Damit können sie bis zum schluß kommunizieren, hat sie gesagt. Die tafeln sind intelligent. Sie merken sich einzelne wörter. Was werden das für wörter sein? Schau dir die tafeln an! Sieh dir dieses wörterelend an!

*Es ist doch nur für alle Fälle.*

Es ist wie für ein kleinkind, christenmännlein. Ich kehre in die phase des analphabetismus zurück, umstandslos. Was bin ich ohne wörter? Was ist ein mensch ohne die chance, sich zu entwickeln? Johannes grundig ist dazu verdammt, er selbst zu bleiben – keine zeit für heitere ironie, für gelassenheit, großmut, objektivität, abstand. Nur zeit für passionen und verzweiflungen und maßlosigkeiten und schmerz. Erinnerst du dich an corvey?

*Das Kloster?*

Ja.

*Du meinst das im Weserbergland?*

Ja.

*Ich glaub, da war ich mal.*

Stimmt, christenmännlein. Du warst da mal mit mir. Und es ist noch gar nicht so lange her.

*Aha?*

Ja. Denk nach. Spuck's aus, christenmännlein. Sag mir, was dir daran gefallen hat.

*Du bist so sprunghaft in letzter Zeit. Warte mal, das geht mir jetzt alles ein bißchen schnell.*

So geht es mir grundsätzlich. Also los, reiß dich zusammen. Corvey, mann!

*Warum willst du jetzt über Corvey reden?*

Weil ich gerne einmal nicht über mich reden würde. Sondern über ein objektives maß. Über ein muster von ausgewogenheit. Über einen kern der geschichte. Aber ich bin verurteilt zu mir selbst. Ich komme keinen schritt weiter. Ich werde mein corvey nie erreichen. Am ende, hohes gericht, am ende wird man mich nackt ausziehen und in leichentücher wickeln. Wie lazarus – nur ohne auferstehung. Meine tücher sollen blau sein. Lapislazuliblau für den menschenmüll. Lapislazuli ist die einzige farbe.

## 33. Sabine Harms

Das große Schwimmbad kennen Sie ja«, begann Maika. »Es ist ein ausgezeichnetes Bad für die Bewegungstherapie; eigentlich müßte es nicht gar so geräumig sein, aber ich glaube, daß es auch die Weitläufigkeit des Raumes ist, die die Therapie günstig beeinflußt. Unser Bad ist größer als unbedingt nötig und schöner, als es die Vorschriften bestimmen. Sie können sich vielleicht nicht vorstellen, was Generosität, Üppigkeit, Opulenz für einen Kranken bedeuten, dessen Alltag aus dem Allernotwendigsten besteht? Schmerzmittel werden so niedrig dosiert wie möglich, Krankengymnastik wird zeitlich begrenzt. Bewegungstherapie muß der Kranke ebenso durchsetzen wie persönliche Assistenz. Die Welt des Kranken besteht aus Zugestandenem, aus mühsam Erkämpftem und aus Zugebilligtem, das auch so aussieht wie Zugebilligtes: elend und lieblos. Und ich rede hier nur vom unbedingt Erforderlichen, von Hilfsmitteln, von Schienen, Krücken, medizinischen Kegeln, Bällen. Haben Sie sich mal ein Atemgerät angeschaut?«

Maika zupfte ein Taschentuch aus der Jeans, betupfte die Mundwinkel, als habe sie schon lange geredet. Sie schaute ihre Armbänder an, als sehe sie sie zum ersten Mal. Sie lächelte plötzlich: »In dieser Welt ist unser Schwimmbad etwas ganz und gar Fremdes. Es ist wie von einem anderen Stern gefallen. Wer das Schwimmbad betritt, erfährt Weite. Johannes hat einmal spöttisch gesagt, das Lindgrün und das Weiß erinnerten ihn an Zahncreme, wir haben darüber gelacht. Es ist kein lärmendes, hallendes Vergnügungszentrum für Jugendliche, es gellen keine Schreie durch die Halle, es gibt keine Trillerpfeifen, keine kinderhassenden Bademeister. Unser Schwimmbad ist ein Ort der Ruhe. Und das Licht! Ist Ihnen das Licht aufgefallen? Es leuchtet warm und sanft aus vielen kleinen Deckenlampen, und es läßt sich stufenlos verändern.«

Maika hatte jetzt ihre Armreifen abgestreift, legte sie auf den Tisch.

Ich wurde das Gefühl nicht los, daß Maika plauderte, um nicht reden zu müssen. Oder vielleicht kreiste sie die Geschichte ein, näherte sich ihr in konzentrischen Bewegungen und brauchte die Zeit, um zum Eigentlichen zu kommen. Was mochte das sein? Ich beschloß, sie nicht zu drängen, und dachte, daß wir vielleicht Musik hören sollten. Die Stereoanlage schaltete sich mit einem Knacks ein. Ich wählte Johannesmusik, Mozart, über den Johannes' Philosoph etwas außerordentlich Schönes geschrieben hatte. Ich hatte das Zitat abgeschrieben und auf die CD-Hülle geklebt. Es sollte nichts mehr verlorengehen. Nun las ich es Maika vor: »Mozart. Ist Ihnen recht? Hören Sie: *Die gute Zeit ist dahin, in Mozart hat sie sich ausgesungen – wie glücklich wir, daß zu uns sein Rokoko noch redet, daß seine gute Gesellschaft, seine Kinderlust am Chinesischen und Geschnörkelten, seine Höflichkeit des Herzens, sein Verlangen nach Zierlichem, Verliebtem, Tanzendem, Tränenseligem, sein Glaube an den Süden noch an irgendeinen Rest in uns appellieren darf.* Schön, nicht wahr?«

Maika hatte hochgeschaut, sah mich erschrocken an, wie jemand, den man bei etwas Unrechtmäßigem ertappt hat.

»Verzeihen Sie – lesen Sie noch einmal! Bitte!«

Ich las noch einmal, und dann wandte sie sich zu mir um: »Haben Sie ein Glas Wasser?«

Ich ließ das Rollstuhlspiel sein. Ging in die Küche und holte das Wasser aus dem Kühlschrank. Maika stand immer noch da. Ich wollte sagen, daß sie das Amsterdamer Barockorchester und seinen Chor hörte, ließ es dann aber.

»Es war im Schwimmbad, und wir hörten Mozart. Ja, Mozart, die Krönungsmesse. Einen Teil daraus. Aber ich will Ihnen von Anbeginn berichten. Sie wissen, wie unzugänglich sich Johannes in seiner Einsamkeit eingenistet hatte. Wir hatten alle Angst um ihn, weil er die Behandlung, all die medizinischen Alltäglichkeiten, auch unangenehme Dinge wie die nächtliche Beatmung, die jetzt dauerhaft erforderlich war, so teilnahmslos über sich ergehen ließ, als nehme er das alles nicht mehr wahr. Frau Friedrichsen gab sich viel Mühe. Sie sorgte dafür, daß Finian im Zimmer neben Johannes untergebracht wurde, aber man hätte nicht für möglich gehalten, daß die beiden einmal unzertrennliche Freunde gewesen waren. Niemals öffnete Johannes die Tür, wenn Finian bei ihm anklopfte – und der beschwerte sich über Johannes' Musik, die in immer rücksichtsloserer Lautstärke durch die Wände drang. Verdi, Rossini, Bellini, öfter auch Mahler, und manchmal stöhnte Johannes, der doch kaum noch sprechen konnte oder wollte, aber sein Klagen und Jammern durchdrang alle Wände, ließ die anderen Patienten zusammenzucken und still werden, legte sich wie ein Fluch auf alle. Und wenn dann ein Pfleger seine Tür öffnete, um zu fragen, was ihm fehle, verstummte Johannes augenblicklich. Oder er sagte nur: Raus!, aber mit einer so gehässigen, fremden Stimme, daß sich selbst Kanowski zurückzog. Ja, so war es: Johannes wurde bösartig, es hatte nichts mit seinem alten, galligen Humor zu tun. Den ließ er gänzlich vermissen und beklagte sich sogar per Email bei der Heimleitung, daß Finian und Sumrin es trieben wie die Tiere, dabei hatte er die beiden doch zusammengebracht. Und sie trieben es natürlich auch nicht, sondern sie probierten einfach neue Formen von basaler Stimulation aus – Sumrin faßte Finian buchstäblich mit Samthandschuhen an, und der gluckste dann vor Vergnügen und bestand darauf, das Spiel umzudrehen. Und Johannes ertrug es nicht, wenn er sie lachen hörte. Er wollte überhaupt kein Lachen mehr. Er wollte kein Reden. Keine Bewegung. Keine Nahrung. Er driftet weg, sagte Frau Friedrichsen. Er treibt davon, er kommt uns abhanden. Frau Friedrichsen denkt oft in Bildern, die mit Wasser zu tun haben, und vielleicht war sie es, die mich auf die Idee brachte.«

Maika schluckte schwer. Endlich kam sie zum Tisch zurück, setzte sich wieder, die Beine schräg nebeneinander gestellt, als trüge sie einen kurzen Rock. Ich reichte ihr das Wasser. Maika, die Ordentliche, Maika mit ihrer Gelassenheit, Maika, von der ich zu viel wußte und nichts verstand. »Es stört Sie doch nicht…« Sie kramte in ihrer Tasche und förderte ein Fläschchen zutage. »Sie entschuldigen, ich habe mich ein bißchen erkältet.« Sie träufelte zwanzig Tropfen auf einen Teelöffel, ich sah, daß ihre Hand zitterte. Sie nahm die Tropfen, ihre Pupillen weiteten sich.

»Sie müssen mir nichts erklären«, sagte ich, »ich weiß schon…«

Sie schien mich nicht zu hören. Sie wartete. Sie fuhr sich mit der Zungenspitze über die Oberlippe. Sie trank noch einen Schluck Wasser.

»Ich hatte mir einen freien Tag genommen. Es war ein Montag, da ist unser Bad immer geschlossen, ich hatte also genug Zeit für meine Vorbereitungen, und niemand würde mich stören. Gegen elf Uhr abends war ich fertig und ging zu Johannes. Ich klopfte nicht einmal, denn meist saß er um diese Zeit noch vor dem Computer. Aber an diesem Tag war er schon im Bett. Er lag auf dem Rücken, das Atemgerät pumpte mit einem leisen pft, pft Luft in seine Brust, und er sah mich an, vollkommen wach, mit großen, erschrockenen Augen. Ich glaube, ich sprach nicht. Oder vielleicht habe ich so etwas gesagt wie: Komm, Johannes, ich will dir etwas zeigen… aber mehr nicht.

Er protestierte nicht, als ich das Atemgerät abstellte, und nickte nur, als ich fragte, ob es gehe. Ich hob ihn aus dem Bett, ich hatte vergessen, wie leicht er war. Ich setzte ihn im Schlafanzug in den Schieberollstuhl und löschte das Licht. Niemand auf dem Gang. Er fragte nicht, wohin wir gingen, nur sein Kopf kippte leicht nach hinten, zu mir, an meinen Bauch, als wollte sein Körper sich vergewissern, daß wirklich ich es war. Niemand begegnete uns. Aus einigen Zimmern dröhnte der Fernseher, aus der Küche drang der Geruch vom mittäglichen Eintopf. Stille. Wir bogen zum Schwimmbad ab. Ich rollte Johannes direkt in die Halle – und dann sah er es. Ich hatte die Halle nur ganz schwach erleuchtet, aber rund um das Becken hatte ich Kerzen aufgestellt, weiße Kerzen, es müssen Hunderte gewesen sein, und ich hätte es nie allein geschafft, sie aufzustellen und anzuzünden, aber Stephan, der brave Mann, hatte mir geholfen. Sogar auf dem Sprungbrett hatten wir Kerzen plaziert – und einen riesigen Lilienstrauß. Der verströmte selbst in dieser Luft einen berauschenden Duft. Johannes war erstarrt, er versuchte, sich zu mir umzudrehen, aber ich wußte auch so, wie sein Gesicht aussehen würde. Maika… hat er nur gesagt, eins ums andere Mal: Maika…, und dann habe ich mich beeilt, denn wir hatten ja noch etwas vor. Ich zog ihn rasch aus, ganz aus, streifte ihm die Schwimmflügel über und setzte ihn auf den Lifter. Johannes lächelte. Es war ein merkwürdiges, ein irgendwie, wie soll ich es Ihnen sagen, geradezu gütiges Lächeln, als sei ich die Kranke und er würde mir beistehen. Wir waren zusammen, in dieser Halle, in der das flakkernde Licht der weißen Kerzen feine Schatten warf. Das Wasser reflektierte das Licht, das Licht spielte mit Decke und Wänden. Es war, als würde die Halle lebendig, ein warmes, atmendes Tier… Der Lifter schwebte über das Wasser. Im Wasser wartete Stephan. Den beachteten wir nicht, und Stephan, der Gute, der Langmütige, sagte nichts, sondern hob Johannes nur zu sich ins Wasser, legte ihn auf den Rücken und fragte:

Geht's so? Ist es okay? Und als Johannes nicht reagierte, sondern nur weiter lächelte, da verließ Stephan, so, wie wir es verabredet hatten, das Schwimmbecken. Er stemmte sich am Beckenrand hoch und hievte sich hinauf. Ein Schwall Wasser ergoß sich, ein paar Kerzen erloschen, ich erinnere mich daran, wie laut mir das vorkam. Dann ging er, wandte sich jedoch in der Tür noch einmal um und grüßte mit leicht erhobener Hand: Mach's gut, Maika! Nur mich sprach er an, nicht Johannes, und schon war er verschwunden, für eine Weile sah man noch seine Fußspuren auf dem Fliesenboden, dann waren sie weggetrocknet. Ungefähr so lange wartete ich. Ich wartete, bis ich ganz sicher war, daß wir allein waren, dann zog ich meine Schuhe und Strümpfe aus, lief an den Betreuerstand und schaltete die Anlage ein: Mozart, die Krönungsmesse. Ich kannte sie, niemand im Heim blieb von ihr verschont, so oft hatte Johannes sie in den vergangenen Wochen gehört, und es war nicht einfach gewesen, ihm die CD unbemerkt wegzunehmen. Ich kannte sie also, aber jetzt, in der riesigen, leeren Halle, entwickelte sie eine ganz andere Wirkung. Die Musik macht aus dem Schwimmbad eine Kirche, dachte ich zunächst, oder einen Festsaal, dachte ich dann, und schließlich wurde mir klar: es ist beides, und es ist etwas Eigenes, etwas Drittes, etwas, das nur Mozart zuwege bringt. Die Musik erhebt dich, aber nicht zur Andacht, sondern eher als trügen dich Vogelflügel. Die Musik erfüllte den Raum, die Stimmen, die ich so oft dumpf über den Flur hatte schallen hören, klangen hier rein und klar. Ich beobachtete Johannes nur aus den Augenwinkeln, aber ich wußte, daß er mich ansah. Ich wußte, daß er mich nicht aus den Augen ließ, wie ich nun anfing, langsam zu gehen, barfuß. Ich mußte gehen, die Musik setzte mich in Bewegung, und so ging ich. Ich ging langsam, ich genoß jeden Schritt, und Johannes sorgte dafür, daß er jeder Geste von mir folgen konnte: Er drehte sich langsam im Wasser mit, wie ich so allmählich um das Becken schritt, an den Kerzen vorbei, die leise flackerten. Seine Hände im Wasser wie die verstümmelten Flossen eines Fisches. Aber ich sah es: Sie regten sich. Er bewegte sich. Woran draußen schon lange nicht mehr zu denken war, war im Wasser ohne weiteres möglich… Credo, Sanctus, Benedictus. Ich ging lange. Wir blieben lange. Dann holte ich Johannes aus dem Wasser und trocknete ihn ab. Ich hüllte ihn in eine Decke. Ich brachte ihn zurück in sein Zimmer. Ich sagte ihm gute Nacht. Ich wollte noch sagen: Laß das unter uns bleiben, aber das war nicht nötig. Ich sah sein glückliches Gesicht. Ave verum Corpus. Ich werde dabei immer an Johannes denken, an seinen im Wasser treibenden, glänzenden Körper, an seine Fischflossenhände.

Leider ist keine Woche später das mit der Tracheotomie passiert. Aber ich wollte, daß Sie wissen: Johannes hat es auch gut gehabt. Manchmal war es gut.«

# 34. Johannes Grundig

C:\Eigene Dateien\Das Dreamteam\XXXVII

christenmännlein, was schaust du so finster drein?... haaa-llo?! anybody in there?

*Laß deine Witze!*

olala, wie's wieder siedet, wieder glüht...

*Immerhin bist du gut drauf. Freut mich.*

sieht nicht so aus, als ob dich das freut. was ist, christenmännlein? hat man dir fasten bei wasser und brot verordnet?

*Ich finde dich zum Kotzen.*

wow!

*Ja, nun hast du's.*

wow! was verschafft mir die unerwartete offenheit? hast du etwa nachgedacht?

*Ich habe dich gesehen.*

das tust du andauernd. tut mir leid, daß ich dir keinen erhebenderen anblick bieten kann.

*Hör auf, du weißt ganz genau, was ich meine.*

ich sag's ungern – aber zum ersten Mal überschätzt du mich, christenmännlein. was meinst du? ich werde langsam richtig neugierig.

*Ich habe dich und Maika gesehen. Im Schwimmbad.*

das ist aber nun mal eine überraschung! bringt mich selbst ins wasser, der tüchtige pfleger, sorgt dafür, daß alles seine ordnung hat bei der nächtlichen badestunde, hat, wenn mich nicht alles täuscht, sogar bei der festdekoration geholfen, und dann sagt er mit triumphierender stimme, er habe mich gesehen. das nenne ich eine meisterhafte leistung, bravo, christenmännlein!

*Ich habe euch gesehen, nachdem ich weg war. Ich meine, ich bin nicht wirklich weggegangen. Ich habe euch beobachtet.*

meine güte – ein spanner! hilfe, hilfe, frau friedrichsen, ein spanner ist unter uns.

*Hör auf, hör sofort auf, sonst*

armes christenmännlein!

*Es ist nicht zum Lachen. Ich habe es gesehen.*

was?

*Alles. Wie sie sich die Schuhe ausgezogen hat. Wie sie gegangen ist. Wie eine Tänzerin. Barfuß. Immer um das Becken herum. Immer im Kreis. Und wie du sie verfolgt hast mit Blicken. Sie hat sich daran geweidet, ich hab's genau gesehen! Sie hat sich in den Hüften gewiegt, sie hat den Zopf gelöst, sie hat die Haare nach hinten geworfen wie eine... Sie hat gelächelt, die ganze Zeit. Ich habe sie noch nie so lächeln sehen. Und dann habe ich dich gesehen, wie du auf dem Rücken dahin getrieben bist. Der ist krank, habe ich mir gesagt, der ist wehrlos, ein Krüppel, der kann gar nichts machen, habe ich mir gesagt, aber gesehen habe ich etwas anderes. Siegesgewiß hast du ausgesehen, dreist, ach was sag ich, und*

du hast gesehen, daß ich einen steifen hatte?

*Johannes, ich bitte dich.*

na und? ich hatte, stimmt, und es war wunderbar. wie sie mich hielt, ohne mich auch nur anzuschauen. wie ich sie betrachten konnte. und wie sie sich freier fühlte mit jedem schritt. ich habe ihre nackten füße gehört auf den fliesen. ich habe mir ihre kleinen, runden zehen vorgestellt, diese bloßen, braunen zehen, die wölbung unter dem fuß, die träge nachgibt mit den jahren, die angestrengte röte ihrer fersen. schwesternfersen. ganz weich sind ihre füße, tierpfoten, die um das wasser herumschlichen. und ich trieb dahin wie eine jolle, ich war teerig und ölig und fett und sicher, eine kleine, flache nußschale, ausgesetzt in einem friedlichen ozean. nichts als weite um mich herum und leere und weit entfernt das tier und näher und näher kommend das tosen der musik, das sich in meinen ohren mit dem wasser mischte, mit einem unendlichen rauschen. weißt du, was ich liebe am wasser? es bringt uns zum verstummen. es fängt die menschliche stimme auf, es badet ihre schärfe und ihre kälte, langsam versinken vokale und konsonanten und silben und wörter und sätze und sinnlosigkeiten in seinen tiefen. die musik läßt es dir. und dann spricht das wasser. es bringt dir neue klänge, ein glucksen und schwappen und raunen und tönen. nur das wasser bleibt. nichts von uns bleibt. das dachte ich, als ich da schwamm. nur mein mast! mein mast ragte keck und feist in die höhe. und die jolle segelte. es war wunderbar!

*Es ist hoffnungslos.*

hier spricht die stimme von radio spaßverderber! was macht dir so zu schaffen? sexreste? maika? oder hast du die kerzenflecken im schwimmbad wegkratzen müssen?

*Es hat keinen Zweck. Du sollst heute noch ins Muskelzentrum.*

was gibt's? wollen die den mast untersuchen?

*Laß die Scherze. Der Doktor wird's dir erklären.*

nun ist's aber gut, christenmännlein. was ist los?

ich hab dich was gefragt!

*Ich sag doch, du mußt heute noch ins Muskelzentrum.*

das geht aber nicht. ich bin mit dem bibliothekar von corvey verabredet. ist schon alles organisiert. ich möchte noch mal nach corvey, die stiftsbibliothek sehen. dazu ist es beim letzten Mal nicht gekommen.

*Vergiß Corvey. Vergiß es einfach. Du mußt wirklich ins Zentrum. Es ist was mit deiner Atmung.*

da hast du ausnahmsweise recht, christenmännlein. es ist ziemlich beschissen mit meiner atmung. ich pfeife auf dem letzten loch. ich schlafe schlecht. ich träume miserabel. ich wache auf und bin zerschlagen. das leben als maskenmann gefällt mir nicht. nur im schwimmbad geht's besser. vielleicht wachsen mir kiemen? doch keine jolle, ein fisch! das ist es – ich werde ein fisch, und dann schwimme ich dir davon, deshalb bist du so ernst.

*Es ist auch nicht zum Lachen. Deine Werte waren zuletzt sehr schlecht.*

und?

*Ich soll es dir eigentlich nicht sagen. Die Ärzte haben hin- und herberaten. Sie wissen sich keinen anderen Rat mehr. Sie sagen, bei dir muß ein Tracheostoma gelegt werden.*

sie schneiden mir die kehle durch. also doch.

*Johannes, nun sei vernünftig.*

sie legen mich auf die schlachtbank. jetzt ist es so weit. ostern für chirurgen, hier ist das lamm.

*Johannes, bitte laß mich doch erklären.*

was willst du erklären? was willst du mir sagen, was ich noch nicht wüßte? was ich nicht schon hundertmal durchgespielt hätte? in gedanken? in träumen? weißt du, wovon ich träume? ich träume von grenzen. von der einen grenze. Und diese grenze ist der raum ohne luft. wenn sich der deckel über dir schließt. wenn es schwer und dunkel wird. und endgültig still. dumpf. trocken. das war's, christenmännlein, das war's.

*Ich gebe ja zu, daß das Leben mit einem Stoma nicht unbedingt leichter wird, aber deine Lebensqualität könnte nach einer gewissen Eingewöhnungszeit noch einmal erheblich verbessert werden.*

haben sie dir gesagt, daß du mir das schonend beibringen sollst? haben sie dich geschickt, weil sie dachten, auf das brave christenmännlein wird er nicht so bösartig losgehen wie auf uns? war es so?

schreib! nicht reden! ich will es schriftlich, ich will jedes wort von dir schriftlich, christenmännlein!

*Nein, so war es nicht. Sie haben mich nicht vorgeschickt. Ich habe mich verplappert. Und es tut mir leid.*

warum? ist doch gut so. dann können wir den rest auch gleich besprechen. die letzten dinge, wie du sagen würdest. ich sage: den rest. wohin mit den johannesresten? das sollten wir besprechen.

*Warum? Johannes*

stell dich nicht blöder an, als du bist – obwohl, das ist schon eine leistung für dich christenmännlein, ich erkenne es an. aber laß die show, es ist nicht nötig. ich weiß, daß das das ende ist. tracheotomie. das ist das aus.

*Aber warum? Es ist doch gar nicht gesagt, daß die*

hast du's mal gesehen? ich meine, weißt du, was da auf dich zukommt? auch auf dich als pfleger? ja, reden wir mal von dir, das fällt dir ohnehin leichter.

*Sicher, ich habe schon öfter Stomapatienten gehabt.*

und? war's nett? war's nett, wenn du deinen lieben alten jederzeit in den offenen hals gucken konntest?

*So ist es doch gar nicht.*

doch sicher, so ist es. stoma heißt mund oder öffnung, und sie legen es dir da, wo es ihnen gefällt. schau dir mal die homepage der stomainitiative an. stomapatienten und inkontinente haben sich da zusammengetan. menschen, die eins verbindet: ein loch. ein loch, das da nicht hingehört, ein einfallstor, eine permanente wunde, ein schlüsselloch für ärzteblicke und ärztesonden und ärztekanülen und schmerzen. die einen pinkeln da raus, bei den anderen pinkelt's da rein. ausscheidungen, sekrete, sauerstoff – alles dreck, der uns am leben erhält. du bestehst selber nur noch aus dreck. und der dreck muß beobachtet werden, der dreck verlangt höchste aufmerksamkeit. das loch macht dich endgültig hilflos, du kannst es nicht selbst pflegen, du kannst es nicht einmal sehen, denn es sitzt dir ja im hals. reden kannst du vergessen, weil die kanüle, die sie durch den schnitt in hals und luftröhre einführen müssen, dieser »künstliche luftweg«, die verbindung zu den oberen atemwegen unterbricht. du wirst zur puppe, zum modell mit diversen, sehr praktischen anschlußstellen für kabel, schläuche und kanülen. und du verschwindest. vermutlich durch das loch. das leben tritt aus. es sickert aus dir heraus. und du kannst nicht mal mehr scheiße schreien. das loch selbst sieht, wenn's gut gemacht ist, wie ein einschußloch aus. ein loch wie von einer gewehrkugel, vielleicht schießen sie es bei mir ja! das wäre doch mal ein spaß!

*Ich habe dich noch nie so erlebt, Johannes. Es ist doch ein wirklich erprobtes Verfahren.*

sicher, und gleich wirst du noch sagen: und es ist ja nur zu deinem besten. was wißt ihr von meinem besten!? ich sage dir, daß ich diese sache auf keinen fall mitmachen werde. ihr seid schon herr über meine diversen körperöffnungen. ihr kontrolliert meinen urin und meine scheiße, ihr spült mir den rachen durch und durchleuchtet die bronchien. ihr schaut in die ohren und meßt vorhandene resterektionen. nein, mein lieber, es reicht, daß ich euch nicht daran hindern kann, in die vorhandenen tore einzufallen. ich werde ganz sicher nicht zulassen, daß ihr weitere einfallstore schafft. ich will keine kanüle in meinem hals. ich will nicht zu ewiger stummheit verdammt sein. ich will nicht davon abhängen, daß mir eine überarbeitete schwester nach der anderen ihren riesigen wattetupfer reinsteckt. es reicht, daß sie mir den arsch wäscht und sich vorher unauffällig parfum unter die nase reibt. meint ihr, ich seh das nicht?!

*Es gibt neue, schonendere Verfahren bei der Tracheotomie. Ich habe mich erkundigt, vielleicht kommt eines von denen in Betracht.*

vielleicht das von den herren ciaglia und co? bei dem sie die trachea punktieren und einen draht in die luftröhre schieben und dann so lange hin- und herruckeln, bis der wundkanal aufgedehnt ist und eine kanüle aufnehmen kann? wunderbare vorstellung!

*Es kann am Krankenbett durchgeführt werden*
sicher vorbildlich kostendämpfend
*und es ist viel schonender für den Patienten.*

christenmännlein, begreif es endlich: ich will nicht geschont werden, ich will leben. und wenn das nicht geht, dann will ich sterben.

## 35. Sabine Harms

Ich habe die Halmafiguren eingepackt. Das war nicht mehr mein Glückstadt. Mein Glückstadt paßte auf kein Brett mehr. Mein Glückstadt war weicher geworden, wabbeliger, es glitt mir aus den Fingern, es war warm und blutig und atmete wie ein lebendiges Organ. So hatte ich in der Nacht davon geträumt.

Ich dachte darüber nach, wie die Stadt mir in der letzten Zeit näher gerückt war. Mit Boje hatte ich Spaziergänge unternommen, auch längere Ausflüge. Einmal hatte er mich sogar zu einem Abstecher mit dem Boot überredet. Ich war nie zuvor Boot gefahren in Glückstadt. Im Sommer, wenn regelmäßig kleinere Regatten stattfanden, hatte ich die Wohnung gar nicht erst verlassen oder in der Redaktion freiwillig Bereitschaftsdienst geschoben. Zu viele Menschen. Zu viel Wasser. Zu viel Überschwang. Die lauten Stimmen. Aber Boje hatte mich überredet, und so waren wir an einem bedeckten Tag aufgebrochen. Der Nebel kämpfte sich durch das Sperrwerk. Irgendwo verständigten sich Enten. Es war Hochwasser, Segelwasser. Mit der Jolle ging es in den Außenhafen, dort takelte Boje auf, dann hinaus auf die Nebenelbe. Ich war noch nie auf der Rhinplatte gewesen, Boje wählte die südliche Route, um die kleine Insel herum, dann querab durch das Kartoffelloch, und endlich lag der Strom mächtig vor uns: das Hauptfahrwasser der Elbe. Bojes zufriedener Blick, Bojes kundige Hände. Man hatte nicht viel sehen können, aber mir hatte gerade das gefallen: Wie der Nebel alle Töne verstärkte und wie die Stimmen verhallten. Die weit entfernten Schiffe, die wie Zusammenballungen des Nebels aussahen, wie seltsam kantige Wolken. Ihre Aufbauten verschwammen im Grau des Himmels. Das Rätselraten, woher dieser, woher jener Klang auf uns eindrang. Es wurde rasch dunkler, und wir kehrten um. Die Kälte, die in Schwaden über den Fluß gezogen kam zusammen mit einem beißenden, wohl vertrauten Geruch: Die Papierfabrik arbeitete auf Hochtouren. Hinterher trank Boje ein Bier im »Skipperman«, und sein Strubbelhaar sah aus wie feucht gewordenes Stroh.

Daran hatte ich mich erinnert an diesem Morgen. An die Zuneigung der Glückstädter zu ihrem kleinen Binnenhafen, von dem sie sprachen wie Menschen in Süddeutschland von ihrer Dorfkirche. An ihre Verbundenheit mit der jämmerlich stinkenden Fabrik. Als ob nur die ihnen bewiese, daß es weiterging. Ich dachte an den Mann mit den traurigen Augen, der zu dieser Stadt gehörte wie die Irren und wie Franky, der Kinobesitzer, der sich unterschiedslos an jeden seiner Filme erinnerte – an jeden, den er in vierzig Jahren gezeigt hatte. Und diese Sprache der Glückstädter, dieses Beharren auf dem eigenen, unaufgeregten Sprechen, in dem die Auslagen Fensterware heißen und Sportschuhe Bequemschuhe. Und die Jungen gab es, die gegen den schönen Stillstand aufbegehrten, die ein Jugendparlament im Rathaus durchsetzen wollten gegen die Verstocktheit der Alten. Und die Hoffnungslosen gab es, die auf dem Spülfeld lebten, man wußte nicht, wie, die ihre Hunde scharf machten und nach ihren Zusammenkünften Dosen zurückließen, Schachteln vom Fast food und den Geruch von Verbitterung.

Und ich merkte plötzlich, daß ich ruhig wurde, wenn ich an Glückstadt dachte. Ich fühlte mich nicht mehr umstellt. Am Morgen hatte ich mich sorgfältig gewaschen, den Rechner angeschaltet, gelesen, dann die Halmafiguren ein letztes Mal aufgebaut und gespielt. Auf einem auf Rechenpapier gezeichneten Spielbrett. Mit mir allein. Auf meine Weise. Gegen mich allein. Und dann war ich zu Thies und Astrid gefahren; an einem Samstag, wenn sie nicht gerade ihren Großeinkauf machten, würde ich sie antreffen.

Es roch nach Suppe im Haus, nach Wärme, Fett und zu vielen Gewürzen.

»Komm rein«, sagte Astrid und umarmte mich. »Du kommst gerade rechtzeitig; es gibt Suppe heute. Muß nur noch ein bißchen ziehen.«

Sie nahm mir den Mantel ab und rief nach Thies, und dann saßen wir, als wäre es Dienstagabend, um den Tisch, und ich packte die Halmafiguren aus. Wortlos räumte Thies sie beiseite.

»Ich brauche sie nun nicht mehr, Thies«, sagte ich. »Und Dienstag können wir auch wieder spielen.«

Thies nickte. Er tischte die Suppe auf, und wir löffelten Graupen, Gemüse und zu viele Gewürze aus blauen Tonschalen. Ein Bier dazu. Einen Kaffee noch.

»Manchmal glaube ich nicht, daß wir uns schon so lange kennen«, sagte Thies, und es klang, als ob er böse wäre. Aber zum Abschied umarmte er mich wie immer.

»Bis Dienstag, Bine«, sagte er. »Bis Dienstag«, sagte ich.

Am Anleger war nichts los. Es nieselte. Ein Mann führte seinen Hund auf dem Deich spazieren. Eine Fahne schlug im Wind. Aus der Kneipe drang Fettgeruch, der Dunst von Pommes und Currywürsten. Einzelne Stimmen hörte man heraus. Immer saßen Leute vorm Gasofen im »Happy Town Beachclub«. Sie dachten nicht im Traum daran, mit der Fähre überzusetzen. Ihnen genügte die Möglichkeit. Es begann zu nieseln. Die Stimmen hinter mir versickerten, als ich zum Wasser lief. Der Mann auf der Fähre winkte mich durch, als ich zahlen wollte: »Habe heute meinen großzügigen Tag, Lady!«, und ich widerstand der Versuchung, sofort unter Deck zu gehen wie sonst. Ich wollte hier bleiben. Ich wollte es sehen. Und es machte mir nichts aus, daß man mich aus den Autos heraus beobachten würde. Im Gegenteil – es war richtig so. Es würde mir nicht anders ergehen als Johannes. Eine gute halbe Stunde Zeit hatte ich. Eine gute halbe Stunde, dann würde ich Walter treffen am Anleger auf der niedersächsischen Seite und wir würden zusammen weiterfahren nach Südwesten. Vierzig Minuten vielleicht, dann würde die Geschichte schon wieder weitergehen, wie sie nun seit Wochen weiterging, und auch wenn ich es war, die suchte und fragte, so kam es mir doch vor, als würde ich dazu genötigt, als gebe es eine Kraft, die mich immer weiter schob, die mich zwang, nicht aufzuhören. Nur, daß es sich eher anfühlte wie eine Kraftlosigkeit. Ich begann zu frieren. Die Fähre legte ab, wendete, glitt in den Strom. Hier war es. Hier war es gewesen, nur in umgekehrter Richtung. Hier hatte sich Johannes den Blicken und dem Mitleid der Leute ausgesetzt – sich und seinen Pfleger. Ich stellte mir Stephan R. vor, wie er mit dem bißchen Restmensch nicht fertig wurde, wie Johannes ihn in immer neue Situationen stürzte, ihn immer aufs neue überforderte. Vielleicht hatte sich der Tumbe auf den Ausflug nach Glückstadt gefreut? Vielleicht hatte er geglaubt, es ginge irgendwie aufwärts oder sie gewönnen zumindest eine kleine Atempause? Vielleicht war er stolz auf sich gewesen, daß Johannes sich von ihm zu einer Reise überreden ließ? Und wieder hatte ihm Johannes alles verdorben. Längst fuhren wir mitten auf der Elbe, kreuzten das Hauptfahrwasser. Von rechts und links schoben sich die großen Containerschiffe heran, stählerne Wände, haushoch, die man bei diesem Wetter erst im letzten Moment sah. Der Wind blies scharf, eiskalt, die Autofahrer kauerten mißmutig in ihren Wagen, der Kassierer war verschwunden. Nur ein paar Möwen begleiteten die Fähre, ohne viel Hoffnung auf einen Imbiß, und sie schrien, so schien es, mehr aus Gewohnheit. Die Fähre von der niedersächsischen Seite kam uns entgegen, auch sie kaum besetzt, die Leute blieben zu Hause bei der Kälte. Ich zurrte die Kapuze fest, stemmte das Kinn gegen den Wind. Wer war der Hilflose gewesen in dieser Beziehung, wer der Bedürftige? Ich stellte mir vor, wie Stephan R.s Gefühl der Ohnmacht wuchs und mit der Ohnmacht die Wut. Die Wut über den Verderber. Die Wut über den Hilflosen, der jede Situation so zu wenden verstand, daß sie ihm zum Vorteil gereichte. Die Wut über den Ohnmächtigen, der alles steuerte. Die Wut über den Kranken, der schlaff wie ein nutzloses Bündel da lag, der nur noch atmete, trank, schiß und alle in seiner Hand hatte. Ich stellte mir vor, wie Stephan R. mit ansehen mußte, daß selbst Maika, die schöne Maika, Johannes faszinierender fand als ihn, der immer arbeitete, der sich immer kümmerte, der geduldig blieb und schwieg und die seltsamen Spiele des Kranken tolerierte, der seine Mutter liebte und seinen anscheinend anspruchsvollen Gott und der nie etwas falsch machte. Stephan R. hatte immer alles richtig gemacht, er hatte sich bemüht, und diese Mühe hatte sein Gesicht überzogen wie ein käsiger Ausschlag. Alles Anziehende, alles Rätselhafte hatte die Mühe aus seinem Gesicht getilgt, sein Glaube, den er doch als seine einzige Stärke erachtete, hatte ihn neutralisiert, es war nichts von ihm übriggeblieben als diese christliche Matrize. Johannes hatte das sofort erkannt. Und hatte Stephan R. provoziert. Und gefordert. Und bloßgestellt. Stephan R. konnte mit dem Leben, das Johannes ihm zeigte, nichts mehr anfangen. Es war zu spät. Der Eindruck eines allzu früh Gealterten, den ich bei der ersten Begegnung gehabt hatte, war richtig gewesen. Stephan R. hatte alles verpaßt. Stephan R. hatte alles aus der Hand gegeben und hatte das Gottvertrauen genannt, was ihn täglich erniedrigte. Und das hatte ihm ausgerechnet dieser Todkranke klargemacht. Ich glaubte nicht, daß sich Stephan R. verplappert hatte, als es um diesen letzten großen Eingriff ging. Die Tracheotomie hatte er benutzt, es war eine letzte Waffe gewesen. Stephan R.s Wut machte sich, so viel hatte ich inzwischen begriffen, gelegentlich Luft in wild ausschlagenden Bewegungen, wie ein Kompaß, der durchdreht. War er durchgedreht? Und hatte das genügt, um Johannes umzubringen? Auf solch eine demütigende Weise? Ich dachte wieder an das Schiff. An den letzten großen Ausflug der beiden, aneinander gefesselt durch Zufall und Dienstpläne. Ich dachte an die Windeln und den Haß in Stephan R.s Augen, als er mir die Episode erzählte. Ich stellte mir den Kleinbus auf der Fähre vor und den halb nackten Johannes auf der geöffneten Ladefläche. Den großen, ungeschickten Stephan R., dessen Hände in der Kälte noch ungeschickter und unter den Blicken der Leute noch fahriger wurden. Ich dachte an Johannes' Stöhnen und Krähen, an die Widerspenstigkeit eines Kranken, der nichts zu verlieren hat und der etwas vorführen will. Der sich darauf versteift, daß die anderen etwas verstehen. Es paßte nicht. Es paßte immer noch nicht. Ich dachte an den Tod im Müllcontainer. Da war keiner durchgedreht. Das mußte einer vorbereitet haben von langer Hand. So viel Kalkül paßte nicht zu Stephan R. – wohl aber zu Johannes, zu meinem mörderisch gescheiten Sohn. Mir war schwindlig.

Und dann endlich kratzte Metall auf Stein. Wurden die Autofahrer unruhig, ließen die Motoren an. Die Autoabgase mischten sich mit dem Schiffsdiesel. Ich schlug die Kapuze zurück. Wir legten an. Und dort stand Walter, mein Ex-Schwiegervater und wunderte sich laut, warum ich ihn bei diesem Wetter an den Anleger von Wischhafen bestellt hatte.

»Du hast Ideen!« sagte er. »Aber mit deinem Walterchen kannst du's ja machen… Komm erst mal.« Im Auto griff er nach hinten, zog eine Thermoskanne hervor. »Da, trink! Du siehst völlig verfroren aus. Kannst du mir mal sagen, wie du auf Corvey gekommen bist, Sabine, du einziger Mensch?«

Sabine-du-einziger-Mensch, das war mein Ehrentitel. Walter war der einzige, der meinem Allerweltsnamen etwas abgewinnen konnte: Sabine, wie Martin Walsers Sabine in der Novelle Ein fliehendes Pferd. Während der Fahrt redeten wir kaum. Und dann Corvey. Im Hof des Stiftes steht eine Heilige Agatha, die ihre abgeschnittenen Brüste auf einem Tablett präsentiert. Sie sieht aus wie eine germanische Urmutter, diese Märtyrerin.

»Komm weiter«, sagt Walter ungeduldig. »Du hast mich doch nicht hierher gelockt, um mir mittelmäßige moderne Kunst zu zeigen!?« Walter mag die Moderne nicht, er sagt, sie kommt ihm zu nah mit ihrer aufdringlichen Gegenwärtigkeit. »Ich weiß selber, daß wir irgendwie kaputt sind – nenn es von mir aus fragmentiert, aber ich brauche, verdammt noch mal, keinen Kubismus, um das einzusehen…« Ich hätte es nie fragmentiert genannt, das ist Walters Art zu reden. Ich mag seine Gewohnheit, die anderen zu überschätzen. Das Auto haben wir auf dem riesigen, leeren Besucherparkplatz zurückgelassen, dann sind wir außen rum gegangen, »erst mal umrunden das Ganze«, hat Walter befohlen, »so verschaffen wir uns einen Überblick.« Etwa eine halbe Stunde dauert der Weg.

Am Eingang der Anlage begrüßt uns ein Mann wie alte Freunde. »Leider hat das Café heute geschlossen.« Kein Mensch sonst weit und breit. Es nieselt. Walter schlägt den Mantelkragen hoch und zieht mich hinein. Und dann liegt sie vor uns, die berühmte Ordnung von Corvey. Es ist eine quadratische Anlage, durch und durch symmetrisch, und das Ordnungsprinzip des Quadrats scheint noch die Anlagen der Rosenbeete zu bestimmen. Im Zentrum des Quadrats erhebt sich die romanische Stiftskirche, und im Zentrum dieser Kirche, sagt Walter, ist Christus Salvator. »Karolingische Renovatio«, sagt Walter. »Nichts hier wurde dem Zufall überlassen. Ist alles Bedeutung, alles Sinn. Ein schöner Traum, nicht?! Na, im 9. Jahrhundert konnte man noch an so etwas glauben...« Er nimmt mich in den Arm: »Ich freu mich, daß du dich für so etwas interessierst.« Wieder so eine Überschätzung.

Der Kies, auf dem wir weitergehen, ist sorgfältig geharkt. Die Rosen stehen stramm. »Es hat faszinierende Äbte hier gegeben«, sagt Walter. »Wir müssen nachher unbedingt die Bibliothek anschauen! Im 10. Jahrhundert, glaube ich, hat hier ein gewisser Bovo sogar richtig professionell übersetzt. Von ihm ist ein Kommentar zum Hauptwerk des Boethius überliefert – derselbe wie in Hildesheim, weißt du noch, Sabine? Na ja, der hat jedenfalls ein berühmtes Buch verfaßt, De consolatione philosophiae – Über die Tröstungen der Philosophie. Daran haben die eben noch geglaubt. Sabine, du einziger Mensch, was machen wir hier eigentlich?«

De consolatione philosophiae. Boethius. Ich erinnere mich wieder. Das Buch stand in Johannes' Zimmer, neben der kommentierten Ausgabe des Philosophen. Ich hatte darin geblättert, es war schwierig zu verstehen, eher ein sehr langes Gedicht als eine philosophische Abhandlung. Der vordere Teil des Buches war zerlesen gewesen, ein anderer schien unberührt, die Seiten klebten noch zusammen.

»Aber das hier sieht nicht mittelalterlich aus«, sage ich. »Es wirkt irgendwie... militärisch.«

»Es ist barock«, sagt Walter geduldig, als müsse er mich nur an etwas erinnern. Vor uns liegt das Schloß. Es wird, wie mir Walter zeigt, links von der Bibliothek, rechts von der Kirche begrenzt. Und Walter will zuerst die Kirche sehen.

»Civitatem istam tu circumda domine et angeli tui custodiant muros eius«, liest Walter vor. Vor uns erhebt sich eine hohe, abweisende Wand. Das berühmte Westwerk von Corvey. Und ziemlich weit oben, kurz unter dem dritten Stockwerk ist die Tafel angebracht, die Walter jetzt entziffert. Die Inschrift! Es ist die Inschrift auf dem Schild an Johannes' Tür!

»Herr, behüte diese Stadt und laß deine Engel Wächter auf ihren Mauern sein«, übersetzt Walter mühelos. »Schön.«

»Walter«, sage ich. »Ich kenne diese Inschrift.«

»Eine Weihetafel«, sagt Walter arglos. »Warst du schon mal hier?«

Ich schüttele den Kopf. Obwohl es nieselt, setzen wir uns auf die Treppenstufen, die zur Kirche hinabführen. Walter kramt in einem Beutel, holt einen kleinen Schirm hervor, kämpft mit der Mechanik, öffnet ihn, hält ihn über uns. Ich rücke ganz dicht an ihn heran. Es wird Zeit zu erzählen. »Johannes war hier.«

Walter ist sichtlich erschüttert. Schweigt erst einmal. Fängt dann doch wieder an, Fragen zu stellen. »Aber was hat er denn hier gemacht? Eine Exkursion? Hat er studiert? Vielleicht Kunstgeschichte oder so?«

»Nein, Walter, dazu war er viel zu krank und ich glaube auch zu störrisch. Er hat begriffen, daß es für eine komplette Ausbildung nicht reichen würde. Keine Zeit. Keine Kraft. Aber er hat unendlich viel gelesen. Nietzsche, auch antike und humanistische Philosophen. Und er hat Deckengemälde geliebt, vor allem mittelalterliche.«

»Deckengemälde?« Walter fragt, als höre er das Wort zum ersten Mal. »Deckengemälde in Kirchen? War er etwa religiös?«

Man sieht Walter die innere Ablehnung an. Gläubige hält er für Speichellecker oder für Tyrannen, da ist Walter erstaunlich kompromißlos. Kirchen betrachtet er lediglich als Archive. Wie Museen sind sie für ihn Orte des Gedächtnisses.

»Nein, er war nicht gläubig«, sage ich. »Gar nicht… Er hatte nur keine andere Wahl.« Um ihm zu zeigen, was ich meine, mache ich meinen Körper ganz schwach und schlaff und lege den Kopf in den Nacken.

»Bine, was machst du da…?« Und dann begreift er es. Ich richte mich wieder auf. Er hat Tränen in den Augen. Ich greife nach seiner Hand, die den Schirm hält. Der Schirm kippt nach hinten.

»Woher weißt du das alles? Bitte, Bine, was ist hier los?«

Und ich erzähle weiter. Von dem Rechner in Johannes' Zimmer, von meiner Lektüre. Wie ich den Dingen nachgegangen bin, um zu verstehen. Und wie ich doch das Gefühl hatte, je näher ich der Sache kam, desto weniger zu begreifen.

»Verstehst du?« sage ich und bin gleichzeitig sicher, daß mich kein Mensch versteht.

Ich bin Johannes' Mutter. Ich bin die abgebende Mutter. Und jetzt hole ich zurück. Es ist zu spät, aber ich hole zurück. Ich denke an die Madonna in der Kirche in Goslar. Maika hat mir eine Postkarte der barocken Holzfigur geschenkt. Christus liegt ausgestreckt auf ihrem Schoß, ein schmaler Mann, der nichts Sohnhaftes, nichts Kindliches mehr an sich hat. An den nackten Beinen hat der Künstler die Adern und Muskeln überdeutlich herausgearbeitet, auch an den Armen zeichnen sich Stränge ab. Grausam genau. Das ist auch mein Blick. Ich habe keinen anderen. Und hier, in Corvey, schließt sich der Kreis. Weiter war Johannes nicht gekommen. Das Gerede von seiner tourenden Sängerinnenmutter, von Italien und Frankreich – alles gelogen. Hierher, bis Corvey, bis ins Weserbergland war Johannes gelangt – und keinen Schritt weiter. Und hier, an diesem Denkmal der Ausgeglichenheit, war seine Geschichte zum Stillstand gekommen. War sein Ichgebäude zusammengebrochen.

Walter hat den Schirm beiseite getan. Er legt den Arm um mich.

»Es ist schon gut, Bescheid zu wissen«, sagt er. »Ich danke dir jedenfalls, daß du mich hergebracht hast...«

Stimmen dringen plötzlich aus der Kirche. Und dann strömt eine Gruppe von Touristen heraus, Frauen die meisten, Frauen um die Fünfzig mit bunten Freizeitjacken, die sich im Wind aufblähen. Hinter ihnen erscheint ein Mann in der Tür, der sofort auffällt, weil er ganz ungewöhnlich groß ist, dunkel ist er wie ein Südländer und hager, ein dichter Schnauzbart bildet einen schwarzen Balken in seinem Gesicht. Er verabschiedet die Frauen.

Walter rappelt sich hoch, klopft sich den Mantel ab: »Komm!«

Ich sehe mich um. Der Schirm weht davon. Walter merkt es nicht. Er ist schon unterwegs. Der riesenhafte Mann winkt uns herein. Ich halte mich abseits. Der Eingangsbereich ist verwirrend. Man betritt nicht, wie man es gewöhnt ist, den offenen Raum einer Kirche, kein breiter Gang geleitet den Besucher ins Mittelschiff. Hier ist vielmehr alles verstellt von Säulen, die offenbar sehr alt sind, denn sie biegen sich unter der Last der Mauern. Ich schaue zu Walter und dem fremden Mann hinüber. Der Mann ist das, was man stattlich nennt, aber er scheint aus der Form geraten wie eine schlecht sitzende **Frakturschrift**. Wie lange hatte ich mein Spiel nicht gespielt? Das Spiel mit den Schriften. Ich denke an Helms, an die Kollegen, und plötzlich vermisse ich sie. Ich vermisse den Alltag, die Arbeit. Sabine, streng dich an! sage ich zu mir selbst. Nein, nicht direkt **Fraktur**… Schwabacher. Die Letter, die zu dem Mann paßt, ist die Schwabacher. Das ist eine Variante der Fraktur. Sie ist, anders als die Fraktur, eine serifenbetonte Schrift, obwohl auch sie zu den Linearantiqua gehört, aber durch die Verzierungen der Serifen wirkt sie unruhiger und auch exzentrisch… Ich sehe die schwarze Ausbildungsmappe vor mir, Kunstleder, kann die ausfransenden Trennblätter fühlen: Ausbildungsleitfaden Schriftsatz, 1. Lehrjahr, 2. Quartal. Die Mappe roch nach Druckerschwärze, sie roch nach meinem neuen, aufregenden Leben. Ich klemmte sie mir unter den Arm, immer abends, wenn ich die Berufsschule verließ, direkt unter den Arm, die offene Schmalseite des Hefters nach oben, damit nicht ein loses Blatt herausrutschte, und auch, weil die Mappe so besser unter meinen Arm paßte und sich erwärmte durch meine Körperwärme, und dann roch ich wieder diesen neuen, erregenden Geruch, den Berufsgeruch, den Aufbruchsgeruch. Schwabacher also. Es ist eine altmodische, sehr dominante Schrift, sich weit spreizend, und sie erschwert die Orientierung. Ich starre den redenden Mann an. Seine tiefe Stimme füllt den Raum mühelos, aber ich verstehe kein Wort wegen des Halls, sinnlose Bässe.

Nach einer Weile kommt Walter zu mir, den Mann hinter sich. Er faßt zusammen, was ihm der Mann offenbar eben erklärt hat, und der Mann nickt bestätigend.

»Wir sind hier im Mittelturm«, sagt Walter. »Der hat ursprünglich mal die Seitentürme überragt. Hier drinnen befindet sich die sogenannte Kaiserkirche, also der Empfangsraum für den Kaiser. Das hat mir Herr Schulte-Höing freundlicherweise eben erklärt...« Und leiser: »Es ist ein bißchen absurd, ich weiß, aber vielleicht hilft es uns zu verstehen?«

Herr Schulte-Höing nickt wieder, als habe der letzte Satz ihm gegolten.

Walter räuspert sich. Ich weiß, wie sehr er Geschichte liebt. Er greift nach einer der Säulen, fährt mit der Hand über den Stein. »Das Westwerk ist Ende des 9. Jahrhunderts geweiht. Es ist quadratisch, natürlich. Auf seinem Grundriß erhebt sich das Turmgebäude. Es ist so verwirrend hier, weil du in einer Säulenhalle stehst. Am besten, wir gehen mal bis zum Kirchenschiff durch...«

Walter will diese Kirche begreifen. Überall faßt er sie an, als wäre sie ein Buch, in dem man blättert. Als hätte sie ihm etwas zu sagen.

Endlich stehen wir im Mittelschiff und wenden uns um, wieder dem Westwerk zu. Es ist wirklich erstaunlich: Wir sehen vier ineinander verschachtelte Quadrate. Das erste ist der Grundriß des Westwerks, dann folgt der Mittelturm, der von vier gewaltigen Pfeilern getragen wird und in dessen Mitte sich wieder ein Quadrat befindet. Letzteres sieht aus wie ein

Baldachin, überhaupt wirkt das Ganze irgendwie orientalisch und gar nicht wie der Eingangsbereich eines christlichen Gotteshauses.

»Das ist das Quadratum«, sagt Walter. »Hier wurde der Kaiser vom Abt empfangen. Es muß prachtvoll gewesen sein. Stell dir vor, daß das hier alles farbig war.«

»Rot. Tiefrot.«

Schulte-Höing ist unbemerkt neben uns getreten. Er weist auf die Säulen.

»Rot.« Er streckt mir die Hand hin: »Übrigens: Lutger Schulte-Höing ist mein Name. Doktor Schulte-Höing – aber das ist nicht so wichtig… Freut mich… Sie müssen bedenken, daß das hier ein Bau mit einem regelrechten Programm ist. Wie eine Theaterkulisse vielleicht. Das gesamte Erdgeschoß war leuchtend rot. Warum? Es symbolisierte das Feuer der Vorhölle oder das Rote Meer des Alten Testaments. Der Kaiser also mußte erst mal durchs Fegefeuer, bevor er in die Heiligkeit der Kirche im Obergeschoß durfte. Dabei hatte er im zweiten Stock den Bereich des Wassers zu durchschreiten, um schließlich im dritten Obergeschoß unter einem gemalten Sternenhimmel auf seinem Thron Platz zu nehmen. Kommen Sie, ich zeig es Ihnen…«

Er eilt voraus, durch eine kleine Tür an der Seite, nach oben. Rot, Grün, Blau – ich stelle mir die Farbtaufe des Kaisers vor, seine rituelle Demütigung, wann immer er diesen Raum betrat. Rollstuhlfahrer bücken sich nicht. Der Gang nach oben ist eng, trocken, staubig. Schulte-Höing ist längst verschwunden. Hinter mir schnauft Walter. War Johannes hier oben? Jemand müßte ihn hinauf getragen haben. Unmöglich, seinen Rollstuhl hierher zu bewegen, es ist viel zu wenig Platz… Der Raum öffnet sich. Wir stehen im Kaisersaal. Er ist überwältigend, majestätisch, würdevoll. Er hat die Ruhe der weißen Wände, die Ruhe der Rundbögen. Es ist ein Johannesraum.

»Phantastisch!« sagt Walter, der es nun auch geschafft hat. Wir wenden uns um, nach Osten. Der Blick in die Kirche ist verbaut, früher war er offen, früher konnte der Kaiser von hier oben alles überwachen. Walter durchmißt den Raum mit großen Schritten und breitet immer wieder die Arme aus. Er muß auf seine Füße aufpassen: Der Steinboden ist uneben, ein Rollstuhl käme hier ins Holpern. Walter seufzt.

»Es geht doch nichts über ausgereifte Romanik – da kannst du sagen, was du willst, Sabine! Wo findest du noch so viel Ausgewogenheit...« Denkt er überhaupt nicht mehr an Johannes?

Schulte-Höing ist so viel Ergriffenheit plötzlich peinlich.

»Die klassische Doppelchörigkeit«, sagt er. »Wie in Bamberg und Speyer oder in Worms. Wenn Sie so wollen also nichts Besonderes. Die geistliche Macht im Osten, die weltliche im Westen.«

Ich nähere mich den sechs Pfeilern; erst als ich dicht vor ihnen stehe, sehe ich, daß sie gar nicht rein weiß sind. Es sind Farbspuren darauf, Reste einer Zeichnung. Schulte-Höing taucht neben mir auf.

»Ganz recht, ganz recht«, sagt er, als sei ich seine Schülerin. »Das hier haben wir erst vor ein paar Jahren entdeckt. Was Sie da sehen, ist rote Kreide.«

Für einen Augenblick überfällt mich der Gedanke, Johannes könnte... hier... eine Art Nachricht... Aber das ist natürlich Unsinn, es sind uralte Zeichnungen, um das zu erkennen, brauche ich Schulte-Höing nicht, und außerdem sind sie zu hoch an den Pfeilern angebracht, in einer Höhe jedenfalls, die nicht mehr in der Reichweite eines Rollstuhlfahrers liegt. Schulte-Höing hält meine Hand fest, als ich die Zeichnung vor mir berühren will.

»Bitte nicht... Es handelt sich wahrscheinlich um Entwurfsskizzen für Stuckfiguren. Sie müssen lebensgroß geplant gewesen sein.«

Ich entdecke so etwas wie einen Fisch, einen Tümmler, noch einen, mehrere Meereswesen – und einen Mann und eine Art Nixe.

Schulte-Höing beobachtet mich, als sei er mit seiner Schülerin zufrieden und winkt nun auch Walter heran, der immer noch mit den Dimensionen des Raums beschäftigt ist, der umherwandelt, tastet, sucht.

»Die Odyssee«, sagt Schulte-Höing, »es ist ein Teil der Odyssee. Der Kampf des Odysseus mit Skylla.«

In der Kirche hat es die ganze Zeit über rumort. Von fern sind Stimmen zu uns gedrungen, durch das Mauerwerk hindurch. Jetzt hören wir Instrumente, einzelne, die gestrichen werden, eine energische Männerstimme. Dann Stille.

Schulte-Höing schaut auf seine Uhr.

»Du liebe Güte! Die Musiker! Und ich habe sie gar nicht begrüßt! Wenn Sie mich entschuldigen wollen...« Er ist schon weg.

Walter klopft sich die Hände ab, als habe er sich gerade mit Mehl beschmutzt. Er schaut mich an, er atmet heftig durch.

»Na endlich!« sagt er. »War ja ganz interessant, aber...« Er steht nun neben mir, unten in der Kirche setzt ein Orchester ein, ein kleines Orchester, vielleicht eine Handvoll Musiker, sie spielen ein paar Takte, dann bricht die Musik wieder ab, beginnt von neuem. Wir lauschen. Und dann hören wir eine Frauenstimme, gedämpft durch die Wand, und dennoch erreicht uns die Stimme sofort. Sie klingt bewußt, präzise, hat nichts mit den betrunkenen Arien zu tun, die ich in letzter Zeit immer häufiger höre. Die Stimme dieser Frau signalisiert höchste Wachheit. Es ist keine Johannesmusik, es ist etwas anderes, Unmittelbares, das mit mir, mit uns, mit dem Leben, das wir hierher gebracht haben, zu tun hat. »Sabine«, sagt Walter, »ich muß die ganze Zeit an Johannes denken. Ob er hier oben war? Und dann denke ich: Wie furchtbar, daß wir nichts wissen. Wir wissen gar nicht, wo er gewesen ist, nicht einmal, wo er sich wann aufgehalten hat. Sabine, was ist nur los mit uns?«

Im Hintergrund die Sängerin. Die Stimme dieser Frau signalisiert Gegenwart und eine seltsam kühle Form von Anteilnahme. Ich wünschte, ich könnte verstehen, was die Frau singt. Ich lege den Kopf in den Nacken, als könnte ich so besser hören. Als ich die Augen wieder öffne, sehe ich es: Über mir ist ein Sternenhimmel. Ein gemalter oder gezeichneter, hingetupfter Sternenhimmel. Den hat Johannes gesehen. Als er hier oben müde wurde, hat er den steinernen Himmel gesehen. Der Himmel ist so blau, wie man es sich nur vorstellen kann. Darunter hat der Thron des Kaisers gestanden. Walter tritt neben mich.

»Toll!« sagt er. »Wirklich phantastisch. Schau nur: Unten Fegefeuer, dann der Bereich der Elemente, also Wasser und dergleichen, und darüber der Himmel. Wenn du hier raufkommst, hast du ein ganzes Leben hinter dir.«

Der Gesang aus der Kirche schwillt an, einzelne Wörter dringen durch: »Mitternacht« und »Hand«, jetzt schlägt jemand eine Pauke, ich weiß nicht, warum ich eine Gänsehaut bekomme. Odysseus auf der Wand hat ein freundliches Gesicht.

»Komm«, sagt Walter. »Laß uns runtergehen.«

Wir steigen die gewundene Treppe langsam nach unten. Da unten müßte der Rollstuhl stehen. Wir gehen durch die Säulenhalle, den Mittelgang nach Osten. Geschäftige Unruhe. Vorn, im Chorraum der Kirche, hat sich ein Kammerensemble aufgebaut. Bei ihnen steht eine Frau mit kurzen blonden Haaren. Sie trägt einen schwarzen Rollkragenpullover. Ihr Gesicht wird beherrscht von großen, leuchtend blauen Augen. Die Frau mit den kurzen blonden Haaren ist die Sängerin, die ihre Wörter durch die Wand geschickt hat. Sie räuspert sich, setzt noch einmal an. Der Mann, dessen Stimme wir eben schon einmal hörten, sagt etwas. Ich nähere mich, wie von einem Magnet angezogen.

»Leise«, flüstert Walter, als hätte ich Holzpantinen an. Vorn in einer der Bänke sitzt Schulte-Höing, sonst niemand. Ich schiebe mich in eine Bank ein paar Reihen weiter hinter ihm. Die Musiker kramen, die blonde Frau redet. Sie proben, das begreife ich nun. Eine Flöte. Eine Oboe. Und dann die Stimme.

»Um Mitternacht / Hab ich gewacht / Und aufgeblickt zum Himmel; / Kein Stern vom Sternengewimmel / Hat mir gelacht / Um Mitternacht…«

Ich denke an den Sternenhimmel da oben, im Westwerk, ich denke an den permanenten Sternenhimmel, der so blau ist, wie ein Himmel nur sein kann. Ein Abschiedshimmel.

Der erste Geiger hat abgeklopft.

»Gut, das hätten wir… Barbara, bist du so weit?«

Walter setzt sich neben mich.

»Wie schön – ein kleines Konzert.«

Er freut sich, als sei er gemeint. Ich rücke ein Stück von ihm ab. Wieder die Flöten, die Oboe. Eine zarte Melodie, so lang hingegeben, als gäbe es keine Zeit. Und wieder die Stimme der Frau, die sich für dieses Lied hoch aufrichtet, als wolle sie die Vögel auf dem Turm erreichen.

»Ich bin der Welt abhanden gekommen…«

Die Stimme befreit sich von den Instrumenten, erhebt sich aus der weichen Begleitung, wird dringender, nur die Oboe kann ihr folgen, holt sie ein.

»Sie mag wohl glauben, ich sei gestorben! / Es ist mir auch gar nichts daran gelegen, / Ob sie mich für gestorben hält, / Ich kann auch gar nichts sagen dagegen, / Denn wirklich bin ich gestorben, gestorben der Welt…«

Der erste Geiger winkt ab. Er sagt etwas, ich höre es nicht. Ich schaue nur auf die Sängerin, die nichts von ihrer Spannung verliert. Sie soll nicht aufhören zu singen, sie soll mich nicht lassen, nicht jetzt. Es ist, als könne man etwas begreifen, wenn man diese Musik hört. Die Musiker beginnen von vorn.

»Ich bin der Welt abhanden gekommen, / Mit der ich sonst

viel Zeit verdorben, / Sie hat so lange nichts von mir vernommen...«

Was ist das für eine Musik? Sie erscheint mir wie für diesen Ort gemacht. Für diesen Ort, der weder Kirche ist noch Versammlungsraum. Der alles auf einmal ist und der alles verbindet. Ein Raum, auf den alles zuläuft. Und es ist, als käme die Stimme aus diesem Raum selbst. Die Stimme der Frau ist die Stimme der Steine hier, die Musik ist die Musik der Zusammenfassung. Nach ihr wird nichts mehr kommen.

»Ich bin gestorben dem Weltgetümmel / Und ruh in einem stillen Gebiet. / Ich leb allein in meinem Himmel, / In meinem Lieben, in meinem Lied.«

Die Sängerin senkt den Kopf. Die Oboe erklingt weiter, es ist, als gehe sie noch ein paar Schritte, während die Sängerin stehengeblieben ist. Dann hält auch die Oboe inne, die Musik ist zu Ende.

Vor der Kirche schlägt Walter den Mantelkragen hoch und greift nach meinem Arm.

»Was war das für eine Musik?« frage ich.

»Mahler«, sagt Walter. »Die Rückert-Lieder.« Er kramt einen Zettel aus der Tasche. »Konzert« steht darauf, ein Datum, der Name des Ensembles, der Sängerin.

»Komm, gehen wir ein paar Schritte«, sagt Walter. Seine Stimme ist unsicher.

Wieder umrunden wir die Anlage. Diesmal brauchen wir länger als eine halbe Stunde, wieder reden wir nicht. In mir klingt die Musik nach. Und ich sehe die Bilder auf den Pfeilern vor mir, oben im Kaisersaal, ich denke an diesen gefaßten Abschied.

»Hallo...« Als wir fast wieder bei der Kirche sind, eilt ein Mann herbei, rudert mit den Armen. Schulte-Höing hält meinen Schal in der Hand.

»Den haben Sie oben liegen lassen«, sagt er und drückt ihn mir in die Hand, »oben, im Johannes-Saal...«

Im was? Im Johannes-Saal. Ich habe es deutlich gehört.

»Wie heißt der Saal?« Das ist die Stimme von Walter, nun seltsam dünn.

»Johannes-Saal«, wiederholt Schulte-Höing gedehnt. »Oder Kaisersaal. Oder Johannes-Kapelle. Es gibt alle möglichen Namen dafür, die Leute, wissen Sie... Der Heilige Johannes ist einer der Patrone der Kirche. Aber es ist natürlich Quatsch, es war ein kaiserlicher Empfangsraum, kein sakraler Ort, wenn Sie mich fragen. Ich habe darüber einen Aufsatz geschrieben...«

Schon hat er uns wieder eingefangen. Ich gehe hinter den beiden Männern her, hinter Walter, der sich immer wieder zu mir umdreht, ich gehe hinter diesem seltsamen Fremdenführer her, der uns nicht loslassen will. Schwabacher bringt uns weg von der Kirche, zur Toranlage zurück, wo steinerne Krieger den Eingang bewachen.

»Mamelucken«, sagt Schulte-Höing ungefragt. »Die Rambos des Barock. Jedenfalls in der Vorstellung der Leute.«

Nicht zuhören. Johanneskapelle. Johannes. Sein Himmel. Der Welt abhanden gekommen.

»Ist Ihnen nicht gut?« Plötzlich ist Schulte-Höing ganz dicht bei mir. »Seien Sie vorsichtig, die Luft in der Kirche, und nun hier draußen...« Und dann erinnert er sich plötzlich. Er erinnert sich, daß es schon mal jemanden gegeben hat, für den hätten sie beinahe den Notarzt holen müssen.

»Obwohl – der hätte auch nicht mehr viel ausrichten können«, sagt er. »So ein armer Tropf! Der Mann, wissen Sie...«

Johannes. Er erzählt von Johannes, es besteht kein Zweifel. Ich sollte mich nicht wundern, ich wußte ja schon vor dieser Reise mit Walter, daß Johannes hier gewesen sein muß. Ich habe mit Spuren gerechnet, aber nicht mit dieser Gegenwart. Walter ist dicht neben mich getreten, ich sehe, daß sein Mund offensteht, ich sehe, daß auch er versteht. Natürlich war Johannes hier, mit einem Betreuer, und er hat darauf bestanden, den Kaisersaal zu sehen. Er wurde hinaufgetragen und so hingesetzt, daß er sich an einen der Pfeiler lehnen konnte. Er wollte unbedingt, daß man ihn allein ließ. Als Schulte-Höing nach ihm sah, fand er Johannes auf dem Boden, hingekrümmt wie einen toten Fisch, sagt Schulte-Höing, »und Sie glauben nicht, wie ich mich erschrocken habe«, sagt Schulte-Höing, »aber der Mann hat gelacht. Stellen Sie sich das vor! Er lag unter dem Sternenhimmel und hat gelacht. Und dabei ist ihm der Speichel aus dem Mund gelaufen.«

## 36. Johannes Grundig

C: \ Eigene Dateien \ Das Dreamteam \ XXXVIII

*Haben sie dir helfen können in Höxter?*

mir ist nicht zu helfen.

*Okay, okay, der große Lebensmüde. Haben sie etwas herausgefunden?*

sie haben das atemgerät neu eingestellt. sie haben übungen mit mir gemacht. und sie haben mich über die tracheostomie informiert.

*Und?*

ciaglia kommt nicht in betracht. ciaglia ist für intensivpatienten gedacht. sie sind in letzter zeit dabei, den komfort für intensivpatienten zu erhöhen, das heißt anstelle einer behindernden und ja auch irgendwie unästhetischen maske legen sie patienten, die über einen gewissen zeitraum, aber eben nicht final beatmet werden müssen, ein tracheostoma. das ist deine variante mit dem draht. die sache, die du so ungemein reizvoll und schonend findest, kommt aber bei patienten wie mir nicht in betracht, denn die künstliche wunde schließt sich nach einiger zeit. das fleisch ist hartnäckig, es wächst zusammen, was zusammengehört.

*Und man kann die Wunde nicht offenhalten?*

nein, das wäre dann aufwendiger als ein richtiges tracheostoma chirurgisch zu legen. weißt du, was der arzt gesagt hat.

*Nein, aber du wirst es mir sagen.*

dann haben sies hinter sich, hat er gesagt.

*Johannes, ich versteh dich ja, aber was soll er denn sonst sagen?*

nein, nein, alles in ordnung, der mann hat ja recht. er hat mir das signal gegeben.

*Signal wofür?*

für die letzte entscheidung. dann haben sies hinter sich, hat er gesagt, angeblich mich gemeint, aber in wahrheit doch nur an sich, an die ärzte gedacht. dann hätten sie mich endlich perfekt unter kontrolle. tracheostoma, der letzte schritt. ein, aus, ein, aus. nichts überlassen wir dem zufall. noch die letzten zuckungen des lebens kontrollieren wir. aber ich werde mich nicht endgültig in ein präparat verwandeln lassen. ich werde mich von dem gläsernen objektträger erheben. ich werde aus ihrem reagenzglas stürzen, kopfüber, wenn es sein muß, und werde fallen. und ihr müßt die scheiße dann nur noch entsorgen. der tod ist für die hinterbliebenen vor allem ein entsorgungsproblem. wohin mit der leiche, wohin mit dem dreck. aber selbst dabei werde ich euch noch entgegenkommen, denn nach meinem tod werde ich erst recht nicht mehr viel mit euch zu tun haben wollen. also sorge ich für mich. hast du mal überlegt, was für eine prima erfindung die leichenstarre ist. und dann dieser geruch. die toten signalisieren mit jeder faser, daß sie in ruhe gelassen werden wollen. nein, faßt uns nicht an. nein, heuchelt keine anteilnahme und erspart uns die unappetitlichkeit eurer trauer. laßt uns starr, steif und abweisend in unserem dreck. denn dreck waren wir, dreck sind wir in euren augen immer gewesen, und dreck wollen wir wieder sein.

*Johannes, bitte*

ich lege mich in meinen garten. weißt du noch, wie ich dir von der apfelschütte erzählt habe. da will ich wieder hin. ich will den apfelgeruch wieder. diese säuerliche geborgenheit.

*Johannes*

besorg plastiktüten. und pflaster. und schnüre.

*Johannes*

letzter wille, verstehst du. keine chance, du entkommst mir nicht mehr.

*Johannes*

lazarus, verstehst du. wir spielen lazarus. mach dir keine sorgen. du kennst doch das spiel. das bibel-spiel.

*Das hier ist kein Spiel!*

weil dir die regeln nicht vertraut sind, christenmännlein. ich sage dir doch, es ist das lazarusspiel. lazarus, unser freund, ist eingeschlafen. aber ich gehe hin, damit ich ihn aufwecke. das kennst du doch.

*Johannesevangelium, Kapitel elf.*

siehst du, braver stephan.

*Bitte*

und der tote kam heraus, an händen und füßen mit grabtüchern umwickelt, und sein gesicht war mit einem schweißtuch umbunden. und jesus sprach macht ihn frei und laßt ihn gehen. bist du jesus, mann.

*Nein, natürlich nicht.*

dann kauf ein. bring tüten, pflaster, schnüre. wir spielen das lazarusspiel.

# 37. Sabine Harms

Bitte wirf mich in den Müll. Hat er gesagt. Bitte wirf mich in den Müll. Das hat Stephan R. erzählt. Gestern abend rief er mich an. Er habe etwas gefunden. Sie hatten das Zimmer endgültig ausgeräumt. Ich hatte keine Einwände gehabt. Ich war dort gewesen. Ich war in den Kirchen gewesen. Und ich hatte gesehen. Stephan R. hatte etwas gefunden, ein Video. Es war so versteckt gewesen, sagte Stephan R., daß er glaube, es habe eine Bedeutung für Johannes gehabt, und wenn ich wolle, werde er es mir bringen. Und etwas erzählen wolle er mir auch noch. Ich müsse ihm glauben. Wenigstens Sie müssen mir glauben, hat er gesagt, mit dieser Stimme des redlichen Christenmännleins, die ich inzwischen haßte, denn diese Stimme war zu allem fähig, weil Stephan R. zu nichts in der Lage war, das hörte man, das hatte ich so oft gehört, diese Stimme, die mit jedem Ton sagte: Ich-bin-der-der-nichts-machen-kann. Und der dann wirklich nichts machte, sich nicht bewegte und nicht regte, und dadurch war Johannes im Müll unbemerkt geblieben und erstickt. Stephan R. hatte bei seiner Mutter gesessen und ein Video mit ihr gesehen. Bitte wirf mich in den Müll, hatte Johannes gesagt. Und hatte den Müllcontainer gemeint, seinen Garten, sein grünes Grab. Hatte das Ganze einen Scherz genannt, eine Demonstration. Hatte gesagt, er wolle mal sehen, wie sich das anfühle, hatte sich an dem Schreck geweidet, den die Schicht nach Stephan R. kriegen würde, wenn sie ihn dort fänden. Und hatte sich ausgemalt, wie es wäre, ganz eng, ganz dicht geschnürt zu sein. Ganz gut beieinander bin ich dann, hatte er gesagt, den Kopf schier auf der Brust, den eigenen Schweiß riechen, die Vergeblichkeit des Geschlechts, ja, auch die leise Furcht: Werden sie mich finden? Welche Frauen werden Jesus kommen lassen? Wer ruft Lazarus, komm heraus?

»Er hat mich ganz schwindelig geredet«, sagte Stephan R. »Da habe ich schließlich mitgemacht.«

Er hatte es leise gesagt, und ich merkte, daß er wußte, was er getan hatte. Ich spürte, daß er es gleich gewußt hatte, daß aber Johannes ihm ein Schlupfloch offengelassen hatte, das Schlupfloch des Unschuldigen. Ein Labyrinth hatte Johannes gebaut, nein – ein feines Netz hatte er gewoben, so dicht, daß Stephan R. nicht entkommen konnte, aber wiederum so luftig, daß er die Fäden kaum bemerkte. Stephan R. hatte die Ungeheuerlichkeit begehen können, ohne sie zu spüren. Er hatte sich gegen Johannes' Satzfäden lehnen und sich sicher fühlen können, ohne zu sehen, daß er gefangen war. Stephan R. war das ideale Opfer, ich fragte mich, wann Johannes ihn ausgesucht hatte.

Stephan R. hatte mir das Video gegeben, das er in Johannes' Zimmer gefunden hatte: Lorenzos Öl.

Und nun war ich unterwegs in die Redaktion. Es war nach elf. Das Blatt war fertig. Bis auf die letzten von der Spätschicht, die im Satz und in der Druckerei noch aufräumten, würde keiner mehr da sein, schätzte ich.

Das Glashäuschen. Helms. Ich wußte gar nicht, daß er noch Nachtschichten schob.

»Hallo, Sabinchen, komm mal rein... Sieht gar nicht mehr so schlimm aus. Das wird wieder...«

Ungeniert betrachtete er mein Gesicht, faßte mit der Linken unter mein Kinn und hob es an, zur Lampe. Helms' Hand roch noch immer nach Druckerschwärze, der Geruch war eingebrannt, war Teil seines Körpers geworden.

»Mensch, Sabinchen, du machst Sachen...«

Ich sagte ihm, daß ich in die Redaktion wollte. Ein Video anschauen. Der Recorder zu Hause war kaputt. Mein Blick fiel auf die Zeitung. Die Zeitung von morgen lag schon da, ordentlich zusammengefaltet wie immer bei Helms. Reformstau in Berlin, Mautgebühr auf Autobahnen, las ich. Rosenschau in Itzehoe. Ich hatte lange keine Zeitung mehr gelesen. Ich nahm den Boten in die Hand.

»Könntest mal wieder was schreiben«, brummelte Helms. »Ich lese nur noch Ilse. Ilse überall. Und Patrick. Und die Neue, die Kleine. Aber die schreiben alle gleich. Die haben alle nix erlebt. Nimm nur mit. Hier kommt sowieso gleich Beeken. Wollen noch zwei Anzeigen durchsprechen.«

Beeken, Helms alter Kollege. Ich sah die beiden vor mir, die grauen Köpfe über eine Anzeige gebeugt und gemeinsam überlegen, wie man sie am besten setzen könnte, den Kundenwünschen nah kommend, aber die eigenen Ansprüche nicht völlig aufgebend.

»Du ahnst ja nicht, was die von uns verlangen«, sagte Helms jetzt, als hätte er solche Geschichten nicht schon hundertmal erzählt und als sei er immer noch im Satz und nicht längst der Pförtner im Glashäuschen, der stillzuhalten hatte. »Eine Milkaschrift wollen die! Und bitte auch noch lila! Der Bäckermeister will allerdings was ganz Lustiges. Er hat Moskauer Wochen, mit Russischem Zopfkuchen und so. Jetzt soll ich mir 'ne kyrillische Schrift ausdenken, die man aber lesen kann, auch ohne das Kyrillische zu beherrschen, 'ne Phantasieschrift.«

Helms Augen glänzten. Phantasieschriften wurden nur noch sehr selten gefordert. Sie waren die Kür der pflichtbewußten Setzer. Helms plauderte weiter, und ich ließ ihn. Diese Alltagsmusik hatte ich lange nicht vernommen. Ich klemmte die Zeitung unter den Arm.

»Lies nur«, sagte Helms. »Steht nischt weiter drin. Mir fällt nur auf, daß die in Berlin immer mehr so werden wie wir hier früher. Nix als Klatsch und Tratsch. Oder hättest du gedacht, daß sich seriöse Kollegen mal den Kopf drüber zerbrechen, ob das Haar des Kanzlers gefärbt ist oder nicht? Möchte wirklich kein Korrespondent in Berlin sein…«

Auf den langen Fluren schaltete sich das Licht automatisch ein. Bewegungsmelder waren der letzte Schrei. Niemand da. Es roch nach Tabak und nach getaner Arbeit. Ich warf im Vorbeigehen einen Blick in einige Büros. In manchen sah es aus, als hätte sich der Bewohner kurz vor Arbeitsschluß noch geprügelt und wäre dann geflohen. In anderen peinliche Ordnung. Ilses Zimmer. Seit sie Chefin vom Dienst geworden war, hatte sie Anspruch auf ein eigenes Büro. Die Teeküche, die Azubi-Ecke. Unser Büro. Die Zeitung landete auf dem Tisch. Später. Ich hatte zu tun. Ich wollte nicht müde werden. Ich riß die Fenster auf. Ich schaltete den Recorder an. Ich sah, was ich sehen mußte. Ich sah Johannes' Quelle. Ich sah Lorenzos Tod. Es war ein Hollywoodstreifen, in dem die Hollywoodmenschen zeigten, was sie können, wenn sie sich als Menschen guten Willens fühlen. Natürlich Peter Ustinov. Und Susan Sarandon. Es war ein Film über einen todkranken Jungen, dessen aufopferungsvolle Eltern (Sarandon, Nick Nolte) nichts unversucht lassen, um ihn zu retten. Der Vater, ein dunkelhaariger Temperamentvoller mit Karriere bei der Weltbank, stammt aus Italien und sagt ununterbrochen Cara mia. Die Mutter, rothaarig und sensibel, schaut beim Beten nach oben in den Kirchenhimmel, wo aber nichts ist als die Kamera, die sie beobachtet. Und immerfort dröhnt Opernmusik in diesem Film oder Mozarts Requiem. Und immerfort äußert sich in diesem Film die Wut als Sorge, das Selbstmitleid als Mitgefühl, die Resignation als Trauer. Der Regisseur hatte viel Sorgfalt darauf verwandt, alle Gefühle mit einem Goldrand zu versehen, und damit sein teures Personal so richtig glänzen konnte, hatte er das Leiden des kleinen Lorenzo drastisch dargestellt. Ich staunte. So viel verkrümmte Kinderfüße, sich windende Körper und verkrampft krallende Hände hatte ich lange nicht gesehen. Und als der Film nicht mehr weiterwußte, als es keinen Ausweg mehr gab aus all dem Elend, kam Hilfe – aus Afrika. Ich vergaß – Lorenzo war in Afrika aufgewachsen, auf den Komoren, und von dort kam sein gütiger, schwarzer Freund und streichelte ihm übers Haar. Und am Ende hatte Gottvater ein Öl gefunden, daß nicht nur Lorenzo, sondern allen kranken Kindern dieser Welt – jedenfalls allen mit dieser Störung – helfen konnte, und Lorenzino war nun schon groß und wollte von Mami keine Kindergeschichten mehr hören und lernte mühsam wieder sprechen. Und zu seinen gestammelten Worten schwenkte die Kamera in einem letzten großen Mitleidsorgasmus an den Kirchenhimmel, oder war es der der Bibliothek, und da sah man Michelangelos Deckengemälde von der Erschaffung Adams, mindestens, und der Film ging zu Ende mit lauter lachenden kleinen Kindern, Lorenzos Kindern, denn der Film war natürlich authentisch, und schon das erste Auftauchen von Peter Ustinov hätte mir sagen müssen, daß es nicht ohne Spendenaufforderung abgehen könnte.

»Mann, Mann, Mann!« sagte plötzlich eine Stimme hinter mir. »Das is' ja man 'n starkes Stück! Sabinchen, seit wann guckst du dir denn so was an…«

Es war Helms. Es war fix gegangen mit Beeken, klar, wenn zwei Alte wissen, was sie wollen, und dann schaute er eben noch mal nach mir.

Er stand in der Tür und kam näher, um mir eine Zigarette zu reichen, die ich nahm, weil ich den Setzergeruch noch einmal in der Nase haben wollte.

»Helms«, sagte ich, »kannst du dir vorstellen, daß einer sein Leben erfindet? Daß einer einen Film sieht und dann beschließt: So mach ich's? So sollen meine Eltern sein, und so und so war meine Kindheit?«

Helms überlegte. »Na, vielleicht nicht so krass«, sagte er dann. »Aber ein bißchen schwindeln tun wir doch alle. Ich doch auch. Du auch. Und wer weiß, vielleicht schwindele ich jetzt schon wieder? Du weißt immer nur im Nachhinein, was war und was nicht. Und dann spielt dir deine Erinnerung doch wieder einen Streich. – Was war das denn für'n Film?« Er lehnte sich gegen die Heizung. »Machst du da was drüber?«

»Es war der Lieblingsfilm von meinem Sohn Johannes«, sagte ich. Zum ersten Mal sprach ich freiwillig über Johannes. Ich sagte Sohn, und ich nannte seinen Namen, und zum ersten Mal öffneten sich keine Gräben vor den Wörtern. Arial zwölf Punkt oder Times New Roman, die Wörter flossen, sie hakten nicht in meinem Hals fest. Sie paßten in mein Leben. Ich sagte es noch einmal, probehalber, und ich sagte es vielleicht ein bißchen zu laut:

»Ich hatte einen Sohn, weißt du. Er ist gestorben. Er hieß Johannes. Ich war selten da. Und dann war ich gar nicht mehr da, denn ich habe Johannes hergegeben. Er war krank, und ich war schwach. Und ich dachte, ich dürfte mein Leben nicht verpassen. Und ich dachte, ich würde es nicht schaffen …«

Helms rauchte. »Eigentlich schafft es doch keiner, Sabinchen!« sagte er. »Keiner eigentlich.«

»Er ist im Müll gelandet, Helms«, sagte ich. »Er wollte im Müll sterben, weil er wollte, daß wir ihn so finden …«

Helms schüttelte den Kopf. »Ich hab's gelesen, Sabinchen«, sagte er. »Ich hab's gelesen, schreckliche Geschichte.«

»Es ist meine Geschichte, Helms«, sagte ich.

Ich ging zu Fuß nach Hause. Es war wieder hell geworden. Ich wollte die Stadt sehen. Es kam mir so vor, als lägen mehr Schiffe im Hafen. Drüben, bei der Admiralität, regte sich was. Ein Rudel Radfahrer bog um die Ecke: Schulkinder von der anderen Elbseite, die mit der Fähre gekommen waren. Als die Ampel auf Grün schaltete, setzte sich das Rudel in Bewegung, eine Woge aus Kindergelächter und Lärm zog vorbei, die roten Katzenaugen der Fahrräder tanzten, als sie sich entfernten. Halb acht. Schulbeginn, gleich.

Der Himmel bewölkte sich, als ich in den Jungfernstieg einbog. Er bewölkte sich so rasch, als würde jemand hastig einen dunklen Mantel um sich schlagen, ganz eng. Wind kam auf. Gleich würde es anfangen zu regnen – ein harter, entschiedener Regen, der den Flußgeruch in die Stadt treiben würde und den Gestank der Papierfabrik. Aber der Regen würde nicht lange dauern, und danach begann die Stadt wieder von vorn mit ihrem unterbrochenen Alltag. Die Leute knüpften an, sie machten weiter. Nur ich, ich hatte nichts, an das ich anknüpfen konnte. Ich hielt zerrissene Seile in meinen Händen. Ich würde allein bleiben mit meiner Geschichte, die nicht die meine war. Meine hatte aufgehört an dem Tag, als ich Johannes fortgegeben hatte. Das Leben war stillgestanden. Es hatten sich Dinge ereignet, hie und da. Zeit war vergangen, gewiß. Aber das Leben? Ich kramte nach dem Hausschlüssel. Die ersten Tropfen fielen, kalt, scharf. In der offenen Tür wandte ich mich noch einmal um: Die Straße, die eigentlich ein Platz war. Die niedrigen Bürgerhäuser auf der gegenüberliegenden Seite. Der Brunnen. Der Wiebeke-Kruse-Turm verschwand gerade hinter einem Regenvorhang. Es gab keinen sicheren Ort, selbst hier nicht. Bleiben jedoch konnte ich. Gerade hier, gerade in Glückstadt, gerade an diesem Ort.

# Danksagungen

Sally und Peter Hofmeister haben dieses Buch von Anfang an begleitet und mir Mut gemacht, mich auf das Thema der Duchennekranken einzulassen. Ihnen fühle ich mich in besonderer Weise verpflichtet und verbunden.

Olivia und Marcus Wilckens in Glückstadt haben eine fremde Autorin gastfreundlich aufgenommen und mir Einblick in ihre putzmuntere Familie gewährt: Ich danke also Max für seine immer sachdienlichen Hinweise, Johan für seinen seglerischen Sachverstand, Franziska für ihre Urteilskraft, Henrike für ihre hinreißende Phantasie und allen zusammen für lange Abende am Küchentisch. Für solche Leser macht es Spaß zu schreiben!

Jan Wallraff und Joachim Kaiser in Glückstadt öffneten mir ihre Archive und ihr Haus. Hans-Reimer Möller sei Dank für Glückstädter Historie.

Christine Reimers von der »Norddeutschen Rundschau« nahm mich unerschrocken zu ihrem Stammtisch mit und berichtet fair und präzise von Glückstadt. Die sensiblen »Spiegel«-Reportagen von Bruno Schrep haben mich auf »Hydra«, die Hurenselbsthilfegruppe in Berlin, aufmerksam gemacht.

Mein Dank geht also auch an »Hydra« und die Hilfsbereitschaft der Frauen dort, besonders an »Irma« und »Jenny«.

Nina de Vries wünsche ich allen erdenklichen Erfolg für die Etablierung des neuen Berufsbildes, der »Berührerin«.

Bernd Ebeling und Klaus Eckermann von der »Braunschweiger Zeitung« gaben mir gutgelaunte Nachhilfe über das Setzerhandwerk.

Pfarrer Werner Böse in Goslar und Dr. Günter Tiggesbäumker in Corvey verdanke ich nützliche Hinweise über ihre Kirchen. Die Spinnen Carmencita und Esmeralda haben eine Wahrscheinlichkeitsprüfung des Arachnologen Dr. Peter Jäger vom Senckenberg-Institut in Frankfurt am Main überstanden.

Joachim W. A. Friedrich von der Deutschen Muskelschwund-Hilfe danke ich für seine offenen Worte, Kerstin und Stefanie Horn für ihren pflegerischen Sachverstand.

Dank an die »aktion benni & co e.V.« und ihre vorzügliche Website, die über Duchenne informiert.

Etliche Mediziner haben mir mit gutem Rat zur Seite gestanden. Allen voran die Neurologen Dr. Sascha Brünig in Bremen und Prof. Dr. Hanns Lochmüller in München, dazu der Humangenetiker Prof. Dr. Tiemo Grimm in Würzburg, die ihren Ehrgeiz darein setzten, komplizierte genetische Vorgänge allgemeinverständlich zu erklären. Dr. Claus-Rüdiger Arnold erläuterte die spezielle Behandlung in der Weserbergland-Klinik in Höxter. Dr. Mine Arslan-Kirchner von der Medizinischen Hochschule in Hannover verdanke ich die Begeisterung für die menschliche DNA, Privatdozent Dr. Jürgen Forst von der Universitätsklinik in Erlangen Informationen über die schwierigen Operationen bei Duchennepatienten. Dr. Christian Robold widmet sich als Palliativmediziner Sterbenden und war ein engagierter Gesprächspartner.

Nicht vergessen möchte ich die Lektüre, die mich nachhaltig beeindruckt hat: Durch den Psychoanalytiker Dr. Arno Gruen wurde ich auf das Buch von Joseph C. Rheingold aufmerksam: *The Fear of Being a Woman*. Auch davon handelt dieses Buch.

Angstlösend wirkt immer wieder aufs neue die Arbeit mit meiner Lektorin, Vera Thielenhaus, mit der ich noch viele Bücher machen möchte.

Und dann gibt es noch Alexander von Sallwitz.

btb

GABRIELA JASKULLA

# Ostseeliebe

*Roman*

*352 Seiten · Gebunden*
ISBN 3-442-75103-9
*352 Seiten · Broschiert*
ISBN 3-442-73028-7

Ein Forschungsauftrag über einen vergessenen Dichter verschlägt die junge Germanistin Julia Völcker auf eine kleine sturmumtoste Ostseeinsel. Hier gelten andere Regeln als in der Großstadt, doch als die Saison zu Ende geht, hat Julia nicht nur die Liebe, sondern auch zu sich selbst gefunden ...

**Mitreißende Liebesgeschichte und deutsch-deutscher Roman, erzählt in einer ganz eigenen, wunderschönen Sprache und vor traumhafter Kulisse.**

»Das ist ein ganz erstaunliches Buch: gefühlslangsam und intensiv.«
**Martin Walser**

»Ein sehr gefühlvoller, eindrucksvoller Roman.«
**Hannoversche Allgemeine**

»Gabriela Jaskullas starkes Debüt tröstet auch über Regentage hinweg.«
**Madame**

btb

Aus Freude am Lesen